# *Hannas TÖCHTER*

Marianne Fredriksson

# Hannas TÖCHTER

*Deutsch von Senta Kapoun*

Weltbild

Originaltitel: Anna, Hanna och Johanna
Originalverlag: Wahlström & Widstrand, Stockholm



Genehmigte Lizenzausgabe für
Verlagsgruppe Weltbild GmbH
Steinerne Furt 67, 86167 Augsburg 2004

3. Auflage 2004


Gesetzt aus der FB Garamond
Druck und Bindung: Bercker Graphischer Betrieb GmbH,
Hooge Weg 100, 47623 Kevelaer

Gedruckt auf chlorfrei gebleichtem Papier

Printed in Germany

ISBN 3-89897-099-X

# Hannas Töchter

Die Missetaten der Väter suchen die Kinder heim bis ins dritte und vierte Glied. Das lernten wir schon damals in der Schule, als man noch Biblische Geschichte unterrichtete. Ich erinnere mich, daß wir diesen Ausspruch entsetzlich ungerecht, primitiv und albern fanden. Schließlich gehörten wir zu einer der ersten Generationen, die zu »selbständigen« Menschen erzogen wurden, Menschen, die ihr Schicksal selbst in die Hand nehmen sollten.
Nach und nach oder auch Hand in Hand mit dem zunehmenden Wissen um die Bedeutung des sozialen und psychischen Erbes, gewann das Bibelwort an Gewicht. Wir erben Verhaltensweisen und Reaktionsmuster in einem weit größeren Maß, als wir zugeben wollen.
Es war nicht leicht, dies zu erkennen und zu akzeptieren, so vieles wurde »vergessen«, verschwand im Unterbewußtsein, als die Großeltern Höfe und Landstriche verließen, in denen die Familien seit Generationen gelebt hatten.
Zu den Taten der Mütter gibt es keine Bibelworte, obwohl sie vermutlich von größerer Bedeutung sind als die der Väter. Uralte Muster werden von Müttern an Töchter weitergegeben, die wiederum Töchter bekommen, die wieder ...
Vielleicht liegt hierin eine Erklärung dafür, daß Frauen es so schwer gehabt haben, sich zu behaupten und jene Rechte zu nutzen, die ihnen die moderne Gesellschaft mit ihrem Streben nach Gleichberechtigung bietet.

Ich schulde Lisbeth Andréasson, Kustodin des Heimatmuseums auf Bengtsfors Gammelgård, großen Dank. Sie unterzog das Buch über Hanna einer umfassenden kritischen Durchsicht, versah mich mit Literatur über Dalsland und übersetzte nicht zuletzt Dialoge aus der schwedischen Hochsprache in die Mundart des dalsländischen Grenzbereichs.* Ferner möchte ich Anders Söderberg vom Verlag Wahlström & Widstrand für seine Kritik, seinen Zuspruch und den großen Enthusiasmus danken. Ein Dank auch an meine Freunde Siv und Johnny Hansson, die jedesmal einsprangen, wenn es

* In der Übersetzung wurde die Mundart in einfaches Deutsch übertragen. (Anm. der Übersetzerin)

mir gelungen war, mich in meinem neuen PC zu verheddern. Und das ist viele Male passiert.

Schließlich möchte ich meinem Mann danken, daß er das alles durchgestanden hat!

Und noch eins. Es gibt keine autobiographischen Anklänge in meinem Buch. Anna, Hanna und Johanna haben keine Ähnlichkeit mit mir, meiner Mutter oder meiner Großmutter. Es sind meiner Phantasie entsprungene Gestalten, die nichts mit der sogenannten Wirklichkeit zu tun haben. Und gerade das macht sie wirklich. Für mich. Und hoffentlich auch für jene, die darüber nachzudenken beginnen, wer ihre Großmutter war und wie vorgegebene Muster ihr Leben beeinflußt haben.

# Anna

## Prolog

Ihr Empfinden glich einem Wintertag, einem Tag so still und schattenlos, als wäre soeben Neuschnee gefallen. Schrille Geräusche drangen zu ihr durch, das Scheppern fallengelassener Nierenschalen, Schreie.
Das erschreckte sie. Genau wie das Weinen aus dem Nachbarbett, das in dieses Weiß einbrach.
Es gab dort, wo sie war, viele, die weinten.
Vor vier Jahren hatte sie das Gedächtnis verloren. Nur wenige Monate später verschwanden die Wörter. Sie sah und hörte, aber weder Dinge noch Menschen konnten benannt werden und verloren damit ihren Sinn.
Nun also kam sie in das weiße Land, wo es die Zeit nicht gab. Sie wußte nicht, wo ihr Bett stand oder wie alt sie war. Aber sie fand eine neue Art, sich zu verhalten, und bat mit demütigem Lächeln um Nachsicht. Wie ein Kind. Und wie ein Kind war sie weit offen für Gefühle und für alles, was an wortloser Verständigung zwischen Menschen möglich ist.
Ihr war bewußt, daß sie sterben würde. Das war ein sicheres Wissen, nicht nur ein Gedanke.
Es waren die Angehörigen, die sie zurückhielten.
Ihr Mann kam jeden Tag. Mit ihm gab es Begegnungen der Wortlosigkeit. Er war über neunzig, war also auch nahe dieser Grenze. Aber er wollte weder sterben noch wissen. Da er sein und ihr Leben immer unter Kontrolle gehabt hatte, führte er einen harten Kampf gegen das Unausweichliche. Er massierte ihr den Rücken, beugte und streckte ihre Knie und las ihr aus der Tageszeitung vor. Sie konnte dem nichts entgegensetzen. Ihr gemeinsames Leben war lang und kompliziert gewesen.
Am schwierigsten war es, wenn die Tochter kam, sie, die weit weg in einer anderen Stadt wohnte. Die Greisin, die nichts von Zeit und Entfernung wußte, war vor dem Besuch immer unruhig. Es war, als habe sie schon beim Erwachen im Morgengrauen das Auto erahnt, das sich durchs Land bewegte, und mit ihm die Frau am Steuer, die eine törichte Hoffnung nährte.

Anna wußte, daß sie anspruchsvoll war wie ein Kind. Aber trotzdem, kaum ließ sie ihre Gedanken gewähren, gingen sie auch schon mit ihr durch. Nur noch einmal eine Begegnung und vielleicht eine Antwort auf eine der Fragen, die zu stellen ihre Zeit nie ausgereicht hatte. Doch wenn sie dann nach gut fünf Stunden auf dem Parkplatz des Krankenhauses ankam, hatte sie sich damit abgefunden, daß die Mutter sie auch diesmal nicht erkennen würde.
Trotzdem wollte sie die Fragen stellen.
Ich tue es um meinetwillen, dachte sie. Was Mama betrifft, ist es ja egal, worüber ich rede.
Aber sie irrte sich. Johanna verstand zwar die Worte nicht, spürte jedoch den Schmerz der Tochter und ihre eigene Machtlosigkeit. Sie erinnerte sich nicht mehr daran, daß es ihre Aufgabe war, dieses Kind zu trösten, das schon immer unsinnige Fragen gestellt hatte. Doch die Forderung bestand weiter und auch die Schuld an aller Unzulänglichkeit.
Sie wollte in die Stille flüchten, schloß die Augen. Es ging nicht, das Herz schlug, und hinter den Augenlidern war das Dunkel rot und schmerzhaft.
Sie begann zu weinen. Anna versuchte zu trösten, schon gut, schon gut, trocknete die Wangen der Greisin und schämte sich.
Johannas Verzweiflung war nicht aufzuhalten, Anna bekam Angst; klingelte um Hilfe. Es dauerte wie üblich, aber dann stand die blonde Frau in der Tür. Sie hatte junge Augen, ohne Tiefe. Auf der blauen Oberfläche stand Verachtung, und für einen Augenblick konnte Anna sehen, was jene sah: eine Frau mittleren Alters, verängstigt und hilflos, neben der Uralten, lieber Gott!
»Schon gut, schon gut«, sagte auch sie, aber die Stimme war hart, ebenso hart wie die Hände, die der Greisin übers Haar strichen. Trotzdem gelang es. Johanna schlief so plötzlich ein, daß es unwirklich schien.
»Wir dürfen die Patientin nicht aufregen«, sagte die Frau. »Jetzt bleiben Sie eine Weile ruhig sitzen. In zehn Minuten kommen wir Windeln wechseln und Betten machen.«
Anna flüchtete lautlos wie ein gescheuchter Hund durch den Tagesraum hinaus auf die Terrasse, griff nach ihren Zigaretten und machte einen tiefen Lungenzug. Das beruhigte, sie konnte denken. Erste Gedanken der Wut: was für ein verdammtes Weibsstück, hart wie Granit. Hübsch, selbstverständlich,

und ekelhaft jung. Hatte Mama ihr aus Furcht gehorcht, gab es hier eine Disziplin, die die hilflosen Alten spürten, der sie sich fügten?
Dann kamen die Selbstvorwürfe, diese junge Frau tat ihre, Annas, Arbeit, tat alles, was laut Naturgesetz sie hätte tun müssen. Aber nicht konnte, sich nicht überwinden konnte, Selbst wenn Zeit und Platz vorhanden gewesen wären. Zu allerletzt kam die staunenswerte Erkenntnis: Der Mutter waren die von ihr gestellten Fragen irgendwie nahegegangen.
Sie drückte die Zigarette in der rostigen Blechdose aus, die jemand auf den entferntesten Tisch gestellt hatte, ein widerwilliges Zugeständnis an die Verlorenen. O Gott, wie müde sie war. Mama, dachte sie, du wunderbare kleine Mama, warum kannst du nicht barmherzig sein und sterben?
Erschrocken warf sie einen Blick auf den Krankenhauspark, in dem die Ahornbäume blühten und nach Honig dufteten. Sie atmete den Duft in tiefen Zügen ein, als suche sie Trost beim Frühling. Aber ihre Sinne blieben taub, ich bin schon selbst fast wie eine Tote, dachte sie, als sie kehrtmachte und mit entschlossenen Schritten zur Tür der Stationsschwester ging, anklopfte, gerade noch denken konnte: Bringen wir's hinter uns, Märta.
Märta war die einzige, die sie hier kannte. Sie begrüßten sich wie alte Freundinnen, die Tochter setzte sich in den Besucherstuhl und wollte gerade zu fragen beginnen, als die Gefühle sie übermannten.
»Ich will nicht heulen«, sagte sie, und dann heulte sie doch.
»Es ist nicht leicht«, die Schwester schob ihr den Karton mit Papiertüchern hin.
»Ich will wissen, wieviel sie mitkriegt«, sagte Anna und sprach von der Hoffnung, erkannt zu werden, sprach von den Fragen, die sie der Mutter gestellt hatte, die nichts begriff und doch verstand.
Märta hörte ohne Erstaunen zu: »Ich glaube, die Alten verstehen in einer Art, die wir nur schwer erfassen. Wie Neugeborene. Sie haben ja selbst zwei Kinder bekommen und wissen, daß schon Säuglinge alles mitkriegen, Aufregung und Freude, bestimmt erinnern Sie sich?«
Nein, sie erinnerte sich nicht, erinnerte sich nur ihres eigenen überwältigenden Gefühls von Zärtlichkeit und Versagen. Aber sie wußte, wovon die Krankenschwester sprach, denn sie hatte ihre Enkelkinder, von denen sie viel gelernt hatte.
Dann sprach Märta in tröstenden Worten vom Allgemeinzustand der alten Frau, man hatte die wundgelegenen Stellen in den Griff bekommen, körperliche Qualen litt sie also nicht.

»Aber sie ist nachts ein bißchen unruhig«, sagte Märta. »Es sieht aus, als hätte sie Alpträume, sie wacht schreiend auf.«
»Träume?«
»Klar träumt sie, das tun alle. Das Traurige ist, daß wir nie erfahren werden, was unsere Patienten so träumen.«
Anna dachte an die Katze, die sie zu Hause gehabt hatten, das schöne Tier, das aus dem Schlaf hochfuhr und mit gespreizten Krallen zu fauchen begann. Dann schämte sie sich auch dieses Gedankens.
Doch Schwester Märta sah ihre Verlegenheit nicht.
»Mit Rücksicht auf Johannas schlechten Allgemeinzustand möchten wir ihr lieber nichts Beruhigendes geben. Außerdem meine ich, sie braucht ihre Träume vielleicht.«
»Braucht ...?«
Schwester Märta überhörte das Erstaunen in Annas Stimme und fuhr fort:
»Wir haben vor, ihr ein eigenes Zimmer zu geben. In ihrem jetzigen Zustand stört sie die andern im Saal.«
»Ein eigenes Zimmer, ist das möglich?«
»Wir warten Emil in Nummer sieben ab«, sagte die Krankenschwester und senkte den Blick.
Erst als die Tochter in der Parklücke zurücksetzte, begriff sie, was die Krankenschwester Märta mit den Worten über Emil, den alten Sektenprediger, gemeint hatte, dessen Choräle all die Jahre erklungen waren. Ihr war gar nicht aufgefallen, daß es in seinem Zimmer heute still war. Jahrelang hatte sie ihn vom Leben im Tal der Todesschatten singen hören und vom Herrn, dessen furchtbares Gericht uns erwartet.

Johannas geheime Welt richtete sich nach der Uhr. Sie eröffnete sich ihr gegen drei in der Nacht und schloß sich wieder im Morgengrauen um fünf Uhr. Diese Welt war voller Bilder, erfüllt von Farben, Düften und Stimmen, auch von anderen Geräuschen. Ein Wildbach rauschte, der Wind sang in den Kronen der Ahornbäume, und den Wald erfüllte das Singen der Vögel.
In dieser Nacht beben ihre Bilder vor Spannung. Es ist Sommer und früher Morgen, tiefstehende Sonne und lange Schatten.
»Verrückt bist, Teufel noch mal«, schreit die Stimme, die sie am besten kennt, die des Vaters. Er ist rot im Gesicht und erschreckend in seiner Erregung. Sie hat Angst, schlingt die Arme um seine Beine, er hebt sie hoch, streicht ihr übers Haar und sagt:
»Glaub ihm nicht, Kind.«
Aber ihr ältester Bruder steht mitten in der Kammer, er ist prächtig anzusehen, hat blanke Knöpfe und hohe Stiefel, und auch er schreit.
»In die Grotte mit euch allen, und das heute noch. Die können morgen schon da sein.«
Jetzt ist noch eine Stimme zu hören, eine entschlossene.
»Ach, Junge. Glaubst du wirklich, der Axel und der Ole aus Moss und der Sohn von der Astrid, die drüben in Fredrikshald wohnen, kommen daher und schießen uns einfach tot?«
»Ja, Mutter.«
»Ich glaub, du bist übergeschnappt«, sagt die Stimme, doch jetzt ist sie unsicher. Und der Alte sieht den Soldaten an, Blick stößt auf Blick, und der Alte kann dem Ernst in den Augen des Jungen nicht ausweichen.
»Machen wir's halt, wie du meinst.«
Dann wechseln die Bilder. Fußgetrampel, schwere Gegenstände werden weggeschleppt. Sie sieht, wie sich Keller und Vorratsräume leeren. Der große Bottich mit Salzspeck wird hinausgetragen, das Heringsfaß, die Kartoffelkiste, der Multbeerentopf, die Butter im Holzfaß, die harten Fladenbrote, all das kommt hinaus an die Böschung. Hinunter zum Kahn. Säcke voll Decken und Kleider, aller Wollvorrat aus der Hütte wird den Steilhang hinunter zum See geschafft. Sie sieht die rudernden Brüder, angestrengte Ruderschläge hin zur Landzunge, leichte zurück.

»Die Petroleumlampen!« Das ruft die Mutter, unterwegs zur Hütte. Aber der Soldat hält sie auf, auch er ruft laut: »Nein, Mutter, auf Licht müßt Ihr verzichten.«
Die Augen des Kindes sind vor Angst weit aufgerissen. Doch da setzt sich ein Zitronenfalter auf seine Hand.

Nun verändert sich das Bild wieder, die Sonne ist fast untergegangen, sie sitzt auf Vaters Schultern und wird, wie so oft in der Abenddämmerung, den Hang hinauf zu den Bergseen getragen. Diese sind geheimnisvoll und reglos, ganz anders als der große See mit seinem Licht und blauen Geglitzer. Genau über der Mühle bricht der größte der dunklen Seen die Stille, stürzt sich mit all seiner Kraft hinunter in den Wildbach, aber da ist das Wehr und hält ihn zurück.
Der Vater kontrolliert wie immer am Abend die Schleuse.
»Norwegerwasser«, sagt er, und seine Stimme klingt gequält. »Vergiß nie, Johanna, das Wasser für unser tägliches Brot kommt aus Norwegen. Wasser«, sagt er, »ist viel klüger als Menschen, es schert sich einen Dreck um alle Grenzen.«
Er ist außer sich. Aber sie fürchtet sich nicht, solange sie auf seinen Schultern sitzen darf.
Jetzt bricht der Abend herein. Mühsam und schwerfällig steigt der Vater steil bergab, geht zur Mühle, prüft die Schlösser. Das kleine Mädchen hört ihn Flüche murmeln, bevor er dem Pfad hinunter zum Boot weiter folgt. In der Höhle ist es still, die Brüder sind eingeschlafen, doch die Mutter bewegt sich unruhig auf dem harten Lager.
Das Kind darf in Vaters Arm schlafen.

Es ist kalt. Später neue Bilder. Sie ist größer, sie sieht es an den Füßen, die zur Höhlenöffnung laufen, in Holzschuhen, denn jetzt sind die Hänge glitschig.
»Vater«, ruft sie, »Vater.«
Aber er antwortet nicht, es ist Herbst, es wird früh dunkel. Dann sieht sie das Licht im Höhleneingang und fürchtet sich, es wird gegrölt in der Höhle, Rudolf ist da, der Schmied, vor dem sie solche Angst hat. Sie sieht beide Männer schwanken, sieht ihn und auch den Vater.
»Heim mit dir, Fratz«, schreit er, und sie rennt und weint, rennt und weint, rennt und fällt, tut sich weh, aber der Schmerz von den aufgeschlagenen Knien ist fast nichts gegen das Weh in der Brust.

»Vater«, schreit sie. »Vater!«
Und dann ist die Nachtschwester da, besorgt: »Schon gut, schon gut, Johanna. Es ist nur ein Traum, schlaf jetzt, schlaf ein.« Sie gehorcht wie immer, schläft kurz ein, bis die Stimmen der Frühschicht in den Körper dringen und wie Eis durch ihre Adern treiben. Sie zittert vor Kälte, doch keiner sieht es, die Fenster werden aufgerissen, sie bekommt eine frische Windel, sie friert nicht mehr und fühlt keine Scham.
Sie ist wieder dort in der weißen Nichtigkeit.

Anna verbrachte eine Nacht mit wirren und klärenden Gedanken. Sie begannen mit den Gefühlen, die in ihr erwacht waren, als Schwester Märta sie nach ihren eigenen Kindern gefragt hatte: Zärtlichkeit und Unzulänglichkeit. So war es bei ihr immer gewesen, wenn ihre Gefühle stark waren, verlor sie selbst an Kraft.

Erst gegen drei Uhr war sie eingeschlafen. Sie hatte geträumt. Von Mama. Und der Mühle und dem Wildbach, der sich hinab in den lichten See stürzte. Im Traum war das große Gewässer still und blank gewesen.

Der Traum hatte sie getröstet.

Herrgott, wie konnte Mama erzählen! Von den Elfen, die im Mondlicht über den See tanzten, und von der Hexe, die mit dem Schmied verheiratet war und Mensch und Tier um den Verstand zaubern konnte. Je älter Anna wurde, um so mehr wuchsen die Märchen zu langen Erzählungen über Leben und Tod der Menschen in diesem magischen Grenzland an. Als sie elf und auch immer kritischer wurde, hatte sie gemeint, alles sei erlogen und es gäbe das seltsame Land nur in der Phantasie ihrer Mutter.

Später, als sie schon erwachsen war und einen Führerschein besaß, hatte sie die Mutter ins Auto gesetzt und sie heim an den Wildbach am langen See gebracht. Es waren dorthin nur 240 Kilometer. Sie konnte sich noch erinnern, wie zornig sie auf Papa gewesen war, als sie die Entfernung auf der Landkarte ermittelt hatte. Er besaß schon viele Jahre ein Auto und hätte wirklich die Strecke in wenigen Stunden mit Johanna und seiner Tochter fahren können, die so viel von diesem Land ihrer Kindheit erzählt bekommen hatte. Wenn er nur den Willen gehabt hätte. Und die Einsicht.

Aber als sie und die Mutter das Ziel an diesem sonnigen Sommertag vor dreißig Jahren erreichten, war der Zorn verraucht. In feierlicher Stimmung und voller Staunen stand sie dort und sah: tatsächlich, hier lag es, das Land der Märchen, das Land mit dem langgestreckten See tief unten, mit dem Wildbach und seinem Gefälle von gut zwanzig Metern und den stillen Norwegerseen oben in den Bergen.

Die Mühle war niedergerissen, ein Kraftwerk erbaut und wieder eingestellt worden, als der Atomstrom kam. Aber das schöne rote Holzhaus stand noch, seit langem der Sommersitz eines Unbekannten.

Der Augenblick war zu groß für Worte, also hatten sie nicht viel gesprochen. Mama hatte geweint und sich dafür entschuldigt: »Ich bin so dumm.« Erst als sie den Eßkorb aus dem Wagen geholt und sich mit Kaffee und belegten Broten auf einem flachen Felsen am See niedergelassen hatten, waren die Worte gekommen und genauso wie damals, als Anna klein gewesen war. Ihre Mutter hatte die Geschichte vom Krieg gewählt, der nie zustandegekommen war: »Ich war ja erst drei, als die Unionskrise begann und wir in die Höhle übergesiedelt sind. Dort drüben, hinter der Landzunge. Vielleicht glaub ich mich daran zu erinnern, weil ich die Geschichte, während ich heranwuchs, viele Male hab erzählen hören. Aber ich hab die Bilder so deutlich vor mir. Ragnar ist heimgekommen, stand so prächtig dort in seiner blauen Uniform mit den glänzenden Knöpfen und verkündete, daß es Krieg geben werde. Zwischen uns und den Norwegern!«
Das Staunen war ihrer Stimme immer noch anzuhören, das Erstaunen des Kindes vor dem Unbegreiflichen. Die Dreijährige hatte wie alle Grenzbewohner Verwandte jenseits der Norwegerseen, wo Mutters Schwester mit einem Fischhändler in Fredrikshald verheiratet war. Die Kusinen hatten viele Sommer im Müllerhaus verbracht, und selbst war sie einen knappen Monat zuvor mit der Mutter zu Besuch in die Stadt mit der großen Festung gefahren. Sie konnte sich erinnern, wie der Fischhändler roch und was er gesagt hatte, als er die Festungsmauern betrachtete.
»Dort haben wir ihn erschossen, den Sauschwed.«
»Wen?«
»Den Schwedenkönig.«
Das kleine Mädchen hatte Angst bekommen, aber die Tante war von sanfterer Art als die Mutter und hatte sie hochgehoben und getröstet: »Ist schon ganz lang her. Und die Leute früher hatten so wenig Verstand.«
Aber vielleicht gab es etwas in der Stimme des Onkels, das sich im Kopf festgesetzt hatte, denn eine Zeit nach dem Norwegenbesuch befragte das Kind seinen Vater. Er lachte und sagte im wesentlichen wie die Tante, daß das alles lange her war und die Leute sich damals noch von Königen und verrückten Offizieren herumkommandieren ließen.
»Aber es hat ja kein Norweger geschossen. Es war ein Schwede, ein unbekannter Held der Geschichte.«
Sie hatte das nicht verstanden, erinnerte sich aber der Worte. Und weit später, als sie in Göteborg zur Schule ging, hatte sie gedacht, er hat recht gehabt. Es war ein gesegneter Schuß gewesen, der Karl XII. ein Ende bereitet hatte.

Sie waren damals lange auf dem Felsen sitzen geblieben, Mama und Anna. Dann waren sie langsam auf dem Weg um die Bucht durch den Wald zur Schule gewandert, die noch stand, aber viel kleiner war, als Johanna sie in Erinnerung hatte. Mitten im Wald gab es einen Felsblock, den Riesenwurf, dachte Anna. Mama war eine ganze Weile vor dem Stein stehengeblieben, erstaunt: »Wie klein der ist.« Anna, die ihre Kindheitsberge selbst auch mit Magie aufgeladen hatte, mußte nicht darüber lachen.

Während des ganzen langen Samstags gelang es Anna, eine gute Tochter zu sein. Sie bereitete die Lieblingsspeisen ihres Vaters zu, lauschte ohne sichtbare Ungeduld seinen endlosen Geschichten, und fuhr ihn zum Steg, wo das Boot lag, saß fröstelnd dort, während er Fender und Verdecke überprüfte, den Motor zur Kontrolle laufen ließ und Eiderenten mit Brotbrocken fütterte.

»Wie wär's mit einer Runde?«

»Nein, es ist zu kalt. Und ich muß ja noch zu Mama fahren.«

Er schaute spöttisch. Anna hatte nie ein Segel setzen oder einen Außenbordmotor anlassen gelernt. Wohl weil er ... aber es war besser, vorsichtig zu sein.

»Du«, sagte er. »Du hast dein Leben lang nichts anderes getan, als die Nase in Bücher gesteckt.«

Er hatte mit voller Absicht verletzen wollen, und es war ihm gelungen.

»Ich habe mich gut damit durchgebracht«, sagte sie.

»Geld«, sagte er, und jetzt troff ihm der Hohn geradezu aus den Mundwinkeln. »Geld ist hier in dieser Welt nicht alles.«

»Das ist wahr. Aber es bedeutet doch eine ganze Menge für dich, der du dich über die Pension beschwerst und jedes Öre zweimal umdrehst.«

Jetzt hat die gute Tochter die Maske fallen lassen, dachte sie, verdammte ihre Verletzlichkeit und sackte vor dem unausweichlichen Streit in sich zusammen. Aber der Vater war unberechenbar wie immer. Das ist es, was ihn so schwierig macht, dachte sie.

»Du wirst nie verstehen können wie es ist, hungrig und arm zu sein«, sagte er. »Ich habe schon früh lernen müssen, jedes einzelne Öre zu schätzen.«

Es gelang ihr, zu lächeln, zu sagen, ich hab ja nur Spaß gemacht, Väterchen. Und die Wolke zog vorüber, und sie half ihm an Land und ins Auto.

Er hat nur zwei Gefühle, Zorn und Sentimentalität, dachte sie. Ist das eine verpufft, ist Zeit für das andere. Da hielt sie sich wieder für ungerecht. Außerdem stimmte es ja, sie hatte nie gehungert.

Im Krankenhaus ging es heute auch besser. Anna tat, was sie mußte. Sie sprach mit der alten Frau wie mit einem Baby, hielt ihre Hand, fütterte sie zu Mittag: ein Löffel für Papa, ein Löffel für Mama. Mitten in dieser Leier hielt sie inne, schämte sich. Es war menschenunwürdig.

Die alte Frau schlief nach dem Essen ein, Anna blieb sitzen und betrachtete das ruhige Gesicht. Wenn sie schlief, sah sie fast aus wie früher, und Anna, hin- und hergerissen zwischen ihrer Zärtlichkeit und ihrem Unvermögen, ging für eine Weile auf die Terrasse, um zu rauchen.
Mit der Zigarette in der Hand versuchte sie über die schwierigen Seiten ihrer Mutter nachzudenken, ihre Selbstaufopferung und ihre Schuldgefühle. Eine Hausfrau mit nur einem Kind und jeder Menge Zeit, es zu verzärteln.
Es war albern, es half ihr nicht. Nichts tut so weh wie Liebe, dachte sie. Mein Fehler ist, daß ich zuviel davon abbekommen habe, darum kriege ich mich nicht in den Griff, weder was Mama noch was Rickard betrifft. Und überhaupt nie, wenn es um die eigenen Kinder geht.
Der Gedanke an ihre beiden Töchter tat ebenfalls weh. Ohne Grund, denn sie hatte keinen Grund, sich ihretwegen Sorgen zu machen. Auch sie hatten eine unzulängliche Mutter gehabt. Und nichts konnte ungeschehen gemacht werden.
Als sie wieder ins Krankenzimmer kam, wachte die Mutter auf, schaute sie an und versuchte zu lächeln. Es war nur ein Augenblick, vielleicht war es gar nicht geschehen. Dennoch war Anna so glücklich, als wäre sie einem Engel begegnet.
»Hallo, kleine Mama«, sagte sie. »Möchtest du wissen, was ich heute nacht geträumt habe? Ich habe vom Norskwasser geträumt, von allem, was du erzählt hast.«
Der Augenblick war schon lange vorbei, aber Anna sprach weiter, ruhig und in langen Sätzen. Wie man zu Erwachsenen spricht.
»Es hat mich daran erinnert, wie wir zum ersten Mal dort waren, du und ich. Du weißt es bestimmt noch, es war ein schöner Sommertag, und ich war ganz erstaunt darüber, daß alles so war, wie du erzählt hattest. Wir saßen auf dem großen Felsen unten am See, weißt du noch? Du hast von der Höhle erzählt, in die ihr geflüchtet wart, weil ihr dachtet, es kommt zum Krieg mit Norwegen, wie ihr dort gehaust habt und wie alle gefroren haben. Außer dir, denn du durftest in Papas Arm schlafen.«
Vielleicht war es ein Wunschdenken, aber Anna meinte zu sehen, daß Leben

in das Gesicht der alten, Frau kam, es wechselte zwischen Erstaunen und Freude.
Sie lächelte.
Ich war immerzu der Meinung, es ist nicht möglich, aber ich sehe ja, daß es möglich ist, halte es fest, Mama, halte es fest.
Sie sprach weiter vom Wasserfall und dem Wald, der Gesichtsausdruck verlor sich wieder. Aber dann sagte sie: »Ich habe oft darüber nachgedacht, was für ein Gefühl das gewesen sein muß, dort in der Höhle zu schlafen. Wo es so feucht war und ihr kein Feuer machen durftet und nur kalte Sachen essen konntet.«
Jetzt gab es keinen Zweifel mehr, das Gesicht veränderte sich wieder, diesmal zur Heiterkeit hin.
Die alte Frau versuchte Anna anzulächeln, es war eine große Anstrengung, und es gelang ihr nicht, es wurde eine Grimasse. Aber dann geschah das Wunder wieder, die braunen Augen sahen direkt in die Annas, es war ein fester und bedeutungsvoller Blick.
Im nächsten Moment schlief sie. Anna blieb lange sitzen. Nach einer halben Stunde ging die Tür auf, und die Blauäugige sagte: »Die Patienten müssen jetzt frischgemacht werden.«
Anna stand auf, flüsterte der Mutter einen Dank ins Ohr. Als sie den Raum verließ, fing die Greisin im Nebenbett an zu schreien.

Anna wählte den Umweg am Strand entlang, blieb eine Weile im Wagen sitzen und blickte über die Bucht, in der sie schwimmen gelernt hatte. Wo Moschuskraut und rotes Leimkraut, Storchschnäbel und Hornklee sich zwischen den Felsen unter das harte Seegras gemischt hatten, gab es eine Bootswerft, die anspruchslosen Eigenheime waren durch Rauhputz aufgefrischt und so diskret durch Anbauten erweitert worden, daß man sie kaum wiedererkannte. Zu den Hügeln hin, wo die Wiesen der Kindheit sich mit Walderdbeeren, Kornblumen und Kühen ausgedehnt hatten, standen jetzt lange Reihenhaussiedlungen, die wie umgekippte Hochhäuser dalagen.
Nur das Meer dort draußen war sich gleich geblieben und auch die Inseln, deren flache Profile sich am grauen Horizont abzeichneten.
Verlorenes Land, verlorene Kindheit.
Hier gingen wir einst über die Strandwiese, Hand in Hand. Mit Badetüchern und Eßkorb versehen, und darin Brote, Kaffee für dich und Saft für mich. Ich werde langsam erwachsen, dachte Anna und fühlte die Trauer. Und die Wut. Warum muß es sich so häßlich entwickeln, so barbarisch.
Meine Mutter war schön wie einst auch die Landschaft. Jetzt verfällt sie. Und ich versuche zu lernen, all das zu akzeptieren. Es ist an der Zeit, denn auch ich bin alt, bald alt.
Ich muß nach Hause.
Aber sie hätte sich nicht zu beeilen brauchen, denn der Vater schlief.
Leise wie ein Dieb schlich sie sich durch das Haus und fand schließlich, wonach sie suchte. Das Fotoalbum. Aber die Bilder weckten keine Erinnerungen, es waren reine Äußerlichkeiten. Ja, so haben wir ausgesehen.
Vorsichtig zog sie die Schublade heraus, um das alte Album wieder zu verstauen. Es verklemmte sich, und es dauerte eine Weile, bis sie sah, weshalb. Unter dem geblümten Papier, mit dem Mama vor Jahren die Laden ausgelegt hatte, lag noch eine Fotografie. Gerahmt und hinter Glas. Großmutter!
Sie zog das Bild heraus, sah verwundert zur Wand, wo es immer neben Vaters Eltern, den Kindern und Enkeln seinen Platz gehabt hatte. Tatsächlich, das Bild fehlte, und der nicht ausgebleichte Fleck auf der Tapete zeigte an, wo es gehangen hatte.

Merkwürdig, warum hatte er das Bild seiner Schwiegermutter entfernt? Hatte er sie nicht gemocht? Aber das hatte er doch!
Was weiß ich eigentlich? Was kann man von seinen Eltern wissen? Von seinen Kindern?
Und warum ist das so wichtig? Warum wird es als Mangel empfunden, sich nicht zu erinnern und nichts verstanden zu haben? Bei mir ist es wie ein Loch, das aufgefüllt werden muß. Als hätte ich keine Kindheit gehabt, nur eine Erzählung davon, eine Erzählung von dem, was geschehen oder vielleicht nicht geschehen ist.
Es waren gute Erzähler gewesen, vor allem Mama mit ihrer Fähigkeit, alles in Bilder umzusetzen. Vergoldete Bilder?
Daß Papa vervollständigte, daß er einfügte, was Wirkung versprach, und wegnahm, was nur zu Komplikationen führen würde, das hatte ich schon sehr früh begriffen. Und es entschuldigt, weil Dramatik Spannung ergab und Pointen lustig waren.
Bedächtig stahl sie sich die Treppe hinauf in ihr altes Kinderzimmer, legte sich aufs Bett, fühlte, wie müde sie war. Zwischen Wachen und Schlafen kam ihr die Vorstellung, eine wichtige Entdeckung gemacht zu haben. Vielleicht hatte sie darum so wenig Kindheitserinnerungen, weil sie in einer Erzählung gelebt hatte. Einer Geschichte, in der sie sich nie richtig wiedererkennen konnte. Wurde so das Gefühl des Fremdseins geboren?
Sie erwachte, als der alte Mann in der Küche mit dem Kaffeekessel schepperte, fahr hoch und wurde vom schlechten Gewissen die Treppe hinuntergejagt.
»Na also, da bist du ja«, sagte er lächelnd. »Mir war doch, als wärst du hier, um mich zu besuchen.«
»Du hattest es vergessen?«
»Ich vergesse heutzutage so leicht.«
Sie nahm ihm den Kaffeekessel aus der Hand, sagte: »Setz dich einstweilen auf die Küchenbank, ich mach das schon mit dem Kaffee.«
Sie nahm Zimtschnecken aus dem Gefrierfach, taute sie im Ofen auf, und sah dann zu, wie das heiße Wasser durch den Papierfilter tropfte, roch den duftenden Kaffee und hörte dem alten Mann kaum zu, der schon mitten in einer Schilderung von seiner Begegnung mit Walen war, als er einmal vom dänischen Skagen losgesegelt war. Es war eine alte, uralte Geschichte, Anna hatte sie viele Male gehört. Mit Vergnügen.
Jetzt hatte er die Fähigkeit verloren, Spannung zu vermitteln und bei der

Sache zu bleiben. Seine Erzählung schleppte sich hin, machte Umwege, er verlor den Faden: Wo war ich noch?
»An der schwedischen Küste vor Varberg.«
»Ja, stimmt«, sagte er dankbar, aber der Faden, den er bei Varberg aufnahm, gehörte zu einer anderen Geschichte von einem Mädchen und einem Tanz im Burghof der alten Festung. Mittendrin geriet er ins Stocken, sagte verwirrt, das sei wohl auf der Festung von Kungälv gewesen, wo er in einer hellen Sommernacht getanzt hatte. Und mit dem Bräutigam eines Mädchens in ein Handgemenge geraten war.
Als er seinen einzigartigen Sieg über den Bräutigam schilderte, klang alles klar und deutlich, die Erzählung steigerte sich, erhielt Glanz. Aber schnell verfing er sich in einem Wirrwarr von anderen Erinnerungen, wie er bei einer Prügelei gewonnen, ein scheuendes Pferd aufgehalten und einem Kind, das irgendwo in einem Hafen ins Wasser gefallen war, das Leben gerettet hatte.
Sie nahm die Zimtschnecken aus dem Ofen, und ihre Verzweiflung war fast unerträglich. Dieses schamlose Aufschneiden und das verfallende Gehirn, seine ungeordneten Erinnerungen waren entsetzlich.
Was heißt Erinnerungen? Vielleicht waren es nur Histörchen, die er im Lauf der Jahre immer mehr ausgeschmückt hatte.
Ich will nicht alt werden, dachte sie. Und während sie den Kaffee in die Tassen goß: Wie kann ich jemals wahrhaftig werden? Aber laut sagte sie: »Dein Wachstuch ist aber schon ziemlich verschlissen. Wir werden morgen ein neues kaufen.«
Nach dem Frühstück ging der alte Mann zum Fernseher, diesem gesegneten, abscheulichen Gerät. Dort, im alten durchgesessenen Lehnstuhl, schlief er wie üblich ein. Sie konnte das Mittagessen vorbereiten und hatte sogar noch Zeit für einen kurzen Spaziergang durch das Eichenwäldchen zwischen den Felsen und dem Haus.
Sie brachten die Mahlzeit hinter sich, Hackfleisch mit Rahmsauce und Preiselbeeren.
»Solches Essen kriege ich nur, wenn du hier bist«, sagte er. »Die anderen, die sonst hier rumrennen, die haben keine Zeit, richtiges Essen zu machen.«
Es klang wie ein Vorwurf. Da sie das nicht zu begreifen schien, wurde er deutlicher: »Du kannst doch ebensogut hier bei mir schreiben.«
»Ich habe Mann und Kinder.«
»Die können dich ja hier besuchen kommen«, sagte er, und sie dachte, daß er

im Grund gar nicht so unrecht hatte. Ich könnte meinen Bericht sehr wohl oben in meinem alten Zimmer fertig schreiben. Wahrhaftig, dachte sie und lächelte in all ihrem Elend, wie wird man wahrhaftig? Man stelle sich vor, ich spräche aus, wie es sich wirklich verhält, daß ich keinen Augenblick Ruhe in deinem Haus habe, Papa, daß ich mir gerade jetzt nicht vorstellen kann, wie ich es noch zwei weitere Tage aushalten soll, ohne durchzudrehen.
»Ich würde dich nicht stören«, sagte er.
Es lag eine Bitte in den Worten, und sie war den Tränen nahe.
Aber sie begann von den Computern zu sprechen, die sie für ihre Arbeit brauchte, diesen Maschinen, die keinen Ortswechsel zuließen.
Wahrhaftig dachte sie, während sie hier saß und ihrem Vater glatt ins Gesicht log. Als er vom Tisch aufstand und sich für das Essen bedankte, war Kälte in seiner Stimme. Ich mag ihn nicht leiden, dachte sie. Ich habe Angst vor ihm, ich halte ihn nicht aus, ich verabscheue ihn. Das Schwierige ist, daß ich ihn trotzdem liebe.
Sie spülte das Geschirr. Ein Nachbar kam, ein Mann, den sie mochte, ein liebenswerter Mann. Er war fröhlich wie immer, strich ihr über die Wange und sagte: »Es ist nicht leicht, ich weiß.« Sie empfand eine unbegreifliche Angst, als sie seinem Blick begegnete, es war, als ginge ein Schatten durch die Küche.
»Geh du zu Papa rein, ich mache euch einen Grog«, sagte sie und hörte selbst, wie unsicher ihre Stimme war.
Mit fahrigen Bewegungen machte sie das Tablett zurecht, die Flasche Gin, die sie mitgebracht hatte, Tonic, ein Schüsselchen Erdnüsse. Vorahnungen? Nein! Ich bin müde und ein Idiot. Sie sagte es mehrere Male halblaut vor sich hin, müde und idiotisch. Er ist noch jung, gesund und fröhlich, einer von den Menschen, die lange leben.
Als sie die Drinks servierte, sagte sie so ganz nebenbei: »Und wie geht's dir, Birger?«
Er sah sie erstaunt an und sagte, daß es ihm gutgehe wie immer. Sie nickte, wagte aber den ganzen Abend nicht, seinem Blick zu begegnen.
Es war bald Zeit zum Schlafengehen, gegen neun wurde der alte Mann plötzlich müde. Sie half ihm ins Bett, sanft und so nachsichtig wie sie nur konnte. Seine Würde war verletzlich.
Sie nahm sich eine Tasse Tee mit hinauf ins Zimmer, das gehörte dazu. Mama hatte immer darauf bestanden, für jeden gab es eine Tasse Tee mit Honig vor dem Einschlafen. Als sie das süße Getränk zu sich nahm, erwachte die Kindheit zum Leben, die Erinnerungen, die sich ihr eingeprägt hatten. Der Duft

von Honig im Tee, eine blaublumige Tasse und vor dem Fenster die Schreie der Sturmmöven, die sich in übermütiger Lebensfreude vom Himmel fallen ließen.
Sie öffnete ihr Fenster und folgte der lärmenden Schar mit den Augen. Sie zogen dem Meer entgegen, hinaus über Asperö und Köpstadsö. Im nächsten Moment hörte sie in den Eichen, die schon die ersten Maiknospen trugen, die Schwarzdrossel singen.
Das war zuviel, solche Wehmut war nicht auszuhalten. Entschlossen nahm sie eine Schlaftablette.

Das goldene Licht weckte sie zeitig. Vielleicht nicht nur das Licht, denn bis hinein in die Träume der Nacht hatte sie das Vogelgezwitscher aus dem Garten gehört, schön und stark wie der Frühling selbst. Eine Weile lag sie still da und versuchte, die einzelnen Stimmen zu erkennen, den Jubel des Buchfinken, die munteren Tonfolgen der Kohlmeisen und das Zirpen der Schwalben während ihres Anflugs auf das Ziegeldach.
Die Schwalben sind gekommen und bauen Nester unter dem Dach, sinnierte sie und konnte für einen Augenblick spüren, daß alles war, wie es sein sollte.
Sie ging auf Zehenspitzen in die Küche hinunter, machte sich lautlos wie ein Geist eine Tasse Kaffee, schnappte sich eine Zimtschnecke und schlich auf leisen Sohlen wieder die Treppe hinauf, erinnerte sich, daß die sechste Stufe knarrte, übersprang sie, und alles ging gut. Der alte Mann im Schlafzimmer schnarchte.
Sie meditierte, der Gesang der Vögel half ihr auf dem Weg in die eigene Stille und in die Gewißheit, daß keine Gefahr drohte, obwohl alles im Fluß war. Vorübergehend glückte ihr sogar der Gedanke, daß ihre Mutter es nicht schwer hatte, daß sie bereits jenseits des Schmerzes angelangt war. Und daß Vaters Gedächtnis so kurz war, daß seine Verbitterung nie von Bestand sein konnte.
Dann holte sie sich Großmutters Fotografie und sah sie sich lange an.
Hanna Broman. Wer warst du? Ich habe dich seltsamerweise fast nur vom Hörensagen gekannt. Du warst eine Legende, großartig und fragwürdig. Ganz einmalig stark, sagte Mama.
Ich muß aber doch auch eigene Bilder haben, du hast ja gelebt bis ich erwachsen war, heiratete und Kinder bekam. Die Fotografie hat mit meinen Erinnerungen an dich nichts gemein. Das ist verständlich, denn das Bild wurde aufgenommen, als du jung warst, eine Frau im schönsten Alter. Ich habe dich nur als alte Frau erlebt, wie eine Fremde, unglaublich groß und dick, eingehüllt in überweite, faltenreiche schwarze Kleider.
So also sahst du in jenen Tagen aus, als du im Vollbesitz deiner Kräfte warst, damals, als du mit einem Fünfzigkilosack Mehl zehn Kilometer weit, von der Mühle am Wasserfall bis zum Dorf an der Grenze, gingst. Dort hast du Mehl gegen Kaffee, Petroleum, Salz und andere Notwendigkeiten getauscht.

Kann das wahr sein? Du trugst den schweren Sack auf dem Rücken, hat Mama gesagt. Aber nur im Frühling und Herbst. Im Sommer bist du gerudert, im Winter zogst du den Schlitten übers Eis.
Wir wurden in verschiedenen Welten geboren, du und ich. Aber ich kann jetzt sehen, daß wir uns gleichen, die gleiche Stirn und der gleiche Haaransatz mit hohen Ecken. Gleich sind der breite Mund und die kurze Nase. Aber du hast nicht mein Kinn, nein, deines ist kräftig und eigenwillig. Dein Blick ist stetig, deine Augen halten Abstand. Ich erinnere mich, daß sie braun waren.
Lange sehen wir einander an. Zum ersten Mal sehen wir einander an!
Wer bist du? Warum haben wir einander nie kennengelernt? Warum hattest du an mir so gar kein Interesse?
Plötzlich hört Anna eine Frage.
Das Kind, das sagt: »Warum ist sie keine richtige Oma? Bei der man auf dem Schoß sitzen kann und Märchen erzählt bekommt.«
Und die Stimme der Mutter: »Sie ist alt und erschöpft, Anna. Sie hat längst genug von Kindern. Und für Märchen hat es in ihrem Leben nie Zeit gegeben.«
Gibt es so etwas wie Bitterkeit in der Stimme?
Ich muß zu dem zurückgehen, was ich selbst noch weiß.

Großmutter kam, als ich klein und sie noch kräftig genug war, den weiten Weg von der Bushaltestelle bis zum Haus am Meer, wo wir wohnten, zu Fuß zu gehen, manchmal vormittags zu Besuch. Sie saß auf der Küchenbank, es duftete nach Plätzchen und frischgebackenem Hefebrot, und alles war schön, eine Decke auf dem Tisch und die besten Tassen. Sie brachte Wohlbehagen mit, sie war wie eine Katze, die sich in einer Sofaecke zur Ruhe legt und schnurrt. Sie schnurrte auch, daran erinnere ich mich, sie knarrte wie ein Wachtelkönig bei Nacht. Wenn sie nicht sprach.
Auch ihr Reden machte Freude, eine ulkige Sprache, halb Norwegisch, voll Leichtigkeit, manchmal unverständlich.
›Mir sölba‹, sagte sie, ›do in Land‹, oder auch ›akkurat‹. Es gelang ihr immer, sich selbst ebenso zu überraschen wie die andern, denn die Worte flogen ihr aus dem Mund, ehe sie nachgedacht hatte. Dann machte sie ein erstauntes Gesicht, schwieg mit einemmal still, schämte sich oder lachte.
Wovon wurde gesprochen?
Von den Nachbarn im Amtmannhaus. Von Kindern, denen es schlechtging,

von versoffenen Männern und kranken Frauen. Aber auch von Hochzeiten und neugeborenen Kindern, von Festen und Essen und wie in aller Welt die Menschen sich das nur leisten konnten, wurde gesprochen.
Für das Kind war das so, wie nach dem Entfernen des Daches vom Puppenhaus ein Durcheinander von Figuren zu sehen. Wie ein Spiel. Aber für die beiden Frauen war es Wirklichkeit und Ernst. Sie hatten lebhaftes Interesse an Höglunds schwächlichen Kindern und Malermeister Johanssons Besäufnissen. Ganz zu schweigen von Frau Niklassons seltsamer Krankheit.
Tratsch. Nicht boshaft, aber auch nicht wohlwollend. Erst jetzt denkt Anna, daß dieses endlose Gerede eine Art Gefühlsorgie war. Sie suhlten sich im Unglück anderer Leute, jammerten herum und lebten ihre persönliche Not aus, ohne je wirklich persönlich zu werden. Über sich selbst zu reden, wäre unmöglich gewesen. Schändlich.
Großmutter errötete leicht.
»Weinst du nie, Oma?«
»Nie. Es hilft nix«, sagte sie und wurde flammend rot.
Auch Mama wurde verlegen und wies das Kind zurecht. Es gab vieles, was man Großmutter nicht fragen durfte, denn wahrscheinlich war sie der Meinung, neugierige Kinder müsse man zurechtweisen, und Johanna könnte ihrem verwöhnten Gör keinen Anstand beibringen.
Du warst so verflixt praktisch, sagte Anna zu der Fotografie.
Vielleicht irre ich mich, dachte sie, als sie den Blick von dem Bildnis zum Meer vor dem Fenster schweifen ließ. Er mußte sich den Weg weit an all den kleinen Häusern vorbei suchen, wo die anonymen neuen Bewohner Zaun an Zaun lebten und einander wohl kaum mit Namen kannten. Vielleicht war es so, daß ihr beide eine traurige Sehnsucht nach dem Dorf hattet, aus dem ihr kamt? Und daß ihr Zusammenhänge und dörfliches Zusammengehörigkeitsgefühl wiederzubeleben versuchtet, als ihr in die Großstadt gezogen seid.
Bei diesem Gedanken konnte Anna ihre Großmutter schnauben hören. Sie mochte die Stadt, das elektrische Licht, das fließende Wasser, die Geschäfte, die im gleichen Häuserblock lagen, und das Recht, die eigene Tür hinter sich zumachen zu können.
Großmutter kam am Sonntag zum Mittagessen, von Vater im Auto geholt. Sie hatte lange schwarze Ketten aus Straß und weiße Rüschen um den Hals, schwieg bei Tisch, bis sie etwas gefragt wurde, und war gegenüber dem Schwiegersohn unterwürfig.
Plötzlich erinnerte sich Anna. Eine völlig klare Erinnerung, dachte sie ver-

wundert. Am Mittagstisch herrschte Ratlosigkeit, die Aussage der Schullehrerin, daß Anna begabt sei, wurde gedreht und gewendet.
Begabt? Das war ein ungewöhnliches Wort. Das Fräulein hatte von höherer Schule gesprochen. Großmutter errötete und kicherte, fand das Gespräch geradezu verwerflich. Sie blickte das Mädchen lange an und sagte: »Zu was soll das gut sein? Bist doch bloß ein Mädchen. Hochmütig wird's, und helfen tut's eh nix.«
Vielleicht waren es diese Worte, die über Annas Zukunft entschieden. ›Bloß ein Mädchen‹ erweckte Vaters Zorn, er, der nie eingestand, wie traurig es ihn machte, daß sein einziges Kind ein Mädchen war.
»Das wird Anna selbst bestimmen«, sagte er. »Will sie studieren, dann wird sie es dürfen.«
Wie habe ich diesen Sonntag vergessen können, dieses Gespräch, dachte Anna. Sie ging zum Bett zurück und sah die Fotografie nochmals an. Du hast dich geirrt, alte Hexe, sagte sie. Ich habe studiert, ich habe die Abschlußprüfung gemacht, ich hatte Erfolg und bewegte mich in Welten, von denen du nicht einmal hast träumen können.
Hochmütig bin ich auch geworden, wie du gesagt hast, und was alle sagen. Und was dich angeht, du wurdest zum Fossil, ein primitiver Überrest aus einer entschwundenen Zeit. Ich habe dich aus meinem Leben ausgeschlossen, du warst nur eine peinliche Erinnerung an eine Herkunft, deren ich mich schämte.
Deshalb habe ich dich nie kennengelernt und habe keine Erinnerungen an dich. Aber es ist auch der Grund dafür, daß deine Fotografie mich so stark anspricht. Denn sie sagt ganz deutlich, daß auch du ein begabtes Mädchen warst.
Du hattest andere Vorurteile als ich, das ist wahr. Aber du hattest manchmal recht, und insbesondere dann, wenn du sagtest, auch ich werde alldem nicht entgehen. Auch auf mich wartete ein Frauenleben.
Ich trug keine Mehlsäcke von der Mühle zur Stadt, Großmutter. Und tat es doch.

# Hanna

*geboren 1871, gestorben 1964*

Hannas Mutter bekam ihre Kinder in zwei Lebensabschnitten. Die vier ersten starben während der Hungersnöte Ende der achtzehnhundertsechziger Jahre an der Seuche. Maja-Lisa selbst wurde immer teilnahmsloser und wagte anzunehmen, daß ihr neue Kinder erspart blieben.
Aber achtzehnhundertsiebzig kam der Frühling mit Regen, wie sich das gehörte, die verbrannte Erde lebte auf, und es gab wieder Brot auf dem Tisch. Es war keine Rede von Überfluß, aber im Herbst hatten sie Kohlrüben und Kartoffeln im Keller. Und Kühe, die wenigstens soviel Futter bekamen, daß sie wieder Milch gaben.
Und Maja-Lisa trug ein Kind. Sie verfluchte ihr Schicksal, aber August, ihr Mann, sagte, daß sie dankbar sein müßten. Die bösen Jahre hatten sie nicht vom Hof vertrieben, sie brauchten nicht im Zigeunerkarren über die Straßen zu ziehen wie viele andere Kleinbauern in Dal.

Hanna wurde als ältestes Kind des neuen Nachwuchses geboren, dann kam ein weiteres Mädchen und schließlich drei Jungen. Was die Mutter aus dem Geschehen gelernt hatte war, die neuen Kinder nicht zu sehr in ihr Herz zu schließen. Aber Schmutz und schlechte Luft zu fürchten.
Letzteres hatte sie in der Kirche gelernt.
In der Zeit vor den Jahren der Not hatten sie einen jungen, samtäugigen Pfarrer gehabt, der, so gut er konnte, in der Nachfolge Christi zu leben versuchte. Er teilte sein Brot mit den Alten, und wo immer er hinkam, brachte er Milch für die Kinder mit, obwohl das Essen auch im Pfarrhaus knapp war. Tagsüber gab er Kindern und Alten das letzte Geleit und schrieb Kirchenpapiere für all jene aus, die Richtung Westen nach Norwegen und Amerika flüchteten. Nachts betete er für die armen Leute.
Da die Gebete keine sichtbare Wirkung zeigten, tauschte er sie immer öfter gegen die Schriften aus, die ihm sein Bruder schickte, der Arzt in Karlstad war. So kam es, daß seine Predigten von der Bedeutung der Reinlichkeit zu handeln begannen. Die Schwindsucht hause im Schmutz und die englische Krankheit im Dunkel, verkündete er. Alle Kinder sollten hinaus ans Tageslicht. Sie starben nicht daran, daß sie froren, sondern an Dunkelheit und Dreck, wetterte er. Und Milch mußten sie bekommen.

Das war eine Botschaft, über die seine Gemeinde die Nase gerümpft hätte, wären die Zeiten so gewesen, wie sie sollten. Jetzt horchten die Mütter ängstlich auf, und Maja-Lisa gehörte zu denen, die die Predigt von der Reinlichkeit ernst nahmen.

Es gab viel Streit in ihrem Haus, ehe sie ihrem Mann beigebracht hatte, daß er nicht auf die Flickenteppiche spucken durfte. Aber sie war unnachgiebig, denn sie fand, der Pfarrer habe recht. Die neuen Kinder waren ungewöhnlich kräftig und gesund.

Aber der samtäugige Pfarrer verschwand und wurde durch einen ersetzt, der sehr auf Branntwein erpicht war. Es war mit dem Pfarrer wie mit den meisten Dingen in dieser Gegend, alles wurde nach den Notjahren schlechter. Die Angst hatte sich endgültig eingenistet, und es gab wenig Freude, dafür aber reichlich Mißgunst. Der Weg zum nächsten Haus wurde auch beschwerlicher, als sich der Wald die Äcker und Wiesen rund um die verlassenen Höfe zurückholte.

Und im Winter zogen die Bettlerscharen durchs Land und erinnerten an das Elend.

Als Hanna zwölf Jahre alt war, kam der neue Pfarrer nach Bråten zur Christenlehre und sagte, sie sollten Gott danken, daß sie an so einem schönen Ort wohnen dürften. Hanna blickte erstaunt über den See und die hohen Berge hin. Sie begriff nicht, wovon er sprach, dieser Pfarrer. Noch weniger verstand sie ihn, als er versicherte, daß Gott für seine Kinder sorge. Gott half nur dem, der harte Fäuste besaß und der gelernt hatte, auch das Geringste zu achten.

Im Alter von zwölf Jahren wurde das Mädchen auf den Hof an der Flußmündung geschickt, um als Magd zu dienen. Da war sie gerade so lange in die Schule gegangen, daß sie zur Not rechnen und schreiben konnte. Das reicht, sagte der Vater.

Auf Lyckan, also ›Glück‹, wie der Hof hieß, herrschte Lovisa, geizig, bekannt für Härte und Hochmut. Der Hof galt hier in der Armeleutegegend als reich, unten in der Ebene wäre es nicht mehr als eine dürftige Bauernwirtschaft gewesen. Lovisa hatte Pech mit ihren Kindern gehabt. Zwei Töchter hatte sie als Säuglinge im Schlaf erdrückt, ein Sohn war immer weniger geworden, schließlich verkrüppelt und an der englischen Krankheit gestorben. Jetzt war nur noch einer übrig, ein schöner Junge, gewöhnt, alle Wünsche erfüllt zu bekommen. Er unterschied sich auch im Aussehen von den anderen, er war dunkelhaarig und schwarzäugig.

Böse Zungen sprachen von einer Schar Zigeuner, die im Sommer vor seiner Geburt durchs Land gezogen war. Aber vernünftige Leute erinnerten sich, daß Lovisas Vater aus Spanien stammte, ein Schiffbrüchiger, dem auf Orust das Leben gerettet worden war.

Die Höfe waren miteinander verwandt, der Hausvater Joel Eriksson auf Lyckan war der Bruder von Hannas Mutter. Der Großvater wohnte noch auf dem Vorderhof, hatte aber seine Außengehöfte unter den Kindern aufgeteilt. Joel, der Sohn, bekam das Besitzrecht für Lyckan. Maja-Lisa und ihr Mann erhielten die Erbpacht auf Bråten, das dürftiger und kleiner war.

Als gäbe es doch noch Gerechtigkeit im Leben, bekam Maja-Lisa einen guten und fleißigen Mann, August Nilsson, geboren und aufgewachsen in Norwegen. Während der Sohn Joel an die schwierige Lovisa aus Bohuslän geriet.

Lovisa war bigott. Wie viele ihrer Wesensart fand sie Freude daran, ihre Mitmenschen in der Zucht und Lehre des Herrn zu halten, und konnte es sich im Alltag leisten, guten Gewissens grausam zu sein.

Nun war Hanna an lange Tage, schwere Arbeit und viele böse Worte gewöhnt. Also klagte sie nicht und bekam nie zu hören, daß die Nachbarn sie bedauerten und sagten, Lovisa behandle sie wie ein Stück Vieh. Das Mädchen durfte sich satt essen und an einem Tag im Monat auch freuen. Das war, wenn sie mit einem Scheffel Mehl zu ihrer Mutter heimgehen konnte.

Als im Oktober die Dunkelheit dichter wurde, bekam sie zum ersten Mal ihre Tage. Es tat weh, und sie blutete stark, Hanna ängstigte sich sehr. Aber sie wagte nicht zu Lovisa zu gehen. Sie nahm ihr verschlissenstes Leinenhemd, riß es in Streifen und kniff die Beine zusammen, um den blutigen Lappen an seinem Platz zu halten. Lovisa sah sie mißtrauisch an und schrie: »Du läufst wie eine x-beinige Kuh, heb die Füße.«

Erst am Samstag, als sie heim zur Mutter kam, konnte sie weinen. Ein paar Tränen nur, denn die Mutter sagte wie immer, daß Heulen gar nichts nützt. Dann gab es Abhilfe durch richtige gehäkelte Binden und ein Band, das man über den Hüften befestigen konnte. Zwei kostbare Sicherheitsnadeln wurden aus Mutters Nähkasten geholt. Es war ein regelrechtes Vermögen. Jetzt sagte Maja-Lisa: »Mußt wissen, daß es gefährlich ist. Laß nie einen Mann näher zu dir als auf zwei Ellen Abstand.«

Dann kam der Abend, an dem sie auf dem Heuboden einschlief. Sie hatte einen Schlafplatz in der Küche, aber dort gab es keine Ruhe, dort wurde abends gestritten. Oft wegen des Sohnes, den die Mutter verwöhnte und aus dem der Vater einen richtigen Kerl machen wollte. Hanna war so müde, daß sie wohl

trotz der schlimmen Worte, die über dem Strohsack in der Mägdekiste hin und her flogen, hätte einschlafen können. Aber heute abend prügelten sich die Hausleute in der Kammer, und durch die Küchentür drang das Geräusch von schweren Schlägen und schrecklichen Schreien. Hanna dachte, jetzt macht er sie tot, der Joel. Aber dann hörte sie den schwarzen Rickard brüllen. Es war ein unheimliches und wütendes Aufheulen, wie ein Schrei aus der Unterwelt.
Die haben ihn aufgeweckt, Gott erbarm.
Sie schlich hinaus in den Stall. Vor dem Jungen hatte sie eine Sterbensangst, er hatte angefangen, sie zu zwicken, sobald seine Mutter die Augen anderswo hatte.
Nun schlief sie also auf dem Heuboden wie ein müdes Tier und wachte erst auf, als er ihr den Rock herunterriß. Sie versuchte zu schreien, aber er drückte ihr den Hals zu, und sie wußte, daß sie jetzt sterben würde. Mit dieser Erkenntnis schwieg sie still. Er war schwer wie ein Stier, als er sich auf sie wälzte, und als er in sie eindrang und sie zerriß, konnte sie mitten in diesem ungemeinen Schmerz Gott noch bitten, er möge sie bei sich aufnehmen.
Dann starb sie und war erstaunt, als sie nach vielleicht einer Stunde zu sich kam, blutig und zerfetzt. Sie konnte sich bewegen, zuerst die Hände, dann die Arme und schließlich die Beine. Endlich konnte sie einen Beschluß fassen oder zumindest einen Gedanken formen: Heim zur Mutter.
Sie ging langsam durch den Wald, ließ eine blutige Spur hinter sich. Den letzten Kilometer kroch sie auf allen vieren, aber als sie vor der Hüttentür schrie, war ihre Stimme kräftig genug, die Mutter zu wecken.
Zum ersten und einzigen Mal im Leben sah Hanna ihre Mutter weinen. Das Mädchen wurde auf den Küchentisch gelegt, die Mutter wusch und wusch, konnte aber den Blutfluß nicht stillen.
»Gott im Himmel«, sagte Maja-Lisa, immer und immer wieder sagte sie es, bis sie sich endlich zusammennahm und den ältesten Jungen Anna holen schickte, die die Hebamme in der Gegend war und Maja-Lisa oft genug im Kindbett geholfen hatte. Sie war auch geschickt im Blutstillen.
»Schnell, schnell!« schrie sie dem Jungen nach.
Dann wollte sie dem Mädchen die zerrissenen Kleider ausziehen, besann sich aber. Ihr war selbst in ihrem wilden Zorn doch auch eingefallen, daß Anna nicht nur Hebamme war, sie war auch diejenige, die mit den schlimmsten Geheimnissen des Dorfes von Hütte zu Hütte rannte.
Hanna schlief oder war bewußtlos, Maja-Lisa konnte das nicht genau feststellen. Die Küche sah aus wie ein Schlachthaus, und immer lauter rief sie

Gott um Barmherzigkeit an, während die Kinder rundum sich Augen und Ohren zuhielten.
Dann endlich kam Anna, tatkräftig und besonnen. Sie hatte feingeriebene Tormentillwurzel dabei, vermischte sie mit Rindertalg und Schweinefett, und rieb den Unterleib des Mädchens mit der Salbe ein.
Hanna wachte während der Behandlung auf und fing leise an zu wimmern. Die Hebamme beugte sich über das Kind und fragte:
»Wer?«
»Der schwarze Rickard«, flüsterte das Mädchen.
»Hab ich's mir gedacht«, sagte Anna grimmig. Dann gab sie dem Kind zu trinken, einen Sud aus Mistel und weißer Taubnessel. Jetzt müßte das Bluten aufhören und einen Schlaf schenken, tief wie der Tod, sagte sie. Aber Gott weiß, ob sie je wird Kinder kriegen können. Und heiraten wird sie keiner.
Maja-Lisa machte dabei kein trauriges Gesicht und ahnte doch nicht, daß sich beide Weissagungen Annas als falsch herausstellen würden. Jetzt schickte sie die Kinder ins Bett in die Kammer, kochte Kaffee, räumte die Küche auf und entdeckte, daß das Gewehr nicht mehr an der Wand hing und August verschwunden war.
Da fing sie wieder an zu schreien, die Kinder kamen aus der Kammer gerannt, aber Anna, die Maja-Lisas Blick gefolgt war, schnaubte: »Männer! Beruhig dich, Weib, da können wir nix machen.«
»Er endet noch auf der Festung!« schrie Maja-Lisa.
»Glaub kaum, daß es ihm gelingen wird.«
Das bewahrheitete sich. Als August nach Lyckan kam, war der Sohn verschwunden. Die beiden Bauern beruhigten sich mit Branntwein und beschlossen, der Junge müsse zur Heirat gezwungen werden, sobald Hanna heiratsfähig sei, und daß sie bis dahin als Tochter im Haus zu respektieren sei.

Aber aus der Übereinkunft wurde nicht viel. Hanna sagte, lieber ginge sie in den Fluß, bevor sie diesen Rickard heiraten würde, Maja-Lisa verbiß sich ihre Machtlosigkeit, und Lovisa konnte ihrem Sohn auf geheimen Pfaden die Botschaft zukommen lassen, er möge sich um Christi willen vom Hof fernhalten. Die alte Anna sprach vom Bezirksrichter und sagte, daß man von einem gehört hatte, der zum Tod verurteilt worden war, nachdem er einer Dienstmagd Gewalt angetan hatte.
Aber weder August noch Maja-Lisa wollten der Verwandtschaft auf Lyckan solche Schmach antun.

Das Gerede in den Hütten ließ nicht nach, die Leute begannen Lovisa und Lyckan zu meiden. Bis eines Tages offenkundig wurde, daß Hanna schwanger war und man immer mehr zu dem Schluß kam, daß sie wohl doch nicht gar so unwillig gewesen sein mußte, das Mädchen. Und das Getuschel, sie sei grausig zugerichtet, das sei glatt erlogen. Die alte Anna hatte wohl wie üblich den Schnabel mal wieder gehörig gewetzt.

Als die Monatsregel zum zweitenmal hintereinander ausblieb, sagte sich Maja-Lisa wohl hundertmal am Tag, das kommt, weil dem Mädchen der Unterleib zerrissen worden ist. Aber eines Morgens fing das Kind an sich zu übergeben.

Maja-Lisa ging mit dem Mädchen zu Anna. Die Hebamme drückte ihr auf dem Bauch herum, machte große Augen und sagte, auf Gottes Wege verstünde sie sich nun mal nicht. Dann suchte sie die Waldlichtung auf, wo die wilde Petersilie wuchs, kochte einen Sud aus dem Kraut, mußte aber feststellen, daß er dem Balg in Hannas Bauch nichts anhaben konnte.

»Ist schon zu weit«, sagte sie.

Kaum dreizehn Jahre alt, am fünften Juli, gebar Hanna ihr Hurenkind, einen prächtigen Jungen mit schwarzen Augen. Er tat sich schwer mit dem Loslassen, und es wurde eine lang dauernde und schwere Entbindung. Als er endlich auf der Welt war, befiel sie eine seltsame Zärtlichkeit für den Buben.

Obwohl er seinem Vater glich.

Das Gefühl war so erstaunlich, daß sie nicht anders konnte, als sich den Beschlüssen zu beugen, die gefaßt werden mußten. Sie wußte ja, daß der Hof der Eltern nicht zwei weitere Münder sättigen konnte. Sie mußte zurück nach Lyckan. Der Bauer dort versprach ihr hoch und heilig, sie werde wie eine Tochter gehalten werden, und soweit er vermochte, stand er zu seinem Versprechen. Er gewann den Buben lieb, der schnell wuchs und in die Welt hinein lachte. Es war seltsamerweise ein glückliches und kräftiges Kind.

Hanna arbeitete ebenso hart wie zuvor, und Lovisa war nicht freundlicher, obwohl sie viel von Barmherzigkeit redete, seit sie von diesem Sektenbruder bekehrt worden war, der einmal im Monat kam und seine Schäfchen in der Scheune des Nachbargehöfts um sich scharte.

Alle drei warteten sie auf Rickard, aber keiner sprach je ein Wort über den Verschwundenen. Dann ging das Gerücht im Dorf um, er sei in der Gegend irgendwo gesehen worden.

Zu der Zeit beschloß Hanna, flußaufwärts zum Runenmeister im Wald hinter der Teufelskluft zu gehen. Sie hatte lange darüber nachgedacht, hatte sich aber abschrecken lassen durch böses Geraune über den Alten und sein Hexenweib.

Jetzt bat sie den Bauern, sich um das Kind zu kümmern. Es war Sonntag, und sie sagte, sie wolle zur Kirche. Er nickte zustimmend, es sei gut, daß jemand vom Hof Gott dort aufsuchte, wo er zugegen war, sagte er mit einem boshaften Blick auf seine Frau. Lovisa schrie ihr nach, sie dürfe das Hurenbalg nicht vergessen, wenn sie ins Haus Gottes wolle.

Es war eine gute Meile bis zur Kirche am Flußufer, und dann ging es am Wasserfall vorbei steil bergauf Danach, im ruhigen Gewässer, fand sie die Furt, und dann war es nur noch eine Wanderung von einer halben Stunde durch den Wald zur Berghütte am Ende des Pfades. Sie fand hin, denn sie war als Kind mit der Mutter dort gewesen und hatte schwören müssen, es niemals jemandem zu erzählen. Ihr Herz klopfte laut vor Angst, aber die beiden Alten empfingen sie ohne Erstaunen. Sie wolle einen Runenstab haben, nahmen sie an. Das Mädchen wagte nicht zu sprechen, nickte aber und schaute ängstlich in die Stubenecke, wo das Runenvolk, wie es hieß, das abgeschnittene Glied eines Mörders aufbewahrte, der vor vielen Jahren auf dem Galgenberg gehenkt worden war.

Sie sah sofort, daß es kein männliches Glied war. Nein, es stammte von einem Hengst und konnte sie nicht schrecken. Solche hatte sie schon öfter im letzten Winkel von Hütten gesehen, wo der Kindersegen ausblieb.

Die alte Frau legte Hanna die Hände auf, zunächst auf die Stirn, dann aufs Herz. Währenddessen sprach sie mit dem Mann in einer ungezügelten und fremdartigen Sprache. Er nickte, schnitzte. Eine Rune nach der andern entstand auf dem kleinen Stab. Als er fertig war, sah er fröhlich aus und lächelte zu seinen Worten, daß das, wovor sie sich am meisten fürchtete, ihr nicht zustoßen werde, und daß ihre Schande vergehen werde.

Sie bezahlte mit den armseligen Münzen, die sie gespart hatte, machte einen tiefen Knicks und lief, den geheimnisvollen Runenstab zwischen ihren Brüsten versteckt, den weiten Weg nach Hause zurück, bekam eine Ohrfeige, weil sie zu lange ausgeblieben war, nahm sie ohne Murren hin, schluckte sogar den Vorwurf, daß sie wahrscheinlich wieder läufig sei. Denn eine Hure sei sie, sagte Lovisa, die einen wunderlichen Glanz in Hannas Augen gesehen hatte.

Zwei Tage später kam Rickard heim, aufgeputzt wie ein Gockel, in hohen Stiefeln und einer Uniform mit blanken Knöpfen. Er brüstete sich, lachte über das Erstaunen der Eltern und machte sich wichtig. Laut sprach er, besonders laut, als er verkündete, daß er nie und nimmer ein Bauer werden und sich auf diesem unglückseligen Hof krumm arbeiten würde. Hanna solle sich ihn aus dem Kopf schlagen, er heirate keine Huren.

Nur einmal wurde er unsicher. Das war, als der Vierjährige in der Küchentür auftauchte und ihm freimütig ins Gesicht lachte. Aber dann drehte der Soldat sich auf dem Absatz um und verschwand.
Lovisas Weinen wurde zum lauten Geschrei. Aber der Bauer sah erst das Kind und dann Hanna an. Beide hatten Schwierigkeiten, ihre Erleichterung zu verbergen, und keiner sagte ein Wort des Trostes zu Lovisa.
Hanna drückte ihren Runenstab unter dem Leibchen an sich. Und von diesem Tag an wachte sie jeden Morgen mit dem Gefühl auf, daß ihr etwas Seltsames widerfahren werde.

Um Mittsommer kam ein Mann ins Dorf, einer aus Värmland. Ein Müller, sagten die Leute, die mit ihm gesprochen hatten, ein Müller mit Plänen, die alte Mühle am Norwegerwasser instand zu setzen. Er ist schon alt, sagten die Jungen. Er ist ein Mann in den besten Jahren, sagten die Älteren. Daß er still und verschwiegen war, was sein Leben betraf, darüber waren sie sich einig. Nur zur alten Anna hatte er gesagt, daß Frau und Kinder ihm dort oben in Värmland weggestorben waren. Und daß er mit dieser Einsamkeit nicht mehr dort in seiner Mühle bleiben konnte.

Er soff, um mit der Erinnerung fertig zu werden, auch das hatte er gesagt.

Jetzt ging er von Gehöft zu Gehöft, um den Bedarf zu erfragen. Überall traf er auf Bauern, die versicherten, daß sie am Norskvatten mahlen lassen würden, wie sie es früher getan hatten und wie schon Vater und Großvater es immer gehalten hatten. Zum Schluß war er sicher, daß er ihnen neuen Mut geben würde, wenn er die Mühle instand setzte.

Dennoch zögerte er. Das hier war ein schwerblütigeres und wortkargeres Volk als das, an das er gewöhnt war. Es gab wenig Freude in den Hütten, und der Kaffee, den sie ihm einschenkten, glich schmutzigem Schmelzwasser und schmeckte nach gebranntem Roggen.

Er kam aus einer wohlhabenderen Gegend mit umgänglicheren und redseligeren Menschen. Eins der Gespenster, die ihn von daheim vertrieben hatten, war der Neid, der belauerte, maß und verglich. Hier, wo die Natur karg war und die Armut unerbittlich, hatte dieses schlimme Übel noch ärger zugeschlagen, hatte Nutzen aus den Jahren der Not gezogen und vergiftete jede Begegnung.

Nun war da also die Mühle, es brauchte viel Arbeit, um sie instandzusetzen. Die Geländer am Sturzbach entlang waren zerbrochen, die Brücke war morsch, und die Treppen im Innern des Mahlhauses waren in betrüblichem Zustand. Aber der Durchlaß aus Eichenholz hatte ebenso überdauert wie das Schaufelrad und das Wehr oben am See. Die beiden Mahlsteinpaare waren neu und aus Naturstein aus Lugnås und sahen aus, als hätten sie gute Schärfe. Er berechnete das Gefälle des Mühlbachs auf gut dreißig Ellen, was einen sicheren Betrieb versprach.

Vorratshaus und Kuhstall waren vorhanden. Und das Wohnhaus war in

gutem Zustand, ein festes Haus mit einer Wohnstube hin zum See, einer kleinen Kammer und großer Küche.
So also stand es.
Er hatte viele großartige Landschaften in den Wäldern der Finnmarken und an den Ufern des Klarälv gesehen. Aber nie zuvor eine Gegend von solch wilder Schönheit. Er blickte auf die in den Himmel ragenden senkrecht abfallenden Berge, sah die Horste der Wanderfalken in den Felswänden und den Flug der Kaiseradler über den Klüften. Er lauschte dem Donnern des Wildbachs und dem leisen Plätschern der dunklen Norwegerseen, sah auch nachdenklich auf die sanften Hügel, wo die Schafe weideten. Er verschloß die Augen nicht davor, daß die Felder armselig und die Wälder ungepflegt waren, in weiten Teilen undurchdringlich. Als wären sie seit Urzeiten unberührt geblieben, dachte er.
Und doch, es war prachtvoll.
Er war ein hellhöriger Mensch und konnte Berge und See, den Wildbach und die hohen Ahornbäume auf dem Mühlengrund mit geheimnisvollen Stimmen zu sich reden hören.
Der einzige nähere Nachbar war der Schmied, der ein guter Mann zu sein schien. Und ein Zugang zur Schmiede war notwendig wegen der Mühlpicken.
Der schwerwiegendste Grund war aber doch das Geld. Er hatte in Värmland seine eigene Mühle verkauft, und diese hier würde er pachten können. Erik Eriksson auf dem Vorderhof war geizig wie alle Bauern, war aber widerwillig darauf eingegangen, zu den nötigen Reparaturen beizutragen.

Die einzige, mit der er in der Gegend zu einem vertraulicheren Verhältnis kam, war die alte Anna, die Hebamme. Sie kochte auch besseren Kaffee, so daß er immer öfter in ihrer Küche gesehen wurde. Sie war es, die in Worte kleidete, was er seit langem gedacht, aber immer verdrängt hatte: »Er braucht ein Weib, ein fleißiges und geduldiges Mensch. Dort oben im Wald kommt keiner zurecht ohne eine Hausmutter.«
Es blieb lange still, nachdem sie das gesagt hatte. Er saß da und fühlte plötzlich, wie müde er war. Und alt, viel zu alt, um neu anzufangen.
»Hab wohl nimmer die rechte Lust«, sagte er schließlich.
»Junger Kerl, der du bist!« sagte sie.
»Schon vierzig vorbei.«
»Mann in den besten Jahren.«

»Hab kein Glück mit den Weibern«, sagte er.
Als er am nächsten Abend wiederkam, hatte Anna nachgedacht. Sie war schlau, fing also ein wenig beiläufig an von Hanna zu reden, arme Haut, der das Leben so übel mitspielt. Eine große Schande sei das, sagte sie, das Mädchen ist doch ein Enkelkind vom Eriksson vom Vorderhof. Den Müller erbarmte die Geschichte von der bösen Vergewaltigung, sie sah es seinem Gesicht an und zweifelte nicht mehr daran, als er unterbrach: »Sie hat nicht zufällig einen Schnaps?«
Er bekam seinen Branntwein und war wohl ein wenig unsicher auf den Beinen, als er irgendwann im Dunkeln heimwärts zog. Was er dachte darüber sagte er nicht, aber Anna hatte das peinliche Gefühl, durchschaut worden zu sein.
Als John Broman zu dem verlassenen Müllerhaus kam, sah er zum ersten Mal, wie schmutzig es in Zimmer und Küche war. Diese Entdeckung löste praktische Gedanken aus, er brauchte wohl eine Hausfrau. Als er ins Bett kroch, wuchs das Bedürfnis nach Lust, das Blut pochte in seinen Adern, und das Glied war steif. Mein Gott, wie lang, wie lang ist's her, daß er ein Weib gehabt hatte.
Er dachte an Ingrid, und die Lust verließ ihn, das Glied erschlaffte. Sie hatten es in Bett und Küche nicht gut miteinander gehabt. Wie hatte sie ausgesehen? Er kam nicht drauf, erinnerte sich nur an ihr ewiges Gekeif ums Geld, das ihr nie ausreichte. Und um den Branntwein, den er sich am Samstag gönnte.
Wenn das Bild der Ehefrau eher nebelhaft war, so war die Erinnerung an Johanna klar, als sähe er sie vor sich. Er hatte eine Tochter gehabt, von der Schwindsucht dahingerafft, als sie gerade acht Jahre alt war.
Wie er das Kind vermißte.

Als er am nächsten Morgen aufwachte, hatte er praktische Gedanken. Das Mädchen wäre ihm großen Dank schuldig. Er konnte damit rechnen, bei ihr die Oberhand zu behalten. Daß sie schon einen Sohn hatte, war gut, er mochte Kinder gern, wollte aber nie mehr eigene haben. Gar nicht so dumm, daß das Mädchen verwandt mit dem Großbauern war.
Später am Morgen ging er nach Lyckan.

Hanna erwachte wie gewöhnlich mit dieser seltsamen Erwartung und faltete die Hände um den Runenstab wie im Gebet. Dann weckte sie den Jungen, der da neben ihr in der Ausziehbank in der Küche auf dem Strohsack lag.
»Ragnar, mein Lieber«, sagte sie.
Sie freute sich über den Namen, weil sie die Kraft gehabt hatte, ihn durchzusetzen. In beiden Gehöften hatte es Einwände gegeben, in keiner der Familien war dieser Name üblich. Dann aber hatten sie geschwiegen und gedacht, soll sein, wie's will, uneheliche Kinder brauchen keinen Familiennamen tragen.
Hanna erinnerte sich an einen Jungen in der Schule.
Jetzt wußte sie, daß ihr in ihrer Aufsässigkeit etwas gelungen war. Denn ihr Sohn ähnelte dem Schulkameraden, war sonnig und ausgeglichen. Sogar jetzt in der Dämmerung und gerade erst geweckt, lachte er sie an.
Sie räumte die Küche auf und machte das Frühstück. Der Bauer kam, sobald der Haferbrei gekocht war, setzte sich schwerfällig an den Tisch und aß. Sie stand hinter ihm am Herd und aß wie immer mit dem Jungen auf dem Arm: Ein Löffel für Ragnar und einer für die Mutter.
Sie und auch Joel Eriksson mochten diese Stunde am Morgen. Lovisa nahm nicht teil, sie hatte so viele Gebete aufzusagen.
Etwa eine Stunde später kam der Fremde. Das Mädchen beobachtete ihn und fand den Breitschultrigen mit dem quergestutzten Bart stattlich. Wie ein richtiger Herr. Er musterte sie aus schmalen Augen, das war ja schrecklich, wie der herstarrte.
Das tat er wirklich, und er fand, daß sie schön anzusehen war und einen wachen Blick hatte. Ist eine von den Aufmerksamen, eine mit offenen Augen, dachte er. Kraftvoll, ist verwunderlich unbeschadet durch alles Finstere und durch die Schande gekommen.
So jung, dachte er, siebzehn Jahr, nicht viel älter als meine Johanna, wenn sie noch am Leben wär.
Er schämte sich plötzlich wegen seiner Träume am Abend und der praktischen Überlegungen am Morgen. Aber er entkam der Verlegenheit, als das Kind in die Küche stürmte, ein kleiner Junge, der Stielaugen machte, neugierig und furchtlos. Er schaute seine Mutter an und lachte. Es war ein über-

wältigendes Lachen, so ungewöhnlich, daß es hier in dieser ärmlichen Gegend geradezu herausfordernd klang.

Der Müller hockte sich hin, streckte die Hand aus und sagte:

»Schönen guten Tag, ich heiße John Broman.«

»Guten, guten Tag«, sagte der Junge und legte beide Hände in seine.

Es war das erste Mal, daß jemand dem Buben höflich begegnete, und Hannas Augen strahlten. Dann kam Joel Eriksson in die Küche gestapft und sagte: »Tummelst dich halt mit den Rüben. Und den Buben nimmst mit.«

Im nächsten Augenblick war Lovisa da und schrie nach dem Kaffee, den Hanna aufzustellen vergessen hatte. Das Mädchen verschwand durch die Tür, John Broman schaute ihr nach, sah, daß sie einen sehr aufrechten Gang hatte, als sie mit dem Jungen an der Hand über den Acker ging. In diesem Augenblick faßte er seinen Entschluß: Weg vom Hof sollten die beiden, sie und auch der Junge.

Dann trank er seinen Kaffee und bekam die Zusage, daß auch Lyckan sein Mehl in der Mühle am Norskwasser mahlen lassen würde.

Auf dem Heimweg ging er bei Anna vorbei und sagte kurz, kommt alles, wie du's gewollt hast, alte Fuchtel. Aber jetzt sorg auch dafür, daß ich mit dem Mädchen reden kann.

Das war nicht leicht einzurichten. Seit Hanna Tochter auf Lyckan geworden war, bekam sie nie frei. Aber Anna ging zu Maja-Lisa, die einen von ihren Buben mit der Nachricht losschickte, Hanna möge am Wochenende heimkommen und ihre Eltern besuchen.

Am Samstag morgen stand Broman zeitig auf und machte in seinem Haus Ordnung. Er hatte nicht viele Möbel, ein Tisch und eine Klappbank waren alles. Es war also schnell erledigt. Und sauber wurde es, auch wenn es dürftig aussah.
Es stand ein alter Tonkrug neben dem Herd, er nahm ihn, scheuerte ihn und ging hinaus, um Blumen zu pflücken. Es war schon September, aber er fand Büschel von weißer und rosa Schafgarbe, schnitt neben der Vortreppe einen Birkenzweig ab und ging dann hinauf zu den Norwegerseen, wo er eine Fülle von weißen und blauen Glockenblumen gesehen hatte. Sie waren schon etwas überständig, und so zupfte er die welken Blätter und verblühten Glocken ab. Zum Schluß war er richtig zufrieden mit seinem Strauß.
Am Samstag nachmittag holte die alte Anna das Mädchen von Bråten ab. Zu Maja-Lisa sagte sie, daß sie beide, Hanna und sie, in den Wald gehen wollten. Anna brauche Kräuter für ihre Medizinen, sagte sie. Maja-Lisa machte ein erstauntes Gesicht, aber Hanna freute sich. Sie streifte gern durch Wald und Feld. Dann kamen sie beide zum Mühlenhaus, wo Broman wartete. Anna wolle irgendwo am nördlichen Bach Bilsenkraut suchen, sagte sie und verschwand.
Er führte Hanna herum, sie fand alles großartig in dem prächtigen Haus mit Küche, Kammer und einer Wohnstube mit zwei Fenstern hinaus zu der herrlichen Aussicht über den See. Ein weiteres Stockwerk gab es mit Schlafstube und Dachboden.
John sprach, sie horchte vielleicht nicht so genau auf die Worte, aber seine Absicht war klar. Er brauchte eine Frau im Haus, und sie drückte insgeheim ihren Runenstab unter dem Hemdchen.
Als er von Heirat zu reden begann, war sie wie versteinert vor Staunen.
»Aber der Junge ...«, sagte sie schließlich.
Er nickte, er hatte darüber nachgedacht, den Jungen sollte sie mitbringen, er hatte Kinder gern. Sobald ihr Entschluß feststand, würde er alles regeln, damit die Verantwortung für ihren Ragnar auf ihn überging.
Sie verstand das nicht, und er erklärte geduldig, daß er mit Hannas Vater und mit dem Pfarrer reden werde und es dann schriftlich bekomme, daß John Broman der Vormund des Jungen sei.

»Wir kennen einander nicht«, sagte er.
Da lächelte sie zum ersten Mal und meinte, wir haben ja Zeit genug.
»Wird ein schweres Leben«, sagte er. »Viel Arbeit.«
»Ich bin schwere Arbeit gewöhnt und genügsam im Essen.«
Es war, als bekäme sie Angst, er könnte es bereuen, hörte er heraus und sagte deshalb recht kurz: »Wohl sollst du und der Bub sich satt essen können.«
Da lächelte Hanna zum zweiten Mal und dachte an die Redensart, die sie als Kind gehört hatte. In Müllers Stube fehlt es nie an Brot, hieß es. Aber dann sah sie den morschen Steg und erinnerte sich, wie er gestorben war, der alte Müller. Er war eines Nachts eingebrochen und in den Mühlbach gestürzt.
Dann war Anna wieder da und sprach davon, wie geheim alles bleiben müsse. Kein Wort zu niemand, bevor nicht das Aufgebot in der Kirche verkündet wäre. Bis dahin müßten die Vormundschaftspapiere in Ordnung sein, und Erikssons auf Lyckan ohne eine Möglichkeit, Rickard irgendwie rechtzeitig zu erreichen und ihn dazu zu bewegen, daß er die Vaterschaft anerkannte.
»Du mußt sofort mit August reden«, sagte sie. »Er ist ein verschwiegener Mann.«

Hanna ging wie benommen in dem Gefühl durch den Wald nach Hause, das alles sei zuviel. Sie sollte Frau im eigenen Haus werden, ebenso groß und fein wie auf Lyckan. Der Bub sollte gehalten werden wie ein Sohn, hatte Broman gesagt. Es war Schluß mit der Schande, dachte sie. Keiner konnte sie beide mehr Hurenkind und Hure schimpfen.
Das ist zuviel, sagte sie sich. Denn sie wußte ja, daß Glück seine Grenzen hat und es einen teuer zu stehen kam, wenn man zuviel davon erhielt. Aber dann streckte sie sich, warf den Kopf zurück und dachte, daß sie längst für alles bezahlt hatte.
»Gerechtigkeit«, sagte sie laut. »Nie hätte ich geglaubt, daß Gott gerecht sein kann.«
Sie machte sich Kummer wegen der Möbel, die dort im Haus fehlten, und wegen Teppichen und Handtüchern und anderem, was sie nicht besaß. Nicht einen Gedanken widmete sie dem Mann, mit dem sie Leben und Bett teilen sollte.
Als sie in ihr Elternhaus kam, um das Kind zu holen, fühlte sie, daß sie fast zersprang wegen ihres merkwürdigen Geheimnisses. Sie mußte weg, schnell, zurück in ihre Hölle auf Lyckan.

Dort konnte sie die Freude leichter zurückhalten, und als sie sich in der Küche auf dem Strohsack in der Ausziehbank das Bett gemacht und den Jungen zum Schlafen gebracht hatte, kostete sie ihren Triumph im voraus aus. Sie fluchte sogar: »Teufel noch mal«, flüsterte sie. »Verdammt, was werd ich lachen an dem Tag, wo ich sagen kann, was ich von diesen eingebildeten Schweinen halte.«

Dann bekam sie es mit der Angst zu tun und bat Gott inständig um Verzeihung wegen der bösen Gedanken.

Bevor sie einschlief, dachte sie über den Blumenstrauß nach. Nie hatte sie einen Mann gesehen oder von einem reden hören, der Blumen pflückte und sie in eine Vase stellte. Komisch war das, aber wichtig, das begriff sie. Sie würde schon dafür sorgen, daß auf John Bromans Tisch Blumen standen. Zumindest im Sommer.

In der Nacht träumte sie von Geranien, Topfblumen, die sie einmal im Fenster des Pfarrhofs gesehen hatte.

Ein paar Tage später verbreitete sich das Gerücht, der Müller sei nach Värmland zurückgegangen und daß es mit der Mühle am Norwegerwasser nichts werden würde.
Die lügen, dachte Hanna.
Als aber eine Woche ohne Nachricht von John Broman vergangen war, gab sie auf. Zum ersten Mal im Leben unterlag sie ihrer Verzweiflung. Das war schwerer zu tragen als die Schande, und sie begriff, daß es die Hoffnung ist, die den Menschen verwundbar macht. Man sollte nicht hoffen. Oder glauben, daß Gott gerecht ist.
»Beweg dich!« schrie Lovisa.
»Bist weiß im Gesicht wie ein Gespenst«, schrie sie. »Wenn du dich krank niederlegen willst, kannst heim zu deiner Mutter gehen.«
Aber Hanna hatte nicht die Kraft, mit dem Kind durch den Wald zu laufen.
Der Herbst kam zeitig mit Stürmen, die das Laub von den Eschen fegten. Am Morgen dieses Sonntags raschelte es unter den Füßen, als sie zum Melken in den Stall ging.
Dort im Finstern wartete August auf sie: »Vater«, sagte sie. »Was macht Ihr hier schon so früh?«
Er deutete hinaus auf den Hof, sie flüsterte: »Die schlafen.«
Da bekam sie dann zu hören, daß John Broman den Vater bereits am Montag aufgesucht, von der Eheschließung berichtet und August gebeten hatte, mit der Botschaft zu Hanna zu gehen. Dann war er beim Pfarrer gewesen, um mit den Kirchenpapieren für den Jungen alles in Ordnung zu bringen.
»Ich hab unterschrieben, und wenn das Aufgebot in der Kirche verlesen wird, ist Broman Vormund«, sagte August mit der Süße der Rache in der Stimme.
Broman war nach Värmland zurückgekehrt, wo er Möbel und anderen Hausrat für das Müllerhaus am Norskvatten holen wollte. Er würde in ein paar Wochen zurück sein, und da würden Hanna und er dann das Aufgebot bestellen.
»Warum habt Ihr mir nicht früher Bescheid gesagt?«
»Wir haben keinen Augenblick erübrigen können, die Mutter und ich. So früh, wie dieses Mal der Herbst kommt, dürfen die Erdäpfel nicht im Boden bleiben.«

Sie nickte. Sie konnte ihm keinen Vorwurf machen. Sie saß schwerfällig auf dem Melkschemel und nickte wieder, als er in der Stalltür stehenblieb und ihr sagte, sie solle sich mit dem Melken beeilen. Aber sie weinte, die Tränen rollten übers Gesicht und mischten sich mit der warmen Milch.
Eins hatte sie diese Woche gelehrt. Sie wollte nie mehr hoffen.
Auf dem Heimweg im schwachen Dämmerlicht fiel August ein, daß er zu sagen vergessen hatte, er und die Buben hätten Arbeit in diesem Winter. Broman hatte ihn gebeten, beim Instandsetzen der Mühle mitzuhelfen.
»Er konnte doch wohl tischlern?«
»Sicher.«
Und Bauholz hatte August, gut ausgetrocknete Stämme, noch vor den Notjahren gefällt, damals als er noch geglaubt hatte, er hätte Geld genug, um einen richtigen Stall zu bauen.
Hanna tat ihre Arbeit wie gewohnt. Nach dem Frühstück sagte sie in aller Ruhe zu Joel Eriksson, daß sie heim zu ihren Eltern gehen und den Jungen mitnehmen wolle. Er nickte verdrossen und riet ihr, schnell zu machen und loszugehen, bevor Lovisa aufwachte.
»Sieh zu, daß du am Abend rechtzeitig zum Melken daheim bist«, sagte er.
Es war beißend kalt, als sie auf dem Pfad durch den Wald ging. Aber Hanna spürte den schneidenden Wind nicht, ein Gefühl der Dankbarkeit wärmte sie.
Zum ersten Mal dachte sie an Broman, und daran, wie sie ihm das lohnen sollte. Sie war ordentlich und stark, sie hatte gelernt, was von einer Hausfrau auf einem Hof verlangt wurde. Geld hatte sie nie verwaltet, aber sie konnte rechnen, sie sei gut im Rechnen, hatte der Schullehrer gesagt. Sie würde alles ordentlich besorgen, so daß er stolz sein könnte auf sein Heim und auf sie.
Möbel, dachte sie. Was konnten das für Möbel sein, die er aus Värmland holte? Schöne, schönere noch als die auf Lyckan? Dann dachte sie daran, daß sie sich fest vorgenommen hatte, nicht mehr zu hoffen.
Der Junge jammerte, er fror, sie hob ihn hoch und wickelte ihn in den Wollschal, als der Pfad das letzte Stück bergauf durch den Wald zu Augusts Feldern führte. Sie arbeiteten schon auf dem Kartoffelacker, aber die Mutter unterbrach ihre Arbeit und kam ihnen entgegen.
»Hast doch frei gekriegt«, sagte Maja-Lisa, ihre Stimme war wärmer als ihre Worte, und als Hanna in das verbrauchte Gesicht schaute, war darin Freude und Stolz. Das war so ungewohnt, daß dem Mädchen die Worte fehlten, nachdem sie ihr ›grüß Euch Mutter‹ gesagt hatte.

Sie kochten Kaffee, setzten sich an den Küchentisch und lutschten begierig an ihren Zuckerstücken, die sich von dem heißen Getränk im Mund auflösten.
Dann sagte die Mutter die schrecklichen Worte: »Kann bloß hoffen, dir bleiben drei oder gar vier Gören erspart.«
Hanna richtete sich hoch auf, holte tief Luft und dachte, die Mutter sei wohl verrückt geworden. John Broman sollte mit ihr das machen, was Rickard Joelsson getan hatte? Jede Nacht dort im Bett in der Kammer?
Er hatte es fast schon gesagt, hatte gesagt, hier werden wir ein Bett haben, mein Mädchen.
Sie erinnerte sich, daß er ein wenig rot geworden war und in diesem Augenblick etwas Erschreckendes in der Luft gelegen hatte. Sie hatte nicht begriffen was es war, hatte es aber gespürt.
Die Mutter sah ihre Bestürzung und sagte beruhigend: »Schau nicht so ängstlich. Mit so was müssen wir Frauen uns abfinden, und mit der Zeit ist es nicht mehr so schlimm. Vergiß nicht, du wirst Bäurin auf dem eigenen Hof, und daß dein Mann besser zu sein scheint als die meisten.«
»Warum will er mich haben?«
»Du bist jung und sauber. Und fleißig.«
Mitten in all dem Schrecken sah Hanna ihre Mutter erstaunt an. Nie war es vorgekommen, daß sie etwas Gutes über Hanna zu sagen gehabt hatte. Lob war gefährlich, es forderte das Schicksal heraus. Aber Maja-Lisa fuhr fort: »Wir müssen schauen, daß du anständige Kleider bekommst, neue für alle Tage. Für die Hochzeit ... hab mir gedacht, wir könnten mein altes Brautkleid umändern.«
Sie wirkte unsicher. Hanna schwieg, und schließlich sagte Maja-Lisa: »Unsereins weiß ja nicht, was er so denkt, er sieht fast aus wie ein richtiger Herr.« Sie sah Hanna bittend an.
Man bringt mir Achtung entgegen, sogar meine Mutter.
Aber das war nur ein kurzer Gedanke, dann mußte sich das Mädchen wieder die entsetzliche Schlafkammer im Müllerhaus vorstellen.
»Mutter«, sagte sie. »Es geht nicht, ich kann nicht.«
»Unsinn«, sagte Maja-Lisa, und jetzt war es aus mit der Hochachtung. »Warum sollst du nicht können, was alle anständigen Frauen können. Man gewöhnt sich daran, hab ich gesagt. Das Schlimme ist nicht der Beischlaf, Hanna, es ist das Gebären.«
Hanna entsann sich der Entbindung, sie war nicht leicht gewesen, aber doch

längst nicht so grauenhaft wie der Tod auf dem Heuboden mit dem schwarzen Rickard.
»Augen zu und mit dem Leib nachgeben«, sagte die Mutter und wurde rot. »Ist nichts Unanständiges dabei, wenn der Pfarrer seinen Segen gegeben hat. Jetzt probieren wir das alte Brautkleid an.«
Aber sie mußten sofort aufgeben, das Brautkleid der Mutter, in Seidenpapier eingeschlagen und in der Truhe aufbewahrt, war zu klein. Das war mit bloßem Auge zu sehen. Hanna war größer und kräftiger als Maja-Lisa je gewesen war.
»Ich muß die Schande auf mich nehmen und es dem John Borman sagen, wie's ist.«
Maja-Lisa klang verbittert: »Wir haben nicht das Geld.«
Hanna hörte kaum zu, ihr Körper war noch immer steif und eiskalt trotz der Wärme in der Küche. Als sie am Abend nach Lyckan zurückging, dachte sie zum ersten Mal daran, auszureißen, mit dem Kind davonzugehen, sich den Bettlerscharen anzuschließen, die seit den Jahren der Not durch die Lande zogen. Dann sah sie den Jungen an, und ihr fielen die zerlumpten Kinder ein. Da wußte sie, das würde sie nicht tun können.
Unsereins gewöhnt sich wohl daran, so wie die Mutter gesagt hatte. Augen zu und nachgeben.
Als sie sich in ihrem Küchenwinkel schlafen gelegt hatte, versuchte sie sich die feinen Möbel vorzustellen, die John Broman aus Värmland holte. Aber es gelang ihr nicht, sie mußte aufgeben, und schließlich schlief sie ein.
Am nächsten Morgen war die größte Angst vorbei. Und als sie aufstand, um im Herd Feuer zu machen und die schweren Holzgefäße in den Stall zu schleppen, versuchte sie sich auszumalen, wie anders sie alles an jenem Tag empfinden würde, an dem sie im eigenen Herd Feuer machen und zu den eigenen Kühen gehen würde.
Sie begann zu melken. Die Stirn an die warme Flanke des großen Tieres gelehnt, faßte sie einen Entschluß: John Broman sollte nie erfahren, wie sehr sie sich fürchtete, nie. Sie würde fügsam sein und nachgiebig mit ihrem Körper, genau wie ihre Mutter gesagt hatte.
Es schneite, als sie aus dem Stall kam, große, schwere Flocken. Sie blieb im nassen Schnee stehen und dachte daran, daß es ja erst Anfang Oktober war. Ein langer Winter hatte früh begonnen, und eine uralte Angst suchte das Mädchen heim.
Langer Winter, harter Winter, Hunger. Sie würde gut zu John Broman sein.

Um die Mittagszeit ging der Schneefall in Regen über, und einige Tage später schien wieder die Sonne. Der Winter machte kehrt, der Herbst glühte im Ahorn wie es sich gehörte, es wurde warm, und erleichtert sprachen die alten Leute vom Altweibersommer. Wie im Herbst üblich, zogen die Frauen in den Wald und sammelten Preiselbeeren. Auch Hanna war dabei, sagte einfach zu Lovisa, daß sie es der Mutter versprochen habe und ihr beim Beerenpflücken helfen wolle. Dann ging sie, die wütende Lovisa auf den Fersen, die ihr böse Schimpfwörter nachschrie.
Einmal wandte sich Hanna um und lachte Lovisa mitten ins Gesicht.

Ende Oktober kam John Broman zum allgemeinen Erstaunen zurück. Er kam mit Pferd und schwer beladenem Karren. Einen Mann hatte er dabei, einen Vetter aus Värmland. Bald wurde gemunkelt, daß die beiden das Müllerhaus frisch strichen, sowohl innen als auch außen. Weiß innen, rot außen. Das war zuviel für diese Gegend, wo nicht einmal der Pfarrhof rot angestrichen war, und es wurde vom Hochmut gesprochen, der immer vor dem Fall kommt. Zwei Tage später stand Broman unerwartet in der Küche von Lyckan und teilte den Erikssons mit, daß sie jetzt Abschied nehmen müßten von Hanna und dem Jungen. Am Sonntag würde für ihn und Hanna das Aufgebot verkündet. Lovisa war derart verblüfft, daß ihr zum ersten Mal im Leben die Worte fehlten. Aber Joel Eriksson wollte dagegen ankämpfen.

»Der Junge bleibt hier, er ist der Enkel vom Haus.«

»Der Junge gehört mir«, sagte John Broman ruhig. »Das habe ich schriftlich.«

Als sie den Hof verließen, weinte Hanna. John, der den Jungen trug, merkte es nicht, und es ging auch bald vorüber. Aber Hanna war verwirrt, sie hatte noch nie etwas von Freudentränen gehört.

Sie gingen direkt zum Pfarrer, der sie ohne Verwunderung empfing, ihnen alles Glück wünschte, ihnen sogar die Hand schüttelte. Als sie weitergingen, sagte Hanna: »Den hat das gar nicht gewundert.«

»Er hat's bereits gewußt«, sagte John. »Ich hab für den Jungen ja Kirchenpapiere erbitten müssen. Wird's dir zuviel, wenn wir den Weg ums Norskwasser nehmen?«

Da mußte Hanna lachen. Sie gingen langsam, streiften einfach durch den Wald, als dächten beide nur daran, wieviel zwischen ihnen ungesagt war. Es fiel ihnen schwer, die Worte zu finden. Immer wieder setzte Hanna an, ihre Fragen zu stellen: »Warum habt Ihr gerade mich ausgesucht?« Aber die Worte wollten ihr nicht über die Lippen.

Sie setzten sich unter der Wolfsklippe an den Bach und tranken sich an dem frischen Wasser satt. Der Fels, der senkrecht vom Boden in die Wolken aufragte, lag seit Urzeiten im tiefen dunkelblauen Schatten. Goldenes Birkenlaub wirbelte die Steilhänge herab, und die Wanderfalken segelten in den Aufwinden.

»Prächtig ist es hier«, sagte Broman, und Hanna lächelte wie immer, wenn sie nicht begriff. Dann stand sie auf, ging zum Wasser, wusch sich Gesicht und Arme, kam zurück und setzte sich schweigend ihm gegenüber.
Er begann zu sprechen. Es war ein zaghaftes Berichten von dem Leben, das er hinter sich gelassen, und von der Frau, die ihn wegen des Branntweins verflucht hatte.
»Du mußt wissen, am Samstag da sauf ich halt«, sagte er. Sie schien weder erschrocken noch erstaunt: »Das tut mein Vater auch. Und der Joel Eriksson.«
Da lachte er sie an und sprach weiter von seiner kleinen Tochter, die ihm gestorben war, und die er so unvorstellbar lieb gehabt hatte.
»Man darf nie seine ganze Freude an ein Kind hängen, wie ich das getan hab.«
»Die Schwindsucht?«
»Ja.«
Er vermochte nicht von den düsteren Erinnerungen an die Frau zu sprechen, die mit dem Essen gegeizt hatte. Aber Hanna sagte, als hätte sie seine Gedanken gelesen, sie habe gelernt, daß die Schwindsucht die Kinder dahinrafft, die nicht genug zu essen bekommen. Und daß es darauf ankam, wie sauber man war, weil die Ansteckung im Dreck und in der schlechten Luft lauert.
Er nickte und erinnerte sich, daß seine Frau unsauber gewesen war. Dann errötete er, sagte, Hanna müsse wissen, daß es schwer sei, wieder von vorn anzufangen: »Manchmal glaub ich, ich schaffs nicht.«
Hanna wurde traurig, schluckte: »Wir müssen halt zusammenhalten.«
Da sagte er, daß ihm der neue Platz gefalle und auch Hanna, die so jung und schön sei.
Hanna spürte, wie die alte Angst in ihr aufstieg.
Es wurde aber trotzdem einer der glücklichsten Tage in ihrem Leben. Das frisch gestrichene Holzhaus war so schön wie der Bauernhof auf dem Schaubild in der Schule, Hanna schlug vor Glück die Hände zusammen, als sie das sah.
Der Vetter aus Värmland war mit Pferd und Karren abgefahren, aber die Möbel standen im Stall. Broman schlug vor, sie hinaus ins Freie zu tragen, damit Hanna alles in Augenschein nehmen konnte. Dann wollten sie alles im Haus an seinen Platz stellen, ganz so, wie Hanna es wünschte. Was ihr nicht gefiele, würde auf den Dachboden kommen.
Ihre Augen weiteten sich vor Staunen.
John ging in die Küche und brachte die Spielsachen, die er für den Jungen auf

die Seite gelegt hatte, ein kleines Holzpferd samt Wagen und einen Haufen Bauklötze.
»Das soll dir gehören«, sagte er. »Jetzt setz dich brav hin, deine Mutter und ich müssen arbeiten.«
Aber Ragnar, der außer sich war vor Glück, rannte seiner Mutter nach: »Schau nur, Mutter, schau, was ich bekommen hab.«
Da weinte Hanna zum zweitenmal an diesem Tag Freudentränen. Dann sagte sie in aller Strenge: »Jetzt bleibst du in der Küche, Ragnar.« Als John mit Hanna wieder hinaus ins Freie kam, schaute er sich bekümmert um: »Da gibt's viele gefährliche Stellen für Kinder.«
Dann sah er Hannas Tränen, und sie sagte rasch: »Ich heul sonst nie. Nur wenn ich mich freue.«
Da strich er ihr unbeholfen über die Wange.

Die Möbel waren prächtiger, als Hanna es sich je hätte träumen lassen, einige davon waren poliert und hatten Messingbeschläge. Da gab es ein Sofa aus Birkenholz mit runder Rückenlehne und blaugestreiftem Bezug aus ... nein, das konnte nicht sein!
»Seide«, sagte sie und strich ganz behutsam über den Stoff, als fürchte sie, er könne bei der Berührung brechen.
John aber blickte finster.
»Es ist ein Ungetüm«, sagte er. »Kannst nicht drauf sitzen und nicht drauf liegen. Wir schmeißen's weg.«
»Seid Ihr verrückt!« schrie Hanna, hielt sich aber gleich die Hand vor den Mund, um den bösen Worten Einhalt zu gebieten. »Ich mein halt, ich hab noch nie so ein prächtiges Möbelstück gesehen, nicht einmal im Pfarrhaus. Wir können es doch in den Saal stellen.«
Er lachte: »Hab ich doch gesagt, du bist's, die bestimmt.«
Er lachte wieder, als sie die Möbel in die Wohnstube trugen, den Sekretär, die Regale, den Schreibtisch und die Stühle mit der gleichen Rundung der Lehne wie am Sofa.
»Jetzt hat hier ja kein Mensch mehr Platz«, sagte John. Und zu ihrer großen Enttäuschung mußte Hanna ihm recht geben, ein Teil dieser Pracht mußte auf den Dachboden.
Der Sekretär bekam seine Wand in der Kammer, und John sagte:
»Ich hab das Bett nicht mitgenommen. Ich will uns ein neues zimmern. Aber Teppiche und Handtücher liegen in der Truhe.«

Zum Schluß kamen die langen Sitzbänke, der Klapptisch und das Ausziehsofa in der Küche an ihren Platz. Hanna sah das Leinen in der Truhe durch, es gab viele feine Stücke, aber es war feucht eingepackt worden und hatte schlimme Stockflecke. Sie jammerte deswegen ganz verzweifelt, beschloß aber, alles zu ihrer Mutter zu bringen und auszukochen.
Schließlich entdeckte sie noch die Kiste mit dem Porzellan. Es war so hübsch, daß sie wieder ein paar Tränen vergießen mußte.
John hatte Brot und Käse in der Küche, so daß es für eine einfache Mahlzeit reichte, bevor sie schwer beladen zurück zu Hannas Eltern gingen. John trug die Truhe mit dem Leinen, Hanna den Jungen, und der Junge sein Spielzeug.
In der folgenden Woche schleppten Hannas Brüder das trockene Bauholz durch den Wald zum Norwegerwasser, während Hanna und ihre Mutter Teppiche, Decken und Handtücher auskochten und wuschen. Die Nachbarinnen rannten wie aufgescheuchte Hühner in der Waschküche herum, neugierig und neidisch. Am Donnerstag kam die alte Anna und sagte, die Leute hätten seit Jahr und Tag nicht mehr so viel zu bereden gehabt. Sie hatte Broman getroffen, der sich über die vielen Frauen beklagt hatte, die sich aus den verschiedensten Gründen in der Mühle zu schaffen machten. Maja-Lisa gönnte sich ein lautes, zahnloses Lachen, und Hanna leierte schnell die vielen alten Redensarten herunter, mit denen man das Schicksal beschwor: Dein Glück ist des anderen Unglück, oder: Du sollst nicht glauben, daß du wer bist.
Aber dann sagte Anna: »Jetzt fangen die alten Leute an zu tuscheln, daß die Hanna Zauberkraft besitzt und den Värmlänning verhext hat.«
Anna lachte mit Maja-Lisa darüber. Keine von ihnen sah, daß Hanna aus der Waschküche verschwand und draußen auf dem Hof stehenblieb, den Runenstab unterm Hemdchen fest in der Hand. Ängstliche Gedanken gingen ihr durch den Kopf, konnte es möglich sein, daß der Runenmeister und sein Hexenweib solche Macht hatten?
Sie wollte am nächsten Tag wegen der Bewirtung zum Aufgebot in die Mühle gehen. Sollte sie es wagen, Broman von dem Runenstab zu erzählen?

Am Freitag nachmittag ging Hanna durch den Wald zum Norskwasser. Die Sonne zeigte auch jetzt, Ende Oktober, noch ihre Kraft, die Luft war glasklar, und das Atmen fiel leicht. Doch Hanna freute sich nicht über das prächtige Wetter. Der Runenstab war schuld. Und dann waren es die Worte, die die Mutter geflüstert hatte, als sie von zu Hause fortging. »Bleib über Nacht dort.«

Dann hatte die Mutter gelacht. Hanna wollte es nicht glauben, aber das Lachen hatte eigenartig lüstern geklungen.

Sie kam an der Wolfsklippe vorbei und faßte schnell einen Entschluß. Sie wollte den Runenstab loswerden. Sie kletterte die steile Felswand hoch, umwickelte den Stab mit Eichenlaub, band einen biegsamen Zweig darum und warf alles in den Abgrund.

»Du hast getan, was du konntest«, sagte sie und fügte sicherheitshalber hinzu: »Für diesmal. Sollt ich dich je wieder brauchen, weiß ich, wo ich dich finde.«

Dann ging sie weiter, überquerte den Bach und kam schließlich zur Steigung. Es war steil, aber nicht mühsam, denn hier gab es einen Karrenweg bis zur Mühle. Bald konnte sie das Tosen des Wasserfalls hören.

Sie brauchte eine Weile, bis sie begriff, daß es noch eine andere Melodie als die des Mühlbachs gab, fast ertränkt vom Rauschen des Wassers, aber doch hörbar. Geigenspiel! Hanna blieb vor Schreck wie versteinert stehen, lange stand sie ganz still: Der Wassermann, der böse Nöck war unterwegs, um John Broman in den Mühlbach und in den Tod zu locken.

Bei diesem Gedanken konnte sie endlich die Beine bewegen, sie lief, bis sie ganz außer Atem war und Seitenstechen bekam. Eine Faust an die Brust gepreßt, erreichte sie die Mühle, wo Broman am Wasserfall saß und auf einer Geige kratzte.

»Du bist's«, sagte er und schaute das Mädchen erstaunt an, das mit wehenden Röcken auf ihn zurannte. Sie blieb stehen, sah ihn an und rang nach Luft.

»Hast du dich erschrocken?«

»Ich hab geglaubt, es ist der Nöck.«

Er lachte laut, legte den Arm um sie.

»Hanna, ich hab nicht geglaubt, daß du mit dem Wassergeist rechnest. Du bist doch sonst so schlau.«

Sie wurde rot, hörte aber, daß Scherzhaftigkeit in den Worten lag.
»Ich spiele für die Berge und den Mühlbach«, sagte er. »Und für die Bäume und den See. Die spielen mir auch was vor, weißt du, und ich meine, ich bin ihnen eine Antwort schuldig. Ich kann aber die Töne nicht finden.«
Er schwieg eine Weile, ehe er nachdenklich weitersprach: »Die rechte Melodie finden, ist genauso schwer, wie sich an seine Träume erinnern.«
Der spinnt, dachte Hanna. Der ist aus dem Irrenhaus da oben in Värmland entlaufen. Herr Jesus, steh mir bei, was soll ich bloß tun!
Dann sah sie den Branntweinkrug, der neben ihm an einem Stein lehnte, und merkte erleichtert, daß er getrunken hatte. Betrunkene Männer brauchen Zustimmung, das hatte die Mutter ihr beigebracht. Nie widersprechen.
Er folgte ihrem Blick zum Schnapskrug, nahm ihn trotzig in die Hand und sagte: »Jetzt nimmst du auch einen Schluck, damit du dich beruhigst.«
Er goß den Becher halbvoll, reichte ihn ihr und führte selbst den Krug zum Mund.
»Jetzt stoßen wir an, Hanna.«
Sie hatte noch nie Branntwein getrunken und bekam gleich den ersten Schluck in die falsche Kehle. Er aber drängte sie, also nahm sie noch einen Zug und merkte, wie eine seltsame Wärme sich in ihrem Körper ausbreitete. Sie spürte eine ungewohnte Leichtigkeit und kicherte. Dann fing sie an zu lachen und konnte einfach nicht aufhören. Wollte es auch nicht. Zum ersten Mal in ihrem Leben fühlte Hanna sich frei, ohne Kümmernis. Es ist wie im Himmel, wo du keine Angst haben mußt, dachte sie. Genau wie der Pfarrer immer sagt. Dann sah sie, daß die hohen Baumstämme schwankten: »Warum stehn die Bäume nicht still?«
»Sie tanzen den Brauttanz für dich«, sagte er, und nun dachte sie nicht mehr, daß er verrückt sei. Als er sie in die Kammer trug und sie entkleidete, war die Leichtigkeit noch in ihr, und nichts schien gefährlich oder gar verwerflich. Ihr gefiel, wie er ihre Brust und ihren Schoß liebkoste. Es tat auch nicht weh, als er in sie eindrang, sie fand sogar, daß alles viel zu schnell vorbei war.
Dann mußte sie eingeschlummert sein und lange geschlafen haben. Denn als er sie weckte, war schwarze Herbstnacht vor den Fenstern.
»Hast du Kopfschmerzen?«
Hanna begriff, daß das Stechen in den Augen, als sie den Blick wandte, von den Kopfschmerzen herrührte. So etwas hatte sie vorher noch nie gehabt. Sie nickte, und da tat es noch mehr weh.
»Ich koche Kaffee«, sagte er tröstend, aber da wurde ihr übel, und sie mußte

hinaus vors Haus und sich erbrechen. Erst als sie sich übergeben hatte, erkannte sie, daß sie nackt war. Scham überkam sie, und sie versuchte, sich so gut es ging mit ihrem langen Haar zu verhüllen, als sie sich durch die Küche stahl, wo er die beiden Kienspäne angezündet hatte.

»Du bist schön wie eine Elfe«, rief er ihr nach, als sie in die Kammer schlüpfte, wo der lange Rock und die neue Bluse auf dem Fußboden lagen. Als sie die Kleider anzog, empfand sie große Erleichterung, es war gar nicht so schlimm gewesen.

»Ich hab mit dem Nöck ja doch nicht so unrecht gehabt«, rief sie durch die Tür. »Ihr seid wohl verwandt mit ihm.«

»Ein entfernter Vetter, wenn schon«, scherzte John und dachte verwundert, die hat ja Humor und ist gar nicht so schüchtern, wie ich geglaubt habe. Er wußte nicht, daß dies das einzige Mal gewesen sein sollte, daß er sie nackt zu sehen bekommen hatte.

Dann zeigte er ihr, wie der Kaffee zu kochen sei, damit er ihm schmeckte. Ein sauberer Kessel, frisches Wasser, das kochen mußte, bis es sprudelte. Er nahm den Kessel vom Feuer und schüttete den Kaffee hinein, der langsam durchs Wasser sinken mußte.

»Mein Gott, wie geht Ihr verschwenderisch mit der kostbaren Gottesgabe um«, sagte Hanna. Aber nachdem sie das Getränk gekostet hatte, stimmte sie ihm zu, daß es besser war, starken Kaffee selten, als dünne Brühe oft zu trinken.

»Wieso bist du eigentlich gekommen?«

»Herrje!« schrie Hanna. »Wo ist der Korb, ich wollte doch backen. Falls jemand zum Aufgebotskaffee kommt.«

Dann fing sie an zu jammern, als sie hörte, wie der Regen auf den Hang prasselte, wo die Kiepe lag. John ging sie holen, sie war aus Leder, und das meiste Mehl war trocken geblieben.

Sie mischte Mehl und Hefe, Rosinen und Zucker für den großen Kranz, den sie geschickt flocht, deckte ein Handtuch darüber und ließ ihn gehen. John sah ihr zu, genoß, wie flink ihre Finger waren und wie sicher sie sich in der Küche bewegte.

»Ich hab das Glück auf meiner Seite gehabt«, sagte er, aber Hanna verstand nicht, was er meinte. Sie machte Feuer im Ofen, um ihn für das Backen am andern Tag vorzuwärmen. Rahm hatte sie mit, Zucker und Kaffee waren in der Speisekammer vorrätig, wo sie auch noch einen Laib Brot und ein Stück Käse fand. Sie waren beide hungrig.

»Wenn Ihr einen Schluck Milch habt, kann ich Brotsuppe machen«, sagte sie.
Ja, er hatte Milch im Keller.
Nach dem Essen schliefen sie Seite an Seite in dem großen Bett ein. Er rührte sie nicht an, und ihr kam der Gedanke, daß er vielleicht doch nicht allzu lüstern war und es wohl nicht so oft vorkommen würde.
Er schlief am nächsten Morgen noch, als Hanna den Ofen stark heizte. Sie konnte der Versuchung nicht widerstehen, den Tisch mit dem schönen Porzellan zu decken, und freute sich an dem Gedanken, wie erstaunt sie wohl wären, die ganzen verdammten Weiber. Als John aufwachte, war er matt und hatte verquollene Augen. Hanna, die oft genug einen verkaterten Mann gesehen hatte, kochte den Kaffee genau so, wie sie es von John gelernt hatte. Sie hatte für ihn ein kleines Brot gebacken, und als John gegessen und getrunken hatte, sagte er: »Ich hab die Woche eine Kuh auf dem Markt gekauft.«
Da schlug sie die Hände zusammen, und er fuhr fort: »Ich hab auch ein Brautgeschenk.«
Es war ein Kopftuch aus Seide, grün mit roten Rosen.
»Ich hab mir gedacht, es wär schön zu deinem Haar«, und sie wußte, nun konnte sie in die Kirche gehen wie alle anderen. Mit diesem prächtigen Tuch, gebunden, wie es sich für eine Ehefrau gehörte. Keine Rede mehr vom Hurentuch.
Die ärgerlichen Tränen nahmen ihr die Sicht und John sah sie verwundert an. Es würde dauern, bis er gelernt hatte, daß Hanna nur aus Freude weinte und nie aus Not und Unglück.
Den ganzen Samstag scheuerten sie Stall, Abtritt, Vorratshaus und Keller. John wurde schnell müde, stellte sie fest. Gegen Nachmittag hatte der Backofen die richtige Hitze, und sie schob den großen Weizenmehlkranz hinein.

Sie saßen sehr aufrecht in der Kirchenbank, als der Pfarrer ihr Aufgebot verlas, und nie, weder davor noch danach, hatte Hanna solchen Stolz empfunden. Das Müllerhaus bekam viele Gäste, genau wie sie vermutet hatte. Die Augen schweiften über all die Pracht in der Stube, und Hanna strahlte. Alle brachten sie Geschenke mit, wie es der Brauch war, ihre Eltern kamen mit vier Säcken Kartoffeln und die alte Anna mit vier Legehennen und einem jungen Hahn.
Auch Joel Eriksson kam mit einer ganzen Pferdefuhre Heu an. Alt-Erik habe gesagt, es sei im Vorderhof noch mehr zu holen, sagte er, und Hanna atmete

vor Erleichterung auf Sie hatte sich viele Sorgen gemacht, wie sie für die Kuh, die John gekauft hatte, Futter beschaffen sollten.
Und es kamen Kupferkessel und Kaffeetopf und eine Wanduhr von Tante Ingegerd. Sie wetteiferten in ihrer Großzügigkeit, denn Hannas Heirat hatte die Ehre der Familie wiederhergestellt.
Hanna schenkte starken Kaffee aus und John Branntwein. Es wurde ein fröhlicher Nachmittag mit vielen deftigen Scherzen. Hanna hatte solche schon früher gehört, aber nie verstanden. Jetzt lachte sie wie die anderen.
Drei Wochen später wurden sie im Pfarrhof getraut. Hannas Schwester lag in Fredrikshald im Wochenbett und konnte nicht kommen. Aber sie hatte der Braut ein prächtiges Kleid gekauft, und Maja-Lisa freute sich. Ihr blieb so die Schande erspart, die Tochter am Brautaltar in alten Sachen sehen zu müssen.
Johns Schwester kam mit Mann und Tochter aus Värmland zur Hochzeit. Hanna war erschrocken, als sie von John gehört hatte, daß sie kommen wollten.
»Was habt Ihr ihr von dem Jungen geschrieben, von Ragnar?«
»Ich hab gesagt, was dir passiert ist.«
Das war nicht gerade ein Trost, aber als Alma kam, beruhigte sich Hanna. Sie war ein aufrechter und lieber Mensch.
»Er ist schwermütig, mein Bruder«, sagte Alma. »Schon immer.«
Hanna war erstaunt, sie hatte noch nie jemanden so über jemanden reden hören, wenn der daneben stand. Aber John nickte und meinte: »Es ist gut, wenn du das weißt, Hanna. Damit du dich nicht schuldig fühlst, wenn mein Sinn sich verdüstert.«
Das verstand sie nicht.

Hanna ließ das schöne Brautkleid nach der Hochzeit noch lange im Saal hängen. »Zur Freude«, sagte sie.
Aber sie konnte sich nicht freuen, sie machte sich zu viele Sorgen. Das Schlimmste war der Kartoffelacker, der umgebrochen werden mußte, ehe der Frost kam. Ziehen konnte sie den Pflug allein, aber Broman hatte keine Zeit, ihn zu führen, jetzt, wo die Mühle ohne Unterlaß klapperte. Ich könnte mir den Ochsen vom Vater leihen, dachte sie. Aber dann bräuchte ich Tage, bis ich das langsame Vieh hin und zurück durch den Wald getrieben hätte. Und ich hab wenig Zeit, weil der Keller gefüllt werden muß, und wir brauchen noch Heu für den Winter.
Eines Abends sah John sie an und fragte: »Was macht dir so Sorgen?«
Es fehlte ihr nicht an Worten, als sie den Acker mit all dem Unkraut schilderte und über die Zeit klagte, die es brauchen würde, den alten Ochsen durch den Wald zu treiben.
Er dachte, wie so oft in letzter Zeit, sie ist ein Kind.
»Morgen rede ich mit deinem Vater, daß er das Tier herbringt«, sagte er, und sie hielt sich die Hand vor den Mund, denn daran hatte sie gar nicht gedacht.
»Das mit der Kuh is viel schlimmer. Die muß bis Mittwoch vom Markt in Bötteln abgeholt werden. Nur, ich kann schlecht hier weg. Kannst du wohl allein gehn?«
»Das werd ich wohl können«, sagte sie. »Ich laß den Jungen halt bei meiner Mutter.«
Und so wurde es gemacht. Hanna wanderte im Dunkeln vor Tagesanbruch los, versehen mit der Quittung für die Kuh und einem Beutel Geld in der Bluse versteckt. Broman sagte: »Das Geld wirst du brauchen, wenn die Kuh nichts taugt. Dann leg halt was drauf für eine bessere.«
Die Verantwortung für einen so großen Entschluß lastete auf ihren Schritten, als aber das Morgenlicht kam, fiel das Wandern leichter. Sie würde den Auftrag erledigen können.
Noch nie hatte sie so viele Menschen gesehen, wie auf dem Jahrmarkt. Doch sie fand Anders Björum, und sie stellte fest, daß die Kuh, die Broman gekauft hatte, jung war und vor kurzem gekalbt hatte. Es würde den ganzen langen Winter hindurch genug Milch geben.

»Du wirst sicher auch ein Kalb brauchen«, sagte der Viehhändler.
Das war für Hanna eine starke Versuchung, aber Broman hatte nichts von einem Kalb gesagt. Und doch, es war ein schönes Tier. Hanna sah es sehnsüchtig an, dachte, daß sie für den Winter reichlich Futter hatte, daß nichts dagegen sprach, und daß sie nächstes Frühjahr mit dem Kalb zum Stier gehen könnte und so ein Schlachtkalb und Milch zum Buttern bekäme. Mit zwei Kühen hätte sie auch immer Milch für den Jungen und für Broman. Bevor sie noch lang überlegen konnte, fragte sie: »Wieviel kriegt Ihr dafür?« Er nannte seinen Preis, sie hatte ausreichend Geld dabei. Trotzdem feilschte sie, wollte ein Drittel herunterhandeln. Björum lachte und meinte, wie ich seh, bist gar nicht so dumm wie du jung bist. Sie einigten sich auf die Hälfte, und Hanna zog mit zwei Tieren und großer Angst, was der Mann sagen würde, heimwärts. Es brauchte seine Zeit, weil das Kalb schwer in Schach zu halten war und immer nur kurze Strecken am Stück laufen konnte. Erst um Mitternacht waren sie zu Hause, und John Bromans Erleichterung war nicht zu übersehen.
»Ich hab auch ein Kalb gekauft«, sagte sie, um die Angst so schnell wie möglich loszuwerden.
»Das hast du gut gemacht«, sagte er. »Du verstehst von so was mehr als ich.« Da ließ sie sich mitten auf dem Hof fallen, um die Erleichterung so richtig auszukosten. Und dort blieb sie sitzen, bis John die Tiere in den Stall geführt und ihnen Heu und Wasser gegeben hatte.
Hanna war an diesem Abend, noch ehe sie im Bett lag, fast schon eingeschlafen, und sie schlief die ganze Nacht tief und fest.
»Du warst ganz schön müde«, sagte Broman am Morgen, und sie nickte und schaute wie üblich auf etwas, das sich hinter seinem Kopf befand.
»Die Müdigkeit war nicht das Schlimme«, sagte sie. »Es war das Kalb, das ich unerlaubt von Eurem Geld gekauft habe.«
»Du hast ja nichts unnötig verschwendet.«
Sie lächelte, aber ihr Blick war wie gewöhnlich auf einen Punkt hinter ihm gerichtet.
»Hanna«, sagte er. »Schau mich an.«
Für einen einzigen Augenblick trafen sich ihre Blicke, Hanna errötete und stand auf: »Ich muß raus und melken.«
Schon während sie das Aufgebot feierten, war Broman aufgefallen, wie schwer es Hanna fiel, Menschen in die Augen zu sehen. Sie war, wie er schon bei der ersten Begegnung bemerkt hatte, eine verstohlene, aber scharfe Beobachterin. Sobald jemand sie anschaute, sah sie weg.

Noch bevor Hanna aus dem Stall zurückkam, waren August und seine Söhne eingetroffen, und so gab es keine Gelegenheit, das Gespräch fortzusetzen. Aber Broman ließ nicht locker, und beim Abendessen stellte er seine Frage: »Warum schaust du den Leuten nie in die Augen?«

Flammende Röte schoß ihr ins Gesicht und zog über den Hals während sie nachdachte, ohne die Antwort zu finden.

»Ich weiß nicht«, sagte sie schließlich. »Ich hab nie drüber nachgedacht. Vielleicht, weil ich so häßlich bin.«

»Frau, du bist doch die reinste Schönheit!«

Jetzt brannte tiefe Röte in Hannas Gesicht. Es war still, während sie nach Worten suchte: »Das findet halt auch nur Ihr«, sagte sie schließlich.

»Und Ihr habt.manchmal sowieso komische Ansichten. Wie die abscheulichen Berge da, die euch auch so gut gefallen.«

Jetzt war er es, der keine Worte fand.

Hanna umsorgte ihre Kühe, als wären sie kleine Kinder, und in der Gegend hieß es, ihr Stall sei so sauber, daß man vom Boden essen könne. Die Kuh hörte auf den Namen Lyra, aber das Kalb blieb namenlos, bis eines Tages John Broman sagte, wir nennen es Stern. Das ist gut, dachte Hanna, und sah das braune Kalb liebevoll an, das einen gezackten weißen Fleck auf der Stirn hatte.

Als die Arbeiten in der Mühle so gut wie abgeschlossen waren, erhielt Broman einen Brief von seiner Schwester, die schrieb, daß die Mutter schwer krank sei, und daß er sie besuchen solle. Er hätte Hanna gerne mitgenommen, aber sie bat so inständig, nicht mitzumüssen, daß er nachgab.

Er war düsteren Sinnes, als er ging.

»Habt Ihr Angst vor Eurer Mutter?« fragte Hanna beim Abschied.

»Nicht sehr. Sie ist jetzt schon zu oft gestorben«, antwortete er kurz.

Ein Fuhrmann nahm ihn mit, kaum hatte er die Landstraße erreicht, ein Bauer, der Schafe zum Schlachten nach Fredrikshald bringen wollte. Broman war froh, ab der Grenze wieder allein zu sein, er wollte nachdenken.

Er hatte alte Männer sagen hören, das Schlimmste an einer schwierigen Frau sei, daß sie einem nie aus dem Kopf geht. Und bei ihm war es auch so, daß er viel über seine junge Ehefrau nachgrübelte. Aber Hanna war nicht schwierig. Als er den Weg hinauf zur Värmlandgrenze quer durch die Wälder abkürzte, meinte er, eine lange Liste mit Hannas Tugenden aufstellen zu können. Sie war gehorsam und still, verbreitete keinen Klatsch, kochte gut und hielt Haus und Stall sauber. Das Beste an ihr war, daß sie sich nie beklagte oder ihm Vorwürfe machte. Und ordentlich war sie und tüchtig im Haushalt

und mit dem Geld. Und dann war sie auch schön anzusehen und nicht unwillig im Bett.
Dann fiel ihm der Abend ein, an dem der Junge geschrien und sie mitten im Beischlaf die Augen aufgemacht hatte. Ihr Blick war so voller Furcht gewesen, daß ihm seine Lust vergangen war.
»Vor was hast du denn Angst?«
»Es ist wohl der Junge, der sich ängstigt.«
Sie log, und das war ungewöhnlich, denn sie griff selten zur Lüge.
Es dauerte lange, bis er die Erinnerung an diesen Abend und an ihren Blick abschütteln konnte. Er hatte die Lust verloren und sie eine ganze Woche nicht angerührt. Sie war voller Rätsel, und er war jemand, der verstehen wollte. Wie etwa die Sache mit Gott. Jeden zweiten Sonntag machte Hanna den weiten Weg zur Kirche. Ganz selten ging er mit, auch er konnte ein Gotteswort brauchen. Aber der Gottesdienst hinterließ in ihm eine noch größere Leere, obwohl der Küster die Orgel gut traktierte. Hanna saß sehr aufrecht in der Bank, schien andächtig zuzuhören und schaute sich nicht um. Trotzdem war er sich fast sicher, daß sie sich ebenso langweilte wie er.
Auf dem Heimweg versuchte er ein Gespräch.
»Du, du glaubst an Gott.«
»Glauben«, sagte sie. »Er ist ja.«
Sie sagte es, als spräche sie von der Erde, über die sie ging, aber Broman ließ nicht locker.
»Wie ist Er denn, was glaubst du?«
»Das Ärgste mit ihm ist, daß man nie weiß, wo Er zu finden ist. Du mußt dich beugen, was immer geschieht.«
»Du meinst ... daß Gott grausam ist«, hatte John gesagt, zögernd, denn es kam ihm wie Lästerung vor.
»Genau«, sagte sie. »Und blind und ungerecht. Er kümmert sich nicht um uns. Wer das Gegenteil behauptet, weiß nix.«
»Klingt, als würdest du vom Schicksal reden«, sagte er.
Sie runzelte die Stirn, dachte nach und meinte schließlich: »Ja, er ist wohl wie das Schicksal, weil ihm niemand entgeht.«
John Broman fragte erstaunt, wie sie das meinte und was der Pfarrer wohl sagen würde, wenn er von ihren Gedanken wüßte. Da lachte sie: »Der Pfarrer is dumm im Kopf.«
John Broman mußte auch lachen, als er so durch den herbstnassen Wald ging und sich an das Gespräch erinnerte. Aber es war kein frohes Lachen, denn es

gab etwas Erschreckendes im Gottesglauben seiner Ehefrau, etwas Heidnisches und Hexenhaftes. Dann verscheuchte er den Gedanken, Hanna war keine Hexe. Sie war nur ehrlicher als die meisten anderen.
Bevor er den Heimatbezirk erreichte, machte er Rast und aß seine Wegzehrung. Er stellte fest, daß Hanna ihm sowohl Butter als auch eine Scheibe Speck eingepackt hatte, es schmeckte gut, und er wäre am liebsten dort am Bach im Wald geblieben. Er seufzte tief, ehe er den Weg zum Heimathof einschlug. Als er das Bauernhaus erblickte, war ihm, als hätte er so viel an Hanna gedacht, um nicht an die Mutter denken zu müssen. Er blieb eine Weile am Waldrand stehen und versuchte den Brohof so zu sehen, wie ein Fremder ihn gesehen hätte, dachte, er sieht prächtiger aus als er ist. Schließlich gab er sich einen Ruck und ging über den kiesbestreuten Weg zur Haustür.
Er fürchtete sich vor dem Schwager, der den Hof führte, fast ebensosehr wie er sich vor dem Vater gefürchtet hatte. Der Alte war seit fünfzehn Jahren tot, aber die Mutter regierte die Familie vom Krankenbett aus. Beide Eltern waren von der Art, daß man, wie immer man sich verhielt, in ihrer Schuld stand.
Der Schwager war nicht zu Hause, aber Agnes empfing den Bruder mit der ihr eigenen Überheblichkeit. Wie man einen Hund begrüßt, von dem man weiß, daß er nur lästig sein wird.
»Alma hat geschrieben ...«, sagte er.
»Ich weiß«, antwortete sie. »Aber Mutter geht's nicht schlechter. Jetzt schläft sie. Du kannst dich also erst waschen und einen Kaffee trinken.«
Er wusch sich Gesicht und Hände in der Wassertonne draußen auf dem Hof und trank Kaffee, der ebenso nichtssagend war wie Agnes. Als er auf das Zimmer der Mutter zuging, flüsterte die Schwester: »Weck sie nicht. Es ist für uns alle am besten, wenn sie die Nacht durchschläft.«
»Wie geht's der Tante Greta?« fragte er leise.
»Die wohnt bei der Alma und ist noch bei Verstand«, flüsterte Agnes.

Dann saß er da und blickte auf seine Mutter. Sie röchelte, der Atem kam spärlich und flach, als stünde sie am Abgrund des Todes. Sie sah friedlich aus, und für einen Augenblick wünschte sich John, Zärtlichkeit für sie empfinden zu können. Doch dann bekam die Verbitterung die Oberhand, und er dachte, wäre Gott barmherzig, würdest du sterben, und ich wäre frei. Dann könnte ich meinen Erbteil haben. Gott weiß, wie gut ich das Geld brauchen kann.
Es waren nur Gedanken, aber die Mutter wachte auf und sah ihren einzigen Sohn aus so vorwurfsvollen Augen an, daß er den Blick abwenden mußte.

»Ach so, jetzt kommst du!« schrie sie, und hatte diesmal reichlich Luft in den Lungen. »Aber die neue Frau, die hast du nicht dabei, die Hure vom Zigeunerdorf unten in Dal. Die traut sich wohl nicht, ihre Schwiegermutter zu besuchen.«
Er antwortete nicht, denn er wußte aus Erfahrung, daß vernünftiges Reden nur noch mehr schmerzen würde. Dieses Mal aber reizte das Schweigen sie bis zum Irrsinn, sie schrie wie eine Verrückte, und Agnes stürzte herein: »Ich hab dir doch gesagt, du sollst sie nicht wecken.«
Da erhob er sich und ging. In der Tür drehte er sich um und sagte ergeben: »Adieu also, Mutter.«
Da schrie die alte Frau noch einmal die alten Worte, daß er Schande über Familie und Hof gebracht habe, genau wie sein Vater es vorausgesagt hatte.
John Broman eilte durch die Küche und lief über den Hof zum Pfad hin, der zu Almas Gehöft führte. Das Erbe war noch ungeteilt, und in Erwartung von Mutters Tod lebten Alma, ihr Mann und die Kinder als Anerben im Wirtschaftshof am Wald.
»Du siehst ja ganz verstört aus«, sagte sie zur Begrüßung. »Es war wohl nicht so gut, kann ich mir denken.«
Sie schwiegen beide in Anbetracht des Unfaßbaren. Schließlich sagte Alma: »Und doch war's ihr so wichtig, daß ich dir schreibe. Ich hab mir irgendwie eingebildet, sie will sich versöhnen.«
Er hatte nicht die Kraft, darauf zu antworten, er spürte, wie die Schwermut ihn befiel.
Aber Alma begann, ihn nach Hanna zu fragen, nach dem Jungen und der Mühle, und für eine Weile konnte John das Dunkel von sich fernhalten, indem er davon erzählte, wie gut sie da oben im Müllerhaus zurechtkamen, wie tüchtig Hanna war, und wie lieb er den Jungen inzwischen gewonnen hatte. Er erkundigte sich nach Greta, Vaters Schwester, an der sie als Kinder so gehangen hatten, der Tante mit den vielen Märchen und Freuden.
Die Alte sei schon zu Bett gegangen, sagte Alma. Als sie aber die Enttäuschung ihres Bruders sah, schlug sie schnell vor: »Geh nur zu ihr. Sie freut sich, wenn sie dich sieht. Aber weck sie behutsam. Sie schläft in der Kammer neben der Backofenmauer, dort hat sie's schön warm.«
Sie gingen auf Zehenspitzen hinüber, aber das hätten sie nicht tun brauchen. Greta war wach, saß aufrecht im Bett und sagte, daß sie geträumt hätte, John würde heimkommen und sie besuchen.
»Es war kein Traum«, sagte John und nahm ihre beiden Hände in seine und

sah das zahnlose Lachen und die tausend Runzeln. Sie war unverändert, und ihre Kraft strömte durch die Hände in seinen Körper. Sie sprachen miteinander von alten Zeiten, sie fragte nicht nach seinem Besuch auf dem Brohof, als wisse sie längst, wie er abgelaufen war. Dann wollte sie Kaffee haben, aber Alma lachte und sagte, für heut sei es genug mit den Verrücktheiten. Jetzt wollten sie zu Abend essen, und dann müsse Ruh sein im Haus.
Zu seinem Erstaunen spürte John, daß der Schlaf ihn überkam, kaum hatte er in der Dachkammer den Kopf auf das Kissen gelegt. Er schlief die ganze Nacht und dachte nicht mehr an seine Mutter. Als er durch den Wald nach Hause wanderte, war er schwer beladen: eine neue Petroleumlampe und ein alter Spiegel mit Goldrahmen, den Alma aufgefrischt hatte.
»Noch ein paar Hochzeitsgeschenke für Hanna«, hatte sie gesagt, und er dachte, als er so ging, daß sich seine Frau darüber freuen werde. Aber vor allem dachte er an die Übereinkunft mit Almas Mann, der unter Androhung eines Rechtsstreites einen Vorschuß aufs Erbe fordern wollte. Nächstesmal, wenn John heimkäme, solle er Pferd und Wagen mitnehmen.
Er rastete dort, wo der Weg auf den langen See traf und wo die hohen Berge in den Himmel ragten. Ein Ziegenpfad führte am Steilhang entlang, John kletterte ein Stück hinauf und blickte über das Land, das jetzt sein Zuhause war. Es war ein enges Gebirgstal, zu beiden Seiten des Sees, nur hohe Berge mit kargem Boden entlang der Ufer. Von hier aus konnte er viele der an die hundert Seen der Gemeinde wie in die Wildnis hinausgeworfene Spiegel glitzern sehen. Dies war kein Land für Bauern, sondern eines für wilde Tiere und verwegene Jäger. Dennoch hatte das sture und erdgebundene Volk sich an die mageren Äcker geklammert, hatte Kirche und Schule gebaut, geheiratet und Kinder geboren. Zu viele Kinder.
»Hart ist es hier immer gewesen, aber die Not ist erst gekommen, als die Leute sich wie die Kaninchen vermehrten«, hatte August gesagt.
Während der ganzen Wanderung hatte John die Wolken über den Himmel im Süden ziehen sehen. Jetzt ballten sie sich am Horizont dort zusammen, wo sein Haus lag und seine Frau wartete.
Er erhob sich, nahm sein Gepäck auf, schritt dem Regen entgegen und wurde bis auf die Haut naß, ehe die Wolken sich verzogen und die Sonne in den letzten Stunden des Tages Wald und Wege, Mensch und Tier trocknete. Broman hatte sich nicht gewundert, er hatte sich daran gewöhnt, daß das Wetter hier ebenso wechselhaft war wie die Landschaft.
Als Broman sein Haus erreichte, war der Abend schon weit fortgeschritten.

Aber der Kienspan brannte in der Küche, und Hanna bügelte. Sie fürchtet sich wohl in der Einsamkeit, dachte er und rief, ehe er an die Tür klopfte.
»Hanna, ich bin's.«
Sie eilte ihm entgegen, und im Dunkel konnte er die dummen Tränen sehen, die sie sich mit dem Handrücken abwischte.
»Mein Gott, wie freu ich mich«, sagte sie.
»Hast du Angst gehabt?«
»Nicht doch. Mein Bruder schläft ja oben unterm Dach.«
Da erinnerte sich John, wie August und er vereinbart hatten, daß Rudolf im Müllerhaus schlafen sollte, wenn Hanna allein war. Im selben Augenblick spürte er, daß die Schwermut ihn verlassen hatte. Für dieses Mal.
»Du stehst hier im Dunkeln und bügelst?«
»Die Stunden am Tag reichen mir nicht aus.«
Sie berührten einander nicht, aber sie strahlten vor Freude. Broman erinnerte sich an die Petroleumlampe und er sagte: »Räum die Wäsche weg, und setz dich an den Tisch, Hanna.«
Er sah sie nicht an, als er die Lampe zusammensetzte und Petroleum einfüllte. Aber als er sie anzündete, wich sein Blick nicht von Hannas Gesicht, und als sie so in dem hellen Licht standen, genoß er ihr Staunen und ihre schier unfaßbare Freude. Schließlich flüsterte sie: »Es ist hell wie ein Sommertag.«
Es war so hell, daß Ragnar davon aufwachte und sagte: »Ist es vielleicht schon Morgen?«
Dann erblickte er John und lief dem Stiefvater geradewegs in die Arme.
Er umarmte den Jungen, wie er seine Frau hätte umarmen mögen, es aber nicht wagte.
Erst am nächsten Morgen fiel John Broman der Spiegel ein.
»Ich hab noch ein Geschenk von Alma.«
Dann hängte er den prächtigen Spiegel im Saal an die Wand. Hanna stand daneben und stöhnte vor Freude, strich lange mit der Hand über den vergoldeten Rahmen, mied aber ihr Abbild im Glas.
»Jetzt schau schon in den Spiegel, schau doch, wie schön du bist«, sagte John.
Sie gehorchte, und Röte überzog ihre Wangen. Sofort schlug sie die Hände vor ihr Gesicht und lief hinaus.
Als sie ihm den Morgenkaffee einschenkte, fragte sie: »Wie war's mit Eurer Mutter?«
»Wie gewöhnlich«, sagte er, und das war alles, was über den Besuch in Värmland gesprochen wurde.

In der Woche danach nahmen sie die Mühle in Betrieb, das Tosen des Wildbachs wurde schwächer, der hölzerne Durchlaß hielt das Siel, Broman war zufrieden, froh auch, daß er noch Geld übrig hatte, August und dessen Söhne für die geleistete Arbeit zu bezahlen.
Aber Hanna sagte er es so, wie es war, daß jetzt das letzte Kleingeld aus dem Beutel war. Und sie antwortete, wie er gehofft hatte: »Wir kommen zurecht.«
Sie fühlte sich sicher, sie hielt sich für reich. Sie hatte die Kühe, den Keller voller Kartoffeln und Rüben, Preiselbeerwasser und Multbeerenmus. Die Hühner legten, und ein Schwein hatte sie von einem Vetter bekommen. In der Speisekammer stand das Bier, und auf dem Dachboden gluckste es in Bromans Gärkessel. Mehl würden sie im Überfluß haben, an Brot würde es im Müllerhaus nicht mangeln.
Und dann war da noch die Fischerei. John Broman hatte viele Talente, über die die Bauern in Dal staunten. Worüber viel geredet wurde, war seine Fähigkeit, Fische in den Seen zu fangen. Kaum einer im Dorf hatte ein Boot, und nie, nicht einmal während der Notjahre, hatten die Leute an die Möglichkeit gedacht, Fische zu essen. Broman hatte sich einen Kahn angeschafft, sobald er sich für das Norskwasser entschieden hatte, und jeden Abend legte er die Reuse aus.
Der einzige Fisch, den Hanna bisher gegessen hatte, war Salzhering gewesen, und so hatte sie am Anfang ihre Schwierigkeiten mit Hecht, Barsch und Felchen. Aber sie glaubte Johns Worten, daß es gesunde Nahrung sei, und lernte es bald, die Fische zuzubereiten und zu essen.
Der Alltag war angefüllt mit Arbeit. Hanna hatte vorher nicht gewußt, daß die Bauern Kaffee haben wollten, während sie auf das Mahlen warteten, und dazu gern auch ein Stück Brot oder etwas Hefegebäck aßen.
»Es ist, als hätte ich ein Wirtshaus«, sagte sie zu ihrer Mutter. Aber es freute sie, Leute um sich zu haben, die viel schwatzten, scherzten und lachten.
Als der erste Schnee fiel, kamen andere Gäste. Wie immer im Winter hielten die Bettler Einzug in den Hütten, standen in der Küchentür mit Augen, die so tief in den Höhlen lagen, daß sie schwarz wirkten. Am schlimmsten war der Anblick der Kinder. Hanna konnte sie nicht abweisen, sie backte Brot und gab es ihnen, und das in einem fort.

»Ich schaff es nicht, sie rauszuschmeißen«, sagte sie zu John, der nickte und sie verstand. Aber je mehr Hanna verteilte, desto mehr verbreitete sich ihr Ruf, und der Bettlerstrom nahm von Tag zu Tag zu.
»Es ist schwer für dich«, sagte er, als er sie abends die Küche scheuern sah, den Fußboden, den Tisch, die Bänke. Es waren nicht nur Läuse und Flöhe, die sie fürchtete, sie glaubte allen Ernstes, daß im Dreck, den die Bettler hinterließen, Krankheiten lauerten. Broman lachte über sie, sagte aber nichts. Er wußte längst, daß er gegen ihre abergläubischen Vorstellungen nichts tun konnte.
Das Schwerste in diesem ersten Winter, in dem Hanna lernte, Müllersfrau zu sein, war, zusehen zu müssen, wie Broman sich so elendig abrackerte. Von Müdigkeit und Mehlstaub bekam er Husten, einen schweren Husten, der ihn nachts wach hielt.
»Ihr arbeitet euch glatt zu Tode«, sagte Hanna.
Wenn es schlimm kam mit den Säcken, die hinauf in die Kornkammer mußten, half sie beim Tragen mit. Aber da schämte sich Broman, und er sagte, du kümmerst dich um deins, ich kümmer mich um meins. Hanna sprach mit ihrer Mutter darüber, und gemeinsam schmiedeten sie einen Plan. Hannas jüngster Bruder, der daheim nicht mehr gebraucht wurde, sollte in der Mühle arbeiten. Er war vierzehn Jahre alt und kräftig. Der Lohn sollte in Mehl abgegolten werden.
Jetzt mußte Hanna zur Frauenlist greifen. Sie sollte ganz beiläufig zu Broman sagen, daß die Eltern sich Sorgen um Adolf machten, der nur daheim herumlungerte und die Zeit totschlug. Gleichzeitig wollte Maja-Lisa zu August sagen, daß sie fürchtete, das Mehl würde über den Winter nicht reichen.
»Ich fürchte mich richtig davor«, sagte sie.
Aber so kam es, daß August eine gute Idee hatte und mit der Frage zu Broman ging, ob Adolf am Norskwasser als Müllerknecht arbeiten könnte. Er bekam wie besprochen seinen Lohn in Mehl. Aber er mußte nicht auf der Bank in der Küche schlafen, denn Hanna, die mehr als zufrieden war, richtete ihm die Dachkammer her.
Broman brauchte nicht mehr so schwer zu schuften. Aber der böse Husten befiel ihn am Abend doch und beunruhigte Hanna.
Zudem hatten sie noch Kummer mit dem Mehl. Die Bauern von Dal bezahlten den Müller nämlich auf die alte Art, zwei Scheffel Mehl für ein Faß Korn. Und so mußten sie dann das Mehl mehr als eine Meile weit zur Stadt an der Grenze schleppen, wo sie es gegen Kaffee, Salz und Zucker tauschen konnten. Und gegen Geld. Wenn Eis auf dem langen See lag, übernahm

Hanna diese Aufgabe, zog den schweren Schlitten zu Alvar Alvarssons Kaufladen und kehrte mit notwendigen Waren und etlichem Bargeld zurück. Broman schämte sich, es war harte Arbeit für eine Frau, auch wenn sie jung und kräftig war. Aber er freute sich, als er ihrem Bruder neben dem vereinbarten Mehl endlich einen Reichstaler im Monat zahlen konnte. Tag für Tag wartete er auf eine Nachricht wegen des Pferdes aus Värmland, aber es zog sich hin, und Hanna meinte, das sei nur gut so. Sie hatten für ein Pferd über den Winter nicht genug Futter.

Nach der Christmette aßen sie in diesem Winter ihr Frühstück bei August und Maja-Lisa auf Bråten. Der Tisch war gedeckt mit dem gepökelten Weihnachtsschinken und Reisbrei. Hanna kochte den Kaffee, denn Maja-Lisa war noch auf den Kirchhof gegangen, wo sie Tannenkränze auf die Gräber ihrer Kinder legte. John Broman blieb bei ihr, und vielleicht war es seine Freundlichkeit, die sie zum ersten Mal von den Toten reden ließ. Es war auf dem langen Heimweg, als sie sagte: »Es ist immer noch schwer, denn ich hab sie so lieb gehabt. Mehr noch als die Kinder, die dann gekommen sind und die ich habe behalten dürfen. Es waren der Anders und der Johan, die einander fast wie Zwillinge glichen. So lebensfroh. Dann war da die Elin, sie war so zart, und ich hatte gar nicht die Zeit, sie kennenzulernen. Hätte ja auch keinen Sinn gehabt, weil der Tod schon an der Wiege stand.«

Sie weinte und trocknete ihre Tränen an der Sonntagsschürze. Er schwieg, strich ihr aber über den Rücken.

»Es war am schwersten, Maria verlieren zu müssen. Sie war so heiter und schön außen und innen.«

Dann schneuzte sie sich in die Finger und schüttelte den Rotz in den Schnee. »Ich hab das noch nie jemandem gesagt, aber jetzt muß es raus. Als die Astrid auf die Welt gekommen ist, nur ein Jahr nach der Hanna, hat sie ausgesehen ... ausgesehen, als ob die Maria zurückgekommen wäre. Die Leute sagen, das ist Blödsinn. Aber ich glaube, es ist wahr, weil sie ist wie die Verstorbene, nicht nur dem Wesen, auch dem Aussehn nach.«

Sie näherten sich Bråten, und Maja-Lisa ging hinter das Haus, um sich das Gesicht zu waschen, während John in die warme Stube verschwand und sich an den Weihnachtstisch setzte. Er brauchte einen kräftigen Schluck, Hanna sah es ihm an und reichte ihm einen vollen Becher.

Eines Samstags zu Beginn des Frühlings, als der Schnee schon geschmolzen, die Nächte aber noch kalt waren, kam John Broman mit der Nachricht heim, daß Rickard Joelsson auf der Bärenjagd in Trösil aus Fahrlässigkeit erschossen worden war.
»Jetzt ist er also tot, der Vater von unserem Ragnar«, sagte John.
Hanna wurde weiß wie ein Leichentuch und stocksteif dazu.
»Ist das wahr, oder redet Ihr nur so daher?« flüsterte sie.
»Es ist wohl wahr. Der Landjäger ist in Lyckan gewesen und hat es den Alten gesagt. Es ist schwer für die beiden.«
Jetzt wurde Hanna über und über rot und fing an zu zittern.
Und plötzlich schrie sie: »Denen gönn ich's, diesem verdammten Pack!«
Broman sah seiner Frau erstaunt an, wie alle Schande von ihr abfiel und zugleich auch Vernunft und Würde. Sie stürzte zur Tür hinaus und rannte auf dem Hof im Kreis herum. Wie eine Verrückte schrie und lachte sie abwechselnd. Sie stieß Flüche aus, Wörter, die er bei ihr nie für möglich gehalten hätte.
»Hölle und Teufel, Satansbrut, die verdammte Lovisa hat gekriegt, was sie verdient – o Gott, wie gönn ich ihr das. Wohl bekomm's, wohl bekomm's, liebe Tante.«
Und dann lachte sie wieder, so laut, daß die Vögel aus den Bäumen aufflogen.
»Ragnar, Ragnar, wo bist du, Kind? Du bist frei, du bist endlich befreit von dem Bösen.«
Erschrocken ging John ihr nach, als sie hinunter zum See rannte und ihr »Ich bin frei, Ragnar!« rief. »Wir sind von den Schrecken erlöst. Weil jetzt dein Vater in der Hölle schmort.«
Dann rannte sie wieder aufs Haus zu und warf sich hitzig auf die Erde. Die Röcke flogen ihr über den Kopf, ihre Scham war entblößt, aber entweder merkte sie es nicht oder es war ihr egal. Als sie sich den Rock vom Kopf zog, war es, um mit geballten Fäusten in den Himmel zu schreien: »Ich vergeb es dir nie, wenn du ihm vergibst, du verfluchter Gott. Hörst du mich, hörst du!«
Dann war sie plötzlich still, raffte ihre Kleidung zusammen, legte sich auf die Seite, rollte sich wie ein Embryo zusammen und begann zu weinen. John ging zu ihr hin, strich ihr über den Kopf, und sie hielt mitten im Schluchzen inne und flüsterte: »Ihr wißt, ich kann nur weinen, wenn ich mich freue.«

»Das weiß ich wohl«, sagte Broman. Dann schwieg er lange, ehe er fortfuhr: »Ich hab nie gewußt, daß es dir so schwer war.«

Sie unterbrach das ungestüme Weinen, und ihre Stimme war fest, als sie sagte: »Ihr, John Broman, seid ein viel zu gütiger Mensch, um so etwas zu verstehen.«

Jetzt zögerte er lange, sagte aber schließlich: »Das stimmt nicht. Ich hab mich auch gefreut, als mein Vater ums Leben kam.«

Da versiegten die Tränen, sie setzte sich auf, wischte das Gesicht an der Schürze ab und sagte mit großem Erstaunen: »Dann sind wir gleich, Ihr und ich. Jedenfalls ein bißchen.«

Zum ersten Mal sah sie ihm gerade in die Augen, Blick traf auf Blick, und sie wich nicht aus, als er äußerte, daß es so wohl sei.

Jetzt bemerkte er, daß sie fror, und sagte, jetzt mußt du mit ins Warme kommen, bevor du dich verkühlst. Sie gehorchte, und sobald sie in die Küche kam, wusch sie sich die Hände und das Gesicht. Dann ging sie zum Spiegel im Saal, blieb zum ersten Mal davor stehen und sah ihr Abbild lange an.

»Ich sehe doch aus wie ein ganz gewöhnlicher Mensch«, sagte sie schließlich. Dann schämte sie sich schon wieder.

»Wo ist der Junge?«

»Beim Schmied, spielen.«

»Das ist besser so.«

»Ja, das ist gut.«

»Ich hab mich wie eine Blöde benommen«, sagte sie, und ihre Stimme zitterte.

»Ist doch gut, daß du's los bist.«

Zu seiner Verwunderung verstand sie, was er gesagt hatte, und stimmte zu: »Das war's wohl. Ihr sagt nichts ...«jetzt bist du dumm«, sagte er.

Im nächsten Augenblick stürmte der Junge ins Haus und rief, daß der Schmied sagt, daß der Rickard auf Lyckan im Wald ermordet worden sei.

»Nein«, sagte John Broman mit fester Stimme. »Es war ein Unfall. Der Jäger, der geschossen hat, hat den Rickard für einen Bären gehalten.«

»Und hat sich geirrt?«

»Ja, so was passiert. Jagdunfall nennt man das.«

»Ich weiß«, sagte der Junge leise.

Aber als John vorschlug, an den See zu gehen, um nach der Reuse zu sehen, wurde er wieder lebendig.

»Darf ich mit dem Boot mitfahren, Mutter?«

»Das darfst du«, sagte John Broman statt ihrer. »Die Mutter hat keine Zeit zu rudern, also darfst du's tun, und sie richtet das Abendbrot her.«
Im Boot wurde der Junge wieder ernst, nahm schließlich all seinen Mut zusammen und stellte die Frage: »Der war mein Vater, nicht wahr?«
»Ja«, sagte Broman. »So war's.«
Zum ersten Mal suchte an diesem Abend Hanna ihren Mann. Danach schlief sie sofort ein, doch John blieb aus Angst um seine Frau lange wach liegen. Er hatte sich weit mehr erschrocken, als er zugeben wollte, und dachte, sie sei verrückt geworden, und es könnte alles nur Erdenkliche passieren. Aber er dachte auch an seine eigene wilde Freude, als sie damals mit der Nachricht gekommen waren, der alte Broman sei ins Eis eingebrochen. John hatte Staunen erregt, weil er beim Begräbnis so viel weinte.
War er wie Hanna und weinte aus Freude?

Am Morgen, als Hanna Feuer im Herd machte, überkam sie ein schicksalsschweres Gefühl. Jetzt bin ich schwanger, dachte sie.
Nach diesem Tag war die Luft im Müllerhaus reiner. Und am Donnerstag, als ihre Eltern überraschend mit der Nachricht zu Besuch kamen, daß Joel auf Lyckan seine Frau erwürgt und dann in den Stall gegangen war und sich erschossen hatte, gelang es Hanna, anständig entsetzt dreinzuschauen. Aber ihre Augen ließen Bromans Blick nicht los, sie versenkten sich tief in seine. Er wich nicht aus, fühlte sich aber seltsam schuldig.

Am Freitag arbeiteten sie auf dem Kartoffelacker. Hanna spannte sich vor den Pflug, und John Broman schämte sich, wie er so hinter seiner Frau herging und die Furchen zog. Irgendwie mußte er ein Pferd beschaffen.
Er hatte gleich nach Weihnachten einen Brief von Alma bekommen. Der Versuch, mit Hilfe des Gesetzes einen Vorschuß auf das Erbteil zu erlangen, war fehlgeschlagen, und die Mutter ließ nicht mit sich reden. »Die wird uns noch alle überleben«, schrieb Alma, und er dachte, daß es gut möglich sein könnte. Er würde sich tothusten, lange bevor die Alte aufgab.
Es stand nicht ein Wort des Vorwurfs im Brief der Schwester, aber John las zwischen den Zeilen. Denn es verhielt sich ja so, daß die Erbschaft geteilt worden wäre, wenn er zu Hause geblieben und als einziger Sohn den Hof übernommen hätte. Alma und ihre Familie hätten es dann besser gehabt. Aber er hatte schon in jungen Jahren den Hof verlassen, war im Nachbardorf in die Müllerlehre gegangen und hatte zu allem Unglück auch noch geheiratet.

Obwohl Selbstmörder in der Gegend geächtet waren, kam viel Volk zu Joel Erikssons Begräbnis. Und damit alles so war, wie es sein sollte, wurden Mann und Frau nebeneinander und neben dem Sohn beerdigt, dessen fahrlässig erschossener Körper von Trösil hierher überführt worden war. Erik Eriksson stand aufrecht wie ein Baum am Grab, und als der Begräbniskaffee getrunken war und die Gäste gegangen waren, legte er seine Pläne dar. August sollte Lyckan übernehmen, und sein ältester Sohn Bråten. Aber zum ersten Mal in seinem Leben wurde dem alten Großbauern widersprochen. August sagte, daß er Lyckan nicht haben wolle, dafür aber die Besitzurkunde für Bråten. Und der Sohn teilte mit, daß er sich für Amerika entschlossen habe.
Dann kamen sie überein, daß keiner auf Lyckan wohnen wollte, wo ja Joel und Lovisa möglicherweise noch spukten. Ganz zu schweigen von dem unglückseligen Rickard. Diese Rede erschreckte Hanna, die sich fest an John Bromans Arm klammerte.
Erik Eriksson, dem noch nie widersprochen worden war, sackte förmlich auf seinem Platz dort im Saal von Bråten in sich zusammen, sein Rücken wurde krumm, und plötzlich konnten alle sehen, daß er alt war und das Unglück ihn hart mitgenommen hatte. Wie immer kamen von Ingegerd die erlösen-

den Worte. Sie schlug vor, die Höfe zusammenzulegen und auf August zu überschreiben, der dann über das Erbe verfügen sollte.
»Das werden lange Wege für dich, wenn du dir einbildest, auf Bräten wohnen bleiben zu können«, sagte sie zu dem Schwager. »Aber das ist deine Sache.«
August gab sich alle Mühe nicht zu zeigen, wie zufrieden er war. Dies war eine Lösung, wie er sie erhofft hatte. Hanna sah ihre Tante Ingegerd mit großen Augen an und dachte wie schon viele Male zuvor, die ist aufrecht und schön, die älteste Tochter von Erik Eriksson. Sie war schon fünfzig und sieben Jahre älter als Maja-Lisa. Aber sie sah viel jünger aus.
Über unverheiratete Töchter, die im Haus blieben, wurde verächtlicb geredet, aber was Ingegerd vom Vorderhof betraf, machten sich die Leute nicht so viel daraus. Es hieß schon seit langem, daß Erik Eriksson nie einen Entschluß faßte, ohne vorher mit seiner Tochter darüber gesprochen zu haben.
So kann eine Frau werden, dachte Hanna, wenn sie ohne Mann und Kinder auskommt. Dann schämte sie sich, weil sie wußte, daß Frauen sich dem Brauch zu beugen hatten. Denn schließlich mußten Kinder geboren werden.
Nachdem Erik Eriksson und seine Tochter sich im Wagen auf den Heimweg gemacht hatten, feierten August, seine Söhne und John Broman ihren Sieg mit Branntwein. Sie tranken so ausgiebig, daß John und Hanna unmöglich nach Hause gehen konnten.
Gemeinsam mit ihrer Mutter schleifte Hanna die Männer auf den Dachboden und legte sie ordentlich zugedeckt auf die Dielen. Dann gingen die beiden Frauen in die Küche, um nach Begräbnis und Trinkgelage aufzuräumen. Sie sprachen von Ingegerd, die schon in ihrer Jugend schön und klug gewesen war.
»An Freiern hat's der nie gefehlt«, sagte Maja-Lisa. »Die sind scharenweise gekommen, aber nur ausgelacht hat sie die. Und dem Vater war's recht, der wollte sie behalten. Der arme Joel hat immer zu hören bekommen, daß er zum Weibsbild geboren sei, weil Ingegerd der Erbe sei, den Eriksson und der Hof brauchten, und es war halt das Unglück in seinem Leben, daß sie ein Mädchen war.
Maja-Lisa jammerte die Worte aus sich heraus, und Hanna glaubte, daß sie an Joel dachte und an dessen unglückliches Leben. Aber unerwartet schrie sie, sie werde ihrem Bruder nie verzeihen, daß er die Familie ehrlos gemacht hatte, Mörder und Selbstmörder, der er war.

Es standen oberhalb des Hauses und unweit des Ufers der Norskseen fünf große Ahornbäume dicht beisammen. Als sie in diesem Frühjahr blühten, duftete der ganze Müllerhof nach Honig, und Hanna sagte, es ist schon schade, daß man den süßen Saft nicht gleich aus den Bäumen trinken kann. Aber Broman, der sah, wie es hellgrüne Blüten über das dunkle Wasser regnete, lachte sie aus und merkte nicht, daß sie ihm das übelnahm.
»Ihr müßt mir helfen, das feine Sofa auf den Dachboden zu tragen«, sagte sie. »Ich brauche in der Stube Platz für den Webstuhl.«
Ihm war das recht. »Du weißt ja, was ich von dem Sofa halte.«
Sie fauchte, das mit dem Webstuhl sei nur vorübergehend, und daß sie ihr prächtiges Möbelstück bald wiederhaben wollte.
»Protzsofa, auf dem du kaum sitzen kannst«, sagte er.
Da wurde sie fuchsteufelswild und tobte, es gibt im Leben Wichtigeres als Sitzen. Er sah sie erstaunt an.
»Du denkst in letzter Zeit nicht gerade weit.«
»Ich kriege ein Kind«, schrie sie, hielt sich die Hand vor den Mund und dachte, daß ihr das ähnlich sah. Jetzt hatte sie sich seit Wochen den Kopf zerbrochen, wann sie es ihm sagen und wie sie die Worte wählen sollte!
Sie sah wohl, daß er nicht erfreut war, aber er legte ihr den Arm um die Schulter, als er schließlich sagte: »Ja, das war wohl zu erwarten.«
Sie konnte die Kartoffeln noch ausgraben und im Keller lagern, ehe im November der Junge kam. Die Entbindung war von der Art, daß sie Broman fast den Verstand raubte. Und es wurde nicht leichter, als die alte Anna wegen einer Tasse Kaffee in die Küche huschte und sagte, die ist ja im Unterleib ganz zerfetzt, deine Frau. Was anderes war nicht zu erwarten.
»Geh du ins Freie, Broman«, sagte die Hebamme, und er ging und dachte, was für ein Glück, daß Rickard Joelsson tot ist. Heute hätte sogar er den Mann umbringen können. Dann machte er sich auf in die Mühle, deckte ein paar Säcke über sich und schlief auf dem Boden ein.
Im Morgengrauen weckte Anna ihn, sagte feierlich, jetzt hast du einen Sohn gekriegt, John Broman.
»Was ist mit Hanna?«
»Die schläft sich gesund. Sie ist stark, deine Frau.«
Ein Gefühl der Erleichterung durchflutete John, und Annas Feierlichkeit färbte auf ihn ab. Er wusch sich sorgfältig in der Küche und zog ein frisches Hemd an, ehe er sich leise in die Kammer schlich. Sie war blaß, sein Mädchen, aber sie schlief tief und atmete in langen Zügen.

Der Junge lag in der Wiege am Fußende des Bettes, es war ein häßliches und kümmerliches Bündel mit einem feuerroten Schopf auf dem Schädel. Broman schaute das Kind lange an, erkannte die Gesichtszüge wieder und dachte, mit dem Jungen werde er es schwer haben. Dann hörte er, daß der erste Bauernkarren unterwegs zur Mühle war, und ging an die tägliche Arbeit.

Gegen Abend kamen Maja-Lisa und August mit Ragnar, den John Broman nach Bråten geschleppt hatte, als die Geburtswehen einsetzten. Er wolle nicht, daß der Junge einen Schrecken bekam, hatte er gesagt. Maja-Lisa hatte Ragnar aufgenommen, hatte aber gemeint, das sei ein komischer Einfall. Kinder müßten doch lernen, wie's im Leben ist. Als sie das zu August sagte, hatte er ihr beigepflichtet. Er dachte schon lange, daß der Müller den Jungen verzärtelte, und wurde verlegen, wenn Broman Hanna über die Wange strich.
Jetzt kamen sie, um den neuen Enkel anzusehen. Sie fanden gleich, daß er keinem in der Familie ähnlich sah, keiner hatte so ein rundes Gesicht, so eine Himmelfahrtsnase und rote Haare. Also mußte Broman es sagen, wie es war, er gleicht meinem Vater. Nur Hanna bemerkte, daß er traurig aussah, als er das sagte.
»Der sieht aus wie ein Frosch«, sagte Ragnar, und Hanna und Maja-Lisa schimpften mit ihm. Aber Broman nahm den Jungen auf den Schoß und sagte tröstend, daß Neugeborene immer komisch aussehen.
»Bald ist er genauso hübsch wie du«, sagte er und wußte, daß er log. Das neue Kind würde nie so hübsch werden wie sein Bruder. Es wurde beschlossen, der Junge sollte nach seinem Vater auf John getauft werden.
»Schon nächsten Sonntag«, sagte Maja-Lisa so bestimmt, daß keiner zu sagen wagte, diesmal sei es nicht so eilig. Und Hanna bekam eine lange Reihe Verhaltensmaßregeln. Keine ungebetenen Gäste im Haus in der kommenden Woche. Und Hanna solle sich gut vor der hinkenden Malin in acht nehmen, der Frau des Schmieds, der man viel Böses, nachsagte, auch, daß sie den bösen Blick haben könnte.
Als die Schwiegereltern gegangen waren, machte John für sich und den Jungen in der Ausziehtruhe in der Küche das Bett zurecht. Sie schliefen, von der großen Anspannung müde, sofort ein. Aber Hanna lag in der Kammer lange wach, sah sich das neue Kind an und sagte vor sich hin: Kleiner häßlicher Fratz, du.
Sie empfand dieselbe verwunderliche Zärtlichkeit wie damals für Ragnar. Dann dankte sie Gott dafür, daß es vorbei war und außerdem ein Junge. Kurz

dachte sie beunruhigt daran, wie Broman gesagt hatte, daß er fast verrückt vor Freude gewesen war, als sein Vater starb. Das muß ein böser Mann gewesen sein, dachte sie und sah das Neugeborene wieder an.
»Der ist gewiß nicht von der gleichen Art«, sagte sie laut, als hätte sie eine Beschwörung ausgesprochen. Und vielleicht half das, denn der kleine häßliche Junge wurde ein liebes und folgsames Kind.
Der Schnee kam gegen Ende des Monats, mußte sich aber glücklicherweise noch dem Regen aus Norwegen ergeben. John Broman überwand seinen Stolz und ging zu Erik Eriksson, um sich Pferd und Karren zu borgen. Der Alte liege mit Fieber und Brustschmerzen im Bett, sagte Ingegerd, und John schämte sich ob seiner Erleichterung.
Er mochte Ingegerd als eine der wenigen hier im Tal, mit denen er reden konnte. Jetzt gab sie ihm Kaffee, und sie blieben in der Küche sitzen und redeten über alles und jedes. Von Rickard sagte sie, daß der arme Kerl verrückt geworden sei, als sein Vater Lovisa schlug.
»Ich hab wohl manches versucht, um Hanna zu helfen«, sagte sie. »Aber der Vater hat sich widersetzt. Man weiß ja wie die Alten denken, daß Hure Hure bleibt, egal, wie's passiert ist. Und mit Maja-Lisas Kindern, das ist ja auch so was.«
»Was?«
Ingegerd bereute, was sie gesagt hatte, das konnte er sehen. Aber er setzte ihr zu, und sie erzählte von Astrid, Hannas Schwester, die sich vornehm nach Fredrikshald verheiratet hatte.
»Die hat einen Anfall gekriegt«, sagte Ingegerd. »Ist einfach verrückt geworden. Die ist zum Friedhof gerannt, den ganzen weiten Weg bis zur Kirche, hat Blumen und Kreuze von den Gräbern ihrer toten Geschwister gerissen. Und zum Pfarrer hat sie gesagt, die seien gar nicht tot. Die leben und gehören nicht unter die Erde.«
Ingegerd schüttelte sich dabei, trank einen großen Schluck Kaffee: »Du kannst dir denken, Broman, wie da in den Häusern geredet worden ist. Aber ich hab dafür gesorgt, daß der Vater nichts erfährt, und hab das Mädchen zu mir genommen, sie war fleißig und brav. Sie ist schön, und verrückt ist sie kein einziges Mal mehr geworden. Ich hab sie lieb gewonnen und hätte sie gern bei mir behalten. Aber in der Nachbarschaft haben sie sich die Mäuler zerrissen, und mir war's recht, wie sie ihr einen Dienstplatz in Norwegen besorgt haben. Bin selber mit nach Fredrikshald gefahren und hab gewußt, daß sie zu einer guten Familie gekommen ist, keine Bauernwirtschaft, sondern ein

Kaufmannshaus. Dann hat sich der Fischhändler von dort in sie verliebt, und es hat eine Hochzeit in Fredrikshald gegeben. Ihr Mann ist einer, der mit beiden Füßen auf dem Boden steht. Der weiß nichts vom Übergschnapptsein.«
»Und ist zum Schluß alles gut worden?«
»Ja. Die Briefe, die ich von ihr kriege, sind lustig. Ich glaube, die merkwürdigen Gedanken sind verschwunden, sobald sie von der Maja-Lisa wegkommen ist.«
»Die Maja-Lisa meint, sie gleicht einem von den toten Kindern.«
»Tut sie. Aber da ist ja nichts Merkwürdiges dran. Geschwister gleichen sich oft wie ein Ei dem anderen.«
John fühlte sich von der ruhigen Stimme und der vernünftigen Erklärung getröstet. Er hatte seit dem letzten Weihnachtsfest eigenartige Gedanken gehabt, seit Maja-Lisa von Astrid und der toten Schwester erzählt hatte.
Schließlich brachte er sein Anliegen vor. Zum eigenen Erstaunen erzählte er von seiner Mutter, die sich zu sterben weigerte, vom Erbe, das nicht aufgeteilt werden konnte, und wie lange und vergeblich er schon darauf wartete, vom Hof ein Pferd zu bekommen.
»Wir schaffen's nicht ohne«, sagte er. »Hier bezahlt kein Bauer mit Geld, und einmal im Monat muß ich fort und mein Mehl verkaufen. Ich krieg es schlecht bezahlt bei Alvarsson, der's versteht, seinen Nutzen aus der Notlage zu ziehen, in die ich geraten bin.«
»Broman, du kannst Pferd und Karren haben, um nach Fredrikshald zu fahren«, sagte Ingegerd. »Der Vater braucht nichts wissen, der kommt in der nächsten Zeit eh nicht auf die Beine. Und bis dorthin werd ich mir was einfallen lassen.«
Er war verwundert über das Wohlwollen, als er das Pferd einspannte, das stark und jung und vor dem Karren nicht gar so leicht zu handhaben war. Aber als er sich verabschiedete, wurde ihm manches klar.
»Wir zwei, Broman, du und ich, wir haben viel Gemeinsames«, sagte Ingegerd. »Es ist schon schwer, wenn man den Alten das Leben wegwünschen muß.«
Hanna war zutiefst erstaunt, als er mit dem Pferd heimkam. Aber die Sorge überwog die Freude, als er sagte, daß er mit dem Mehl bis nach Fredrikshald wolle.
»Dann bleibt Ihr ja viele Tage weg.«
»Du hast doch deinen Bruder da.«
»Aber der ist doch nicht das gleiche. Der schweigt ja die ganze Zeit.«

Broman dachte, daß alle Kinder von Bråten schweigsam waren, nicht zuletzt Hanna selbst. Aber laut sagte er: »Hab geglaubt, dir sind mein Geschwätz und meine Geschichten zuwider.«
»Das ist bloß, weil es sich so gehört«, sagte sie, und da lachte er über sie und merkte zu spät, daß sie das traurig machte.
»Hanna, erklär mir, warum man so tun soll, als wenn einem zuwider wär, was man in Wirklichkeit mag?«
»Ist unnötig.«
»Reden und dir und dem Jungen Geschichten erzählen?«
»Ja«, sagte sie, und jetzt war sie zornig. »Das bringt kein Brot auf den Tisch.«
»Ich, hab nie wahrgenommen, daß es dir an Brot fehlt«, sagte er, ging hinaus und warf die Tür so heftig zu, daß das Haus wackelte'.
Da bekam sie Angst.
Aber Ragnar, der mit seinen Bauklötzen auf dem Fußboden saß, schaute sie nachdenklich an und sagte, Ihr seid schon recht blöd im Kopf, Mutter.
Sie versuchte es, konnte aber wie üblich nicht wirklich böse auf ihren Sohn werden, fauchte ihn nur an, daß Kinder den Mund halten sollen bei Sachen, die sie nicht verstehen.
»Ihr seid es doch, die nicht kapiert«, sagte Ragnar, und für einen Augenblick schoß ihr der Gedanke durch den Kopf, daß er recht haben könnte. Inzwischen hatte sich der Junge zu John hinausgestohlen, der das Pferd striegelte und ihm im Stall einen Platz herrichtete. Jetzt schrie der kleine John in der Wiege, und Hanna beruhigte ihn und sich beim Stillen. Als Sohn und Mann wieder hereinkamen, hörte sie die beiden draußen lachen und dachte, die lachen über mich. Das tat weh. Aber daran mußte sie sich gewöhnen. Die Söhne würden sie noch oft genug zum besten halten.

Anderthalb Jahre nach der Geburt des kleinen John kam der nächste Junge und geriet, wie erwartet, der Erikssonschen Familie nach, hatte braune Augen, eine gerade Nase und dunkelbraune Haare. Maja-Lisa war stolz, als hätte sie ihn selbst geboren, und bestimmte, daß der Junge nach ihrem Vater Erik heißen sollte.

Die Entbindung war auch dieses Mal schwer, und als Broman Hannas Qualen sah, gelobte er sich selbst feierlich, seine Frau nie mehr anzurühren. Aber das war ein Versprechen, das er nicht halten konnte, denn als Erik zwei Jahre alt war, wurde der dritte Junge geboren und bekam den Namen August nach Hannas Vater.

Der letzte Junge war schwächer als die anderen. Hanna sah das sofort nach der Geburt, noch ehe die Hebamme das Kind gewaschen hatte. Und als sie ihn das erste Mal an die Brust legte, spürte sie, daß er wenig Lust aufs Leben hatte.

Der gerät seinem Vater nach, dachte sie.

Sie lebte in ständiger Sorge um ihren Mann, dessen Husten von Jahr zu Jahr schlimmer wurde und oft so bösartig war, daß ihm selbst das Husten schwerfiel. Dann mußte er zum Haus hinauslaufen und keuchend nach Luft ringen. Die alte Anna kam, wenn es am schlimmsten war, legte dem Müller Breiumschläge auf die Brust und sprach lange und beruhigend auf ihn ein.

»Er sollte zum Doktor«, sagte sie, und gegen den Frühling, als in der Mühle am wenigsten zu tun war, fuhr Broman mit Tante Ingegerd den weiten Weg nach Vänersborg, wo ein hitzköpfiger Arzt sagte, er habe Asthma und müsse sofort mit dem Mahlen aufhören.

»Wie ich meine Familie versorgen soll, wenn ich die Mühle aufgebe, darüber konnte er mir nichts sagen«, meinte John zu seiner Frau, als er heimkam. Die Medizin, die er bekommen hatte, war schnell verbraucht. Aber das war egal, denn sie half ihm sowieso nicht.

Mit dem Pferd wurde es, wie Erik Eriksson es bestimmt hatte, August bekam zwei Drittel des Tieres und John Broman eines. Broman war verbittert, aber Hanna meinte, das sei eine gute Abmachung. Sie hatten hier oben zwischen den Felsen nicht genug Weideland für das große Tier, und sie brauchten das Pferd nicht mehr als eine Woche im Monat, dann, wenn das Mehl zum Verkauf nach Norwegen sollte.

Wie Ingegerd vorausgesagt hatte, wurde es zuviel für August, auf Bråten zu wohnen und Lyckan zu bewirtschaften. Vorsichtig griff er gegenüber Maja-Lisa die Frage auf, aber sie meinte kurz und bündig, daß sie auf gar keinen Fall auf den Unglückshof übersiedeln werde. Als John in den Zwist hineingezogen wurde, überlegte er lange und kam nur zögerlich mit seinem Vorschlag heraus. Wir reißen das alte Haus ab und bauen oben auf dem Hügel ein neues, sagte er. »Das wird schöner, ein neues Haus mit Aussicht auf Wildbach und See.«
Aber August hatte kein Geld für einen Neubau. Und nicht die Kraft. Es kam also doch zu einem Umzug auf das alte Lyckan, wo August, seine Söhne und John Broman die Decken und Wände mit Leimfarbe strichen und den Herd kalkten.
Zur Mittsommerzeit zogen sie mit ihrem Hausrat auf Lyckan ein. Maja-Lisa hörte auf zu jammern, aber sie konnte sich in ihrem neuen Heim nicht einleben. Es dauerte eine Weile, bis jemand merkte, wie es um sie stand, und eines Tages sagte John zu seiner Frau, deine Mutter geht dort auf Lyckan ein. Hanna erschrak fürchterlich und flüsterte, die gehen wirklich dort um, die bösen Geister. Aber Broman schnaubte nur und meinte, daß das, was Maja-Lisa plagt, eine Krankheit sei von der Art, die im Körper sitzt.
Hanna ging sooft sie konnte mit ihren Kindern die Mutter besuchen und stellte fest, daß sie jedesmal noch dünner und blasser geworden war.
»Habt Ihr irgendwo Schmerzen, Mutter?«
»Nein. Ich bin bloß so elend müde.«
Im Haushalt ging alles drunter und drüber. Hanna räumte auf und buk, mußte aber schließlich zu August sagen, daß er eine Magd einstellen müsse.
»Ihr seht doch, daß die Mutter es nicht schafft.«
Aber Mägde waren inzwischen nicht mehr zu haben. Die jungen Mädchen strömten nur so nach Norwegen und fanden in Moss Arbeit im Haushalt oder im Gasthaus und in den Fabriken in Fredrikshald. Die eine oder andere fuhr weiter nach Amerika, manche blieben und verheirateten sich mit Norwegern. Andere kamen dann und wann in feinen Konfektionskleidern und großen, mit Rosen garnierten Hüten zu den Feiertagen heim. Das ärgerte alle ehrbaren Ehefrauen, die sagten, das seien alles blöde Trampel. Wenn nicht noch Schlimmeres. Denn man konnte sich ja vorstellen, was solcher Aufputz kostet.

Hanna tat für ihre Mutter, was sie konnte, ließ fast täglich ihre Kinder allein bei der alten Anna in der Hütte und rannte mit dem kleinen August an der Brust nach Lyckan, um dafür zu sorgen, daß Eltern und Brüder wenigstens zu essen hatten. Eines Tages entfuhr ihr die Frage, die sie nie und nimmer zu stellen vorgehabt hatte: »Ist das so, daß die Toten auf dem Hof gespenstern, Mutter?«
»Ja«, sagte Maja-Lisa und lächelte dabei. »Aber das sind nicht der Joel und die Lovisa von hier. Es sind meine Kinder, der Anders und der Johan. Und manchmal kommt auch die kleine Elin.«
»Aber die haben doch nie hier gewohnt!«
»Jetzt tun sie's halt.«
Als Hanna heimkam und erzählte, was die Mutter gesagt hatte, meinte John Broman, daß Trauer nie vergeht. Die ist da und zehrt am Leben, nimmt einem ein Stück nach dem anderen weg. »Die, die viel Tote haben, verlieren die Lebenslust mehr und mehr.«

August, der die Krankheit seiner Frau nicht ertragen konnte, schrieb an Johannes einen Brief Er war mit dem weithin bekannten Heiler verwandt und brachte mühselig zustande, daß du jetzt, Vetter, halt kommen mußt, weil ohne mein Weib komm ich nicht zurecht.
Als Hanna John von dem Brief erzählte, sagte er erstaunt, es ist doch Vieh, was er heilt, der Johannes.
»Leute auch. Ihr habt bestimmt gehört vom Veteran, der mit Krebs im Sterben lag, und wie der Johannes in die Hütte gekommen ist und einen Tee gebraut hat und das Getränk in den Alten hineingezwungen hat. Dann hat er ihn aufstehen lassen. Es wär ausgemacht, daß er lebt, bis er neunzig ist, hat er gesagt. Und genauso ist es gewesen.«
Diese Geschichte hatte John noch nicht gehört. Aber viele andere, eine seltsamer als die andere. Johannes hatte großes Ansehen, auch in Värmland. John hatte den Gerüchten nie geglaubt, aber er sagte zu Hanna, daß sein Besuch August und Maja-Lisa vielleicht ein Trost sein könnte.
Doch John war im Irrtum. Am Sonntag nachmittag, als die Familie sich auf Lyckan versammelt hatte, kam Johannes, begrüßte alle mit Handschlag und ging in das Zimmer, in dem Maja-Lisa lag. Er warf nur einen Blick auf sie, ehe er sagte: »Du bist also auf dem Weg zum Fortgehen, du.«
Nun konnte sie es vor sich selbst und vor den anderen zugeben. »Ich bin so müde«, sagte sie. »Wann wird's sein?«

»Wird wohl noch diese Woche sein. Und du brauchst keine Angst vor Schmerzen zu haben. Du gehst im Schlaf hinüber.«
»Und werd ich dann die Kinder treffen?«
»Würde ich meinen. Alle außer der Maria, aber das weißt du selber.«
John Broman stand in der Küche und hörte jedes einzelne Wort wollte aber nicht glauben, daß er richtig gehört hatte. Dann kam Hanna heraus, weiß wie ein Geist, dicht gefolgt vom Vater, der aussah, als wäre er es, dem das Todesurteil gesprochen worden war. Keiner brachte ein Wort heraus, aber schließlich meinte Ingegerd:
»Wir müssen der Astrid wohl Post schicken.«
Obwohl sie flüsterte und Johannes noch im Zimmer bei Maja-Lisa war, hörte er es und sagte laut: »Nein, die Astrid braucht nicht zu kommen.«
»Richtig«, sagte Maja-Lisa. »Die Astrid soll nicht kommen. Aber einen Pfarrer will ich haben, falls der Trunkenbold von der Kirche einen ganzen Tag nüchtern bleiben kann.«
Hanna blieb auf Lyckan, um für alle zu kochen. Aber John kehrte in die Mühle zurück, wo der zehnjährige Ragnar mit den kleinen Brüdern alleine war. Er konnte mit Ingegerd fahren, sie hatte es eilig, heim zum alten Erik zu kommen, der schon über ein Jahr sterbenskrank war.
Im Karren fragte John Broman, was man eigentlich glauben soll.
»Daß der Johannes große Erfahrung mit Krankheiten hat, und es sieht doch ein jeder, daß es mit der Maja-Lisa bald aus ist.«
»Schon, aber das, was er von der Maria und der Astrid gesagt hat.«
»Nimm das nicht ernst, Braman. Der Johannes ist lange in Amerika gewesen, und seitdem hat er eine neue Religion. Es ist eine seltsame Lehre, die meint, daß die Seelen von den Toten in die Neugeborenen hineinwandern. Und lauter so Dummheiten.«
Sie warf einen Blick auf John und sah, daß er nicht überzeugt war. »Hör zu. Der Johannes hat einen Winter auf Bråten gewohnt, als die Astrid noch klein war. Damals hat er der Maja-Lisa die komischen Gedanken in den Kopf gesetzt, die, die das arme Kind dann verrückt gemacht haben.«
John seufzte erleichtert auf und stimmte ihr von Herzen zu, als sie sagte, wer tot ist, ist tot, das weißt du selber, Broman.

Der Pfarrer war leicht angetrunken, als er am Montag kam und Maja-Lisa das Abendmahl reichte. Sie war ruhig, fast erwartungsvoll. Aber August war starr vor Angst und stumm, als wäre er in ein fremdes Land verwiesen worden.

Am Dienstag bekam Maja-Lisa starke Schmerzen in der Brust und Atembeschwerden. In der Nacht auf Mittwoch wachte die Familie an ihrem Bett, und es verlief wie vorausgesagt. Sie schlief, tat irgendwann einen tiefen Seufzer und hörte auf zu atmen.

John saß nicht am Sterbebett, denn jemand mußte zu Hause bei den Kindern sein. Er hatte sie gerade schlafen gelegt, als es an der Tür klopfte und Johannes ins Haus trat.

John kochte Kaffee, tischte Brot auf Aber seine Bewegungen waren eckig, er mochte den Gast nicht. Sie schwiegen, doch als der Kaffee getrunken war, sagte Broman: »Fällst du deine Todesurteile immer so freiheraus?«

»Nur für die, die's hören wollen«, sagte Johannes und lächelte dabei. »August, der macht's auch nicht mehr lang. Aber dem nutzt es nicht, wenn er's weiß.«

John dachte an sein Asthma und seine elende Müdigkeit. Aber er wagte nicht zu fragen, und es war auch nicht nötig.

»Du, Broman, hast noch mehr Lebensjahre vor dir, als du eigentlich willst. Und das hat seine ganz bestimmte Ursache. Kann ich oben in der Kammer schlafen?«

John erschrak. Aber als er in der Dachkammer den Kamin heizte und das Bett zurechtmachte, fühlte er sich so froh wie schon lange nicht mehr.

Hanna war blaß, als sie heimkam, und verspannt, als sie dem ausgehungerten Säugling zu essen gab. Als sie mit dem Jungen an der Brust so dasaß, sah sie John lange an und sagte, ach wie wünschte ich mir, ich könnte weinen. Sie schlief nur kurz, dann mußte sie trotz der Nachtwache hinaus in den Stall zum Melken. Dorthin kam, wie sie erwartet hatte, Johannes, lobte die Tiere und sagte, sie brauche sich um den Mann keine Sorgen zu machen. »Ich könnte mir denken, der lebt noch ein ganzes Stück hinein ins zwanzigste Jahrhundert. Ich möchte meinen, es gibt ihn noch, wenn wir neunzehnhundertzehn schreiben.«

Hannas Erleichterung war groß. Noch war es der Sommer achtzehnhundertvierundneunzig, also noch weit bis zur Jahrhundertwende. Erst als Johannes Abschied genommen hatte, nahm sie sich Zeit nachzurechnen und stellte zu ihrem Erstaunen fest, daß er nicht mehr als sechzehn Jahre versprochen hatte. Aber das reichte aus, denn zu diesem Zeitpunkt würde Ragnar sechsundiwanzig sein, John neunzehn und Erik achtzehn. Das würden drei handfeste Männer in der Mühle sein.

»Sogar du, arms Kind, wirst sechzehn sein und erwachsen«, flüsterte sie August zufrieden zu, als sie ihn an die Brust legte.

»Du siehst ein wenig lustiger aus«, sagte Broman, als er zum Mittagessen hereinkam, und sie nickte, kniff aber den Mund zusammen. In ihren Ohren klangen Johannes' Abschiedsworte: Nur ein Wort zu Broman, was wir besprochen haben, und er wird aus purem Trotz sterben.
Als sie sich am Abend hingelegt hatten, konnte Hanna trotz Müdigkeit nur schwer einschlafen. Die Erinnerungen an die Mutter kamen und gingen ihr durch den Sinn, und manche davon taten weh.
»Du schaust ganz ausgelaugt aus«, sagte Broman, als sie ihr Frühstück aßen.
»Ich hab böse Gedanken.«
Sie wurde rot, aber es mußte heraus: »Wie in dem Winter, als ich mit Ragnar schwanger war. Die Mutter hat mich beim Schlachten gebraucht, hat mich gezwungen, daß ich den Blutkübel halte! Und eine Frau im Ausgedinge am Bach ist gestorben. Und ob Ihr's glaubt oder nicht, die Mutter hat mich hingeschickt, daß ich die Leiche wasche. Und das alles, daß das Kind in meinem Bauch ungesund wird und stirbt.«
Hanna lächelte mit schiefem Mund und deutete auf Ragnar, der in der Ausziehkiste schlief: »Dann ist er gekommen und war gesünder und schöner als wie ein jedes von ihren eigenen Kindern.«
John konnte nur den Kopf schütteln. Aber als er in der Tür stand, um zu seiner Arbeit zu gehen, drehte er sich um und sagte: »Eines kann man aber daraus lernen. Die ganze alte Gespenserseherei schadet keinem.«
Mitten in der mühsamen Erntearbeit bekam August Olsson Schmerzen in der Brust und legte sich unter einen Baum, um sich auszuruhen. Als ihn seine Söhne nach einer guten Stunde wecken wollten, war er tot. Schweigend umstanden sie ihn und waren wohl weder erstaunt noch erschrocken. Der alte August hatte eigentlich nicht mehr gelebt, seit Maja-Lisa unter der Erde war.
Es gab kein Testament, also gingen die Höfe auf die Söhne über. Robert, der sich die Amerikapläne aus dem Kopf geschlagen hatte, und Rudolf, der ebenso arbeitseifrig war wie Hanna, richteten sich auf Lyckan ein. Nur Adolf blieb noch etliche Jahre in der Mühle am Norskwasser wohnen. Als die Müllersöhne groß genug waren, die schwere Arbeit auf sich zu nehmen, ließ Adolf sich sein Erbe auszahlen und fuhr nach Amerika.
Keiner von Hannas Brüdern heiratete.

Zum Begräbnis ihres Vaters war Astrid mit Mann und Kindern gekommen. John Broman, der seine Schwägerin noch nie gesehen hatte, betrachtete sie immer wieder aufmerksam. Er fand sie stattlich in dem geblümten städtischen Kleid. Sie war einfach ein schöner Anblick und freundlich zu allen, sprach gerne und viel, sang den Kindern Wiegenlieder vor und den Kühen Weisen. Im Wesen glich sie keinem der Geschwister. Trotzdem hatte sie dieselbe aufrechte Haltung wie Hanna, und wenn man genau hinschaute, konnte man in den Gesichtszügen Ähnlichkeiten erkennen.

Aber die elegante Schwester ließ Hanna schwerfällig und bäurisch wirken. Wenn Astrid über den Boden schwebte, ging Hanna mit festem Schritt. Astrids Gesicht spiegelte jedes Gefühl wider und war so wechselhaft wie das Aprilwetter. Hannas war verschlossen. Astrid redete und sang. Hanna schwieg, Astrid warf den Kopf zurück und lachte. Hanna konnte manchmal kichern, hielt sich aber sofort die Hand vor den Mund, immer verlegen, wenn es geschah. John hatte Mitleid mit seiner Frau. Doch manchmal wurde er zornig und dachte, die könnte doch ihr Kopftuch abnehmen und ihr schönes Haar zeigen. Und sich anders kleiden als immer bloß in schwarze oder braungestreifte Wolle.

Die Schwester sprach es aus: »Warum mußt du aussehen wie ein altes Bauernweib? Komm her, probier meinen grünen Rock mit der geblümten Bluse an.«

»Das trau' ich mich doch nie«, kicherte Hanna. Und Astrid mußte einsehen, daß es so war, wie ihre Schwester sagte, sie traute sich nicht.

Eins aber stand außer Zweifel, die beiden Schwestern hatten einander gern. Es gab keinen Funken Neid oder das Bedürfnis, Abstand halten zu wollen bei Hanna, auch wenn sie dies und das über Hochmut und Eitelkeit fallenließ. Über diese Worte konnte Astrid lächeln, nachsichtig und mitleidig.

»Dich hat's zu hart getroffen«, sagte sie.

»Für mich ist es halt so gekommen, wie's gekommen ist.«

Weiter kamen sie nie.

John, gebannt von ihrem lichten Wesen, fühlte sich zu der Schwägerin hingezogen. Aber sie erschreckte ihn auch, und daher wurden sie nie vertraut. Einmal sagte er: »Du bist nicht ganz von dieser Welt.« Sie lachte ihn aus, aber er sah, daß Hanna erschrocken war.

Doch der Schwager pflichtete bei: »Meine Gattin ist ein Engel«, sagte er. »Wenn sie nicht ein Troll ist. Du wirst einsehen, ich hab's nicht leicht.«
Darüber konnten sie lachen, alle außer Hanna, die rot wurde und sich auf die Lippen biß. Sie kann die Verrückte nicht vergessen, dachte John.
Mit der Zeit schloß er den Fischhändler ins Herz, einen zuverlässigen Mann mit großem Herzen und gutem Kopf Während der Fischzüge frühmorgens auf dem See wurden sie Freunde. Es war hier im Boot, wo Broman bewußt wurde, daß sich zwischen Norwegen und Schweden eine Krise oder gar Schlimmeres anbahnte.
Arne Henriksens Stimme hallte mit solcher Kraft über den See, daß er die Fische rasch in die Flucht trieb.
»Es sollte endlich Schluß sein mit den schwedischen Herrenmanieren«, sagte er. »Sonst kracht's. Verlaß dich drauf. Wir haben Waffen, und wir haben auch Leute.«
John dachte an seine eigenen Reisen nach Fredrikshald, wo die armen Kleinbauern aus Dal reihenweise demütig auf dem Markt standen, um ihre Schafe, ihr Heu und ihre Butterfässer anzubieten.
»Ich rede von den Herren in Stockholm«, sagte Arne. »Nicht von euch.«
»Aber wir sind es, die in die Schlacht ziehen, wenn Ihr mit Waffen kommt.«
»Ihr müßt gemeinsame Sache mit uns machen und euch von diesem Fuchs von einem König lossagen.«
John Broman staunte über seine eigenen Gefühle, nie hatte er bislang gespürt, wie schwedisch er war. Für einen Augenblick war er versucht, dieses norwegische Großmaul kurzerhand über Bord zu schmeißen. Doch Arne merkte nichts von dem Zorn, er hob an mit einer langen Erklärung, legte den Text des Grundgesetzes von Eidsvold aus, das dem einfachen Volk größere Rechte einräumte als irgendwo sonst in der Welt. Dann kam er auf den Konsulatstreit zu sprechen.
Broman hatte davon reden hören, die Sache aber wie die meisten Schweden nicht allzu ernst genommen. Jetzt erfuhr er, daß die Linken mit ihrem Anspruch auf einen eigenen Außenminister die Vormacht im Storting, der norwegischen Volksvertretung, hatten. Und daß die Norweger schon dabei waren, auf den Schiffen, die die Welt umsegelten, das Unionszeichen aus der Fahne zu entfernen.
Der Müller hörte zu, ohne richtig zu begreifen. Aber als Henriksen schilderte, wie das Storting für acht Millionen Reichstaler neue Panzerschiffe gekauft hatte, und wie der neue norwegische Verteidigungsminister, der Stang hieß

und Oberstleutnant war, entlang der ausgedehnten Grenze zu Schweden Festungen bauen ließ, bekam John Broman Angst.
»Stang ist ein verdammt guter Mann«, sagte Henriksen und sprach davon, wie der Verteidigungsminister neue deutsche Waffen eingekauft hatte. Die Festung Fredriksten hatte neue Kanonen von ganz anderer Reichweite bekommen.
Henriksen gönnte John einen langen Blick, ehe er seine Rede abrundete: »Wir reden nicht soviel davon, aber jeder einzelne Norweger weiß». Erst die Waffen, dann ...«
Sie setzten das Gespräch fort, als sie am Abend ihren Schnaps tranken, Henriksen war ein ungewöhnlicher Mann, ein Schwätzer mit lauter Stimme, wenn er nüchtern war, aber ruhig und sachlich, wenn er Branntwein trank.
»Du mußt verstehen, daß es der reine Irrsinn ist, wenn norwegische Seeleute, die die ganze Welt befahren, nirgends eigene Landsleute haben, die sich ihrer annehmen.«
Das leuchtete Broman ein.
»Das Storting hat eigene Konsulate beschlossen«, fuhr Henriksen fort. »Wir haben ihm das Geld bewilligt. Aber der König in Stockholm verweigert seine Zustimmung.«
John nickte.
»Dieser König Oskar ist ein ganz niederträchtiger Hund«, sagte Henriksen. Das hörten die Schwestern, die zum Abendessen riefen. Hanna sah aus, als wäre sie einer Ohnmacht nahe. Aber Astrid lachte.

Die norwegischen Verwandten nahmen es übel, als sie erfuhren, daß John Broman einmal im Monat in Fredrikshald war. Warum hatte er sich nie gemeldet? John fiel die Antwort schwer, aber schließlich sagte er, daß er wohl schüchtern sei.
»Dummes Zeug«, sagte Arne, aber Astrid lachte wie üblich und meinte, das müsse sich jetzt ändern. Broman müsse nächstes Mal bei Henriksens übernachten, das müsse er, bitte schön, versprechen. In ein paar Monaten konnte der kleine August abgestillt werden, und dann müsse John auch Hanna mitbringen.
»Das erlaubt Mutter mir nie«, sagte Hanna und wurde rot, als ihr einfiel, daß Maja-Lisa tot war.
»Ich meine«, sagte sie. »Ich meine halt, will man gesunde Kinder haben, muß man ihnen die Brust zwei Jahre geben.«

Ausnahmsweise wurde Astrid böse: »Es ist an der Zeit, daß du dich von der Mutter freimachst und von ihren ganzen schrecklichen Ammenmärchen. Wir leben in einer neuen Zeit, Hanna.«
Da sagte Hanna etwas, das John sehr erstaunte. »Das ahne ich wohl. Aber ich habe Angst. An was soll man denn glauben, wenn das ganze Alte verkehrt war?«
»Das muß jeder selber herausfinden«, sagte Astrid, als wäre es die einfachste Sache der Welt.

Zu zweit tratschten sich die Schwestern durch die heimische Gegend. Astrid erschrak angesichts all der Veränderungen, die Leute von Kasa in Amerika, auf Bönan nur noch die Alten da, der Gutshof Kleva war vom Wald überwuchert, Jonas tot, Klara tot, Lars tot.
»Aber die waren doch nicht alt!«
»Nein. Die waren auch nicht Mutter und Vater.«
»An was sterben die alle, Hanna?«
»Die haben sich kaputtgearbeitet.«
»Ich glaub, die sterben nach den Hungerjahren an ihren Sorgen.«
Sie gingen ihre Schulfreunde durch, wo war Ragnar und wo waren Vitalia, Sten, Jöran, Olena?
Und Hanna antwortete: »In Norwegen, in Göteborg, in Amerika, zur See.«
Hanna hatte bisher nie daran gedacht, wie einsam es im Tal geworden war. Jetzt wurde es deutlich.
»Nimmer lang, und es ist Ödland«, sagte Astrid.

Astrid verliebte sich in Ragnar, den schwarzäugigen Elfjährigen mit dem aufblitzenden Lächeln und dem fröhlichen Wesen.
»Ein göttliches Kind«, sagte sie. »Das Leben ist unbegreiflich, Hanna.«
»Er gleicht seinem Vater«, sagte Hanna und fügte schnell hinzu, aber nur was das Äußerliche angeht. Vom Wesen her sei Ragnar lieb und fröhlich.
»Es muß schwer sein, ihn nicht zu verwöhnen.«
Das stimmte. Hanna mußte zugeben, daß Broman eine Schwäche für den Jungen hatte, ihn viel mehr liebte als die eigenen Söhne.
Aber Henrikson sagte zu John, daß er mit dem Jungen aufpassen müsse.
»Die werden schwer erwachsen, die sich alles erschmeicheln können, was sie haben wollen.«
John nickte, er hatte daran auch schon gedacht.

Als die Norweger heimfuhren, war ausgemacht, daß John auf seinen Fahrten mit dem Mehl nach Fredrikshald bei ihm wohnen sollte und daß er Hanna jeden Sommer einmal mitbringen mußte.
»Wir kaufen dir neue, schöne Kleider und gehen mit dir zum Fotografen«, sagte Astrid, und Hanna machte sich vor Angst ganz klein. Und vor Freude, John sah es wohl.
Es war früh am Morgen, und die Sonne stand noch tief, als der norwegische Wagen mit den schlafenden Kindern über die Berge zur Grenze fuhr. Hanna stand winkend im Hof vor dem Haus, während Broman bis zum Gatter mitging. Als die Gäste hinter der Biegung verschwunden waren, wandte er sich um, bleib eine Weile stehen und sah seine Frau an. Ihr Schatten war lang in dem schrägen Licht, schwarz und scharf sein Umriß.

Hannas erste Reise in die lebhafte Stadt war ein großes Ereignis. Ihr gefiel alles, was sie sah, die Betriebsamkeit auf den Straßen und die vielen Geschäfte. Aber das beste von allem war, von Fremden umgeben zu sein.
»Denk nur«, sagte sie zu John. »Denk nur, durch all die Straßen und in all die Geschäfte gehen zu können und nicht einen einzigen Menschen grüßen zu müssen.«
Gedrängt von ihrer Schwester, probierte sie fertige Kleider in Modegeschäften an. Es war eine Qual, sie so zu sehen, tödlich verlegen, lief ihr der Schweiß aus den Achselhöhlen über Brust und Bauch.
»Ich schäme mich so furchtbar«, flüsterte sie. Aber Astrid gab nicht klein bei, zog ihr ein weiteres Kleid über und forderte sie auf, in den großen Spiegel zu schauen. Das wagte Hanna nur für ein paar kurze Augenblicke, dann schlug sie die Hände vors Gesicht.
Schließlich gab sie doch nach und kaufte ein Kleid mit Volants und grünen Blumen auf weißem Grund. Als man sie aber zum Fotografen nötigte, zog sie ihr bestes Kleid von zu Hause an, das Braunkarierte. Sie schaute die ganze Zeit mit ernstem Gesicht direkt in die Kamera.
Sie würde von dem Bild tief beeindruckt sein, es zu Hause hinter Glas und Rahmen im Saal an die Wand hängen und oft davor stehenbleiben. Als könnte sie nicht genug bekommen von dem Blick, der dem ihren begegnete.
Auf der Heimfahrt sagte sie zu Broman, daß sie sich nie hatte vorstellen können, daß Norwegen so ... so fröhlich war. Sie war als kleines Kind dort gewesen, konnte sich aber nicht erinnern, daß sie so heiter waren, diese Norweger.
John war ganz ihrer Meinung. Er war als Kind von Värmland aus auch ziem-

lich oft drüben gewesen,und hatte keine größeren Unterschiede bemerkt. Aber jetzt gab es in Norwegen eine sprühende Kraft, eine Lebendigkeit und Lebenslust, die spürbar wurde, sobald man über die Grenze fuhr. Nachdem er Henriksen kennengelernt hatte, verstand er das besser. Die Norweger hatten ein gemeinsames Ziel und einen großen Traum. Aber er wollte Hanna nicht beunruhigen, erwähnte die Unionskrise also nicht. Sie sprachen von Astrid, und Hanna sagte, die sei gewissermaßen viele Menschen in einem.
»Sie hat viele Verkleidungen«, pflichtete Broman bei, aber da wurde Hanna böse. Sie verkleidete sich doch nicht, ihre Schwester. Er gab nach, nein, sie spielte nicht. Sie war alles gleichzeitig, Engel und Troll, Mutter und Kind, feine Dame und lustiges Bauernmädchen.
Er hatte oft überlegt, wie sie eigentlich war, hatte gedacht, daß sie geheimnisvoll sei, daß ein großes Geheimnis in ihrem Wesen lag.

Kaum zu Hause, fing Hanna an, aus dem dünnen weißen Baumwollstoff, den sie in Norwegen gekauft hatte, Gardinen zu nähen. Die kleinen Fenster in der Stube wirkten gleich freundlicher.
»Wie hübsch, wie hübsch«, sagte sie, als könnte sie sich vor Freude kaum halten.
Die Gardinen wurden argwöhnisch angesehen wie alle Eitelkeit und alles Neumodische hier in der Gegend. Hanna gab nicht klein bei, die Gardinen blieben an ihrem Platz.
Aber nie traute sie sich, das geblümte Kleid aus dem Modegeschäft anzuziehen.

Mit dem Buttern hatte Hanna Glück. Nie mißlang ihr die Butter, nicht einmal, wenn eine Bettlerin in die Küche kam und das Butterfaß mit dem bösen Blick bedachte. Aber eines Tages sagte Malin, die .Frau des Schmieds, das hat man ja schon immer gewußt, daß die Huren Glück mit der Butter haben. Da verlor Hanna die Beherrschung und schrie: »Raus hier, du hinkende Giftnudel. Und laß dich nie mehr im Müllerhaus blicken.«

Das war schon Jahre her. Aber seit jenem Tag herrschte Feindschaft zwischen den beiden Häusern an den Norwegerseen. Broman erfuhr nie, was vorgefallen war. Aber es bereitete ihm Kummer, denn er war in vielerlei Hinsicht auf den Schmied angewiesen, nicht nur, weil sie an den Samstagabenden miteinander soffen.

Alle zwei Monate mußte er die Mühlsteine zum Behauen wegheben. Das war eine schwere Arbeit, und zum Reinigen der Mahlfurchen in den Steinen brauchte er geschliffene Mühleisen.

Er machte Hanna Vorwürfe.

»Wir müssen doch gut auskommen mit den wenigen Nachbarn, die wir noch haben.«

Aber sie blieb hart. Die hinkende Malin kam ihr nie wieder über die Schwelle.

»Frag sie«, schrie Hanna. »Frag sie, warum ich Glück mit dem Buttern hab.«

Also ging Broman mit seiner Frage ins Haus des Schmieds, und Malin sagte, daß es wohl so war, wie Hanna sagte, daß sie Butterglück hatte, weil sie Stall und Küche immer sauber hielt.

Erst am Abend, als er mit Malins Antwort heimkam, erfuhr er, was sie tatsächlich zu Hanna gesagt hatte. Da wurde er so zornig, daß er zu den Nachbarn ging und die Schmiedfrau beschimpfte. Jetzt mußten die Männer mit ihrem Branntwein in die große Höhle unten am Langsee gehen.

Aber manchmal fühlte Hanna doch Reue, dachte, daß sie zu weit gegangen war. Besonders weil sie ihre Söhne nicht von der Schmiede und von den Söhnen des Schmieds fernhalten konnte, die alle ungefähr im gleichen Alter waren.

Früher hab ich nicht mal mit der Wimper gezuckt, wenn einer mich Hure genannt hat, dachte sie. Jetzt, wo ich anständig bin, werde ich fuchsteufelswild.
Hannas Vorstellung von Ehrbarkeit war enttäuscht worden. Sie entsprach ganz und gar nicht ihren Erwartungen. Am Anfang war sie in die Kirche gerannt, um dort zwischen den anderen Frauen zu sitzen, sogar außen in der Bank, wo die Jüngeren sich vorbeidrängeln mußten. Aber ein Vergnügen war es nicht gerade, und als Broman sie fragte, welchen Trost sie in der Kirche suchte, hatte sie sich geschämt. Jetzt war sie schon seit Jahren nicht mehr zum Gottesdienst gegangen.
Dann geschah es eines Tages im Spätwinter, daß Ragnar blutig und zusammengeschlagen aus der Schule kam. Ja, er hatte sich geprügelt. Die anderen seien noch schlimmer zugerichtet als er, sagte er, und wischte sich mit dem Handrücken das Blut von der Oberlippe.
Da schickte Hanna nach Broman.
Er kam und verlangte heißes Wasser, um die Wunden auszuwaschen, kratzte dem Jungen die schlimmsten Blutkrusten vom Gesicht und sagte, jetzt will ich aber wissen, was da passiert ist.
»Sie haben mich Hurensohn genannt«, sagte der Junge.
»Aber du lieber Gott!« schrie Hanna. »Das ist doch kein Grund zum Streiten, es ist doch die Wahrheit!«
Im nächsten Augenblick drehte Broman sich um und schlug ihr mit der flachen Hand mitten ins Gesicht. Hanna taumelte durch die Küche und schlug mit dem Rücken gegen die Sitzbank unter dem Fenster.
»Seid Ihr übergeschnappt!« schrie sie.
»Kann schon sein«, entgegnete Broman wütend. »Du treibst mich noch zum Wahnsinn.« Dann ging er hinaus und knallte die Tür hinter sich zu.
Ragnar weinte, aber trotz der Tränen konnte sie sehen, daß seine Augen eiskalt waren.
»Ihr seid es, Mutter, die übergeschnappt ist.«
Dann verschwand auch er nach draußen.
Hanna zitterte am ganzen Körper, fing sich dann aber. Sie sah sich ihr Gesicht im Spiegel genau an, es war geschwollen und lief schon blau an. Aber sie blutete nicht. Das mit dem Rücken war schlimmer, er schmerzte stark nach dem Aufprall auf die Sitzbank.
Gott sei Dank, daß die Kinder draußen sind, dachte sie, doch gleich fiel ihr ein, wo sie sich aufhielten. In der Schmiede, wo sie von der hinkenden Malin Hefebrot und Saft bekamen.

Sie richtete das Abendessen her, und die Söhne kamen. Sie schickte Erik, um den Vater und Ragnar zu holen. Broman kam, hatte ein trauriges Gesicht, sprach aber kein Wort.
»Habt Ihr euch weh getan, Mutter?« fragte Erik.
»Wo ist der Ragnar?«
»Er ist in den Wald gerannt«, sagte Broman, und Hanna flüsterte in reiner Panik: »Lieber Gott, wir müssen raus, ihn suchen.«
Sie sah schrecklich aus, war weiß wie die Wand, stark geschwollen und hatte häßliche blaue Flecken. Er schämte sich, sagte aber mit fester Stimme: »Der Junge kommt zurück. Er hat mir gesagt, er muß allein sein und nachdenken. Und das kann man ja verstehen.«
Hanna bewegte sich steif, als sie bei Tisch bediente und abzuwaschen anfing. Als Broman sie ansah, sagte sie entschuldigend, daß sie mit dem Rücken gegen die Sitzbank gefallen sei. Da schämte er sich noch mehr.
Ragnar kam, als sie die Betten für die Nacht zurechtmachte. Er verhielt sich wie Broman, schwieg.
Guter Gott, wie soll ich's erklären?
Als sie sich niedergelegt hatten, sprach Broman eben dieses an: »Ich will wissen, warum du nicht verzeihen kannst, wenn die Malin dich Hure schimpft, du es aber richtig findest, wenn sie dem Ragnar Hurensohn nachrufen.«
Sie schwieg lange, sagte schließlich: »Ich bin keine Hure, ich bin überfallen worden. Aber der Ragnar ist ... unehelich geboren, das kann niemand abstreiten.«
»Also bist du unschuldig und er ist schuldig.«
»So mein ich das nicht.«
Am Morgen konnte sie sich kaum bewegen, aber Broman tat, als bemerke er ihre Schmerzen gar nicht, und versuchte es nochmals: »Hanna, du bist nicht dumm, du kannst denken. Jetzt mußt du mir und dem Jungen endlich alles erklären.«
Sie grübelte den ganzen Tag, fand aber nichts, was den andern ihre Worte begreiflich machen konnte. Für sie war alles verständlich. Beim Abendessen sagte sie zu Ragnar, ist mir halt die Zunge durchgegangen.
»Ich hab so große Angst gehabt, daß ich mir nicht anders hab helfen können«, sagte sie.
Das war für sie die größtmögliche Annäherung an eine Bitte um Verzeihung, aber dem Jungen genügte es nicht. Seine Augen blieben eisig. Es kam zu einer gespenstisch stillen Woche im Haus, sie waren alle groß im Schweigen.

Ragnar, Hanna und Broman. Die Tage gingen dahin, ihr Rücken wurde besser, die blauen Flecke und Schwellungen verschwanden allmählich. Aber hinter den Augen blieb es schwarz vor Scham und Traurigkeit.

Dann eines Morgens, ehe Ragnar und die Brüder in die Schule gingen, sagte der Junge: »Du, Mutter, du bist ganz schön dumm im Kopf.«

Es war das erste Mal, daß er du sagte und Mutter. Sie blieb lange still am Küchentisch sitzen, und ihr wurde bewußt, daß sie ihn verloren hatte und daß er ihr das Liebste von allem gewesen war.

Wieder wünschte sie sich, doch weinen zu können. Aber es war wie immer trocken in ihrer Seele.

Broman fuhr mit dem Mehl nach Fredrikshald, und Hanna befürchtete, er könnte der Schwester erzählen, was sich zugetragen hatte. Sie versuchte sich damit zu beruhigen, daß es nicht seine Gewohnheit war, Klatsch zu verbreiten.
Als er spätabends heimkam, war ihr klar, daß sie sich geirrt hatte. Er sagte ganz kurz, er habe mit dem Schwager abgesprochen, daß Ragnar, sobald er dreizehn geworden sei, Arbeit in der Fischhandlung in Fredrikshald bekommen solle.
Als John ihre Verzweiflung sah, meinte er, sie müsse begreifen, daß der Junge langsam erwachsen werde und ihm sein eigenes Leben zustünde. In diesem Augenblick faßte Hanna einen Entschluß. »Er wird wohl selber wählen dürfen«, sagte sie.
»Natürlich, er entscheidet selber.«
»Er wird in der Mühle gebraucht.«
»Nein, dort sind jetzt genug Leute, mit dem Adolf und unseren Jungen.«
»Wir fragen ihn morgen beim Mittagessen«, sagte Hanna, und Broman nickte.
Sobald die Männer am nächsten Morgen verschwunden waren, fing Hanna an, einen Sandkuchen zu rühren. Sie sparte weder mit Butter noch Zucker und kostete den Teig immer wieder, bis er angenehm süß und fett war. Dann ging sie mit ihrem Kuchen ins Schmiedhaus, wo die hinkende Malin vor Staunen fast umgefallen wäre. »Ich hab mir halt gedacht, wir Nachbarn müssen zusammenhalten.«
Malin war so verblüfft, daß ihr nicht einfiel, den Kaffeetopf aufzusetzen. Dafür war Hanna dankbar, sie konnte den Dreck und die schlechte Luft im Schmiedhaus schwer aushalten. Sie sprach eine Weile über Malins Jungen, die sich gut entwickelten, wie sie sagte. Und über den Winter, der nicht nachgeben wollte.
Dann ging sie nach Hause und sagte zu Ihm im Himmel, jetzt habe ich das Meine getan. Jetzt mußt Du großzügig sein und mir meinen Willen lassen.
Aber am Mittagstisch, als Broman dem Jungen erzählte, was in Fredrikshald ausgemacht worden war, geriet Ragnar fast außer sich vor Glück.
»Und ob ich will!« rief er. »Seid Ihr noch bei Trost, Vater. Und ob ich will ...!«
Broman erklärte, daß Henriksen Kundschaft in der ganzen Stadt habe und daß er einen Laufburschen brauche, der bestellte Waren mit dem Fahrrad ausfuhr. Manche brauchten mittwochs grünen Hering, gleich wenn er her-

einkam, andere wieder ihre Makrelen am Donnerstag. Und dann war da der Dorsch, den fast alle am Samstag haben wollten.
John wurde richtig redselig, als er den ganzen Handel und Wandel schilderte, aber Ragnar hatte nur ein einziges Wort gehört.
»Fahrrad«, sagte er. »Meint Ihr, Vater, ich werde ein Fahrrad kriegen?«
In diesem Augenblick wußte Hanna, daß Gott auch diesmal nicht zugehört hatte.

Es wurde leer im Haus, als Ragnar abgereist war, und Broman dachte sich, daß dieser fröhliche Junge das Haus mit seinem Lachen gefüllt hatte. Auch Hanna machte ihm Kummer, sie war niedergeschlagen und müde. Völlig verändert. Er versuchte ein Gespräch. »Es war tüchtig von dir, daß du mit der Schmiedin Frieden geschlossen hast.«
»Es war völlig unnötig.«
Wie üblich verstand er sie nicht.
Als der Frühling mit der Schneeschmelze und den Staren kam, hatten sie sich daran gewöhnt. Sogar Hanna gewann langsam ihre alte Frische wieder, und ihr Interesse an den anderen Söhnen wuchs. Broman schaute den kleinen John an, seinen rothaarigen ältesten Sohn von kleinem Wuchs, und stellte überrascht fest, daß es dem Jungen fast schon gelungen war, die Leere zu füllen, die Ragnar hinterlassen hatte. Er war voller Einfälle, hatte dasselbe Lachen wie sein Halbbruder und die gleiche Fähigkeit, Unbekümmertheit und Freude zu verbreiten. Er war auch mitfühlend, die Traurigkeit der Mutter fiel ihm auf, und er tat, was er konnte, um sie zu trösten. Mit dem Vater hatte er nie auf gutem Fuß gestanden, doch mußte Broman jetzt zugeben, daß John von den Söhnen derjenige war, der am härtesten arbeitete.
»Du hast mehr Durchhaltevermögen als dein Bruder«, sagte er eines Tages fast widerwillig. Als der Junge vor Freude rot wurde, bekam Broman Schuldgefühle. Er hatte seine Söhne vernachlässigt. Nicht nur John, sondern auch Erik und August, den Jüngsten, der ihn ärgerte, weil er andauernd krank und weinerlich war.

Erik war gut in der Schule, Hanna hatte schon früh gesagt, daß der Junge einen Kopf fürs Lernen habe. Es dauerte nicht lange, da hatte der Küster ihm schon fast alles beigebracht, was er selbst konnte.
Jetzt fing Broman an, in seinen alten Büchern auf dem Dachboden zu suchen, die nach dem Umzug von Värmland nie ausgepackt worden waren.

Er fand *Robinson Crusoe* und lächelte wehmütig, als er sich erinnerte, wie dieses Buch seine Kinderträume genährt hatte.
»Kein Wort davon, daß es unnötig sei«, sagte er warnend zu Hanna, als er mit dem Buch vom Dachboden kam. Zu dem Jungen sagte er, als sie sich zum Abendessen gesetzt hatten, hier hab ich für dich ein Geschenk.
Erik wurde rot wie sein Bruder. Dann verschwand er in die Schlafkammer auf dem Dachboden, wo es eiskalt war. Und dorthin zog er sich in jeder freien Minute zurück. Hanna machte sich Sorgen, ging mit Decken und Jacken nach oben, sagte, du holst dir den Tod, Junge. Schließlich gab sie es auf und machte ihm Feuer im Kamin.
Ein paar Tage später sagte sie, dir stockt das Blut in den Adern, wenn du Abend für Abend hier liegst und in ein Buch starrst. Aber Erik lachte sie aus. Sie erkannte dies Lachen wieder, es war nachsichtig wie das von Ragnar.
Bald fand Erik allein den Weg zu der Kiste mit Bromans alten Büchern.

August hatte in diesem Frühjahr Keuchhusten. Hanna trug den Jungen nächtelang auf dem Arm, gab ihm heiße Milch mit Honig. Aber es half nicht, oft erbrach er sein Essen. John versuchte vergebens, seine Ruhe in der Kammer zu finden, aber der schreckliche Husten fachte auch noch seinen eigenen an. Vater und Sohn husteten um die Wette.
»Euch ist es doch jetzt so lange Zeit gutgegangen«, sagte Hanna beunruhigt. Zum ersten Mal erkannte Broman, daß der böse Husten ihn nicht mehr geplagt hatte, seit der Heiler Johannes ihm ein langes Leben versprochen hatte.

Henriksen war eifersüchtig. Astrid, die Unmut im Gemüt anderer spüren konnte, lange bevor sie es selbst merkten, hatte sich in den Beschluß, Ragnar nach Fredrikshald zu holen, nicht eingemischt. Sie mochte den Jungen und behielt das ganz für sich, begrüßte ihn, als er ankam, freundlich, aber kurz, und verwies ihn in die Gesindekammer unterm Dach. Er soll nicht bevorzugt werden, nur weil er mit uns verwandt ist, hatte sie zu Henriksen gesagt.
»Der ist von zu Hause aus verwöhnt«, sagte der Fischhändler.
»Das ist er. Wir werden ihm das abgewöhnen.«
So kam es, daß Henriksen freundlicher zu dem Jungen war, als er sich vorgenommen hatte, nur um die Sturheit seiner Frau aufzuwiegen.
Als erstes mußte Ragnar lernen, seine schwedische Ausdrucksweise abzulegen. Jetzt sollte er norwegisch sprechen. Die beiden Sprachen waren einander recht ähnlich, und so lernte er es in einer Woche.

»Er hat einen flinken Kopf«, sagte Henriksen.
Aber Ragnar begriff nie, warum er die schwedischen Wörter vermeiden sollte. Fredrikshald war keine Großstadt, die meisten Leute, die er traf, wußten, daß er Schwede war, ein Neffe der Fischhändlersfrau. Und die Leute hatten nichts gegen das einfache Volk aus Dalsland und Värmland.
Viel wichtiger war es für Ragnar, daß niemand seine wahre Herkunft kannte, hier war er der Sohn des Müllers an den Norskseen auf der anderen Seite der Grenze.
Auf das Fahrrad mußte er warten, bis er sich in der Stadt auskannte, und so zog er im ganzen ersten Halbjahr den Karren mit dem bestellten Fisch eigenhändig. An jeder Tür zeigte er sein herzliches Lächeln, und die Frauen schmolzen dahin. Bald teilte er Henriksen mit, daß er mehr Fische verkaufen könnte als nur die bestellten, und nach einiger Zeit war der Leiterwagen zum Verkaufsladen geworden.
»Er ist ein sehr tüchtiger Kaufmann«, sagte Henriksen. Wenn seine Frau keine Antwort gab, wurde er böse und fügte hinzu: »Und außerdem ist er ehrlich und fleißig. Er jammert nicht wegen der langen Arbeitstage, und er steht für jedes einzelne Öre gerade.«

Eines Tages hatte Ragnar in den engen Gassen unterhalb der Festung eine Begegnung, die sein ganzes Leben prägen sollte. Es war ein Herr aus Kristiania, der da kam – im Auto mit Chauffeur! Der unglaubliche Wagen mußte wegen des Jungen anhalten, der daraufhin seinen Karren in eine Toreinfahrt schob. Dort blieb er lange stehen und folgte dem merkwürdigen Fahrzeug mit leuchtenden Augen, das da Richtung Marktplatz verschwand. Der Vater hatte von Autos gesprochen, einmal hatte er zu Hause sogar einen Zeitungsartikel über die neuen Wagen vorgelesen. Die von selbst liefen, dabei die Menschen zu Tode erschreckten und Pferde scheu machten mit ihrem furchtbaren Lärm und dem rasenden Tempo. Aber Worte hatten Ragnar nie beeindruckt, er lebte in seinen eigenen Vorstellungen. Jetzt war er so verblüfft und so glücklich, daß er seinen Schritt mäßigte und mit seinen Lieferungen in Verzug kam.
Er fragte Henriksen, was so eine Maschine wohl kosten mochte.
»So um die fünftausend Kronen.«
Das war für den Jungen ein unvorstellbarer Betrag. Er versuchte sich fünftausend silberne Einkronenstücke auf einem Haufen vorzustellen. Ob der wohl vom Fußboden bis an die Decke reichte?
Von diesem Tag an sparte er jeden noch so kleinen Betrag, den er verdiente.

John Broman hielt durch die Jahre sein geheimes Versprechen, sich Hanna im Bett nicht mehr zu nähern. Sie war jetzt dreißig Jahre alt, und die Hebamme hatte sich warnend geäußert. Eine weitere Entbindung konnte Hanna das Leben kosten.

Die alte Anna war Witwe geworden, blieb aber auf ihrem Hof wohnen. Ihre Söhne waren in Amerika, und so mußte sie Grund und Boden an den Nachbarhof verpachten. In dem besonders strengen Winter um die Jahrhundertwende hatten John und Hanna sie überredet, bei ihnen im Müllerhof zu wohnen. Beide fanden, daß sie Wohlbehagen um sich verbreitete, und vermißten sie, als sie sich im Frühling in den Kopf gesetzt hatte, wieder auf den eigenen Hof zu ziehen.

Als Broman heimkam, nachdem er Anna bei dem Umzug geholfen hatte, war er bedrückt. Die alte Schwermut schien ihn wieder packen zu wollen. Jetzt waren sie allein, und Schweigen schien sich im Haus einzunisten.

Er war mit den Jahren wortkarger geworden und hatte sich damit abgefunden, daß er mit seiner Frau nie vertraut werden würde. Er schwieg wochenlang, und sprach er einmal ein Wort, war es boshaft.

»Du hast nichts als Sägemehl im Kopf« Oder: »Du siehst aus wie ein alter Besen.«

Sie hatten auch Kummer mit dem Lebensunterhalt. Ein Hof nach dem andern wurde in der Gegend stillgelegt, es gab folglich auch in der Truhe des Müllers immer weniger Mehl. Um so größer wurde die Abhängigkeit von Kartoffelacker, Kühen und Fischfang.

Außerdem beunruhigte ihn die Krise mit Norwegen. Die Zeitung, die er zweimal in der Woche in Alvarssons Laden an der Grenze holte, schrieb von ständig neuen Gegensätzlichkeiten und immer heftigeren Worten. Die Feindseligkeiten färbten allmählich auch auf die Menschen ab. Ragnar, der einmal im Monat heimkam, konnte von Anpöbelungen berichten, denen jeder Schwede auf der anderen Seite der Grenze ausgesetzt war. Als Astrid mit ihrem Mann zu Besuch kam, vermieden sie jedes Gespräch über Politik. Henriksen war schweigsamer als gewöhnlich, und Broman zweifelte nicht daran, daß auch der Norweger sich vor dem fürchtete, was bevorstand.

Jetzt war es Ragnar, der das Mehl von der Mühle nach Fredrikshald brachte.

Broman sagte, er sei froh, es nicht tun zu müssen, er habe die Kraft nicht mehr. Aber die Fahrten fehlten ihm.
In diesem Frühjahr mußte er eine Anleihe auf den Vorderhof aufnehmen, um überhaupt das Überleben sichern zu können. Ragnar half mit kleinen Beträgen aus, die er erübrigen konnte. Dem Jungen ging es in Norwegen gut, so gut, daß Arne Henriksen sagte: »Wär er kein Schwede, ich hätt ihn zum Kompagnon gemacht.«
Es kam ein kalter und verregneter Sommer, der sie ins Haus zwang. Sie rieben sich immer mehr aneinander. Broman hustete nachts, wenn die Verlassenheit seinen Körper beschlich, schlimmer als sonst. In einer solchen Nacht näherte er sich seiner Frau.
Sie nahm ihn voll Wärme auf, als wäre die Einsamkeit auch ihr zu schwer geworden. Der Beischlaf besänftigte beide. Als im Spätsommer endlich die Sonne kam und es warm wurde, war ihnen der nächtliche Beischlaf zur Gewohnheit geworden.
Im November zog die alte Anna wieder bei ihnen ein, es gab zur Begrüßung Kaffee und frischgebackenes Weißbrot. Sie brachte große Neuigkeiten. Anders Olsson, Augusts jüngerer Bruder und Hannas leiblicher Onkel, hatte sie besucht und angeboten, ihren Hof zu kaufen. Er hatte viele Jahre in Fredrikshald auf der Werft gearbeitet, den Verdienst gespart, und wollte nun nach Hause zurückkehren.
»Aber das ist doch nie sein Elternhaus gewesen«, sagte Hanna verblüfft. »Er ist in Norwegen geboren wie mein Vater auch.«
»Ich hab ihn das auch gefragt«, sagte Anna. »Aber er hat gemeint, wie die Zeiten jetzt sind, ist Schweden die Heimat, wenn einer ein Schwede ist.«
Hanna schaute John an und dachte an Ragnar.
»Für Ragnar gibt's wohl eine andere Lösung«, sagte John. »Der wird bald einberufen und ein schwedischer Soldat.«
»Ihr glaubt, es gibt Krieg?«
»Wir haben ein neues Gesetz zur Wehrpflicht.«

Sollte Anna verkaufen? Ein Nachbarhof mehr, das wär wichtig, mehr Leben in der Umgebung. Anders Olsson hatte vier Söhne und drei Töchter. Der älteste Sohn hatte sich schon umgehört wegen des Kaufes von Svackan, dem Hof unterhalb Trollåsen. Der war schon seit Jahren dem Verfall preisgegeben, aber es gab dort gutes Weideland.
Anna spürte, was die Müllerfamilie dachte, und nickte dazu, sie hatte bei sich

genauso gedacht. Aber sie wußte auch, was sie wollte: »Ich will die Kammer für mich haben und eigene Möbel. Und ich werde anständig für mich zahlen.«
»Mit dem Zahlen, das soll sein, wie's kommt«, sagte John.
»Du kannst das mit Arbeit begleichen«, sagte Hanna.
»Ich weiß, wie ihr's mit dem Geld habt«, sagte die Alte. »Und ich mag euch halt. Aber zur Last will ich nicht werden, also wird's, wie ich's mir vorgenommen hab.«
John war fast glücklich, als er auf den See hinausruderte. Er bekam zwei Hechte an die Angel. Die bringt uns jetzt schon Glück, dachte er.

Die neue Freude hielt einige Monate an, während eingekocht und Saft gemacht wurde und sich die Küche mit guten Gerüchen und Weibergeschwätz füllte. Als aber der Herbst das Tageslicht verdrängte, erkannte Anna, wie es um Hanna bestellt war.
»Hast ein neues Kind unterwegs«, sagte sie zu Broman. Ihre Stimme war rauh und das Gesicht hart, als sie aber sah, welche Angst er hatte, gab sie ein wenig nach.
»Wir müssen zu Gott beten«, sagte sie.
John ging in den Wald, beladen mit Angst und Schuld. Guter Gott, sagte er, wußte aber nicht weiter. Er hatte nicht mehr gebetet, seit er ein Kind war, und damals hatte es ihm nicht geholfen.
Als er heimkam, hatte er nachgedacht. Sie konnten doch den Doktor aufsuchen und das Kind wegmachen lassen?
»Das wäre schon möglich«, sagte Anna, nachdem sie eine Weile überlegt hatte. Der macht so was, der Doktor, wenn's notwendig ist. Und das war es wohl bei Hanna.
Beide schauten sie Hanna an, die mit der geballten Faust vor dem Mund steif am Herd stand. Immer wieder nahm sie die Hand weg und rang nach Luft. Aber es fiel ihr schwer, ein Wort herauszubringen. Schließlich schrie sie: »Niemals! Wißt ihr denn nicht, daß das eine Sünde ist und in die Hölle führt.«
»Aber Hanna. Wenn du's nicht durchhältst, sind deine Kinder mutterlos.«
»Dann ist es Gottes Wille.«
»Es heißt, den kennt niemand.«
»Eben. Darum muß man sich ihm halt beugen.«
Mehr wurde in dieser Hinsicht nicht gesprochen, denn die Söhne kamen

herein, müde und hungrig. Sie aßen zu Abend wie immer, als Hanna aber im Saal zu Bett ging, sagte sie leise, jedoch mit fester Stimme zu Broman: »Nur keine Angst. Ich werde das schon schaffen.« Für einen Augenblick wagte er ihr zu glauben. Wie befreit flüsterte er: »Du bist halt so merkwürdig stark.«

Am nächsten Tag war sie wie immer, flink in ihren Bewegungen und tatkräftig. Wie jeden Morgen, seit die alte Anna im Haus war, hörte er sie vor sich hin sagen, daß ihr das Sofa fehle, jenes Sofa, das schließlich auf dem Dachboden gelandet war, als Anna die Kammer bekommen und John und Hanna ihr Bett im Saal aufgestellt hatten.
Kann sie's vergessen haben, dachte er. Oder hat sie keine Angst vor dem Tod? Vergessen hatte sie es nicht, das wurde ihm klar, als er sie zufällig eines Tages mit den Söhnen reden hörte. Flüsternd gab sie ihnen Ratschläge fürs Leben. Es ging um die Sauberkeit von Kleidern, Körper und Lebensart. Und daß sie ihr versprechen mußten, gut auf den Vater achtzugeben, sollte ihr etwas zustoßen. Er war gerührt, aber die Jungen lachten sie aus.
»Ihr werdet leben, bis Ihr hundert Jahre alt seid«, sagte Erik.
»Genau«, sagte Hanna. »Aber wenn ich's nicht tu, dann vergeßt nicht, was ich euch gesagt habe.«

Anna hatte ausgerechnet, daß das Kind im März kommen würde. Schon ab Mitte Februar zwang sie Hanna, im Bett zu bleiben. Jetzt sollte sie sich ausruhen und zu Kräften kommen. Anna saß, wie meistens, in der Wohnstube und schwatzte in einem fort, um Hanna die Schande vergessen zu machen, daß sie – eine gesunde Frau – mitten am Werktag auf der faulen Haut lag. Sie sprachen von vielen Dingen, auch vom Tod.
»Ich will anständig ins Grab kommen«, sagte Hanna. »Da drüben im Kasten hab ich mein Buttergeld aufgehoben, das ich auf die Seite hab legen können. Das nimmst du und achtest darauf, daß die Jungen schwarze Anzüge zum Begräbnis kriegen.«
»Das verspreche ich.«
Hanna mußte hin und wieder aufstehen, um auf den Abtritt zu gehen. Am fünfzehnten Februar kam sie von dort zurück und teilte Anna mit, daß sie blutete. Die Hebamme machte ein zufriedenes Gesicht und braute ein Getränk aus Kräutern mit zusammenziehender Wirkung.
»Das trinkst du jetzt, und wir kriegen's in Gang. Gut, daß es zu früh ist, dann ist auch das Kind nicht so groß.«

»Du mußt den Broman fortschicken«, sagte Hanna.
Aber Broman weigerte sich, und nie mehr sollte er die drei folgenden Tage vergessen können. Hanna preßte und schrie, aber das Kind steckte wie festgewachsen in der Gebärmutter. Anna probierte alle überlieferten Künste aus. Schließlich mußte Hanna sich an einen Deckenbalken hängen, die Preßwehen kamen in immer kürzeren Abständen, aber das Kind rührte sich nicht von der Stelle.
»Jetzt schneid ich dich auf.«
»Tu das.«
»Du verschwindst«, sagte die Alte zu Broman.
Anna hatte genug Verstand, ihre scharfe Schere in das kochende Wasser auf dem Herd zu tauchen, ehe sie den Muttermund aufschnitt. Das Kind flutschte heraus wie ein Kork aus der Flasche, Hanna wurde ohnmächtig, aber die Blutung war nicht so stark, wie Anna befürchtet hatte. Nähen konnte sie nicht, aber sie drückte den Schnitt zusammen, so gut sie konnte, und bestrich ihn mit Mistelsalbe.
Langsam kam wieder Leben in Hanna, und Anna flüsterte:
»Du hast es geschafft, Hanna. Es ist alles vorüber. Schlaf jetzt.«
Das Kind war blutig und blau, aber mit einem Klaps auf den Hintern bekam Anna die Atmung in Gang, nabelte es ab und badete es.
»Ist ein Mädchen«, sagte sie und hörte Hanna auf der Schwelle zum Schlaf flüstern: »Gott erbarm sich deiner, armes Kind.«
Broman lag auf dem Mühlenboden, zusammengekauert und kalt wie Eis.
Als Erik mit der Nachricht angerannt kam, daß alles vorbei sei und Hanna schlafe, wollte er es zunächst gar nicht glauben. Erst als Anna ihm einen großen Schnaps brachte, wurde ihm die Nachricht bewußt: »Du hast eine Tochter gekriegt«, sagte die Alte.
Die Worte rührten an eine alte Erinnerung. Aber er trank seinen Schnaps, und der Branntwein machte ihn vergessen. Erst als er sich gewaschen, ein sauberes Hemd angezogen hatte und mit der Kleinen im Arm nun im Saal stand, traf ihn die Erinnerung mit voller Wucht.
»Sie soll Johanna heißen«, sagte er.
Aber die Wehmutter hatte Einwände und flüsterte: »Es führt zu nichts Gutem, wenn man Kinder nach toten Geschwistern benennt.«
Der Blick, den er ihr zuwarf, sagte deutlicher als Worte, daß sie nicht begriffen hatte.

Hanna stöhnte und weinte abwechselnd, als sie am nächsten Morgen erwachte.
»Sie hat Schmerzen«, sagte Anna, aber Hanna selbst sagte, sie sei traurig, weil sie ein Mädchen bekommen hatte, und wo doch allen Frauen ein schreckliches Schicksal bestimmt war. Gegen den Namen hatte Hanna nichts, und beide, John Broman und Anna, hielten es für möglich, daß ihr längst entfallen war, wie John Bromans verstorbene kleine Tochter geheißen hatte. Aber da irrten sie beide. Hanna erinnerte sich gut und empfand große Befriedigung, daß sie ihm eine Tochter geboren hatte anstelle jener, um die er so schwer getrauert hatte. Sie konnte ja mit eigenen Augen sehen, daß das Neugeborene dem Vater glich.
Sie sah auch, daß es ein ungewöhnlich schönes Kind war.
»Armes Kleines«, sagte sie, als sie dem Kind die Brust gab.

Was die Hebamme ins Wasser gab, mit dem sie täglich Hannas Unterleib wusch, erfuhren sie nie. Aber es roch in den nächsten Wochen stark nach einem geheimnisvollen Gebräu in der Küche, wo sie Hanna zwang im Bett zu bleiben, stillzuliegen und übelschmeckendes Kräuterwasser zu trinken.
Ihre Mühe zeigte gute Wirkung, Hanna wurde gesund, und nach vierzehn Tagen stieg sie aus dem Bett. Aber ihre Beine zitterten noch, und es dauerte eine Weile, bis sie die Verantwortung für den Haushalt wieder übernehmen konnte.
»Ich kümmere mich ums Haus, du kümmerst dich ums Kind«, sagte Anna.
Daraus wurde aber nichts. Broman kümmerte sich fast allein um das Kind, wickelte es und rieb es ein, gab kindliche Laute von sich und wiegte es auch.
»Er ist ja schlimmer als eine Frau«, sagte Hanna und schämte sich.
»Er ist alt und müde. Warum sollen wir ihm die Kleine nicht gönnen, wenn er so eine Freude mit ihr hat?«
»Das ist gegen die Natur«, sagte Hanna, die froh war, daß sie so abgelegen wohnten. Die hinkende Malin kam nicht mehr zu Besuch, also gab es keine Weiberaugen und keine Mäuler, die rundum böse Worte verbreiteten. Als die neuen Nachbarn zu Besuch kamen, war ihr sehr daran gelegen, daß sie die Tochter an der Brust hatte.
Es waren beides angenehme Menschen, der Onkel und die Tante aus Norwegen. Hanna freute sich, es war etwas Besonderes, nach den einsamen Jahren wieder Verwandte hier zu haben.
Ragnar kam nach Hause und gewann die kleine Schwester sofort fast ebenso lieb wie Broman. Geschenke hatte er dabei von Astrid, Kleider für die Kleine, das feinste Leinen für die Wiege.
Auch Hanna bekam ein Geschenk. Es war eine Kette aus Jettsteinen, so lang, daß sie sie dreimal um den Hals legen konnte. Ragnar selbst hatte sie irgendwann gekauft, als Astrid beiläufig erwähnte, daß Hanna das letztemal, als sie in Fredrikshald war, diese Steinkohlenperlen ganz sehnsüchtig betrachtet hatte.
Hanna weinte, wie immer, wenn sie sich freute, und der große Junge wurde rot. Nie, aber niemals soll sie erfahren, was Astrid und ich miteinander im Bett treiben, wenn Henriksen geschäftlich in Kristiania ist.

Es kam ein warmer und zeitiger Frühling. Broman flocht einen Buckelkorb aus Birkenrinde, kleidete ihn mit einem Schaffell aus und wanderte mit seiner Tochter auf dem Rücken entlang der Seen. Er lehrte sie sehen, die Leberblümchen, die vorsichtig aus dem Vorjahrsgras krochen, die Plötze, die durchs Wasser flitzte, den ersten Schmetterling, die wandernden Wolken, den blauen Himmel.
Die alte Anna lachte über ihn, das Mädchen sei viel zu klein, solches Geschwätz zu verstehen, sagte sie. Aber Broman sah dem Glitzern der honigbraunen Augen an, daß das Mädchen begriff.
Er lehrte sie auch das Hören.
»Horch, wie der Seetaucher ruft.«

Um die Mittsommerzeit starb endlich der alte Eriksson vom Vorderhof Er hatte ohne Sinn und Verstand seit Jahren wie ein Stück Holz im Bett gelegen. Ingegerd kam selbst mit der Nachricht zur Mühle, gratulierte zur Tochter und bat Broman, die Verwandtschaft am nächsten Samstag im Müllerhaus zu versammeln, wo alles aufgeteilt werden sollte.
»Es wird doch wohl ein Testament da sein?«
Es war Hanna, die fragte, aber Ingegerd schüttelte den Kopf, sagte, daß er nie zum Schreiben gekommen war, bevor die Krankheit ihm das Denken genommen hatte.
Am Samstag legte Ingegerd klar und vernünftig ihre Pläne dar. Sie wollte den Vorderhof verkaufen, und das Geld sollte zu gleichen Teilen an sie selbst und an Hannas Brüder gehen. Hanna sollte das Besitzrecht an Mühle und Müllerhaus bekommen und dazu jene Einrichtungsgegenstände aus dem alten Familienbesitz, die sie gerne haben wollte. Außerdem sollten ihr die Tiere gehören, die sie aus Hühner-, Kuh- und Schweinestall brauchen konnte. Astrid sollte den alten Familienschmuck aus der Zeit der Großmütter bekommen.
»Ich hab alles schätzen lassen und weiß, daß Astrids Erbteil nicht geringer ist als der eure.«
Alle hielten die Teilung für gerecht. Nur eins wunderte sie, dem unehelichen Ragnar sollten tausend Reichstaler zufallen.
»Er ist doch verwandt, sowohl auf Mutters als auf Vaters Seite«, sagte Ingegerd.
Broman war zufrieden, es war gut, in der eigenen Mühle zu sitzen. Und etliche von den Tieren konnten sie verkaufen.
»Aber du selber. Was hast du vor?«

Da kriegten sie zu wissen, daß Ingegerd eine Stellung als Wirtschafterin in einem Kaufmannshaus in Stockholm angenommen hatte.
Stockholm, das weckte große Verwunderung. Dorthin gingen keine Auswanderer aus Dal, das war doch so weit, fast am Ende der Welt. Ingegerd lachte, das sei schon ein gutes Stück näher als Amerika, und fügte hinzu, daß Schwedens Hauptstadt schon lange ihr Wunschziel gewesen war.
»Ich will den König sehen«, sagte sie. »Das ist jetzt in dieser bösen Zeit nicht mehr als recht und billig.«
Sie hatte schon alle Papiere besorgt, bis ins kleinste Detail war alles unmißverständlich niedergeschrieben.
»Lest alles genau durch«, sagte sie. »Es ist wichtig, daß ihr verstanden habt, denn ich will hinterher keinen Streit.«
Sie lasen und setzten ihre Namen unter die Vereinbarung.
Ingegerd war kaum aus der Tür, da rang Hanna schon die Hände. Wo um alles in der Welt sollten sie Futter für die vielen Kühe und die prächtigen Pferde hernehmen? Broman meinte, sie müßten sich wohl überlegen, einen Teil des Viehs in Fredrikshald zu verkaufen. Ragnar sollte das in die Hand nehmen, er war ja ein guter Geschäftsmann. Hanna machte ein trauriges Gesicht, mußte aber zustimmen, als Broman sagte, daß sie bares Geld brauchten. Bei sich dachte er, er werde Ingegerd vermissen.

In diesem Herbst erlebten sie im Müllerhaus ein Wunder. Der Seetaucher schrie wie immer in der Abenddämmerung, und plötzlich sagte Johanna, die bei ihrem Vater auf dem Schoß saß: »Hö, hö. Aucher, Aucher.«
Vater und Brüder jubelten, aber Hanna wechselte einen beunruhigten Blick mit Anna. Noch nie hatten sie von einem achtmonatigen Mädchen gehört, das sprechen konnte.
»Ich bin so erschrocken«, sagte Hanna, als die Frauen später in der Küche allein waren. »Bedeutet es am Ende, daß sie nur ein kurzes Leben haben wird?«
»Nein, das ist nur ein Aberglaube«, sagte Anna. Aber sie hatte während des Herbstes selbst an die alte Redensart gedacht, daß der, den die Götter lieben, jung stirbt. Das kleine Mädchen war ein außergewöhnlich schönes und kluges Kind.
Als Johanna etwa einen Monat später in der Küche ihre ersten Schritte machte, mußten die beiden Frauen in die Freude einstimmen.
»Wer hat schon jemals ein solch gescheites Mädchen gesehn«, sagte Hanna, hin- und hergerissen zwischen Angst und Stolz.

Broman war müde und saß in diesem Winter viel hinterm Ofen. Aber der schlimme Husten setzte ihm nicht so zu wie früher, und er war frohen Mutes.
»Noch nie hab ich ihn so gut aufgelegt gesehen«, sagte Hanna.
»Ich hätte nie geglaubt, daß er so viel Sagen und Geschichten kennt und daß er so eine Singstimme hat«, sagte Anna.
Johanna lachte genausoviel wie seinerzeit Ragnar, und Hanna dachte, wie seltsam es doch war, daß gerade die Kinder, die sie unter allergrößten Schmerzen geboren hatte, die sonnigsten waren unter den Geschwistern.

Hat einmal ein armes Taglöhnerweib ein Kind geboren. War aber niemand, der das Kind hat wollen zum Pfarrer tragen, weil schau, die waren so arm, daß die Leute gemeint haben, es ist eine Schand, mit denen zu tun zu haben. Deshalb hat der Taglöhner selber müssen sein Kind nehmen und zum Pfarrer gehn.«,

In der breitesten Mundart erzählte John Johanna die Sage vom Tagelöhner und dem Tod. Immer und immer wieder wollte sie es hören. Schließlich kannte sie die Geschichte so gut, daß sie den Vater, wenn er ein anderes Wort verwendete oder ein Stückchen vom Text ausließ, sofort verbesserte.

»Die kann doch die komische Geschichte nicht verstehen«, sagte Hanna.

»Irgendwas begreift sie schon, sonst wär sie nicht mit so einem Eifer dabei«, meinte Broman und mußte lachen, als ihm einfiel, wie er die Geschichte vom Tod das erste Mal erzählt hatte. Hanna war so hingerissen gewesen, daß ihr der Wasserkessel aus der Hand gefallen war. Es war ihr an der Stelle passiert, wo der Tagelöhner mit dem Kind unterwegs mit Gottvater selbst zusammentraf und dieser sich anbot, mit zum Pfarrer zu gehen. Da sagte der Tagelöhner: »Ich glaub nicht, daß ich was mit dir zu tun haben will, weil du bist ein so ungerechter Vater. Manchen Leuten gibst du so viel, anderen so wenig, und mir hast du gar nix gegeben. Nein, behüt dich Gott schön.«

Es hatte damals große Aufregung gegeben, als der volle Wasserkessel auf den Boden fiel, und Hanna mußte lange knien, bis die Küche trocken war. Sie wischte und wand ihren Lappen aus, und die ganze Zeit hörte sie nicht auf zu lachen. Auch John lachte.

»Und dann«, sagte Johanna und ihre Augen leuchteten. »Und dann hat er den Teufel getroffen.«

»Ja, den Beelzebub selber, und der hat ihn auch gefragt, ob er mit ihm zum Pfarrer gehen darf.«

»Nein, nein, hat der Tagelöhner gemeint, da könnt ich dir ja in die Fänge geraten. Behüt dich Gott schön.«

»Und dann«, sagte Johanna. »Und dann hat er den Tod selber getroffen!«

»Ja, und der Tod hat ihn auch gefragt, ob er mitgehn darf zum Pfarrer. Und schau, das war ihm recht, weil der Tagelöhner gemeint hat, der Tod, der ist ein rechter Mann.«

»Du bist wenigstens zu allen gleich, ob sie jetzt reich sind oder arm«, hat der Tagelöhner gesagt.
John zog die Erzählung in die Länge, machte einen Abstecher in den Wald, ehe er den Tagelöhner und den Tod zum Pfarrer führte, wo sie das Kind dann auch wirklich getauft bekamen.
»Jetzt kommt das Allerschönste«, sagte Johanna. Und so war es auch, denn der Tod lud den Tagelöhner zu sich nach Hause ein: »Jetzt kommst du mit mir nach Hause und schaust einmal, wie ich es so hab.«
Als sie zum Haus des Todes kamen, wurde der Tagelöhner geblendet.
»Weil dort so viele Kerzen gebrannt haben. Es gab eine für jeden lebendigen Menschen auf der ganzen Welt. Und auch eine für das neue Kind vom Tagelöhner.«
»Warte, Vater, warte«, flüsterte Johanna, denn sie wollte lange im Haus des Todes verweilen und ihr eigenes Licht heraussuchen, sich überzeugen, daß es hoch war und verläßlich brannte. Mutters Kerze war auch in Ordnung. Aber die vom Vater konnte sie nicht finden.
Das Märchen endete damit, daß der Tod den Tagelöhner in den Dienst nahm und ihm beibrachte, wie er die Leute heilen konnte, und wann er ihnen sagen sollte, daß es nicht mehr lohnte, das Leben noch weiter hinauszuzögern. Der Tagelöhner wurde berühmt und reich und lebte gut, bis sein eigenes Licht heruntergebrannt war und erlosch.
»Im Haus des Todes«, sagte Johanna und schauderte vor Wollust.

Ich meine halt, du sollst fahren«, sagte John zu Hanna. »Weiß keiner, wann ihr euch wieder treffen könnt, du und die Astrid.«
»Sieht's denn so schlimm aus?«
»Ja. Nimm das Mädchen mit, weil die ist was zum Herzeigen.«
Hanna nickte, es stimmte, was er sagte.
Ragnar war kurz zu Besuch gekommen, bevor er zum letzten Mal nach Fredrikshald fahren würde, um auf Wiedersehen zu sagen und seine Sachen zusammenzupacken. Von Fredrikshald mußte er weiter nach Vänersborg, um sich beim Västgöta-Dals Regiment als Rekrut einzufinden. Zwölf Monate Wehrpflicht! Er war froh, von Norwegen wegzukommen. Es war der Mai 1905, und die norwegische Regierung war zurückgetreten. Als der König in Stockholm die Annahme des Rücktritts verweigerte, erklärte das Storting, daß die Herrschaft dieses Königs, was Norwegen betraf, beendet und die Union aufgelöst sei. In Schweden wurde das als Revolution gewertet. Die Norweger verstärkten ihre Grenzbefestigungen.
In der Zeitung las John Broman, daß das schwedische Volk von gerechtem Zorn erfüllt sei. Aber hier im Grenzland duckten sich die Menschen in Angst vor dem, was geschehen würde, auch wenn die eine oder andere boshafte Bemerkung über die großmäuligen Norweger zu hören war.
Hanna hatte das Gerede über die Unionskrise nicht ernst genommen, sie hatte wie üblich genug zu tun mit den Sorgen des Alltags. Als sie aber sah, wie es an der Grenze und in der Stadt Fredrikshald nur so von Soldaten wimmelte, bekam sie Angst. Noch erschreckender war die Begegnung mit Astrid, die wie ein gefangener Vogel herumflatterte, viel zu nervös war zum Stillsitzen und Reden. Es stand auch schlecht zwischen ihr und dem Fischhändler, er hatte begonnen, alles zu hassen, was schwedisch war.
»Ich fahr vielleicht mit dir nach Hause«, sagte Astrid zu Hanna.
»Quatsch«, sagte Henriksen. »Jetzt bist du Norwegerin und in Norwegen zu Hause. Du hast Angst vor dem Krieg, aber du bist sicherer auf dieser Seite.«
Gegen Ragnar war Henriksen kurz angebunden und unfreundlich. Aber er nahm die Schwägerin und ihr kleines Mädchen mit auf die Festung Fredriksten, um ihnen zu zeigen, daß sie uneinnehmbar war.
»Hier haben wir ihn erschossen, den Sauschwed«, sagte er.

Nur zwei Tage dauerte der Besuch. Als sie die Grenze passierten, atmete Hanna erleichtert auf und sagte zu Ragnar: »Ich begreif nicht, wie du das ausgehalten hast.«
»Es ist nicht leicht gewesen.«
Hanna sah erstaunt, daß er rot wurde.

Ragnar hatte ein kurzes Gespräch mit John Broman, bevor er Richtung Süden nach Vänersborg aufbrach.
»Ihr müßt die Höhle herrichten, Vater.«
Aber John schüttelte den Kopf.
Im August bekam Ragnar zum ersten Mal«Urlaub. Jetzt wurde in Karlstad verhandelt, und die Schweden verlangten, daß die Norweger nicht nur die Grenzbefestigungen niederreißen sollten, sondern auch die alten Festungen von Kongsvinger und Fredriksten.
»Die sind verrückt«, sagte Ragnar, der berichten konnte, daß das Ausland zu Norwegen hielt, daß England erklärt hatte, man müsse das Land anerkennen, und daß Rußland und Frankreich mitgeteilt hatten, daß sie die Forderung Schwedens hinsichtlich der beiden Festungen »in höchstem Maße mißbilligten«.
Jetzt war der Zeitpunkt gekommen, an dem Broman seine Familie in die Höhle umquartierte. Nur wenige Wochen später hatte man in Karlstad ein Abkommen getroffen. Die Grenzbefestigungen verschwanden, die Menschen auf beiden Seiten atmeten erleichtert auf, und Bromans konservative Zeitung zitierte, was Hjalmar Branting schon im Frühjahr in der Zeitung *Socialdemokraten* geschrieben hatte: »Am 27. Mai 1905 verschied die Königsunion zwischen Norwegen und Schweden im Alter von neunzigeinhalb Jahren. Was jetzt noch bleibt, sind Begräbnis und Nachlaßverwaltung. Wir müssen uns wie Brüder in Frieden trennen.«
»Wir hätten uns den *Socialdemokraten* halten sollen, dann hätten wir im Sommer ein ruhigeres Gefühl gehabt«, sagte John zu Hanna.
»Seid Ihr zu retten! Da hätten uns die Leute Sozis genannt!«
»Wenn du mich fragst, ist das gar nicht so verkehrt.«
Hanna starrte ihren Mann lange an, ehe sie Worte fand: »Dann seid Ihr also ein Gottesleugner und Königsmörder?«
»Wo hast du solchen Blödsinn her«, sagte John lachend.
Johanna, die mit ihrer Puppe auf dem Fußboden spielte, würde diesen Wortwechsel nie vergessen.

Es war nicht nur John Broman, der all seine freie Zeit dem kleinen Mädchen widmete. Auch die alte Anna kümmerte sich um sie, lehrte sie die Aufgaben der Frauen und erzählte ihr alle bemerkenswerten Geschichten der Gegend. Auf diese Weise gab es für Hanna wenig Platz im Leben der Tochter. Ihr blieb nur die Aufgabe überlassen, dem Mädchen Zucht und Gehorsam beizubringen. Das tat sie mit Hingabe. Zu Vertraulichkeiten zwischen Mutter und Tochter kam es nie.
Johanna hatte schon mit fünf Jahren lesen und schreiben gelernt. Als Hanna das entdeckte, wurde sie zornig. Was würden die Leute sagen? Sie wußte genau, wie getuschelt wurde, wenn es um Andersartige oder Fortschrittliche ging. Und was würde die Lehrerin mit dem Mädchen anfangen, wenn es in die Schule kam?
Broman hieß sie den Mund halten. Aber er sah ein, daß an der Meinung seiner Frau etwas Wahres dran war. Da er ein freundschaftliches Verhältnis zu der neuen Lehrerin hatte, suchte er sie auf und erklärte ihr, wie es um Johanna stand.
Die Lehrerin, die so jung war, daß sie noch an ihre Berufung glaubte, lachte nur und meinte, das mit dem lesekundigen Mädchen sei ein eher vergnügliches Problem. Sie sei immerhin eine so gute Lehrerin, daß sie das Kind beschäftigen könne, während sie den anderen Anfängern Buchstaben beibrachte.
»Sie darf zeichnen und malen«, sagte sie. »Und dann werde ich wohl Bücher heraussuchen müssen, die sie während der Schulstunden allein lesen kann.«
John war beruhigt. Aber sowohl er als auch die Lehrerin hatten nicht mit den anderen Kindern gerechnet. Johanna hatte es schwer, sie blieb allein, war unbeliebt und wurde oft gehänselt. In der ganzen Gegend wurde genauso geredet, wie Hanna es vorausgesagt hatte.
Aber das Mädchen verschwieg die Schulnöte. Den Zorn der Mutter hätte sie leicht aushalten können, aber den Vater traurig machen, nein.

Als Johanna gerade sieben geworden war, starb die alte Anna. Der Tod kam schnell. Sie hatte einige Tage lang Schmerzen in der Brust gehabt, und an einem Samstag abend sah Hanna sie eine Medizin zubereiten, die lindern

sollte. Hanna beobachtete mit Staunen, welch große Mengen Tollkirsche und Bilsenkraut sie in den Trank mischte.
»Ihr tut doch nicht zuviel hinein!« sagte sie.
»Ich weiß, was ich tu«, sagte die Alte.
Am Morgen fanden sie sie tot auf. Hanna stand bleich und starr neben dem Bett, die Jungen weinten und zogen die Nasen hoch. John Broman stand, Johanna auf dem Arm, mit feuchten Augen feierlich dabei.
»Jetzt ist sie beim Lieben Gott«, flüsterte das Kind, und John nickte und warf Hanna einen strengen Blick zu, aus Angst, sie könnte dem Mädchen den Trost nehmen. Hanna sah den Blick nicht, merkwürdige Gedanken beschäftigten sie. Aber nie sagte sie auch nur ein Wort von dem Trank, den die Alte sich am Vorabend zusammengebraut hatte.

Eines Tages während der Schneeschmelze hatten die Leute aus dem Müllerhaus teil an einem Ereignis, das keiner je vergessen würde. Es war während des Mittagessens, als Broman plötzlich mit der Faust auf den Tisch schlug und schrie: »Still!« In der Stille konnten sie es hören, das Rumpeln, Dröhnen, Quietschen. John und die Jungen stürzten voller Angst, daß mit der Mühle etwas passiert sein könnte, aus dem Haus.
Die Schleuse.
Aber es war kein Schaden am Damm. Sie blieben am Hang stehen und erkannten alle gleichzeitig, daß der Lärm von weit her kam, von der Straße.
Er näherte sich.
Hanna nahm, wie gelähmt vor Schreck, Johanna in den Arm und dachte an den Teufel in Person, der am Jüngsten Tag in seinem Feuergefährt daherkommen würde, um die schlechten Menschen in die Hölle zu holen.
Eine Art Feuergefährt war es. Das sahen sie, als das Ungetüm in einem Tempo, wie aus der Kanone geschossen, über den Bergrücken gefahren kam. Aber nicht der Teufel war der Fahrer, es war Ragnar, der geradewegs auf den Hang zusteuerte, mit kreischenden Bremsen anhielt und wie ein Irrer hupte. Dann war es still, und sie standen mit großen Augen und offenen Mündern da und meinten, es sei am Norwegerwasser noch nie so still gewesen wie in diesem Augenblick.
»Das ist ein Automobil«, sagte Broman. »Dieser Teufelskerl hat sich ein Automobil angeschafft!«
Dann fing er an zu lachen, und als Ragnar von dem Ungetüm heruntergeklettert war, lachten Vater und Sohn, daß die Tränen liefen.

Schließlich hatte Ragnar sich soweit erholt, daß er sagen konnte: »Jetzt, Mutter, brauch ich was zwischen die Zähne. Ich habe Hunger wie ein Wolf.«
Hanna ging mit zitternden Knien ins Haus, um das kalt gewordene Mittagessen aufzuwärmen, während die Brüder das Fahrzeug wie die Bienen umschwärmten.
»Hast du das vom eigenen Geld gekauft?« fragte Broman.
»Ja. Ich habe, seitdem ich angefangen habe, für den Fischhändler zu arbeiten, jeden Reichstaler gespart. Und alles, was ich in Göteborg auf dem Bau verdient habe, auch. Und dann war da noch das Erbe. Jetzt soll das Automobil mich versorgen.«
John wagte nicht zu fragen, was es gekostet hatte. Tausend? Mehrere tausend?
Ragnar aß und erklärte alles mit vollem Mund, und Hanna traute sich nicht, auch nur ein Wort über seine Tischmanieren zu verlieren. Die Stadt an der Mündung des Göta Älv wurde immer größer. Fredrikshald ist nur ein Bauernhof im Vergleich zu der Großstadt am Meer. Es gab reichlich Leute, die Häuser und Fabriken bauten, aber es war schwierig, Bauholz, Ziegel und Mörtel dorthin zu befördern.
Die Transportmittel hielten mit der Entwicklung nicht Schritt, sagte er. Pferde und Karren blockierten die Straßen. Das Automobil sei die Lösung. Er konnte Arbeit bekommen, soviel er nur wollte.
Hanna verstand im wesentlichen, was er sagte, doch eine Frage drängte sich ihr auf: Was, in aller Welt, redete der nur für eine Sprache?
Schließlich sprach sie es aus, und Ragnar lachte wieder und antwortete: »Schwedisch, Mutter. Ich habe endlich schwedisch sprechen gelernt.«
»Du klingst, wie's in den Büchern steht«, sagte Johanna tief beeindruckt.
Am Nachmittag würden sie einen Ausflug machen, beschloß Ragnar. Sie mußten ein paar alte Strohsäcke nehmen und es sich auf der Ladefläche bequem machen.
»Mutter darf im Fahrerhaus sitzen und die Kleine auf den Schoß nehmen.«
Aber inzwischen hatte Hanna wieder zu sich gefunden: »Nie setz ich mich in das Teufelswerk. Und mein Kind auch nicht.«
Also setzte John sich in die Fahrerkabine, und die Brüder kletterten auf die Ladefläche.
Johanna verbiß sich die Tränen, und Ragnar, der es sah, flüsterte ihr ins Ohr: »Ein andermal, Kleines. Ich fahr erst wieder weg, wenn du auch deine Autofahrt gehabt hast.«
Als die Männer nach etwa einer Stunde zurückkamen, erzählten sie alle

durcheinander, wie den Bauern das Kinn heruntergeklappt und das Wort im Hals steckengeblieben sei, wie die Frauen vor Angst und die Kinder vor Begeisterung geschrien hätten. Alvar Alvarsson hatte die Mütze gezogen, als Broman aus dem Auto gestiegen war, um seine Zeitung zu holen, und der Pfarrer persönlich war hergekommen, um das Fahrzeug zu studieren.

»Ich wußte ja, daß es selbst in diese abgelegene Gegend kommen würde«, hatte er gesagt. »Aber ich konnte nicht ahnen, daß es damit solche Eile hat.«

All dieses Reden behagte Hanna, das konnte man sehen. Und als Ragnar sagte, daß morgen sie und Johanna mitfahren dürften, meinte sie: »So ein schlechter Mensch bin ich auch wieder nicht, daß ich mich nicht ändern könnte.«

1910 kam der Frühling sehr allmählich nach Dalsland hinauf Er tat das nicht wie sonst immer, kam nicht angestiefelt und überlegte es sich dann anders. Nein, er schlich sich mit solcher Vorsicht an, daß nicht einmal die Leberblümchen kalte Füße bekamen.

Die Stare kamen frühzeitig angeflogen und fanden ihr Zuhause im Norden freundlicher vor als gewöhnlich. Regen fiel, die Sonne schien, und die Buschwindröschen lösten die Leberblümchen ab. Eines Morgens im Mai blühte der Ahorn, und das Norwegerwasser war in Honigduft gehüllt.

John Broman war müder als sonst, wenn er mit seiner kleinen Tochter durch den Wald streifte. Aber es war der Körper, der müde war, seine Sinne hatten nie zuvor solche Schärfe besessen.

Gemeinsam sahen er und Johanna, wie die Zugvögel zurückkamen und ihre alten Nistplätze in Besitz nahmen. Als die Schwalben Lehmnester an den Hängen der Wolfsklippe bauten, gab es beim Seetaucher schon Eier und beim Wanderfalken Junge.

John war glücklich, und das Kind merkte sich alles.

In diesem Frühling wurde Johanna zum religiösen Menschen. Sie sollte es bleiben. Auch später als Sozialistin und Gottesleugnerin.

Es dauerte bis in den Sommer, ehe John den Schluß aus seiner eigentümlichen Heiterkeit zog, in der er sich befand, daß nämlich Tod und Leben sich in ihm begegnet waren. Er konnte sich vorstellen, wie sie einander wie gute Freunde zuprosteten, denn das Gefühl, das sich in seinem Körper ausbreitete, erinnerte an das leichte Berauschtsein, wenn man den ersten Schluck getrunken hat.

Er erschrak nicht, als er, am Bach sitzend, wo Johanna im schäumenden Wasser ihren Durst löschte, den Zusammenhang begriff. Er war erleichtert und traurig zugleich. Aber die Trauer war nicht von dieser belastenden Art, sie war blau wie die Wehmut, die der Welt ihre Tiefe verleiht.

Recht oft in den folgenden Wochen versuchte er eine Rückschau. Manchmal kam er zu der Feststellung, daß das Leben es gut mit ihm gemeint hatte und er sich im großen und ganzen so verhalten hatte wie er sollte. An anderen Tagen erschreckte ihn sein Ergebnis. Voll Reue dachte er an die Mutter, die er seit zwanzig Jahren nicht mehr gesehen hatte. Und an seine Söhne, die er

vernachlässigt und zur Arbeit gezwungen hatte, viel zu hart für die noch nicht ausgewachsenen Körper.
Und dann war da Johanna, das kleine Mädchen, das bei den Streifzügen durch den Wald und entlang der Seen um ihn herumwirbelte. Vielleicht war seine Liebe eigensüchtig gewesen und das Kind für die Härten des Lebens schlecht gerüstet? Johanna, acht Jahre alt. Genauso alt wie seine erste Tochter gewesen war, als sie starb. Dieses Mädchen hier würde leben, gut genährt und gesund wie es war. Dank Hanna.
Er dachte an Hanna. Staunend erkannte er, daß seine Frau die einzige war, in deren Schuld er nicht stand. Nicht, weil er ein durch und durch guter Mann und Vater gewesen war, nein, wohl war manches geschehen, was er bereute. Er brauchte aber keine Schuld zu empfinden, denn in ihren Gedanken war kein Vorwurf.
Er dachte lange darüber nach und kam zu dem Schluß, daß der, der auf Ungerechtigkeit gefaßt ist, auch nicht nachtragend sein kann.
Dann war da natürlich all das Irdische. Das mußte geordnet werden, und er konnte sich auf Ragnar verlassen. Die Mühle war einiges wert, obwohl sie jetzt, wo die Höfe rundum in der Gegend verlassen waren, oft stillstand. Doch John hatte ein erstaunliches Angebot bekommen.
Dann war da die Erbschaft aus Värmland.
Plötzlich befiel ihn die Gewißheit, daß seine Mutter sterben würde, sobald sie erfuhr, daß er aus dem Leben geschieden war.
Er mußte Ragnar einen Brief schreiben, sie mußten ein langes und klärendes Gespräch führen, ehe es zu spät war.
Wie dringend war es?

Ragnar kam Ende Juli. Im Auto hatte er eine schüchterne Frau von städtischer Blässe.
»Armselig«, sagte Hanna.
Aber Johanna erwiderte, Lisa sei lieb.
»Hat einen Kurzwarenladen in Göteborg, also so armselig wie sie ausschaut, kann sie kaum sein«, sagte Hanna zu John. Und er, der erkannt hatte, daß Lisas Nachgiebigkeit nur Ragnar betraf, daß sie eine von diesen Bedauernswerten war, die zuviel lieben, sagte er zu seiner Frau: »Paß ja auf, Hanna, daß du keine böse Schwiegermutter wirst.«
Aber die Worte fielen nicht auf fruchtbaren Boden. Keine von Hannas Schwiegertöchtern würde gut genug sein für ihre Söhne.

John hatte die Dachkammer in Ordnung gebracht, den Klapptisch aufgestellt und alle seine Papiere zurechtgelegt. Seiner Frau sagte er, daß er Ragnar gebeten hatte, herzukommen und ihm beim Schreiben des Testaments zu helfen. Und daß er sie dabeihaben wollte, wenn sie alles durchgingen. Als er sah, wie ihre Augen schwarz wurden, versuchte er sie zu beschwichtigen. Das war doch etwas, was jeder Familienvater tun mußte, wenn er fünfundsechzig geworden war.

Sie hatte nicht geantwortet, hatte sich mit ihrer eigensinnigen Hand den Mund zugehalten, hatte sich umgedreht und war mit steifen Bewegungen die Treppe hinuntergegangen.

Sie weiß es, hatte er gedacht.

Hanna sprach nicht viel an dem Tisch, an dem Broman, Ragnar und sie einen ganzen Nachmittag lang sitzen geblieben waren. Nicht einmal als Ragnar sagte, daß, sollte das Schlimmste eintreten, Mutter und die Kinder nach Göteborg ziehen müßten.

»Was haltet Ihr davon, Mutter?«

»Ich muß nachdenken.«

»Hier gibt's keine Zukunft für die Jungen«, sagte Broman. »Die können von der Mühle nicht leben, du weißt das. Und ich will nicht, daß du allein in der Einöde hocken bleibst.«

»Ihr könnt es doch versuchen, daß Ihr noch eine Weil lebt«, sagte sie, bereute es aber sofort. Ragnar sah seinen Stiefvater lange an. In diesem Augenblick war ihm bewußt, daß Broman dahinscheiden würde, ehe der Winter und der Husten einsetzten.

Ragnar fühlte seinen Hals rauh werden.

Aber Broman fuhr fort, als wäre nichts gesagt worden. Jetzt war es an der Zeit, von dem Angebot zu sprechen.

Letzten Herbst, als Hanna zum Preiselbeerpflücken im Wald gewesen war, hatte ein Ingenieur von der Verteilergesellschaft in Ed das Norskwasser aufgesucht, hatte sich lange das Wildwasser angesehen, ja, John sogar gebeten, das Wehr zu öffnen. Dann hatte er gesagt, es wäre vorstellbar, daß die Gesellschaft den Besitz kauft. Fünftausend Reichstaler wollten sie bezahlen. Bar.

»Wieso habt Ihr nichts gesagt?«

»Ich wollte dich nicht aufregen.«

Hanna schwieg. Ragnar sagte, er wolle Kontakt zu der Gesellschaft in Ed aufnehmen. Seiner Stimme war die Erleichterung anzuhören.

Dann war da noch das mit Värmland. John wußte nicht, wieviel der Hof dort

oben wert war: »Es wird allmählich Ödland, dort wie hier«, sagte er. »Aber meine Mutter kann nicht mehr lang leben, sie ist jetzt achtundneunzig. Du, Ragnar, mußt es übernehmen, die Verbindung mit meiner Schwester Alma aufrechtzuhalten. Die und ihr Mann sind ehrliche Leute und werden euch mit der Erbschaft nicht betrügen.«
Er sagte nichts von seiner Gewißheit, daß die Mutter aufgeben würde, sobald sie die Nachricht vom Tod ihres Sohnes bekäme.

Am nächsten Vormittag setzte Ragnar das Testament mit ungelenker Handschrift und schlechter Rechtschreibung auf Er tat sich nur beim gesprochenen Wort leicht.
»Wir müssen Lisa bitten, daß sie das ins Reine schreibt«, sagte er, und die Eltern nickten. Broman zögerte, wagte die Frage aber dann doch, ob sich da eine Heirat anbahne. Ragnar wurde rot und sagte, es gehe wohl irgendwie in diese Richtung.
Sogar Hanna mußte zugeben, daß das Testament schön aussah und daß Lisa eine Schrift wie ein Pfarrer hatte. Der Schmied wurde gerufen, um zusammen mit Lisa als Zeuge zu unterschreiben.
Als Lisa am Nachmittag das Auto bepackte, sah sie, wie Ragnar beide Hände des Stiefvaters lange in den seinen hielt. John hatte feuchte Augen, Ragnar weinte. Hanna sah den beiden auch zu und erinnerte sich an damals vor vielen Jahren, als der fremde Müller dem Hurenkind die Hand gereicht und gesagt hatte: »Guten Tag, ich heiß John Broman.«

Als der erste Herbststurm die Blätter von den Bäumen riß, hustete John Broman sich zu Tode.

Es war das erste und einzige Mal, daß die Kinder am Norskwasser ihre Mutter weinen sahen. Hanna war selbst verwundert. Nie hätte sie gedacht, daß es in ihrem Kopf soviel Wasser gibt, sagte sie. Sie schluchzte und weinte sich durch die Tage, während sie die Beerdigung anordnete und vorbereitete. Niemand im Haus widmete Johanna, die sich ganz eigenartig bewegte und ungemein fror, auch nur einen Gedanken.
»Jetzt beeil dich, Kind«, konnte Hanna schreien, wenn irgend etwas erledigt werden sollte. Nur zwischendurch einmal sah sie, daß das Mädchen fror, fühlte ihre Hände und sagte: »Zieh halt die dicke Jacke an.«
Nie fiel ihnen auf, daß das Mädchen kein Wort sprach. Erst als Ragnar kam, wurde es offenbar: »Johanna ist stumm geworden«, schrie er. »Habt Ihr das nicht bemerkt, Mutter!«
Hanna schämte sich. Ragnar ging mit dem Kind im Arm ums Haus, schwatzte, lockte. Ihr wurde wärmer, sie wollte aber nichts sehen, weder die Norskwässer noch den Wildbach oder den großen See. Und er brachte sie nicht zum Weinen oder Sprechen.
Drinnen im Haus backte Hanna Hefebrot und Plätzchen, während Lisa den Tisch für das Totenmahl deckte. Ragnar ging mit dem Kind direkt auf sie zu und sagte: »Willst du's versuchen, Lisa?«
Lisa war zu schwach, um das Kind zu tragen, aber das Mädchen legte seine Hand in ihre, als sie zum Stall gingen, wo Broman aufgebahrt war.
Hanna wollte schreien und es verbieten, aber Ragnar brüllte: »Ihr schweigt, Mutter!«
Lisa zog das Tuch vom Gesicht des Toten und sagte: »Johanna. Das, was hier liegt, ist nicht dein Vater, es ist nur seine äußere Hülle. Er selbst wartet im Himmel auf dich.«
Das reichte aus. Johanna weinte in den Armen der fremden Tante, und schließlich konnte sie flüstern, daß sie sich das selbst auch schon gedacht hatte.
Sie blieben lange so stehen. Dann sagte Lisa, sie wolle, daß Johanna mit ihr nach Göteborg führe, sobald das Begräbnis vorbei sei. Sie beide würden es in der Zeit, bis die Mutter und die Brüder nachkämen, gut miteinander haben. Und so war es dann auch. Am Tag nach der Beerdigung brachte Ragnar Lisa

und Johanna zur Bahn. Er selbst suchte den Ingenieur in Ed auf. Dann wollte er zu Mutter und Brüdern zurückkehren. »Um das Gröbste in Ordnung zu bringen.«
Es lief besser als erwartet bei der Verteilergesellschaft, schon im Frühjahr sollte der Kauf abgewickelt werden. Als Ragnar den holprigen alten Weg am See entlang nordwärts fuhr, war er zufrieden. Aber hauptsächlich dachte er daran, daß er Bromans Worte beim Abschied jetzt verstanden hatte. »Du mußt mir versprechen, daß du dich um die Hanna kümmerst. Weißt du, die ist von einer anderen Art.«
Johanna saß im Zug auf Lisas Schoß und dachte, daß das neue unheimliche Leben jetzt hier in diesem Wagen angefangen hatte, der durch die Dunkelheit raste und wie ein Untier heulte.

Schon am Morgen nach Johns Tod hatte Hanna Erik mit einer Nachricht zu Alma nach Värmland geschickt. Er kam nach Hause zurück und machte große Worte, als er schilderte, wie stattlich der Brohof sei, wie vielfältig die Ackerflächen und wie weitläufig die Viehweiden.
Davon hat John nie ein Wort gesagt, dachte Hanna. Aber ich hab ihn ja auch nicht gefragt.
Am Abend des Tages, an dem Ragnar abgereist war, klopfte es an der Tür. Draußen stand ein Mann, den sie noch nie gesehen hatte. Er war Värmländer und sagte, er sei Almas Schwiegersohn. Er komme mit der Nachricht, daß die Alte vom Brohof am Sonntag gestorben sei. Ob sie zum Begräbnis kommen könnten?
Hanna briet Speck und nahm Brot heraus, während der Fremde sein Pferd in den Stall brachte. Erik machte Feuer in der Dachkammer, und Hanna wärmte das Bettzeug für den Gast. Am folgenden Morgen sagte sie, daß sie vorhabe, ihre zwei ältesten Söhne zum Begräbnis zu schicken. Selbst habe sie dort nichts verloren, sagte sie.
Der Mann nickte, als verstehe er das, und sie schieden als Freunde.
Als er fort war, saß Hanna lange still auf der Klappbank in der Küche und dachte über die Merkwürdigkeit nach, daß die Alte auf den Tag genau eine Woche nach ihrem Sohn gestorben war.

Am Mittwoch, dem zweiundzwanzigsten April neunzehnhundertelf, ging Hanna zum Nachbarhof, um den Verwandten Adieu zu sagen, die während der Unionskrise von Norwegen hierhergezogen waren. Sie hatte ihre Kühe, das Schwein und die fünf Schafe dabei. Es war eine schwere Wanderung, und es half nicht viel, daß Olssons auf Kasa anständig für die Tiere bezahlt hatten. Von Kasa ging sie weiter zum Pfarrer, um sich eine Umzugsbescheinigung in die Gemeinde Haga in Göteborg für sich und ihre vier Kinder ausstellen zu lassen. Sie wechselten nur wenige Worte. Als sie sich verabschiedete, dachte sie, daß er geschrumpft war, der Pfarrer, nachdem er überraschend mit dem Branntwein aufgehört hatte.

Zu allerletzt ging sie zum Schmied und seiner Frau. Sie waren jetzt alt und hatten die Neuigkeit vom Kraftwerk mit Entsetzen aufgenommen. Hanna dehnte den Besuch nicht länger als nötig aus. Aber auf der Schwelle sagte sie, daß da manches übrigbliebe, Flickenteppiche und so, was nicht mit nach Göteborg sollte. Sie wolle es unters Vorratshaus legen, und sie sollten sich nehmen, was sie brauchen konnten.

Die Schmiedfrau strahlte, begehrlich und voll Neugier. Als Hanna dann über den Hof Richtung Müllerhaus ging, dachte sie, sie würde schon aufpassen, daß nicht allzuviel übrigbliebe für Malin. Aber dann erinnerte sie sich an Ragnars Worte: »Kein altes Gerümpel auf dem Möbelwagen. Nimm nur das Notwendigste mit.«

Das war eine Äußerung, die Hanna in einem Maß beschäftigte, daß sie keine Zeit fand, dem Abschied vom Norskwasser nachzutrauern oder sich um die Zukunft zu sorgen, Was, um alles in der Welt, war Gerümpel von dem, was sie im Lauf der Jahre angesammelt hatte?

Sie warf alle Flickenteppiche weg und auch Bromans Kleider und die beiden Ausziehbänke aus der Küche. Letzteres sollte sie noch bereuen.

Die värmländischen Möbel wollte sie mitnehmen. Sagt er ein Wort übers Prunksofa, kriegt er von mir was zu hören, dachte Hanna.

Aber als Ragnar mit dem Auto kam, sagte er nur: »Ihr werdet kaum Platz für das Sofa haben, Mutter. Aber Ihr könnt es vielleicht verkaufen und gut dafür bezahlt werden.«

Als alles verstaut und auf der Ladefläche festgebunden war, und die Jungen

sich so bequem wie möglich eingerichtet hatten, blieb Hanna noch auf dem Hof stehen und nahm noch einmal das Haus, den Mühlbach und den langen See in Augenschein. Dann seufzte sie schwer, und als sie im Fahrerhaus neben Ragnar Platz genommen hatte, schluchzte sie auf.
»Ihr werdet doch wohl nicht weinen, Mutter?«
»Nicht mal dran denken«, sagte Hanna, und die Tränen flossen.
»So übers Jahr fahren wir her zu Besuch.«
»Nein, Junge, da komm ich nicht mehr her.«
Als sie ein Stück gefahren waren, fragte sie nach Johanna, wie sie dort in der Großstadt bei Lisa zurechtkam.
»Sie ist wohl nicht ganz so lustig wie früher. Aber sie ist zufrieden und hängt sehr an Lisa.«
»Denk mir's«, sagte Hanna kurz.
Dann schwiegen sie auf dem kurvigen Weg, der am See entlang nach Ed führte. Als der Kirchturm auftauchte, sagte Hanna: »Wann wollt ihr heiraten, du und die Lisa?«
Er wurde rot, und seine Stimme war eisig, als er erwiderte: »Mischt euch nicht ein, wo es euch nichts angeht.«
Da wurde Hanna zornig: »Hat eine Mutter nicht das Recht, daß sie erfährt, wann ihre Kinder heiraten?«
Ragnar hatte es schon bereut, gab aber nicht klein bei.
»Das ist in der Großstadt anders, Mutter. Da kümmert sich keiner, wenn Leute, die sich gern haben, zusammen wohnen und nicht heiraten.«
»Da muß ich viel Neues lernen«, sagte Hanna verblüfft.
»Ja, Ihr müßt sicher bei fast allem umlernen, Mutter.«

Sie verließen Ed, und nun war Hanna auf unbekanntem Boden. Weiter als bis hierher war sie nie gekommen. Bei Vänersborg machten sie Rast und aßen ihre mitgebrachten Brote. Hanna starrte über den Vänersee, sah das Wasser in weiter Ferne sich mit dem Himmel vereinen. »Ist das das Meer?«
»Nein, Mutter. Das Meer ist noch weitaus größer als das da.« Er lachte über sie, und da wollte sie nicht weiterfragen. Aber ihr war nur schwer verständlich, wie irgendein Gewässer größer sein konnte als dieses hier. Sie schwieg auf dem Weg durch das Flußtal, antwortete nicht, als er sagte, das hier sei schon auch eine prächtige Landschaft.
Erst als sie in die steinerne Stadt einfuhren, fand sie wieder Worte.
»Nein, nicht im Traum hätte man sich so was ausdenken können.«

Sie schlängelten sich zwischen Pferdewagen, Menschen und Automobilen zum Järntorg durch. Um der Mutter und den Brüdern zu imponieren, machte Ragnar einen Umweg durch die Linnégata mit den prächtigen Fassaden, drehte eine Runde um den Skanstorg und fuhr dann die Sprängkullsgata hinunter zur Haga Nygata.
»Ist Jahrmarkt, weil so viele Leute unterwegs sind?«
»Nein, so ist es hier immer.«
»Herrjemine«, sagte Hanna, aber sie war nicht ängstlich, sondern eher aufgeregt. Und als sie schließlich durch das große Hoftor der Amtmannbauten fuhren, strahlte sie wie die Sonne.
»Wie ... wie elegant«, sagte sie. »Und wo wohnen wir?«
»Dort oben«, deutete der Sohn mit einer Handbewegung. »Fast im Himmel«, staunte die Mutter.
»Drei Treppen hoch mit Aussicht zur Straße«, sagte Ragnar stolz. »Lisa hat neue Gardinen aufgehängt, damit niemand hineinschauen kann.«
»Das ist sehr lieb«, sagte Hanna, die sich wegen der Gardinen schon Sorgen gemacht hatte. Im nächsten Augenblick kam Johanna durch eine der vielen Türen gesprungen.
Hanna sah das Mädchen lange an, dachte: Mein Kind, mein Kind. Dann sagte sie: »Wie du schön angezogen bist!«
»Ich hab neue Kleider bekommen. Stadtkleider. Lisa hat sie selber genäht.«
Hanna machte kein glückliches Gesicht, gab sich aber alle Mühe zu denken, ich muß lernen, sie zu mögen, sie ist ein guter Mensch.
Neugierige Augen starrten sie aus Fenstern und Türen an, als sie die Möbel hinauftrugen. Wir schauen bäurisch aus, dachte Hanna, schämte sich und wollte weg, um sich den Blicken zu entziehen. Trotzdem mußte sie fragen, was das für lange, niedrige Gebäude waren, die sich auf dem großen Hof unter den Kastanien entlangzogen. »Es sind die Aborte und Abstellkammern. Jede Familie hat ein Abteil mit eigenem Schlüssel.«
»Wie elegant!«

Man kam direkt in die Küche, und sie war ganz besonders geräumig und mit einem eisernen Herd ausgestattet, wie Hanna ihn schon bei Astrid in Fredrikshald bewundert hatte. Dann gab es einen Spülstein, einen Ausguß und eine Wasserleitung. Hanna hatte von dieser merkwürdigen Sache reden hören, die Fließwasser hieß, und jetzt stand sie hier und drehte den Hahn auf und zu.

»Hört das nie auf?«
»Nein, Mutter, das geht nie zu Ende.«
»Jesus!«
Es gab einen Kachelofen im Zimmer und einen spiegelblanken Kiefernholzboden, es war hochherrschaftlich, fand Hanna.
Aber das Merkwürdigste von allem und das, worüber sie noch viele Jahre reden und lachen würden, war das Licht. Zum Glück war es diesmal nicht Hanna, die sich blamierte, sondern John.
»Es wird dunkel, Mutter. Ich muß runterlaufen, die Petroleumlampen holen.«
»Nicht doch«, sagte Johanna. »Schau, man macht bloß so.« Und dann drehte sie am Lichtschalter an der Wand neben der Küchentür, und das Licht flutete über sie hinweg.
Als Hanna sich von ihrem Staunen erholt hatte, dachte sie, es sei schon gut, daß Ragnar nicht gesehen hatte, wie ihnen der Mund offengeblieben war. Er war weggegangen, um etwas zu essen zu kaufen und Lisa abzuholen. Sie kamen mit warmer Suppe, die Lisa gekocht, und mit Brot und Butter, die Ragnar eingekauft hatte.
»Willkommen in der Stadt«, sagte Lisa.
»Du bist schon ein guter Mensch«, sagte Hanna. »Danke schön für die Gardinen. Und daß du mein Kind so wunderbar angezogen hast.«
Lisa sagte, daß es ihr nur Freude gemacht habe.
»Und morgen werden wir für euch auch neue Kleider kaufen, Schwiegermutter.«
»Ich brauch bestimmt überall Hilfe, wo's nur möglich ist«, sagte Hanna zu Lisa, die nicht einmal ahnen konnte, welch unglaubliche Äußerung das war. Aber die Söhne erschraken. Noch nie hatten sie ihre Mutter etwas Ähnliches sagen hören.

Dann richteten sie sich in ihrer Einzimmerwohnung im Amtmannbau ein. Die Jungen bekamen ein Ausziehsofa im großen Zimmer und August ein modernes Bett, das zusammengeklappt und in die Kleiderkammer gestellt werden konnte.
Mitten im Raum prangte ein großer runder Tisch, auch er war modern und paßte gut zu den alten Stühlen aus Värmland, fand Johanna.
Hanna und Johanna schliefen in der Küche. Hier hätte die Klappbank aus Dalsland gute Dienste geleistet. Hanna tröstete sich damit, daß auch das neue Küchensofa modern war.

»Is direkt unheimlich, wie mir's Geld durch die Finger rinnt«, sagte Hanna zu Ragnar. Er tröstete sie: »Du kannst es dir leisten, Mutter.«
Als das neue Heim fertig eingerichtet war, lud Hanna die Nachbarsfrauen zum Kaffee und einer unwahrscheinlich teuren Konditortorte ein. Das sei so Sitte, sagte Lisa. Hanna hatte ein neues gekauftes Kleid an. Modern. Gekommen waren die verschiedensten Gäste, und alle sprachen ihr Beileid aus, als Hanna sagte, daß sie erst kürzlich Witwe geworden war, und niemand mokierte sich über die Mundart, die sie sprach.
»Sie kommen aus Norwegen?«
»Das nicht gerade«, sagte Hanna. »Wir sind schon Schweden, aber wir haben genau auf der Grenze gewohnt. Und mein Vater war aus Norwegen und meine Schwester ist in Norwegen verheiratet.«
Hulda Andersson, die gleich über den Gang wohnte, war Hanna von ihrer Art her gar nicht so unähnlich. Die beiden freundeten sich schnell an. Am Tag nach der Einladung sagte Hulda: »Bist du reich oder mußt du arbeiten?«
»Klar brauch ich Arbeit.«
»In Asklunds Dampfbäckerei an der Risåsgata brauchen sie immer Leute. Ich arbeite selber dort. Kannst du backen?«
Hanna mußte laut lachen und sagte, wenn eine Müllersfrau was lernt, dann ist es wohl das Backen.

So kam es, daß Hanna Bäckerin wurde. Es war eine harte Arbeit. Sie mußte jeden Morgen um vier Uhr anfangen. Aber das hatte sein Gutes, denn sie hörte um zwei Uhr mittags auf und hatte dadurch Zeit genug, die Wohnung in Ordnung zu halten.

Am ersten Mai stand sie auf dem Järntorg und sah die roten Fahnen über den marschierenden Menschen wehen, die da sangen:

»Völker, hört die Signale...«

Hanna bekam es mit der Angst zu tun.

»Die sind nicht gescheit«, sagte sie zu Hulda, die ganz ihrer Meinung war.

Noch erschrockener waren die beiden Bäckerinnen eines Morgens, als sie den Platz überquerten und ein paar aufgedonnerten Frauenzimmern mit rot angemalten Mündern begegneten.

»Was sind das für Frauen?«

»Huren«, sagte Hulda. »Die verkaufen sich an die Matrosen im Hafen und sind jetzt wohl auf dem Heimweg.«

Es dauerte lange, bis Hanna sich zu fragen getraute: »Meinst, die haben jede Nacht einen neuen Mann?«

»Nein, nein, die brauchen jede Nacht mehrere. Sonst ist das kein Geschäft.«

Hanna fehlten die Worte, in ihrem Kopf war Leere.

Was aber in der allerersten Zeit den tiefsten Eindruck auf sie machte, das war der Mann, der sie in der Bäckerei eingestellt hatte. Nicht daß er unangenehm gewesen wäre, er war nur hochnäsig, und dazu hatte er auch noch allen Grund, so vornehm wie er war. »Wie war der Name?«

Es dauerte eine Weile, bis Hanna die Antwort fand: »Hanna, Lovisa, Greta... Broman.«

»Verheiratet?«

»Aber mein Mann ist gestorben.«

»Witwe also«, sagte der Mann und schrieb. »Geboren?«

Sie schwieg, etwas so Dummes hatte sie wohl noch nie gehört. Er mußte es wiederholen: »Wann und wo sind Sie geboren, Frau?«

Sie wußte sowohl die Jahreszahl als auch den Namen der Pfarrei, und damit war sie angestellt, bekam einen weißen Kittel und mußte Hefekränze flech-

ten. Das ging ihr. gut von der Hand, sie waren schön anzusehen, und der Vorarbeiter machte ein zufriedenes Gesicht.
Sie fühlte sich bei der Wärme und dem Weibergeschwätz in der Bäckerei bald wohl, wo der Tratsch die Runde machte, sobald der Vorarbeiter außer Sichtweite war. Hier gab es viele Frauen wie sie, Bauersfrauen und Frauen von Tagelöhnern, die einen noch häßlicheren Dialekt sprachen als sie. Und die mit einer Stube voll kleiner Kinder noch schlimmer dran waren als sie.
Aber dieses Verhör vergaß sie nie, sie wiederholte es sich noch lange danach jeden Abend: Name, verheiratet, geboren. Sie hatte das Gefühl, direkt in den Riesenschlund der Wolfsklippe gefallen zu sein. Wer in aller Welt war sie, wenn niemand wußte, daß sie die Hanna Augusttochter von Bråten war, sie, die die Enkeltochter des reichen Erik vom Vorderhof war und die dann Müllerfrau am Norwegerwasser wurde?
Zum Glück war Grübeln nicht ihre Sache. Aber das Gefühl, den Boden unter den Füßen verloren zu haben, mußte sie in den nächsten Jahren oft genug verscheuchen.

Die Bäckerei war groß wie ein Schloß und wie eine Festung um einen großen Hof herum gebaut. Alle vier Flügel waren drei Stockwerke hoch, mit Ziegeln verkleidet und mit grünen Steinfiguren geschmückt. Hier gab es Bäckereiabteilungen für das Knäckebrot »Delikatess«, eine für Schwarzbrot, eine Bäckerei für das feinere Brot, und dann die Weißbäckerei für Hefekränze und Kopenhagener Gebäck.
Am schönsten von allem war der große Verkaufsladen Ecke Öfre Husargatan und Risåsgatan.
Es gab für Hanna viel Neues zu erfassen und zu begreifen, und sie hatte oft das Gefühl, daß das alles keinen Platz in ihrem Kopf fand. Eines Tages fragte Hulda den Vorarbeiter, ob sie Hanna die Mühle ganz oben in der Burg zeigen dürfe. Hier gab es einen Müller und eine ganze Reihe Müllerburschen, und hier wurde das Mehl für die verschiedenen Brotsorten gemischt und gesiebt.
»Wo nehmen die bloß die Kraft her?« flüsterte Hanna und erfuhr nun von den Dampfmaschinen, die rund um die Uhr rumpelten, und von dem Dynamo, der die erzeugten Kräfte in Strom umwandelte.
Broman wäre ihn Ohnmacht gefallen, wenn er das gesehen hätte, dachte Hanna.

Aber das Seltsamste von allem gab es im zweiten Stock, und da verstummte Hanna. Hier stand eine riesige Teigknetmaschine neben der anderen und erledigte diese schwere Frauenarbeit.
Sie fuhren mit dem Fahrstuhl nach unten, und auch das erschreckte sie.

Ihre Söhne trieben sich in der Stadt herum und füllten ihre innere Leere mit Branntwein auf Genau wie der Vater es getan hatte. Aber die Angst ließ sich mit solchen Mitteln nicht in die Flucht schlagen.
Ragnar verschaffte ihnen Arbeit auf dem Bau, aber dort wurden sie wegen ihrer komischen Sprache und ihrer zarten Müllerhände verspottet. Da ließen sie die Arbeit stehen, gingen nach Hause und stärkten sich mit einem neuen Rausch. Als es so schlimm wurde, daß sie den ganzen Tag das Bett nicht mehr verließen, knöpfte Ragnar sie sich ernsthaft vor. Sie antworteten mit Hohngelächter, es kam zum Handgemenge, und aus Hannas schönen Värmlandstühlen wurde Brennholz.
»Nie!« schrie Ragnar. »Nie hätte ich geglaubt, daß ihr so verdammt verwöhnt seid. Schämt ihr euch nicht? Ihr laßt euch von eurer Mutter versorgen, erwachsene Kerle, die ihr seid.«
Dann warf er sie hinaus auf die Straße, ging weg und schloß die Tür von außen zu.
Hanna hatte sich noch nie so gefürchtet wie in dieser Nacht, in der sie eingesperrt und einsam durch die Wohnung ging und nach der Schlägerei aufzuräumen versuchte. Ragnar hatte Johanna mit zu Lisa genommen, hatte gesagt: »Jetzt wird die Kleine bei uns wohnen, bis Ihr Ordnung bei Euern verdammten Söhnen geschaffen habt.«
Als er am Sonntag vormittag wiederkam, war er ruhiger: »Was sollen wir bloß tun, Mutter?«
»Du mußt mich halt rauslassen, damit ich in die Stadt gehen und sie suchen kann.«
»Geh zur Polizei. Wahrscheinlich sitzen sie dort. Die Polizei nimmt alle mit, die besoffen durch die Stadt ziehen.«
»Guter Gott«, sagte Hanna, schüttelte den Kopf sie wußte ja besser als die meisten, daß Gott nicht gut war. Also kämmte sie sich die Haare, zog ihr bestes Kleid an, setzte den neuen Hut auf und ging zum Revier in der Södra All6gatan. Da saßen sie hinter Gittern. Sie mußten eigenhändig ein Papier unterschreiben, ehe Hanna sie mit nach Hause nehmen konnte.
Sie sollten Strafe zahlen.

»Passiert das noch einmal, wird Gefängnis draus«, sagte der Oberinspektor, als sie gingen.
Künftig nahm Ragnar John, den Ältesten und Stärksten, im Lastwagen mit.
»Viel Lohn kann ich dir nicht bezahlen. Aber säufst du während der Arbeit, schlag ich dich tot.«
Die beiden andern gingen zur See.
»Da werden sie euch schon beibringen, wie es zugeht«, sagte Ragnar.
Hanna wagte keinen Einwand, aber sie jammerte nachts im Schlaf aus Sorge um ihre Söhne. Und mit dieser Sorge mußte sie ein ganzes Jahr leben. Aber sie überlebten, kamen nach Hause und waren grobschlächtiger, schwerer und ernster. Sie bekamen feste Anstellungen, heirateten einer nach dem anderen und tranken nur noch an den Wochenenden.

Hannas Leben verlief einsam. Die Tochter war meistens bei Lisa. Mit John, der zu Hause wohnte, wurden nicht viele Worte gewechselt. Aber sie hatte ihre Nachbarschaft, und zu Hulda Andersson sagte sie, wenn ich dich nicht hätte, ich würde verrückt werden.
Mit Lisa wurde sie nie vertraut. Aber sie hatte eine Möglichkeit, sich für die Hilfe zu bedanken, die die Schwiegertochter ihr hatte zukommen lassen. Wo sie ja eigentlich gar keine richtige Schwiegertochter war, da Ragnar sich weigerte, sie zu heiraten.
Lisa wurde schwanger. Sie suchte ihre Schwiegermutter auf und jammerte erbärmlich, fand Hanna. Sie übernahm es aber dann, mit Ragnar zu reden. Was sie während des langen Gesprächs in der Küche sagte erfuhr niemand, aber sicher war da von Hurenkindern die Rede und von der Schmach, sein eigenes Kind zu einem Leben in Schande zu verdammen.
Jedenfalls sagte Ragnar zu Lisa, dann heiraten wir eben. Aber du mußt mich nehmen wie ich bin, und du weißt, daß man mir nicht trauen kann, was Frauen betrifft.
Lisa war dankbar.

Hanna trauerte den schönen Värmlandstühlen nach, holte aber mit Huldas Hilfe das Sofa herauf. Es hatte eigentlich keinen Platz, aber sie und auch Hulda fanden, daß es richtig elegant aussah.

Wenn die Söhne nach Hause kamen, benutzten sie das Seidensofa, um dort ihre dreckigen Arbeitskleider abzuwerfen. Hanna stöhnte und schimpfte mit Johanna, daß sie den Jungen nicht nachräumte. Das Mädchen wurde immer schweigsamer, aber das fiel Hanna gar nicht auf Es gab nicht viel Behaglichkeit in ihrem Heim, sie verschloß die Augen vor dem ständigen Streit und den Saufgelagen Wochenende für Wochenende. Ihr tat der Rücken weh.

Der Schmerz strahlte von der Wirbelsäule in die Schulterblätter aus. Anfangs dachte sie, das werde vergehen, aber dann erfuhr sie, daß die meisten Frauen in der Bäckerei das gleiche Leiden hatten. Und daß es mit den Jahren immer schlimmer wurde.

Mußt es halt aushalten, sagten sie sich. Kein Wort zum Vorarbeiter, sonst wurde man entlassen.

Lisa hatte ihren Sohn zur Welt gebracht, und es geschah das Seltsame, daß Ragnar sich so sehr über den Jungen freute, daß er jede freie Minute zu Hause verbrachte. Er hatte immer weniger Zeit für seine Mutter und seine Geschwister übrig.

Die Jahre schleppten sich dahin, es war Weltkrieg und das Essen knapp. In Haga gab es Hungerkrawalle, es wurden Polizei und Militär eingesetzt. Die Menschen machten ihrem Haß auf die Königin Luft, die eine Deutsche war und beschuldigt wurde, Lebensmittel aus Schweden hinauszuschmuggeln, um sie dem verrückten Kaiser zukommen zu lassen.

Hanna biß ob ihrer Rückenschmerzen die Zähne zusammen und dankte dem Schicksal für die Arbeit in der Bäckerei, wo sie ihren Lohn in Brot ausbezahlt bekommen konnte. Sie und ihre Kinder hungerten nicht. Dann brach die spanische Grippe aus, und wieder war Hanna dankbar dafür, daß keiner in der Familie von der schrecklichen Krankheit befallen wurde.

Johanna hatte die Schule beendet und konnte zur Versorgung beitragen. Es war jetzt ruhiger zu Hause, denn die Jungen waren endlich ausgezogen. Und ordentlicher. Aber Hanna und Johanna vertrugen sich nicht gut. Das Mädchen war frech und widerspenstig, nicht so nett und nachgiebig wie die Söhne. Sie beschimpfte die Mutter, dumm und ungebildet zu sein, sie berichtigte ihre Aussprache und schrie sie an, sich doch endlich von all dem Aberglauben frei zu machen und zu denken. Anfangs versuchte Hanna sich zu verteidigen. Mit Worten. Aber Johanna hatte soviel mehr Worte als sie und weitaus klarere Gedanken.

Die ist doch immer schlauer gewesen als die anderen, dachte Hanna.

Als Johanna an der 1. Mai-Demonstration teilnahm, schämte Hanna sich in Grund und Boden.

»Hast du deinen Verstand ganz verloren«, schrie sie.

»Das könnt Ihr nicht beurteilen, denn Ihr habt nie einen gehabt«, schrie die Tochter zurück.

Der Rücken schmerzte mit den Jahren immer schlimmer, Hanna ging gebeugt und bewegte sich schwerfällig. Aber sie hielt durch bis zur Pension, wo sie sich zum ersten Mal im Leben ausruhen durfte. Sie hatte ihre eigenen Ansichten bezüglich der Pension, die sie jeden Monat bekam. Es ist eine Schande, wenn man Geld kriegt, was man nicht ehrlich verdient hat, sagte sie zu Johanna. Das sagte sie aber nur ein einziges Mal, denn das Mädchen wurde so wütend, daß Hanna erschrak.

Johanna heiratete. Hulda Andersson starb.

Hanna bekam so viele Enkelkinder, daß sie sie nicht auseinanderhalten konnte. Nur Johannas widerwärtiges kleines Mädchen kannte sie heraus. Es war ein Kind mit durchdringendem Blick, der die Menschen anklagte und genau durchschaute. Schlecht erzogen und häßlich war sie, mager und hatte dazu noch schrecklich dünnes Haar.

In den vierziger Jahren wurde in Kungsladugård ein Pensionärshaus gebaut, und Johanna sorgte dafür, daß Hanna dort ein modernes kleines Appartement bekam. Sie hatte das Gefühl, im Paradies zu sein, es gab Badezimmer und WC, Warmwasser und Zentralheizung.

»Was soll man bloß tun, wenn man nicht dauernd einheizen muß?«

»Ihr sollt Euch ausruhen, Mutter.«

Hanna ruhte sich aus, und ihr war seltsamerweise nie langweilig. Sie konnte lesen, hatte aber große Mühe mit dem Durchbuchstabieren, so daß sie die Zusammenhänge oft nicht begriff. Dann und wann hörte sie Radio, aber sowohl die Sprecher als auch die Musik machten sie nervös.

Aber sie ging gern ins Kino, in den Kinematographen, wie sie sagte. Die

Söhne nahmen sie mit, sooft sie Zeit hatten, die Tochter eher selten. Johanna mochte Komiker nicht und schämte sich für das laute Lachen der Mutter. Absolut peinlich wurde es, wenn Männer und Frauen sich auf der Leinwand küßten. Da hielt Hanna sich die Augen zu und rief laut: Schämt ihr euch denn gar nicht!

Das Publikum lachte über sie. Merkte sie das? Nein, wohl kaum, dachte Johanna.

Mit der Zeit wurde sie unverhältnismäßig dick. Nach langen Streitereien konnte Johanna sie endlich zu einem Arzt bringen, der von einem Magenleiden sprach, das leicht zu operieren sei. Bei seinen Worten traf Hanna fast der Schlag, sie fürchtete sich beinahe genausoviel vor dem Messer wie vor dem Krankenhaus. Nach diesem Arztbesuch mußte Johanna versprechen, sich zu Hause um sie zu kümmern, wenn es Zeit zu sterben war.

»Ich werde nicht lästig sein.«

»Es wird bestimmt alles gutgehen, Mama.«

Als August sich das Leben nahm, trauerte sie sich fast zu Tode. Sie alterte in einem Monat um zehn Jahre.

Aber sie war bis zu ihrem Tod im Alter von fast neunzig Jahren kristallklar im Kopf Auf den Tag genau eine Woche später starb Ragnar auf der Elchjagd in Halland.

Es war ein tödlicher Jagdunfall wie bei seinem Vater.

Aber es gab schon niemanden mehr, der sich an Rickard Joelsson und seinen Tod erinnern konnte, zu einer Zeit, als die Bauern in den Wäldern von Dalsland noch Bären jagten.

# Anna

## Zwischenspiel

Anna saß in ihrem Arbeitszimmer und hatte das dicke blaue Notizbuch vor sich liegen. Auf den Umschlag hatte sie in Blockbuchstaben »JOHANNA« geschrieben, und auf dem Vorsatzblatt stand »Versuch einer Verhaltensstrategie gegenüber der Mutter, ohne ihre innere Vielfalt in Abrede zu stellen oder sich selbst zu verleugnen«.

Jetzt fand sie, das klang anmaßend.

Auf dem ersten Blatt gab es vereinzelte Aufzeichnungen, ohne Zusammenhang. Die übrigen Blätter waren leer, Seite um Seite unbeschriebenes Weiß. Ich bin noch nicht soweit, dachte sie. Nicht angekommen.

Also kehrte sie zu dem grauen Heft zurück, hundert Seiten, im DIN-A4-Format, eng beschrieben und vollgestopft mit losen Aufzeichnungen, Briefen, Zeitungsausschnitten. Auf dem Umschlag stand: Hanna. Mutters Mutter.

Sie hatte mit den Kirchenbüchern in Dalsland begonnen, schon allein das war ein Abenteuer. Zu sehen, wie die alte Familie sich über die Landschaft verzweigte, hinein nach Norwegen, hinunter nach Göteborg, hinüber nach Amerika. Dann war sie an den Ufern des langen Sees entlanggewandert und hatte ernsthaft versucht, sich den Geheimnissen dieser unfaßbar schönen Landschaft zu öffnen.

Wieder zu Hause, hatte sie in Bibliotheken und Antiquariaten gestöbert. Sie hatte Volkskunde studiert und über die Großmutter geweint, die schon als Kind zur Hure geworden war. Den Runenmeister und sein Hexenweib hatte sie in einem alten Zeitungsausschnitt gefunden und darüber gestaunt, wie lange das Heidentum in den entlegenen Grenzregionen überlebt hatte. Sie hatte sich die Wirtschaftsgeschichte der Landschaft angesehen und versucht zu verstehen, was die Kirchenbücher sagten: daß nämlich die vier älteren Geschwister der Großmutter während der Notjahre Hungers gestorben waren. Sie vertiefte sich in einen Stoß Heimatkundebücher aus den Pfarreien rund um den See. Dort schrieben alte Leute von Sonn- und Feiertagen und erzählten von einem von den Jahreszeiten und nicht von der Uhr bestimmten Aätag. Sie las Geschichten von gewöhnlichen Menschen, doch öfter noch von ungewöhnlichen, von solchen, an die man sich in der Provinz noch lange erinnerte. Die Erinnerungen der Alten an die schlechten Zeiten schienen

verklärt, und sie las eine große Wehmut wegen des für alle Zeit Verlorenen heraus.
Sie selbst saß an dem großen Fenster des Arbeitszimmers und sah aus zehn Stockwerken Höhe, wie die neue Welt sich unter ihr ausbreitete. Es war Herbst, graues Licht über einer farblosen Welt. Hier und da hatte man ein paar Kiefern zwischen den Häusern stehen lassen. Sie sahen aus wie Spielzeugbäume, achtlos von Kindern hingeworfen, denen mitten im Spiel langweilig geworden war.
In ihrer Wohnung war es laut, denn die Autobahn führte dicht an den Hochhäusern vorbei.
Hanna nahm für Anna erst richtig Gestalt an, als sie sich Zugang zu einer Truhe auf dem Dachboden des Elternhauses verschafft hatte. Dort fand sie Großmutters Hinterlassenschaft an Papieren, Inventarverzeichnissen, Kopien von Testamenten, Geburts- und Todesanzeigen. Und dann gab es dort noch ganze Bündel vergilbter Briefe von Verwandten aus Amerika, Norwegen und Göteborg.
Vertrauensselige Briefe zumeist, fein säuberlich mit Haar- und Schattenstrichen geschrieben. Kein Wort von den Ungerechtigkeiten, dem Hunger und der Schande. Die Briefschreiber blieben innerhalb der Grenzen jener Welt, in der sie aufgewachsen waren und die sie nie verlassen hatten. Selbst dann, wenn sie schon seit Jahrzehnten in Minnesota lebten.
Einige der Briefe hatte Anna herausgenommen und zwischen die Seiten ihres Notizheftes gelegt. Jetzt nahm sie einen davon zur Hand, las ihn noch einmal und dachte zum ersten Mal, daß die Briefe vermutlich auf ihre Weise bestimmt der Wahrheit entsprachen. Sie spiegelten eine Wirklichkeit wider, in der Verbitterung und Undankbarkeit nicht zugegeben wurden und somit nicht vorhanden waren.
Nur die Briefe von Astrid aus Halden und Oslo waren anders, geschrieben in einer großen, unsteten Schrift, voll von Einfällen, Überlegungen und Klatschgeschichten. Eine Fundgrube, ein sehr persönliches Zeugnis! Wohl begriff sie, daß Astrid keine objektive Zeugin der Wahrheit war. Aber eine Dichterin. Und es waren Gesichtspunkte und Wahrheiten eines Dichters, die Anna brauchte.
Hatte ihre Mutter Hannas Briefe gelesen, als sie die Sammlung erbte? Anna nahm es nicht an. Sie war wie ich, zu sehr von der Familie belastet.
Daß Onkel Ragnar einen andern Vater hatte, das hatte Anna immer gewußt. Die Kirchenbücher bestätigten das in ihrer unverblümten Sprache: »U-e.«

stand dort: »Vater unbekannt.« Was es hieß, ein Unehelicher zu sein, ein Hurenkind oder eine alleinstehende Mutter und Hure, hatte das Studium der Volkskunde sie gelehrt.
Hanna war dreizehn Jahre alt, als sie ihr erstes Kind gebar. Als Anna das ausgerechnet hatte, waren ihr vor Mitleid und Wut die Tränen gekommen.
Du warst wohl stark. Wie Mama es ausdrückte.

Anna hatte viele Erinnerungen an Onkel Ragnar. Sie dachte an ihn wie an einen König im Märchen, schön und gewaltig bis ins hohe Alter, exotisch und verschwenderisch. Sie erinnerte sich an sein Lächeln, das mit einem Glitzern in den schwarzen Augen begann, sich nach unten fortsetzte und das braune Gesicht auf dem Weg zum Mund unter einem mächtigen, kurzgeschnittenen Bart in Falten legte.
»Der bringt versteinerte Herzen zum Schmelzen«, sagte Mama.
»Du meinst Frauenherzen«, sagte Papa.
Ab und zu, und immer unvorhergesehen, kam Annas phantastischer Onkel im Lastwagen dahergefahren, der ebenso überwältigend war wie er selbst. »Und jetzt, Schwester, auf den Ofen mit dem Topf!« Sie erinnerte sich des polternden Gelächters, das durchs Haus dröhnte, das erschreckte und bezauberte. Und sie erinnerte sich, wie er nach Mann roch: Schweiß, Tabak und Bier.
Und Geld. Warme Silbermünzen. Sie saß oft auf seinen Knien, und irgendwie gelang es ihm immer, ihr ein Kronenstück in die Hand oder in die Tasche zu schummeln, immer wenn die Mutter den Blick abwandte. Dann zwinkerte er mit dem linken Auge, zum Zeichen, daß sie ein Geheimnis teilten. Er und das Kind.
Das war großartig.
Mit den Ohren wackeln konnte er auch.

Wer Ragnars unbekannter Vater war, erfuhr sie aus den Amerikabriefen: »Wir haben gehört, daß Rickard Joelsson auf Lyckam bei einem Jagdunfall ums Leben gekommen ist. Also hat er schließlich doch seine Strafe erhalten, der Unmensch, der Hanna alles kaputtgemacht hat.«
Sie hatte hinter den Namen ein großes Ausrufezeichen gesetzt.
Auch der Vater von Annas Kindern hieß Rickard. Er war kein Verbrecher wie der junge Joelsson, hatte aber die gleiche unglückselige Neigung, seiner eigenen Verführungskunst zum Opfer zu fallen.

Anna seufzte.
Dann nahm sie den Umschlag mit den alten Fotos heraus, die sie zu Hause aus dem Album entwendet hatte. Hier war er, Ragnar, seinem Vater Rickard ähnlich, aber ganz unglaublich verschieden von den anderen der Familie. Vielleicht hatte die böse Lovisa sich eine wilde Liebe mit einem Zigeunerjungen gegönnt, vielleicht hatte die Begierde ihre rauhe Schale für einige Nächte in einem Versteck im Wald aufgesprengt.
Plötzlich fiel ihr auf, daß es noch eine weitere Ähnlichkeit zwischen ihrem eigenen Mann und dem Vergewaltiger aus Dalsland gab: Beide hatten sie Mütter gehabt, die die Demütigungen nur ertrugen, indem sie ihren Kindern die eigene Verbitterung aufzwangen. Bei Töchtern gelingt das meist, sie identifizieren sich mit dem Unglück der Mütter und geben ihre Verbitterung durch Generationen weiter. Aber die Söhne? Nein, die Starken wehren sich dagegen und werden Männer, die sich auf einer ständigen Flucht vor all dem befinden, was feinfühlig und schwierig ist.
Signe in Johanneberg war weit weniger spitzfindig, aber doch viel schlauer gewesen als Lovisa auf Lyckan. Ihr Mann hatte nicht genügend Gründe gefunden, sie totzuschlagen, sondern er war lieber selbst in jungen Jahren gestorben. Aber Rickard Hård hatte es in der Puppenhauswohnung in Johanneberg vielleicht nicht leichter gehabt, als Rickard Joelsson es seinerzeit auf Lyckan gehabt hatte.

Die Uhr schlug zwölf. Jetzt wurde Mama gefüttert.
Selbst holte Anna sich Dickmilch aus dem Kühlschrank und krümelte eine Scheibe Knäckebrot in die zart säuerliche Milch. Während sie aß, umkreisten ihre quälenden Gedanken Rickard, als hätte sie aus Versehen eine alte, schwer heilende Wunde aufgerissen.
Sie dachte an die Zeit vor der Scheidung, an die schlimmsten Jahre, in denen sie geweint hatte, sobald sie allein war. Zu Anfang nahm sie ihre täglichen Tränen nicht ernst, sondern hielt sie für Selbstmitleid. Erst als sie im Schlaf zu weinen anfing, bekam sie Angst und ging zu einem Psychiater. Zu einem Mann, der gerade in Mode war. Er sagte: »Sie sind eine von diesen modernen Frauen, die ihre Männer kastrieren.«
Da stand sie auf und ging.
Das war dumm von ihr gewesen. Er hatte so das letzte Wort gehabt, und sie fühlte jahrelang den Zwang, ihn bekämpfen zu müssen.
Sie stellte ihren Teller in die Spülmaschine und kehrte entschlossen zu den Notizen über Hanna zurück. Unterschiede zwischen ihr und der Großmutter gab es viele, genau wie sie erwartet hatte. Hanna nahm hin, Anna trotzte. Hanna war spontan, Anna suchte die genaue Formulierung. Hanna war heimisch in ihrer schwierigen und ungerechten Welt. Anna empfand nur für kurze Augenblicke ein Gefühl von Geborgenheit, etwa dann, wenn sie einem Baum zunicken und sagen konnte: Ich kenne dich von irgendwoher.
Sie glichen sich dem Aussehen nach gar nicht so sehr, wie Anna angenommen hatte. Hanna war dunkelhaarig und schwerer gewesen.
Sie blieb wieder bei der Schilderung der Vergewaltigung hängen. Erst zwölf Jahre alt, das war verrückt. Wie alt war ich, als ich auf Donald, diesen amerikanischen Austauschstudenten, hereinfiel, den die Gerüchte von der schwedischen Sünde hierher gelockt hatten? Es mußte nach meinem neunzehnten Geburtstag gewesen sein, im ersten Jahr an der Universität. Und es war nicht Vergewaltigung, obwohl es das selbstredend war, gegenseitige Vergewaltigung, wenn es so etwas gibt.
Sie hatte seit vielen Jahren nicht mehr an Donald gedacht, obwohl sie ein lang andauerndes Verhältnis gehabt hatten. Es saß tief, denn sie hatten beide außerordentliche Fähigkeiten entwickelt, die Gefühle des anderen zu verlet-

zen, obwohl sie einander weder verstanden noch kannten. Es war ein eigenartiges Verhältnis gewesen, eine Art Verwandtschaft.
Und natürlich wurde ich schwanger, Großmutter. Wie du. Ich ließ abtreiben, zu jener Zeit war das in universitären Kreisen leicht zu machen. Bedenken hatte ich auch nicht, meine einzige Befürchtung war, daß Mama es irgendwie erfahren könnte. Aber ich war in Lund und sie in Göteborg, also ahnte sie Gott sei Dank nichts.
Ich glaubte natürlich, daß es Liebe war, die mich zu Donald trieb. In meiner Generation waren wir besessen von der Sehnsucht nach der großen Leidenschaft. Du, Hanna, hättest überhaupt nichts begriffen von dieser Art Liebe. Zu deiner Zeit war die Liebe noch nicht von der Oberschicht bis in die Bauerntiefe vorgedrungen.
Es gab romantische Erlebnisse, tragische Liebesgeschichten, von denen in den Landstrichen erzählt wurde. Aber die hatten nichts mit den Problemen und Umständen des Lebens zu tun. Es war wie in den Moritaten. Wenn Hanna diesen Weisen überhaupt gelauscht hatte, dann hatte sie ganz sicher gefunden, daß der junge Leutnant ein Stutzer war und die Seiltänzerin ein Flittchen. Das Bänkellied aus Älvsborg hätte sie aufgeregt: »Für dich gemordet hab ich ein Kind...«
Herrjemine, was für ein Quatsch! Warum haben die den Kerl nicht gleich einen Kopf kürzer gemacht?
In den zwanziger Jahren wurde auch das einfache Volk von der großen Liebe ergriffen. Johanna meinte, daß die Jugend in erster Linie nach etwas trachtete, das allen Ernstes »den Richtigen finden« hieß. Daß der Richtige in ihrem Fall eine Kopie des toten Vaters war, den sie nie gekannt hatte, verstärkte den Mythos, machte ihr Leben aber nicht weniger kompliziert.
Dennoch war Johanna nicht romantisch und demzufolge nicht so anspruchsvoll, wie es die nächste Frauengeneration werden sollte.
Für Anna und ihre Altersgenossen war die Liebe eine Tatsache, die nie zur Debatte stand. Man hatte Mitleid mit denen, die sie nicht fanden. Hinzu kam noch eine Anforderung: Die vollkommene Sexualität. Lebenslange Verliebtheit und immerwährende Orgasmen.
Jetzt zerplatzten die Träume wie Seifenblasen im Wind. Aber die Veränderung brauchte Zeit. Wem es nicht gelang, die Liebe und die überwältigende Lust ein Leben lang andauern zu lassen, der glaubte, nicht ganz normal zu sein. Erst jetzt, wo fast jede zweite Ehe mit einer Scheidung endet, beginnt man widerwillig zu begreifen, daß aus einer Verliebtheit nur selten Liebe er-

wächst, und daß nicht einmal die Liebe einen Menschen aus der Einsamkeit befreien kann. Und daß Sex das Leben nicht mit Sinn erfüllt.
Gott, wie idiotisch, sagte Anna. Und dann, nach einer Weile:
Und trotzdem!

Sie hätte am liebsten geflucht, als sie merkte, wohin sie unterwegs war. Nach Fjärås Bräcka, der Hügelkette, wohin sie in dem heißen Sommer Ende der fünfziger Jahre fast an jedem freien Tag geflüchtet waren. Sie beschnüffelten einander, schnupperten, bissen, leckten und lachten. Vor ihnen lag das Meer mit Sturmmöven und langen, salzigen Dünungen, und hinter ihnen die zauberhafte Seenlandschaft mit Vogelgezwitscher in den großen Wäldern, die steil zum Meer hin abfielen. Wie er roch, schmeckte, lachte. Die Freude, seine Freude in ihrem Körper. Und seine Hingabe und ihre Dankbarkeit, seine Dankbarkeit.
Er komme vom Meer, sagte er, und sie glaubte ihm, konnte genau sehen, wie er eines lichten Morgens mit einem Kranz Seegras im Haar aus den Wellen stieg, den Dreizack verspielt geschultert. Sie komme aus dem Wald, sagte er, fein geformt von Wind und Regen, und leicht wie der Nebel, der vom Wasser aufstieg. Eine Elfe, die sich Millionen Jahre im Wald versteckt, die Sprache der Elfen vergessen und mit großem Ernst versucht hatte, die Sprache der Menschen zu erlernen, sagte er. Seine Sache sei es, ihr Substanz zu verleihen, sie zu einer irdischen Frau zu machen.
»Und meine, den Meergott festzuhalten, auf daß ihn die nächste Welle nicht wieder hinauszieht.«
Sie hatte gelacht, aber sein Blick hatte sich verdunkelt, er hatte die Augen geschlossen und die Hände gefaltet.
»Was tust du?«
»Ich bitte um die Kraft, dir nicht weh zu tun.«
Seltsamerweise hatte sie nicht gefragt, ob er gläubig sei, der Augenblick war zu groß dafür.
Sie hatte auch nicht Verstand genug gehabt, sich beunruhigt zu fühlen.

Hannas Verhältnis zu ihrem Spiegel hatte Anna tief beeindruckt, da sie selbst auch immer eine problematische Einstellung zu ihrem Äußeren gehabt hatte. Jetzt überlegte sie, seit wann das so war. Und wieso. Wessen Blicke, wessen Worte waren es gewesen, die ihr für das ganze Leben das Gefühl eingeprägt hatten, häßlich, plump, fast entstellt zu sein?

Johanna war schön, hatte aber dasselbe Handicap. Anna, die gefilmt hatte, als ihre Kinder klein waren, besaß etliche Filme, auf denen sich ihre Mutter davonmachte oder die Hände vors Gesicht hielt, wenn die Kamera sich auf sie richtete.
Zu ihrer mageren und unsicheren Teenagertochter sagte Johanna: »Du bist einfach reizend, Kind. Und übrigens ist es bedeutungslos, wie man aussieht.«
Gespaltene Einstellung, doppelte Botschaft.
Als Anna klein war, sprach man immer noch viel darüber, wem in der Familie ein Kind ähnlich sah. Um Anna gab es keine Diskussion, sie glich ihrer Großmutter väterlicherseits. Das Kind verabscheute die alte Frau, ein runzeliges kleines Weib mit scharfen Gesichtszügen und wäßrigen hellblauen Augen. Und es war etwas Düsteres und zugleich Großartiges in ihrer Gestalt.
Johanna fürchtete sich vor ihrer Schwiegermutter.
Alle sagten, die Großmutter sei eine Schönheit gewesen. Das konnte Anna zunächst nicht begreifen, sondern erst, als die alte Frau gestorben war und man ihre Jugendfotos hervorholte. Da konnte Anna sehen, daß sie recht gehabt hatten, sie war schön gewesen, und es gab eine Ähnlichkeit.
Aber es war zu spät, das eigene Bild vom häßlichen Mädchen hatte sich für immer in ihr Bewußtsein eingeprägt.
Es ist klar, daß Rickard Hård mit seiner stürmischen Verliebtheit sie wirklich glauben machte, sie sei elfenhaft. Schon vom ersten Augenblick an gab er ihr dieses Gefühl, rätselhaft wie er war, so als hätte er sie mit einem Zauberstab berührt.
Obwohl er dazu auf den Fingern pfiff.

Im Sommer fuhr sie von Lund, wo sie hart arbeitete, sich aber nie wohl fühlte, nach Hause. Sie bekam Arbeit in der Korrekturabteilung bei einer Zeitung in ihrer Heimatstadt.
Jetzt schließt sie die Augen, sieht die gemütlichen, schäbigen Räume, hört die Druckmaschinen rattern und hat den Geruch von Papier, Staub, Druckerschwärze und Tabakrauch in der Nase. Schon am ersten Tag steht er in der Tür ihres Zimmers, einer der jungen Reporter, clever und gutaussehend. Er pfeift wie ein Gassenjunge vor Begeisterung, beherrscht sich dann aber und sagt: »Bist du ein Weib, oder bist du ein Traum?«
»Vermutlich das letztere«, sagt sie und lacht.
Wie sah er aus? Groß, kantig, dunkelhaarig, empfindsames Gesicht, überschäumend vor Leben, rege graue Augen. Anna kramt wieder das Bild von

Onkel Ragnar hervor, vielleicht waren sie einander ähnlich. Im Lächeln, in der Art.
Sie denkt an Astrid, die Ragnar Götterkind zu nennen pflegte.
Vielleicht werden auf Erden immer noch Götter geboren, voller Leben und Wärme, Leichtsinn und Charme. Treulos und sinnlich wie Pan selbst.
Wie dem auch sei, er verliebte sich Hals über Kopf in sie, der junge Gott in der unaufgeräumten Redaktion. Selbstverständlich war sie so geschmeichelt, daß sie bald nachgab, und jetzt war sie dem Amerikaner dankbar für das, was er ihr im Bett beigebracht hatte. Alles ging schnell, zu schnell. Plötzlich war Rickard zu Hause in der Küche bei Johanna, wucherte mit seiner Wärme, seinem Lachen und seinen verrückten Geschichten.
Als er sich nach dem ersten Abend verabschiedete, sagte Papa, sieh einer an, das war mal ein Mann. Und Mama nickte immer und immer wieder stumm über dem Spülbecken. Und damit war für Anna klar, daß sie den Richtigen gefunden hatte.
Johanna änderte ihre Meinung nie. Anna kamen schon nach einem Monat Zweifel: »Mama. Alle sagen, er ist ein Schürzenjäger.«
Es war lange still am Telefon, ehe Johanna sagte: »Wie schade, Anna. Aber ich glaube nicht, daß du ihm entkommst.«
Wie sie jetzt hier in Stockholm in ihrem Arbeitszimmer sitzt, sich erinnert und schreibt, wird sie wütend. Du hättest mir raten sollen, zu fliehen, schnell wie der Augenblick, weg von diesem Mann. Dann muß sie lachen. Und dann klärt sich alles in ihrem Kopf – mit Staunen! Denn jetzt stellt sie sich vor, was Hanna gedacht hätte:
Es war Schicksal.
Sie denkt lange über Tante Lisa nach, Ragnars Frau, die sich abfand und dankbar war. Sie war doch eine der ersten selbständigen Frauen gewesen – Ladenbesitzerin mit eigenem Einkommen.
Aber so müde, immer nur müde.
Die Erinnerung an ihre eigene Großmutter führte Anna zu der Rickards, einer zarten, unwirklichen alten Frau, durchsichtig und klar. Anna war ihr nur ein einziges Mal begegnet. Das war in einem Pflegeheim, wo sie auf den Tod wartete. Die Worte waren ihre eigenen.
Zu Anna hatte sie gesagt: »Ich hoffe, du bist weich und einfühlsam. Eine harte Frau kann den Jungen zu einer Bestie machen.«
»Wieso das?«
»Ich weiß nicht. Vielleicht liegt es in der Familie. Da ... gibt es seine Mutter.

Manchmal müssen Söhne zu Feuerstein werden, um zu überleben. Und das weißt du ja, Feuerstein ist hart, bricht aber leicht.«
Dann war sie eingeschlafen, so schnell, wie nur sehr alte Leute das tun. Schon vierzehn Tage später war sie tot.
Wie seltsam, daß ich sie und ihre Worte vergessen hatte, daß ich überhaupt so schnell vergaß. Denn ich wurde ja selbst hart zum Schluß.
»Du bist aus Stein, du kommst ja immer zurecht«, hatte er bei einer Auseinandersetzung gesagt. Sie hatte es nicht fertiggebracht zu antworten, nicht damals. Sie hatte nur geschrien: »Du bist ein Betrüger.«

Jetzt ist es vier Uhr, jetzt machen sie Mama für die Nacht zurecht.

Mein Gott, Mama, wieviel Schuld es doch gibt.
So wie ein altes Laken mit einem schön gestickten Monogramm auftaucht: A. H. in verschnörkelten Versalien. Oder diese Handtücher, die du genäht hast. Du hättest so phantastischen Frotté aufgetrieben, sagtest du damals. Es hat gestimmt, sie halten immer noch, und kein anderes Handtuch trocknet so gut ab und fühlt sich auf der Haut so angenehm an.
Du hast meine »Aussteuer« genäht, und ich habe dich ausgelacht, solche Sachen konnte man ja kaufen, wenn man sie brauchte. Du dachtest doch hoffentlich nicht, daß es Ablehnung und Verachtung war. Ich hoffe es sehr. Du empfandest wohl nur eine unbestimmte Art von Trauer.
Deinen Spiegel, du brachtest ihn mir stolz und fröhlich – einen Spiegel für meine Diele. Ich war eine Anhängerin der Sachlichkeit, hatte das, was man damals, Anfang der sechziger Jahre, guten Geschmack nannte. Gott, wie sehr hoffte ich, daß du meine Enttäuschung nicht bemerktest, als wir mit dem Spiegel mit seinem vergoldeten schnörkligen Rahmen in der Diele standen. Jetzt hängt ei bei meinen Kindern, der Generation, die Kitsch liebt.
Bald muß ich Papa anrufen.
Hanna behielt ihr Leben lang ihren Glauben an das einmal Festgelegte und hegte tiefes Mißtrauen gegenüber allem, was andersartig, unbekannt und neu war. Sie verachtete die Suchenden, die geheimnisvolle Umwege gingen in einer Welt, in der alles in seinen festen Bahnen lief Ein ungewöhnlicher Gedanke, eine neue Idee oder eine unerklärbare Sehnsucht bedrohten das alte Fundament.
Als sich ihre eigenwillige Gestalt in all den Aufzeichnungen immer deutlicher zeigte, ärgerte sich Anna. Wie einfältig sie doch war, wie beschränkt.
Dann dachte Anna, daß sie war, wie die meisten Menschen auch heute noch sind. Wenn neue Fakten unsere vorgegebenen Muster bedrohen, siegt nur selten die Vernunft: »Ich weiß, was ich denke, also komm nicht daher und bring alles mit neuen Gesichtspunkten durcheinander.« Sie tat es ja selbst, sortierte automatisch die Erfahrungen aus, die nicht in Einklang mit den eigenen Wertungen standen. Und fand blind und unbeirrbar mit Sicherheit die Information, die ihr zusagte und ihr Handeln rechtfertigte.
Nichts anderes hatte Hanna getan.

Den Unterschied machten nur die Wahrheiten, die heute selbstsicherer und von Beweisen gestützt, wissenschaftlich belegt waren.
Anna lebte bewußt, so nannte man das. War sich zum Beispiel der Ungerechtigkeiten gegenüber Frauen bewußt, all dem, womit sie sich in ihren Forschungen so viel beschäftigt hatte. Das führte zu Verbitterung, zu dem Gefühl, das in den Gesichtern so vieler Frauen zu finden und in ihrem Lachen zu hören ist.
»Ich will an eine gerechte Welt glauben«, sagte sie laut zu Hannas Fotografie, die hinter Glas in einem Rahmen auf ihrem Arbeitstisch stand. Ich brauche das, verstehst du! Die Welt muß so sein, daß das Gute belohnt und das Böse bestraft wird. Damit alles einen Sinn erhält.
Herrgott, wie dumm!
Es ist noch viel dümmer als dein Glaube an einen ungerechten Gott. Viel grausamer auch. Es ist der Glaube an die Gerechtigkeit, der uns – die Opfer – Anteil an der Schuld haben läßt. In einer gerechten Welt werden kleine Mädchen nicht vergewaltigt.
Und doch, Großmutter, hör auf mich! Es war der Glaube an den Traum, daß das Gute möglich ist, der uns die neue Gesellschaft aufbauen ließ. Und du hattest Anteil an diesem Fortschritt, Pension, Warmwasser, Bad.
Menschenwürde?

Ich bin immer erstaunt über das Mitleid der Frauen, aber was nützt es schon? Es gibt ein feineres Wort: Empathie. Darf man den Psychologen glauben, ist die Fähigkeit des Individuums zur Empathie davon abhängig, wieviel Liebe es als Kind empfangen hat, wie es beachtet und respektiert wurde. Jungen wurden aber oftmals mehr geliebt als Mädchen und hatten als Erwachsene dennoch nicht das Bedürfnis, dauernd bei dem Leid der anderen mitzuempfinden. Oder?
Mama hatte unendliches Mitleid mit den Schwachen, Kranken und Benachteiligten. Insofern konnte es also stimmen, denn Johanna war für ein um die Jahrhundertwende geborenes Kind ungewöhnlich viel beachtet worden.
Plötzlich ein neuer Gedanke, neue Notizen. War es die Liebe des Vaters, die dazu führte, daß Johanna sich einbildete, etwas fordern zu können? Sie war ihr Leben lang politisch aktiv gewesen. Sie und ihre Generation, in der Überzeugung, daß Gerechtigkeit möglich ist, waren es, die die örtlichen Fortbildungshäuser bauten. Sie waren es auch, die eine Generation enttäuschter Männer und Frauen großzog, die schlecht vorbereitet war auf Trauer und Schmerz, ohne Bereitschaft für den Tod.

Anna sah Hannas Fotografie noch einmal an.
Du hast gejubelt, als Rickard Joelsson starb. Ich habe geweint, als ich die Scheidung von Rickard Hård einreichte. Du hast dich der Freude geöffnet und wurdest schwanger, ich hatte soeben ein Kind bekommen, als ich erfuhr, daß mein Mann seit einem halben Jahr ein Verhältnis mit einer Kollegin hatte. Meine Tränen flossen in Strömen über der Wiege des Neugeborenen. Meine Freunde sagten, das sei gut für mich. Das war es nicht, weder für mich noch für das Kind.
Du hast nie geweint, weintest erst, als Großvater starb.
Sie blätterte zurück bis zur Schilderung von Hanna und dem Hurentuch. Eine Schilderung, aus der Anna nicht besonders viel zu machen vermocht hatte. Sie wußte, weshalb. Sie konnte Hannas Schande auf der eigenen Haut spüren.
Sie konnte sich an jede einzelne Sekunde erinnern.
Es war ein Fest in einer Villa auf Lidingö, Zeitungsleute. Feucht. Sie war im achten Monat schwanger, eingehüllt in ein Zelt aus Silberlamé. Weiß, steif, daneben. Rickard verschwand, kaum war die Tafel aufgehoben, mit seiner zigeunerhaften Tischdame Richtung Schlafzimmer nach oben. Er blieb verschwunden. Man vermied es, Anna anzusehen. Sie existierte nicht, es existierte nur die Schande. Sie erinnerte sich nicht, wie sie aus dem Haus heraus kam, nur, daß sie auf regenglatten Straßen ging und ging, bis ein Taxi auftauchte und sie heimbrachte.
Er wollte am nächsten Tag darüber sprechen.
Sie hörte nicht zu.
Er wollte immer darüber sprechen, über seine ›Seitensprünge‹, wie er sagte. Sie sollte verstehen.
Aber sie hörte nie zu. Sie konnte ihn nicht verstehen. Er wollte Vergebung, aber sie konnte ihm nicht vergeben.
Erst mehrere Jahre nach der Scheidung konnten sie sprechen. Es war der falsche Tag und die falsche Zeit, denn er mußte in einer Stunde abreisen, nach Rom, wo er an einer Umwelttagung teilnehmen sollte. Sie müßten es noch einmal versuchen. Wegen der Kinder, sagte er.
»Aber du wohnst doch im selben Haus wie wir«, sagte sie. »Unsre Kinder

haben es besser als all die Gören, die in Elternhäusern aufwachsen, wo nur gestritten wird.«
»Du hast immer recht«, sagte er. »Das ist das Schlimme daran, dafür hasse ich dich. Du bist so verdammt praktisch. Aber ich schaffe es nicht ohne dich. Soll ich auf den Knien rutschen?«
Er sah nicht, daß sie weinte.
»Was du nie begriffen hast, ist, daß meine lächerlichen Frauengeschichten nur eine Methode waren, um an dich heranzukommen. Aber das ging ja auch nicht, dir war meine Untreue schnuppe.«
Der wütende Mann, ihr Mann, fuhr fort: »Frauen deiner Art geben mir immer das Gefühl, durchschaut zu sein. Das ist es, was mir angst macht, wenn ich in dein Kraftfeld gerate. Nicht deine Intelligenz ist es, nein, es geht um etwas viel Schlimmeres.«
Die Sorte Frau, die ihren Mann kastriert.
Das durchbrach ihre Lähmung: »Warum ist es denn so gefährlich, durchschaut zu werden und so wichtig, die Oberhand zu behalten?«
»Ich weiß nicht.«
Vielleicht war er ja auch ein Opfer des männlichen Rollenklischees und nicht dumm genug, das nicht zu merken. Anders als Papa.
»Anna. Es ist aus mit all den blöden Geschichten. Ich schwöre.«
Da konnte sie schreien: »Du bist ein Idiot. Deine Untreue hat mir das Leben genommen, alles, was ich war, mein Vertrauen, meine Unschuld. Ich bin gestorben, begreifst du? Was von mir übrig ist, ist nur die Hexe, diejenige, vor der du dich so fürchtest.«
Sie sah, daß er begriff, daß er endlich begriff.
»O Gott, ach du lieber Gott«, sagte er.
Und schließlich, kaum hörbar: »Warum hast du das nie gesagt?«
Sie weinte, konnte nicht antworten. Und plötzlich begann er zu toben: »Du hast mich selbst dazu gezwungen, dich schlecht zu behandeln. Du hast mich dazu gebracht, mich selbst zu hassen. Du hast zugeguckt, als mir das nicht gelang, was ich mir von allem am meisten wünschte, und ich dachte, daß dir das überhaupt nichts bedeutete.«
»Das ist nicht wahr«, schrie sie, und jetzt konnte er nicht mehr übersehen, daß sie weinte.
»Du weinst! Das hast du noch nie getan.«
Da lachte sie so durchdringend, daß sie selbst erschrak.
»Na bitte«, sagte er.

Aber das schreckliche Lachen verstummte nicht, sie konnte es nicht aufhalten. Als sie sich endlich beruhigte, sagte er: »Ich wollte dich ganz gewiß nicht leiden sehen, ich wäre verrückt geworden, wenn ich gewußt hätte, wie du dich wirklich fühlst. Du warst so intelligent und offen. Ich war stolz auf dich. Vielleicht war ich es selbst, der dich so haben wollte. Aber dann wurde ich wütend, weil du tatsächlich so warst. So verdammt stark.«
»Das war ich nicht. Ich war drauf und dran, verrückt zu werden.«
Dann hupte das Taxi auf der Straße, er mußte los.

Natürlich wußte sie, daß sie ihn zurücknehmen würde. Ihre Einsamkeit hatte den Beschluß schon gefaßt. Und was war mit dem Hunger nach seinem Körper in ihrem?

Anna sah auf die Uhr, fünf vorbei, ich muß Papa anrufen! Es war jeden Tag gleich schwierig. Vorwürfe: »Ach ja, ist dir plötzlich eingefallen, daß du einen alten Vater hast?«
»Ich habe gestern angerufen. Wie war's heute mit Mama?«
»Doch, es war gut. Ich habe sie tatsächlich dazu gebracht, aufzuessen. Ich habe abwechselnd einen Löffel vom Hackbraten genommen und einen von der Fruchtsuppe. Du weißt, sie ist wie ein Kind, will erst den Nachtisch haben.«
»Großartig wie du das machst, Papa.«
»Wann kommst du mich besuchen?«
»Ich war vorige Woche bei dir. Hast du das vergessen?«
»Ich vergesse so schnell.«
»Ich rufe morgen wieder an, wie üblich.«
Es war vorbei, es war ungewöhnlich einfach gegangen, aber der Telefonhörer war schweißnaß. Warum, zum Teufel, war es so schwer, sich jeden Tag zu diesem Gespräch zwingen zu müssen.
Ich wünschte, ihr wäret tot. Alle beide.

Nur wenige Tage nach dem Streit mit Rickard fand sie in einem Buch einen Satz, der sie sehr beeindruckte: ›Die Liebe eines freien Mannes ist nie sicher.‹ Das ist wahr, dachte sie.
Sie war so beeindruckt, daß sie eine Ansichtskarte kaufte, den Satz abschrieb und an die Hoteladresse in Rom schickte.
Dann kam der Brief, sie mußte den Brief hervorholen, suchte in ihren Schub-

laden nach dem Schlüssel zu ihrer Schatulle, öffnete sie, fand das in Rom abgestempelte Kuvert und las.

»Du hast mir nie zuhören wollen. Aber Du kannst nur schwer Geschriebenem widerstehen, also versuche ich es mit einem Brief.
Du bist naiv. Ein freier Mann, das ist wahrscheinlich so einer, der sich keiner Macht unterwirft. Er braucht sich nicht zu rächen. Meine Frauen waren wie ich, sie suchten die Rache. Zumindest ging ich davon aus. Bei der ersten, Sonja von diesem Fest auf Lidingö, bin ich mir sicher,. denn ihr Liebhaber war bei diesem Essen dabei. Er war ein Dreckskerl, den ich schon lange kannte.
Wen ich demütigen und an wem ich mich rächen wollte, stand außer Zweifel. Das warst Du. Wir, sie und ich, litten an der gleichen katastrophalen Verrücktheit, wir wollten demonstrieren, was Liebe ist – nicht Macht, sondern Lust an der willkürlichen Begegnung zwischen Frau und Mann. Das ist pervers. Aber Perversion mindert die Lust nicht, das, nehme ich an, kannst sogar Du verstehen. Was Du hingegen nicht begreifst, ist die Erregung, wenn zwei Menschen sich vereinen, in der Absicht, zu schaden.
Genau so war es bei allen meinen Frauen. Obwohl mir mit Lilian ein Irrtum unterlief. Sie verliebte sich in mich, und ich wurde wütend auf sie. Meiner Ansicht nach war das nicht Bestandteil der Vereinbarung.
Darum brauchte es viel Zeit, sie wieder loszuwerden. Du warst mit Malin schwanger, einer Göttin ähnlicher denn je, Teufel noch mal was war ich nur für ein Ekel.
Damit sind wir bei der Hauptfrage: Warum mußte ich mich an Dir rächen? Du bist ehrlich, loyal und süß – alles, wovon ich je geträumt habe.
Ich wußte nichts von der Liebe, als ich Dich traf. Hätte ich das begriffen, wäre ich geflüchtet. Ich wollte sie nicht, diese verzehrende Unterwerfung, die einen Mann zum Sklaven macht. Der »freie Mann« antwortet also, daß Du uneingeschränkte Macht über ihn hattest. Wenn Du beim Frühstück schlechte Laune hattest, wurde mein Tag zur Hölle. Wenn Du fröhlich warst, war ich berauscht von meinem Sieg. Und wenn Du böse warst und mit mir geschimpft hast, hatte ich es verdient. Es ist noch immer Deine Macht über mich, vor der ich mich fürchte. Aber ich kann nicht leben ohne Dich. Meine Unterlegenheit ist bodenlos, ich bin es, der gehurt, gelogen und betrogen hat. Trotzdem wage ich zu glauben, daß es anders hätte gehen können, wenn Du ein einziges Mal versucht hättest, zuzuhören. Du bist ein sehr stolzer Mensch,

Du bist so erzogen worden, ich werfe Dir also nichts vor. Allein der Versuch, zu verstehen, wäre unter Deiner Würde gewesen. Oder?«

Der Brief war nicht unterzeichnet, sie hatte sich gefragt, weshalb.
Aber sie mußte lächeln, wenn sie daran dachte, wie sie ihr Telegramm nach Rom zurechtbuchstabiert hatte: »Treffen uns Pfingsten auf Fjärås Bräcka.«
Dann kam ihr derselbe Gedanke wie damals, als sie den Brief bekommen hatte, daß Rickard ungeheuere Aufmerksamkeit forderte. Um sein Leben immer beherrschen zu können, mußte er wählen und ablehnen, zugreifen und zurückweisen können. Das war seine Schwäche, seine fundamentale Spaltung. Das war, genau wie er schrieb, unvereinbar mit Liebe, mit der Abhängigkeit, die eine lebenslange Gemeinschaft mit sich bringt.
Anna erinnert sich an Maria im Teenageralter, an den Tumult. Besonders an einen Streit wegen Sandra, einer Schulfreundin, mit der Rickard geflirtet hatte. Maria war rot vor Scham und voller Wut, als sie ihren Vater anschrie: »Du bist ein Playboy, ein verdammter Hurenbock, der in dem Glauben leben möchte, daß er unwiderstehlich ist. Es gibt viele Jungen in der Schule, die genauso sind wie du, aber von den Mädchen, an denen was dran ist, werden sie ausgelacht. Ich habe noch nie begriffen, wie unsere Mutter es mit dir aushält.«
Maria hatte nie geheiratet, auch Malin nicht. Sie lebten so, wie Männer es zu allen Zeiten getan haben, zeitweilig verliebt und in nicht zu lang anhaltenden Beziehungen. Aber jede hatte ein Kind, freie Kinder, denen das Spiel in dem teuflischen Dreieck erspart geblieben war: Vater, Mutter, Kind.
Anna hatte schon von Anfang an geahnt, daß Rickard nur geringes Selbstbewußtsein hatte. Machtvollkommenheit der Mutter? Ein schwacher Vater? Aber damals, als sie jung war, wollte sie das nicht verstehen. Fortwährendes Verständnis ist eine Gefahr für einen selbst, das hatte das Leben ihrer Mutter sie gelehrt. Johanna war eine von jenen Frauen, die immer Verständnis zeigten und daher viel ertragen mußten.
Plötzlich erinnert sich Anna an einen anderen, viel späteren Streit. Die Erinnerung ist messerscharf, sie sieht die Abendsonne durch das Panoramafenster in der Minkgata hereinfluten, sieht den Staub, der durch die Strahlen wirbelt. Rickard hatte es sich zur Gewohnheit gemacht, sie Mama zu nennen, auch jetzt, wo sie allein lebten. Sie schrie: »Ich bin nicht deine Mama, bin's nie gewesen und werde es nie sein.«
Sie sah, daß ihn das seltsam hart traf, daß er erstarrte: »Natürlich nicht. Das ist nur so eine Redensart, eine dumme Angewohnheit.«

In diesem Moment wußte Anna, daß es weder eine Redensart noch eine Angewohnheit war. Aber sie vermochte es nicht auszusprechen.
»Entschuldige, daß ich explodiert bin«, sagte sie, und dann war der Augenblick vorbei.
Anna hatte nämlich das Gesicht ihrer Schwiegermutter erkannt, schön und von sich selbst eingenommen, und es war ihr der Gedanke gekommen, wie oft und intensiv der kleine Junge sich wohl vergebens nach ihr gesehnt haben mochte. Und gedacht: Deshalb ist er so wütend auf mich, er rächt sich an ihr.
Jetzt begann sie alles aufzuschreiben. Hatte den Eindruck, zu neuer Einsicht gekommen zu sein, zögerte aber, setzte ein Fragezeichen an den Rand, überlegte, schrieb: Rickard ist immer rücksichtsvoll gegenüber seiner Mutter und verteidigt sie gegen jede Andeutung von Kritik. Aber von seinem toten Vater spricht er voller Verachtung: »Er war ein Playboy.«

Jetzt hört sie den Schlüssel in der Tür.
»Ich habe Lachsforellen mitgebracht«, rief er. »Frische!«
»Herrlich, ich komme.«
»Ich mache uns inzwischen einen Drink.«
Sie stießen an, und er sagte, wie es seine Art war, etwas formell, wie schön, daß es uns gibt. Dann nahm er das dicke graue Notizbuch, das Hannabuch. Blätterte. Sie sagte: »Lies du, während ich die Kartoffeln schäle.«
Als er hinaus in die Küche kam, sagte er: »Das wird ein richtiges Buch, Anna. Das ist verdammt stark.«
Sie freute sich: »Etwas zuviel Nostalgie, meinst du nicht?«
»Nein. Außerdem ist Nostalgie nicht verkehrt.«

Er hatte ihr immer bei ihrer Arbeit geholfen. Von Anfang an. Er war es gewesen, dem die Idee kam, sie solle eine populärwissenschaftliche Version ihrer Doktorarbeit herausgeben. »Sie hat ein besseres Schicksal verdient, als nur Staubfänger an einer Fakultät zu sein.«
Sie wollte viele Menschen erreichen.
»Glaubst du, ich schaffe das?«
»Wir schaffen das«, sagte er. Und dann absolvierte sie eine Journalistenschule, lernte komplizierte Dinge einfach auszudrücken, zu generalisieren und Beispiele zu bringen. Sie erwartete ein Kind, schrieb tagsüber zu Hause, er korrigierte das Manuskript jeden Abend.

Sie hatte ihren Spaß, jung verheiratet, erste Zweizimmerwohnung in einem der neuen Stockholmer Vororte. Zu Anfang war er streng.
»Das hier ist doch, verflixt noch mal, keine schwedische Ausdrucksweise. Hör zu.«
Sie verstand. Bald erblühte eine völlig neue Sprache, ihre eigene. Es war wie ein Mirakel, fast ebenso wunderbar wie das Kind, das in ihrem Leib wuchs.
»Ich habe meinen Meister gefunden«, sagte er.
Das Buch kam einige Monate vor der Geburt ihrer Tochter heraus. Beide staunten über das Aufsehen, das es weckte.
Erfolg. Glück. Bis zu jenem Abend in der Villa auf Lidingö.

Jetzt säuberte er den Fisch, briet ihn. Sie blieb mit ihrem Drink am Küchentisch sitzen, sah die geschmeidigen Hände mit Messer und Pfannenwender umgehen, gekonnt und elegant.
Ich kenne niemand, der so sinnlich ist wie er.
»Hallo, du, woran denkst du?«
Sie wurde rot, dann sagte sie es und hörte sein tiefes Lachen, das aus dem Bauch kam und immer zum Vorspiel gehörte.
»Ich habe Hunger«, sagte sie. »Wir müssen erst essen.«
»Ich habe nicht den geringsten Annäherungsversuch gemacht.«
»Das wäre ja noch schöner.«

Er wollte ein Haus haben.
»Auf eigenem Grund und Boden wohnen, Anna. Ehe es zu spät ist.«
Als er es zum ersten Mal sagte, hatte sie gedacht, daß es schon zu spät war.
»Wer pflanzt denn noch Apfelbäume, wenn er die Fünfzig schon hinter sich gelassen hat?«
»Ich«, sagte er ruhig.
Dann war der Gedanke gewachsen. Plötzlich wagte sie zu fühlen, wie satt sie die Hochhäuser, die Anonymität und den Verkehr auf der Stadtautobahn hatte, der durch ihre Tage und Nächte donnerte. Gar nicht zu reden von den ärmlichen Kiefern.
Einen Garten!
»Zu Hause hatten wir immer Streit wegen des Gartens«, hatte sie gesagt. »Mama konnte sich allein damit abplagen, während Papa segeln ging.«
Rickard war böse geworden: »Zum Kuckuck, wir können uns nicht unser ganzes Leben davon bestimmen lassen, wie es bei deinen Eltern zugegangen ist.«
»Du hast recht.«
Sie wußte, was er mit »unser ganzes Leben« meinte. Er war traurig wegen ihrer engen Bindung an die Mutter und wütend auf das Verhältnis zum Vater. Im Prinzip gab sie ihm recht, auch wenn seine Motive undurchsichtig waren.
Heute hatte er sich zwei Objekte angesehen. Das eine war zu groß und teuer. Das andere bestand aus zwei Häusern auf einem großen naturbelassenen Grundstück. Schöne Lage, sagte er. Gediegene Gebäude. Ein Haus für die Arbeit, ihre und seine, sobald er in Pension gegangen sei. Und eines zum Wohnen.

»Es gibt auch eine alte verfallene Kate.«
»Da muß ein Haken dran sein. Ist es zu teuer?«
»Nein. Aber es liegt weit außerhalb der Stadt, fast vierzig Kilometer.«
»Dagegen habe ich nichts. Lieber richtig auf dem Land, als schon wieder in einem Vorort.«
»Hast du keine Angst zu vereinsamen?«
Plötzlich machte sich die alte Unruhe wieder bemerkbar.
»Wie kommst du in die Stadt und wieder zurück?«
»Es geht ein Zug«, sagte er. »Du wirst wie eine von den amerikanischen Frauen werden, die ihre Männer zum Bahnhof bringen und sie abends wieder abholen.«

Ehe sie einschlief, dachte sie lange über die beiden kleinen Häuser nach, umgab sie mit Apfelbäumen und Rosen. Morgen würde er mit dem Verkäufer reden und ein Treffen dort draußen vereinbaren.
Am Samstag, dachte sie. Sie hatte sich schon entschieden.

Als sie sich am nächsten Morgen den Notizbüchern widmete, hatte sie das Gefühl, alles wäre viel ernstzunehmender, belastender. Das kam durch Rickards: Das wird ein Buch. Wir Menschen sind komisch, dachte sie. In Wirklichkeit habe ich es die ganze Zeit gewußt. Aber es fiel mir leichter, solange ich tat, als wäre es nur ein Ausflug, eine Reise in die eigene Vergangenheit. Ein bißchen Psychologie, ein bißchen Soziologie, ein bißchen mehr Selbsterkenntnis.
So hatte es auch funktioniert. Sie war während dieser Reise ruhiger geworden, hatte Entdeckungen gemacht und Einsichten gewonnen. Und sie hatte mit dieser verzweifelten Suche nach Kindheitserinnerungen aufgehört, nach »Wirklichkeit«, wie sie es nannte. Sie hatte begriffen, daß es nur Scherben gab, daß die »Erinnerungen« nur aus Fragmenten bestehen, die das Gehirn zu Mustern zusammensetzt. Angepaßt an ein Bild, das früh geprägt wird, und das in keinem Verhältnis zu irgend etwas stehen muß, das wirklich geschehen ist. Da ist vieles, was das Kleinkind mißverstanden und als Bild gespeichert hat, das sich mit gleichartigen Bildern vermischt, die bestätigen und verstärken. Dann dachte sie, daß das, was nicht passiert war, wahrer sein konnte als das, was tatsächlich passiert war. Daß es mehr zu sagen hatte.
Nun sollten ihre Scherben weggeworfen, verstreut werden und liegenbleiben. Sie fand, daß sie nur auf ihre Weise Kenntnis über das Vergangene bekommen konnte. Nur für kurze Momente zwar, Augenblicke.
Dem Schwierigsten wich sie aus, dem, was weh tat. Und das durfte sie nicht länger, wenn sie es ernst meinte. Ihre Suche mußte mehr in die Tiefe gehen.
Bei Hanna zum Beispiel. Sie konnte sich nicht einfach über die Trauer der Großmutter hinwegsetzen, damals, als August in einer schwarzen Nacht irgendwo in Bohuslän durch ein Brückengeländer direkt hinaus ins Meer stürzte.
Anna war noch ein Teenager, als das passierte und konnte die Verzweiflung der alten Frau nicht verstehen. August war schließlich ein erwachsener Mann, der sein Leben selbst bestimmte. Er war geschieden, und Kinder hatte er auch nicht.
Sie fragte Johanna, die sie mit distanziertem Blick ansah: »Er war ihr Kind, Anna.«

Ich muß herausbekommen, warum sie so sehr um ihn trauerte. Und innerhalb weniger Wochen so grausam alterte.
August hatte immer einen schwachen Lebenswillen gehabt, hieß es. Er hatte alle möglichen Krankheiten gehabt. Jahrelang war Hanna nachts mit dem kranken Jungen im Arm durch dieses Holzhaus gewandert.
Das hatte Mama erzählt.
»Er war ihr Kind, Anna.«
Peter, dachte sie, Peter.
So wie ihre Großmutter und ihre Mutter hatte Anna auch schwere Entbindungen gehabt. Auch ein Erbe? Genetisch? Psychologisch? Peter wurde nach der Scheidung und der Wiedervereinigung geboren, sechs Jahre nach Malin. Er kam zwei Monate zu früh, Steißlage und mager wie ein kleiner Vogel. Schon als man ihn Anna zum ersten Mal an die Brust legte, wußte sie, daß an ihm etwas nicht war, wie es sein sollte, etwas Schicksalträchtiges. Er hatte keinen Lebenswillen.
Die Ärzte lachten über ihre Ängstlichkeit, der Junge war gesund. Sie sollte dankbar sein, daß er nicht im Brutkasten liegen mußte.
Rickard war in irgendeinem Land im Osten, das gerade in einer Krise steckte. Er hätte gut zur Entbindung zu Hause sein können. Wenn sie lange genug durchgehalten hätte Johanna kam angereist, saß an ihrem Bett in der Gebärklinik und hatte ebenso unruhige Augen wie Anna.
»Am besten kannst du mir helfen, wenn du die Kinder mit nach Göteborg nimmst. Dann kann ich meine ganze Zeit dem Jungen widmen, wenn ich nach Hause komme.«
Johanna hatte ihre Zweifel, sprach aber mit dem Arzt und war beruhigt. Sie kamen überein, es Rickard nicht mitzuteilen, um ihn nicht zu beunruhigen. Sie nahm die Mädchen mit, rief aber jeden Tag zweimal an: »Hast du keine Freundin, Anna? Wo ist Kristina?«
»Auf der Insel Åland. Sind ja alle verreist.«
Es war ein heißer Sommer, in dem Anna in ihrer verdunkelten Wohnung mit dem Jungen allein war. Das Kind weinte bei Licht. Es konnte nicht schreien, nicht eine Minute ihre Arme entbehren, ohne zu wimmern.
Oh, dieses Klagen, demütig, ohne Hoffnung.
Eine Woche, zwei, vier, sechs. Nach vierzig Tagen, auf den Tag genau, starb er an einem Mittwochnachmittag. Sie sah auf die Uhr. Drei. Eine Banalität aus der Welt der Todesanzeigen verwandelte sich in tiefe Wahrheit: ›Ein kleiner Engel kam, lächelte, und kehrte um.‹

Aber Peter hatte ihr nie ein Lächeln geschenkt.
Anna legte das Kind nicht weg, als sie die Vorhänge öffnete. Das Licht blendete ihre Augen wie Blitze. Sie sah verwundert in die Welt, sah, daß sie sich nicht verändert hatte, die Menschen kamen und gingen, die Kinder schaukelten auf dem Spielplatz und stritten sich in der Sandkiste. Das Telefon klingelte, sie hob nicht ab, sie würde nie wieder einen Anruf beantworten, dachte sie.
Dann schlief sie mit dem toten Kind im Arm ein, folgte ihm in die Kälte und den Tod. Zehn Stunden später wurde sie von Rickard geweckt, den Johanna telefonisch benachrichtigt hatte und der über Berlin heimgeflogen war.
Er regelte alles Praktische, Arzt, Beerdigungsbüro, Anrufe bei Eltern und Freunden. Auch um sie kümmerte er sich, badete sie in warmem Wasser, zwang sie, zu trinken, überzog die Betten frisch und hüllte sie in warme Decken.
Sie hörte ihn in den Nächten weinen. Selbst konnte sie viele Wochen nicht weinen. Wochen der Unwirklichkeit würde sie sie später nennen. Erfüllt von seltsamen Erlebnissen.
Wie an dem Tag, als Rickard in die Redaktion fahren mußte: »Nur zwei Stunden, Anna. Du versprichst mir, daß du ruhig im Bett liegenbleibst.«
Sie versprach es.
Als er zurückkam, war sie weg. Er lief durch die Straßen und wollte eben aufgeben und die Polizei verständigen, als sie die Straße entlangkam. Direkt auf ihn zu, lächelnd.
»Was für ein Glück, daß ich dich gefunden habe. Du mußt mir helfen.«
»Wo bist du denn gewesen?«
»Bei der Mütterberatungszentrale, Rickard. Dorthin geht man doch mit Babys.«
»Zu welcher Mütterberatungszentrale?«
»Die ganz normale in den Baracken hinter dem Markt.«
»Aber Anna, die wurden doch schon vor Jahren abgerissen.«
»Komisch«, sagte sie. »Deswegen kann ich also nicht mehr dorthin finden. Weißt du, ich habe Peter dort vergessen. Bei der Schwester.«
Als sie seinen Blick sah, faßte sie ihn falsch auf.
»Nicht böse werden auf mich, Rickard. Es geht ihm dort ja nicht schlecht, ich meine, die sind alle ausgebildet und so ...«
»Komm, gehen wir«, sagte er und faßte sie unter. Er führte sie über den Markt mit dem Plätscherbrunnen und dieser idiotischen Figur, dann um das

Eckhaus hinunter zu dem Grundstück, wo die Mütterberatungsstelle gelegen hatte und wo jetzt ein Parkplatz war.
»Ich begreife das nicht. Ich bin doch erst vor vielleicht einer Stunde hier gewesen. Wo ist denn dann Peter?«
»Er ist tot, und du weißt es.«
Blick traf auf Blick, er wich nicht aus. Schließlich nickte sie: »Ich weiß.«
An diesem Abend hatte sie einen klaren Kopf, fürchtete sich aber.
»Ich war dort, ich weiß, es ist ganz deutlich, die Tür war blau gestrichen. Schwester Solveig war müde, aber geduldig wie immer. Ich war dort, Rickard. Und trotzdem kann ich nicht dort gewesen sein.«
»Schwester Solveig ist schon gestorben, als Maria klein war, an Krebs. Du erinnerst dich, wir waren auf ihrer Beerdigung.«
»Tot. Genau wie Peter?«
»Ja.«
Sie hielt die Augen lange geschlossen, ihr Gesicht glättete sich, als hätte sie verstanden. Und als sie sprach, klang es vernünftig.
»Rickard. Ich verspreche dir, daß ich nicht verrückt werde.«
»Ich war fast von Sinnen vor Schreck«, sagte er.
Da sah sie, wie müde und blaß er war, und verstand, daß sie sich zusammennehmen mußte. Es folgten noch mehrere Erlebnisse im Unwirklichen, aber sie zog ihn nie mit hinein.

Die Mauer zu überwinden, half ihr die Schwiegermutter, die zu Besuch kam und sagte: »Nun sei doch nicht traurig. Er war doch fast noch ein Embryo.«
»Er war mein Kind«, sagte Anna.
Da endlich konnte sie weinen. Zwei Tage und Nächte weinte sie fast ununterbrochen.
Danach brachte sie ihr Haus in Ordnung, räumte die Schlaftabletten weg und fuhr mit Rickard an die Westküste zu ihrer Mutter und ihren anderen Kindern.

Als Rickard heimkam, hatte sie die Erinnerung an Peter in den Computer eingespeichert. Er sah sie an und war beunruhigt: »Du bist so blaß, Anna.«
»Lies es dir durch, ich koche inzwischen.«
Sie hatte schon am Nachmittag ein Stück gepökelte Rinderbrust gekauft und vorgekocht. Jetzt schälte sie Kohlrüben, Kartoffeln und Möhren, schnitt alles klein, garte und zerstampfte es in der Brühe.
Er mochte Rübenmus.
Er hatte dunkle Augen und sah blaß aus, als er in die Küche kam. Sie hatten während des Essens nicht die Kraft für ein Gespräch, aber hinterher, im Wohnzimmer, sagte er: »Ich denke oft an Peter, als hätte er irgendeine Aufgabe zu erfüllen gehabt. Denn danach wurde es ja ... wie es sein soll. Zwischen uns beiden, meine ich.«
Sie konnte nicht antworten.

Hat Großmutter jemals von Mama erfahren, daß ich mich hatte scheiden lassen?
Anna schrieb die Frage auf, dachte darüber nach.
Dann schrieb sie: Das glaube ich nicht. Sie wollte sie bestimmt nicht beunruhigen. Hanna mochte auch Rickard überaus gern, sagte, er erinnere sie an Ragnar.
Das entsprach viel mehr der Wahrheit, als Anna zunächst glaubte.
Nach einer Weile fand sie noch eine Erklärung: Mama hatte die Scheidung verschwiegen, weil sie nie richtig daran geglaubt hatte. Sie sprach es während der einsamen Jahre manchmal aus: »Ich kann mir nicht vorstellen, daß ihr zwei jemals wirklich voneinander loskommt.«

Anna faßte ihren Entschluß, als sie mit Malin aus der Klinik nach Hause kam. Rickard hatte seit Monaten mit einer andern gelebt, ihr Geruch war in seinen Kleidern, in ihrem Wohnzimmer, im Bett.
Als sie ihm sagte, sie wolle sich scheiden lassen, war er verzweifelt. Weigerte sich, ihr zu glauben.
»Anna, das war nur eine Eselei ... Und dann bin ich sie nicht losgeworden.«
»Ich habe keine Erklärung verlangt.«
»Jetzt hör mal zu!«
»Nein, Rickard, ich will nichts hören. Es bleibt bei dem, was ich gesagt habe. Ich lasse dir den Frühling über Zeit, damit du dir eine andere Wohnung suchen kannst. Dann sprechen wir beide gemeinsam mit Maria.«
»Du hast aber auch an alles gedacht.«
»Ich habe mit einem Anwalt gesprochen.«
»Maria wird verzweifelt sein.«
»Ich weiß.«
Maria war die zentrale Gestalt in der inzwischen unerbittlichen Eigendynamik der Ereignisse. Auf sie projizierte Anna ihre Ängste und Schuldgefühle. Maria erfüllte Annas Tage mit Kummer. Und die Nächte mit Alpträumen. In tausend Verwandlungen tauchte sie auf, das verlassene Kind, das zerstückelte Kind, ein Kind, das sich auf der Suche nach seinem Vater im Wald verirrte.

Maria liebte Rickard.
Rickard war ein guter Vater, lustig, einfallsreich und ebenso neugierig wie seine Tochter. Zuverlässig.
Und Maria war ein empfindsames Kind, randvoll mit Zärtlichkeit gegenüber allem und allen, schnell im Denken, wißbegierig. Schön. Ganz wie du, sagte Rickard oft. Aber das stimmte nicht, Maria war das blonde Abbild Johannas. Mit Malin war das anders, sie war vorläufig ganz und gar Annas Baby.
Jetzt sagte er nicht, was sie am meisten gefürchtet hatte, daß er um das Sorgerecht prozessieren würde. Er sagte: »Darf ich Maria einen Hund schenken?«
Das war an einem Freitagabend, und er verschwand. Kam erst am Sonntag zurück, stockbetrunken, höhnisch, fast verrückt vor Verzweiflung. Anna ging mit den Kindern eine Treppe tiefer zu Kristina: »Ich bitte dich, kümmere dich um sie.«
Als sie wieder zurückkam, stand er unter der Dusche, und sie sagte so ruhig sie konnte: »Wir müssen wie erwachsene Menschen miteinander reden.«
»Worüber denn?«
»Darüber, wie wir alles regeln, damit die Kinder und du so unbeschadet wie möglich davonkommen. Und ich.«
»Da du aus Stein bist, wird für dich bestimmt alles bestens in Ordnung kommen. Was mich betrifft, ich habe vor, mich totzusaufen.«
»Rickard!«
Aber er legte sich schlafen.

Am nächsten Morgen war er ansprechbar und ruhiger. Er brachte Maria wie üblich in den Kindergarten, kam heim und rief im Büro an: »Krank.«
Sie stillte Malin, während sie ihren Entschluß darlegte. Er sollte die Kinder jedes zweite Wochenende haben und im Sommer einen Monat.
»Großartig.«
Sie forderte Alimente für die Kinder, tausend Kronen im Monat.
»Um auszukommen«, sagte sie. Sie hatte bereits beschlossen, in eine kleinere Wohnung zu ziehen und einen Lehrauftrag in Soziologie zu übernehmen. Außerdem hatte sie genügend Aufträge als Freischaffende.
»Du wolltest diese Verpflichtung doch nie haben. Und wie wird es mit deinem Buch weitergehen?«
»Das war damals«, sagte sie.
Er weinte, und es fiel ihm schwer, die Worte herauszubekommen, als er sie be-

schwor: »Gibt es denn nichts, nichts in der Welt, was ich für dich tun kann, damit du deine Meinung änderst?«
»Nein.«
Das war alles, was ihr zu sagen möglich war.

Dann kam es aber doch nicht so, wie Anna es sich vorgestellt hatte. Rickard bekam die Stelle als Auslandskorrespondent in Hongkong.
»Zuständig für den ganzen Bereich Fernost«, sagte er.
Wo der Pfeffer wächst, dachte Anna, und gratulierte ihm.
Sie sprachen gemeinsam mit Maria. Er sagte, er müsse wegfahren, Anna sagte, sie hätten Schwierigkeiten miteinander, Papa und sie. Sie müßten... sich trennen.
Maria sagte, das sei gut.
»Dann hörst du vielleicht endlich mit der schrecklichen Heulerei auf, Mama.«
Zu Rickard sagte sie, daß sie keinen Hund wolle.
Anna und Maria brachten ihn zum Flughafen Arlanda. Die Fünfjährige streckte ihre Hand aus: »Adieu, Papa.«
Das war alles.
Er wirkte schwerfällig und alt, als er zum Gate ging, und Anna wäre vor Mitleid fast zersprungen. Und vor Zweifeln.

Die ersten einsamen Monate... Herrgott, wie sie ihn vermißte. Sie tastete im Halbschlaf nach ihm, schlang die Arme um sein Kissen, konnte aber nicht weinen. Trocken, ausgelaugt, suchte sie ihn an jeder Straßenecke, auf den Märkten und in den Geschäften.
Zu dieser Zeit begannen ihre Wüstenträume. Nacht für Nacht wanderte Anna durch eine endlose Wüste und sah seinen Rücken in den Dünen verschwinden. Es war schwierig, ihre Füße versanken im Sand, sie war zum Umfallen müde, und der Durst brannte, sie suchte nach Wasser, fand keines, versuchte zu rasten, aber dann nahm sie seinen Rücken wieder wahr und mußte weiter.
Sie lieh sich bei Kristina Schlaftabletten und hatte für einige Nächte Ruhe.
Der letzte Wüstentraum war der schlimmste. Der Mann, der vor ihr her über die verbrannte Erde wanderte, wandte sich um, und jetzt war es nicht Rickard, sondern jener Arzt, der gesagt hatte: Sie kastrieren Ihren Mann.

Sie bekam die Zweizimmerwohnung unmittelbar über dem Kindergarten. Ein Mann tauchte auf, half ihr beim Umzug. Er war ein alter Freund, praktisch und geschickt. Aus Dankbarkeit? Einsamkeit? Begierde?
Sie schlief mit ihm und fand, daß dieser Beischlaf den Wüstenwanderungen glich – steril und sinnlos. Sie wachte mit Sand im Mund auf, flüsterte, er müsse gehen, weil Maria ihn hier nicht finden dürfe. Er gehorchte, und ihr war bewußt, daß dieses Beisammensein auch für ihn eine Enttäuschung gewesen war.
Sie erzählte es Kristina, sagte: »Ich bin die Frau eines Mannes.«
»Klingt großartig«, sagte die Freundin. »Schade, daß Rickard der Mann vieler Frauen ist.«
Sie einigten sich, daß er es im Osten schön hatte, frei wie er war, um sich Geishas, Diplomatenfrauen und raffinierten Reporterinnen zu widmen, wie man sie aus dem Fernsehen kannte.
Als Anna allein war, wußte sie, daß das nicht der Wahrheit entsprach, daß Rickard einsam und verzweifelt war. Zum ersten Mal fragte sie sich, ob das stimmte, ob möglicherweise seine Jagd auf Frauen nur darauf abzielte, an sie – Anna – heranzukommen.
Dann sagte sie sich, daß das albern sei. Und wieder eine Weile später dachte sie, wenn das stimmte, wäre alles ja noch schlimmer.

Sie war so sehr in ihre Aufzeichnungen vertieft, daß sie zusammenzuckte, als das Telefon klingelte. Es war Maria.
»Ach, Liebling«, sagte Anna.
»Hast du geschlafen, Mami?«
»Nein, nein, ich sitze nur so da, schreibe auf und blicke zurück.«
»Ich weiß nicht, ob das gut für dich ist mit all diesen Erinnerungen«, sagte Maria bekümmert.
Sie war auf einer Konferenz in Oslo gewesen, ach ja, jetzt fiel es Anna wieder ein.
»Ich bin über Göteborg zurückgefahren und habe Großvater besucht.«
»Wie lieb von dir!«
Dann sagte Maria, es sei nicht auszuhalten, weder zu Hause bei dem alten Mann noch im Krankenhaus. »Unleidlich. Und unmöglich, etwas dagegen zu tun. Ich habe viel an dich gedacht, wie schrecklich und einsam es für dich einen verdammten Monat nach dem andern sein muß. Ich komme nächstes Mal mit.«

»Ach, Maria, wie schön. Wir fahren mit dem Auto, übernachten irgendwo und nehmen uns endlich mal Zeit zu reden.«
Annas Freude war so überwältigend, daß sie sie nicht zurückhalten konnte. Erst als sie die Verhaltenheit in Marias Stimme wahrnahm, begriff sie, daß sie wieder einmal das getan hatte, was sie am allermeisten an sich haßte: Schuld aufladen.
Eine halbe Stunde später rief Malin an und sagte, sie habe mit Maria gesprochen, und sie wollten jetzt abwechselnd mit nach Göteborg auf Besuch fahren. Sooft sie konnten.
»Ich glaube, ihr spinnt«, sagte Anna.
Malin war ganz anders als ihre Schwester. Übrigens auch als ihre Mutter. Sachlicher, offener, weniger gefühlsbetont, logisch. Weder Rickard noch Anna konnten so recht verstehen, daß sie eine Tochter hatten, die theoretische Physik studierte.
»Ich habe mich richtig gefreut, daß Maria ein schlechtes Gewissen gekriegt hat.«
»Ich auch«, sagte Malin fröhlich. »Also hör mal, Mama, du weißt doch, daß nur Ungeheuer es schaffen, kein schlechtes Gewissen zu haben.«
»Salz des Lebens«, sagte Anna. Das war einer der alten Kosenamen für ihre seltsame jüngste Tochter.

Johanna war in Annas erstem einsamen halben Jahr nicht mit dabei, nicht als sie umzog, nicht als sie für die Kinder alles regelte. Es war die Zeit, in der Hanna bei Mutter im Sterben lag. Mama hätte viel Hilfe gebraucht. Ich hatte nur ein einziges Mal Zeit, bei ihr zu sein.
Wie Malin sagte, man kann gar nicht leben, ohne schuldig zu werden.
Den ganzen Tag über hatte sie ihre Aufzeichnungen in das dritte Buch geschrieben, das rote, auf dessen Umschlag in Blockbuchstaben ANNA stand. Jetzt kehrte sie zum Vorsatzblatt zurück und schrieb: »Von Schuld und Dankbarkeit und von dem Umstand, Töchter zu haben.«
Dann setzte sie ein Fragezeichen vor diesen Satz.

Am Freitag morgen war Rickard verstimmt.
»Hast du schlecht geschlafen?«
»Ja.«
Als er in der Diele stand, um in die Redaktion zu gehen, sagte er: »Du hast meinen Brief aus Rom zitiert.«
»Aber das alles sind ja nur vorläufige Notizen, Rickard. Wir werden das später alles noch besprechen ... wenn wirklich entschieden ist, daß es ein Buch wird.«
»Darum geht es nicht. Was mich betroffen macht, ist, daß du meine Frage nie beantwortet hast.«
»Und wie lautete die?« sagte sie, obwohl sie es wußte.
»Warum du mir nie zugehört, ja nicht einmal den Versuch gemacht hast.«
»Genau darum ging es«, sagte sie.

Sie wusch ab, räumte nach dem Frühstück auf, und die eigenen Worte klangen ihr in den Ohren: »Genau darum ging es.«
Dann setzte sie sich an ihre Arbeit und schrieb: Ich will es mit einem Märchen versuchen. Warum mit einem Märchen? Ich weiß nicht, vielleicht weil es stimmt, was manche Leute sagen, daß Märchen mehr ausdrücken können als Berichte der sogenannten Wirklichkeit.
Aber hauptsächlich ist es wohl, weil man ein Märchen nicht verstehen muß.
Es war einmal ein kleines Mädchen, das wuchs in einem Schloß auf Es hatte drei Zimmer, die voller Geheimnisse waren, Schränke mit wunderbaren Dingen darin, Bücher mit Bildern, Fotografien von fremden Menschen, die schon tot waren und sie doch aus ernsten Augen ansahen. Das Schloß stand mitten in einem großen Garten. Darin wuchsen Rosen und Erdbeeren. In einem entlegenen Teil gab es einen Berg, hoch, fast bis zu den Wolken. Eines Tages kletterte die Prinzessin dort hinauf und sah, wie irgendwo in weiter Ferne das blaue Meer und der Himmel sich trafen. Von diesem Tag an machte sie den Berg zu ihrem Besitz, ging bis zum Gipfel und schuf sich ihre Welt zwischen Steinen und Felsenvorsprüngen.
Der Berg sprach mit dem Meer, das hatte sie schon am ersten Tag gehört. Nach einer Zeit erkannte sie, daß der Berg auch mit ihr und mit den Flie-

derbäumen sprach, die an seinem Fuß blühten, und mit den Katzenpfötchen und der Fetthenne und dem Steinbrech, die in den Ritzen wuchsen.
Es war immer Sommer und schönes Wetter, und sie war ein glückliches kleines Mädchen. Ihre Mutter liebte sie. Und ihr Vater war stolz auf sie, weil sie klug und fleißig war. Außerdem erzählte ihr die Mutter fast jeden Tag, daß sie nämlich genau das war: Ein glückliches Mädchen, das es ganz besonders gut hatte.
Wenn man es gut hat, darf man nicht traurig sein. Das machte dem Mädchen Kummer. Denn manchmal war es unbegreiflich traurig. Und manchmal hatte es entsetzliche Angst.
Wovor hatte es Angst? Nicht davor, daß seine Mutter sterben könnte, oder doch? Weshalb also? Sie würde es nie erfahren.
Einmal, als die kleine Prinzessin meinte sterben zu müssen und ihr vor Angst pochendes Herz in der Brust schmerzte, fand sie eine unsichtbare Treppe, die geradewegs in den Berg hineinführte. Dort gab es eine Höhle, für sie gerade groß genug, damit sie sich hinsetzen und fühlen konnte, wie all der Schmerz verschwand.
Sie fühlte sich auserwählt.
Wie lange spielte sie dieses Spiel? War es einen Sommer lang oder waren es viele? Auf jeden Fall brauchte es Jahre, bis das kleine Mädchen begriff, daß es ein gefährliches Spiel trieb, eines, das sie unempfindlich und unsichtbar machte. Als sie es endlich begriffen hatte, war sie erwachsen und von zu Hause weggezogen.
Es war nämlich so, daß sie den Berg mitnahm. Er war immer vorhanden, und sobald sie traurig war oder verängstigt, konnte sie sich in ihn hinein flüchten. Jetzt wollte sie das nicht mehr, jetzt hatte sie Angst vor der Höhle mit den dicken Wänden. Aber der Berg besaß große Macht über sie.
Und als der Prinz kam und die Liebe, die sie verletzlicher machte denn je, bekam sie neue Verwendung für die geheime Berghöhle.
Der Prinz merkte, daß seine Liebste oft kalt und unnahbar war. Und das war tatsächlich so. Im Innern des Berges ist es sterbenskalt wer dort sitzt, versteinert selbst und kann nicht um sein Recht kämpfen, nicht vor Eifersucht lodern, nicht schreien, zuhören, fragen, anklagen.
Ohne es wirklich zu wollen, flüchtete sich das Mädchen weiterhin in seine Höhle und tat dem Prinzen weh. Aber jedesmal quälte sie die Schuld, wenn sie herauskam und sah, was sie angerichtet hatte, und dann heirateten sie und lebten ... bis ans Ende ihrer Tage.

Als Anna ihr Märchen in das Notizbuch geschrieben hatte, trabte sie wie ein gefangengehaltenes Pferd hin und her und versetzte Tisch und Stühlen Fußtritte.
Dann goß sie sich ein großes Glas Wisky ein und trank es in einem Zug leer.
Das Zimmer begann sich zu drehen. Aber starrköpfig und verrückt wie jemand, der nahe daran ist, etwas Verlorenes und Wichtiges wiederzufinden, machte sie weiter. Sie griff nach dem Stift und schlug eine neue Seite auf.
Dann fand sie es: Als Peter starb.
Als sie mit dem toten Kind im Arm einschlief.
Und als sie in der äußersten Unwirklichkeit landete, damals, als sie ihren Jungen in der Mütterberatungsstelle verlor.
Wer flüchtet, läuft Gefahr, wahnsinnig zu werden.
Jetzt füllte sie ihr Glas ein zweites Mal und nahm es mit ins Schlafzimmer.
Sie wachte nicht auf, als das Telefon klingelte, nicht einmal, als Rickard heimkam.
Er weckte sie und sagte: »Aber Anna, du bist betrunken!«
»Ja. Geh und lies.«
Als sie das nächste Mal aufwachte, saß er mit Milch und belegten Broten auf dem Bettrand.
»Ich hab's ja geahnt«, sagte er.
Er schwieg eine Weile und fuhr dann fort: »Ich glaube nicht, daß du Gefahr läufst, verrückt zu werden. Und du brauchst dich mir gegenüber nicht schuldig zu fühlen. Man lernt ja mit der Zeit, daß Menschen ihre Eigenheiten haben. Nun, das schlimmste ist wohl, daß derjenige, der eine Höhle hat, in die er sich flüchten kann, nie lernt, sich zu wehren.«
»Und das muß man?«
»Ja.«

Sonnabend Ausflug.
Anna wachte früh auf, machte Proviant zurecht, sah durchs Küchenfenster, wie der schmutziggraue Dunst über der Stadt der Sonne weichen mußte. Selbstverständlich mußte das Wetter schön werden.
Als Rickard in die Küche kam, verschlafen, unrasiert und in seinen schrecklichen alten Bademantel gehüllt, fragte er: »Wie steht's mit deinem Körpergefühl?«
»Als hätte ich Himbeerbrause in den Adern. Es blubbert.«
»Merkwürdiger Kater.«
»Quatschkopf. Ich bin fröhlich, fühle mich erleichtert, wie schon lange nicht mehr.«
»Katharsis?«
»Genau das.«
Von der Küche aus hörte sie, wie er die Töchter anrief und sie zu einem Sonntagsausflug einlud, Ausflug mit Überraschung, wie er sagte. Er ist seiner Sache so sicher, dachte sie, sicher, daß sie Zeit haben werden. Und Lust. Und daß aus dem Kauf etwas wird.

Als sie hinaus auf den Roslagsväg kamen und der Verkehr abflaute, sagte er: »Mir ist heute nacht etwas eingefallen. Du hast darauf bestanden, hier in diesen verfluchten Hochhäusern zu wohnen, weil du Angst vor Gärten hast.«
»Lieber Gott!«
Er hat recht, dachte sie. Die Betonvororte haben keine Geheimnisse. Es gibt im Schein der Neonlichter keinen Platz für Rätselhaftes, keine Symbole, keine Beziehung zu Bäumen und Blumen. Oder zu Felsen.
»Lieber Gott«, sagte sie noch einmal.
»Was willst du damit sagen?«
»Daß es traurig ist, Rickard. Daß wir in all diesen Jahren so ... so trist gewohnt und uns nicht wohl gefühlt haben.«
Sie schwiegen lange, und mitten in ein Überholmanöver hinein sagte er: »Auf dem Grundstück da draußen gibt es unglaublich viele Felsenhügel.«
»Herrlich!«

Ein älterer Mann erwartete sie an der Abzweigung, und als sie den schmalen Schotterweg entlangholperten, dachte Anna, das hier wird ja abenteuerlicher als ich dachte. Und erst im Winter, bevor der Schneepflug kommt.
Der Wald faßte den Weg grün ein, richtig alter schwedischer Mischwald mit Eschen, Birken und Vogelbeerbäumen zwischen den vielen, vielen Kiefern.
Zwei niedrige Häuser schmiegten sich an den Boden, Wochenendhäuser aus den sechziger Jahren. Jetzt waren sie durch einen wintergartenähnlichen Glasgang miteinander verbunden. Zwischen den Eschen konnte man Wasser erkennen, nicht das Meer, sondern einen großen, ruhigen Binnensee.
»Lieber Gott«, sagte Anna, und als der Mann ein erstauntes Gesicht machte, fuhr sie fort: »Ich will damit nur sagen, daß ich nicht begreife, wie man einen solchen Besitz verkaufen kann.«
»Meine Frau ist letzten Sommer gestorben.«
Dazu gab es nichts zu sagen.

Die beiden Männer fingen beim Brunnen an. Anna hörte Gesprächsfetzen wie Unterwasserpumpe und daß es im Winter mühsam werden konnte, und schon zog sie auf eigene Faust los, um das Grundstück zu besichtigen. Es gab hier viel Kleinhügeliges, wie Rickard gesagt hatte, flache Felsplatten mit Engelsüß in den Ritzen.
Und massenhaft Rosen, genau wie sie es sich vorgestellt hatte. Gegen den See hin lag eine alte Kate, verwittert, ungepflegt und wunderbar.
Landeinwärts im Windschatten hatte es dort früher einen Garten gegeben. Zwei knorrige Apfelbäume waren stehengeblieben, schwer von roten Äpfeln. Anna lehnte sich mit dem Rücken an einen der rauhen Stämme und sagte hallo. Zweifellos kannten sie einander schon seit tausend Jahren.

Am nächsten Wochenende fuhren Anna und Maria nach Göteborg. Maria widmete sich vor allem dem alten Haus am Meer, redete, räumte auf, kochte das Essen. Anna besuchte ihre Mutter im Pflegeheim.
Sie sprach über Hanna.
»Ich bin jetzt lange mit deiner Mutter zusammengewesen. Ich glaube fast, ich fange an, sie zu verstehen.«
»Es ist weit schwieriger, sich ein Bild von dir und deinem Leben zu machen. Du stehst mir so nah, daß ich dich nicht richtig erfassen kann. Mir scheint, wir verstehen die Menschen am wenigsten, die wir am meisten lieben.«
»Ich habe inzwischen verstanden, daß du ein geheimnisvoller Mensch warst. Darum habe ich mir gedacht, du mußt in eigener Sache sprechen. Du warst ja immer eine gute Erzählerin, Mama.«

Auf dem Heimweg erzählte sie Maria im Auto von Hanna und Dalsland.
»Deine Urgroßmutter.«

Danach, am ersten Arbeitstag, ging sie von Bücherregal zu Bücherregal, las Titel, schlug hier und dort etwas nach, fand Wörter, die ihr einmal viel bedeutet hatten. Suchte sie nach Vorbildern?
Nein, ihr ging es um rein praktische Dinge, sie überlegte, wie alles einzupacken und wo es dann in den kleinen Häusern am See unterzubringen wäre. Rickard hatte ihr dasselbe gesagt, wie schon Ragnar einst Hanna: »Es gibt da einen Haufen altes Gerümpel, das du aussortieren kannst.« Und sie dachte wie Hanna: Was in aller Welt ist von dem, was ich im Lauf der Jahre gehortet habe, Gerümpel?
Sie las sich im Lyrikregal fest, blieb sitzen mit Ekelöf, Stagnelius, Martinson, Boye. Da erst wurde ihr bewußt, daß sie auf der Jagd nach einem bestimmten Ton war, Mamas Ton. Sie dachte, daß jeder Mensch einen Ton hat, der einmalig ist, der nur ihm allein gehört. Selbstverständlich kann sie ihn jetzt nicht finden, nicht auf diese Weise. Und sie weiß, es ist vermessen zu glauben, daß sie ihn zum Klingen bringen wird, so wie er einmal war.
Doch wenn sie Geduld zeigt, wenn sie wartet, kann sie vielleicht die Tonart finden.

## Johanna

*geboren 1902, gestorben 1987*

Mein Leben teilt sich in zwei Hälften. Die erste dauerte acht Kinderjahre, die somit gleich lang waren wie die übrigen siebzig. Wenn ich auf die zweite Hälfte zurückblicke, finde ich vier Ereignisse, die mich veränderten.
Das erste war, als mich eine unsichtbare Hand daran hinderte, eine Tür zu öffnen. Das war ein Mirakel, und es gab mir die Zusammenhänge zurück.
Das nächste Entscheidende geschah, als ich eine Arbeit bekam, die mir gefiel, ich mich selbst versorgen konnte und Mitglied der Sozialdemokratischen Partei wurde.
Dann waren da noch die Liebe und die Ehe.
Das vierte war, als ich meine Tochter zur Welt brachte und ihr den Namen der alten Hebamme am Norskwasser gab. Und als sie Kinder bekam und ich Enkelkinder.
Was sich zwischen diesen Ereignissen abspielte, war gewöhnliches Frauenleben. Viel Unruhe, harte Arbeit, große Freude, viele Siege, mehr Niederlagen. Und dann natürlich die Traurigkeit, die hinter alldem lag.
Ich habe viel über die Traurigkeit nachgedacht. Sie ist es doch, aus der die Einsicht entsteht. Und die Umsicht und die Lust, zu verändern. Wir könnten wohl nicht menschlich sein, wenn es da nicht in der Tiefe unseres Wesens die Traurigkeit gäbe.
Noch eines muß ich sagen, ehe ich mit meiner Geschichte beginne. Ich habe im kindlichen Glauben, daß es sie gibt und daß sie unteilbar ist, immer nach der Wahrheit gestrebt. Erst als sie in Hunderte verschiedene Wahrheiten zerfiel, wurde mir das Denken immer schwerer.

Ich habe keine Worte, die groß genug sind für meine ersten acht Jahre in Dalsland. Vielleicht machte ich mit ihnen Schluß, als Anna klein war, verschliß sie an ihr. Ich tat es, weil es mir Spaß machte. Aber auch, damit sie in einer Welt zu Hause sein sollte, die zwischen dem Kind, den Erzählungen und der Natur erwächst. Jetzt weiß ich nicht, ob es sinnvoll war. Anna wurde kein glücklicher Mensch.
Mit den Jahren verlor auch ich die Bindung. Es wurde ganz offensichtlich damals, als Anna mich zurück nach Dalsland brachte. Ich erkannte alles wieder,

den Wildbach und die Seen und die Bäume und die Pfade. Sie aber hatten mich vergessen. Das war bitter und ich weinte viel.
Man soll nicht zu heiligen Orten zurückkehren.

Das Stadtkind Johanna wurde in einem Kurzwarenladen an der Ecke Haga Nygata und Sprängkullsgata geboren. Dort roch es gut nach neuen Stoffen, es war eng wie in einer Puppenstube, und es gab Hunderte Schubladen voller Geheimnisse. Bänder, Einziehgummis, Spitze – alle nur erdenklichen Herrlichkeiten, die auf dem polierten dunkelbraunen Ladentisch vor mir ausgebreitet wurden. Am meisten von allem liebte ich die Schachteln mit den Nähseidenröllchen.
»Du mußt immer saubere Finger haben«, sagte Lisa, und ich schrubbte mir die Hände, daß sie ganz rauh wurden.
Ich fing jedesmal mit der violetten Schublade an, folgte dem schillernden Spiel von blassem Blaurosa über das Hellblau bis zu dem tief Dunkelblauen, das einen Hauch von Rot enthielt.
»Königinnenfarbe?«
»Ich glaube, da hast du recht«, sagte Lisa lächelnd.
Lisa lachte selten und schrie nie vor Verwunderung oder Zorn auf. Sie war still und beständig, und das gab mir Sicherheit. In den ersten Tagen hütete ich den Laden, während sie in dem kleinen Hinterzimmer an der Nähmaschine saß und mir aus kleinkariertem Baumwollstoff in Grau und Weiß ein Kleid nähte.
»Wir müssen mit der Farbe vorsichtig sein. Im Gedanken an deine Mutter«, sagte sie.
Aber sie machte Manschetten, Kragen und Taschenklappen aus hellgrüner Baumwolle mit rosa Röschen darauf.
Es war, als sie mir das neue Kleid anzog, daß ich das Leben als eine andere begann, weit weg vom Vater und dem Wasserfall. Das war nicht leicht, und viele Male habe ich gedacht, wenn es Lisa nicht gegeben hätte, ich wäre in den Rosenlund-Kanal gegangen.
Zuerst war da das Schreckliche mit den Wörtern, den alten Wörtern, die mir aus dem Mund flossen, ehe ich noch überlegen konnte. Ich war in der Schule in Dalsland doch tüchtig gewesen, und ich hatte schöne neue Kleider an, als ich zum ersten Mal in die Stadtschule ging. Natürlich hatte ich Angst, aber immerhin ... ich dachte, ich bin wie die andern. Und vielleicht wäre es gegangen, wenn es da nicht die Wörter gegeben hätte. Lieber Gott, wie haben die über mich gelacht.

Ich mußte ein Stück aus einem Buch vorlesen. Aber ich kam wegen des gemeinen Gelächters nie bis zum Schluß. Und die Lehrerin sagte: »Johanna, hast du nie überlegt, daß man alles so ausspricht, wie man es schreibt? Es müssen im Mund dieselben Wörter sein wie im Buch. Gehe jetzt nach Hause und präge dir das gut ein.«
Sie war sicher nicht boshaft, sie konnte ja nicht wissen, wie es für mich war, wenn ich heimkam zu den ungemachten Betten, den Bergen von Schmutzwäsche, den Stapeln von angetrocknetem Geschirr. Und dann die dreckigen Schuhe der Brüder, die ich putzen mußte. Ich hatte nur eine halbe Stunde Zeit, bis Mutter aus der Bäckerei kam, aufgebracht wie immer, wenn die Kräfte versagten. Du bist ein faules Mädchen, verwöhnt vom Vater, als du klein warst, schrie sie. Einmal gab sie mir eine so heftige Ohrfeige, daß ich am nächsten Tag nicht in die Schule gehen konnte.
Von diesem Tag an floh ich zu Lisa, sobald Mutter nach Hause kam. Ich sah wohl, daß sie traurig war, aber sie sagte nichts. Sie wagte es wohl nicht, denn ich hätte es ja Ragnar erzählen können.
Im Zimmer hinter Lisas Laden las ich Tag für Tag laut. Ich fand bald heraus, daß das, was die Lehrerin gesagt hatte, nicht ganz stimmte. Das eine oder andere wurde sogar damals schon ganz anders ausgesprochen. Aber mit Lisas Hilfe lernte ich sprechen wie ein einigermaßen gebildeter Mensch.
Schriftsprache, dachte ich. Viele Jahre später auf einer politischen Versammlung sagte eine Frau zu mir: »Göteborgerisch klingt ja ganz hübsch, aber du könntest es ruhig ein bißchen kultivieren.«
Mein Gott, war ich da erstaunt.

Mit der Zeit wurde ich eine gute Schülerin, auch wenn ich nie eine Freundin fand und die Mitschüler weiterhin über mich lachten. Die Zustände zu Hause verschlimmerten sich. Meine Brüder gaben das Arbeiten auf, saßen zu Hause herum und tranken. Während ich versuchte, mich in die Küche zurückzuziehen, hörte ich sie von Weibern reden, von Huren und vom Bumsen, von Schwänzen und Fotzen. Ich spulte Geschirr, horchte und haßte.
Damals faßte ich meinen ersten Entschluß: Ich wollte niemals heiraten und nie, in welcher Weise auch immer, mit einem Mann zu tun haben.
Als es soweit kam, daß Ragnar eingriff und die Brüder und die Möbel zusammenschlug, stand ich in einer Ecke und freute mich. Mutter schrie vor Angst, und ach, wie sehr gönnte ich ihr das. Danach durfte ich bei Lisa und Ragnar wohnen, und ich fühlte eine große innere Ruhe. Ich ging weiterhin

von der Schule direkt nach Hause und beseitigte die gröbste Unordnung. Aber ich achtete streng darauf, daß ich verschwunden war, wenn Mutter den Schlüssel in die Tür steckte.
Da hatte ich angefangen, sie zu verachten. Sie benimmt sich wie ein Zigeunerweib, sagte ich zu Lisa.
Lisa wies mich zurecht, bereicherte mich aber um ein Wort, das ich nie wieder vergaß: »Natürlich ist sie ein wenig... primitiv«, sagte sie.
Primitiv. Wie die Eingeborenen, dachte ich, denn ich hatte in der Schule etwas über die Wilden in Afrika gelernt, damals, als Stanley und Livingstone einander begegneten.
Nach dem Gespräch mit Lisa faßte ich meinen zweiten Entschluß: Ich wollte ein zivilisierter und gebildeter Mensch werden.

In Lisas Wohnung, die der unseren auf der anderen Seite des Hofes genau gegenüber lag, gab es viele Bücher. Mindestens zehn, vielleicht sogar fünfzehn. Ich las sie alle, sie handelten von Liebe, und ich fand das komisch. Als ich Lisa das sagte, wunderte sie sich und dachte lange nach, ehe sie antwortete: »Aber so ist es doch, Johanna. Ich zum Beispiel bin hoffnungslos in Ragnar verliebt. Es macht mich fertig, aber ich kann einfach nicht ohne ihn sein.«
Ich muß komisch ausgesehen haben, ich erinnere mich, daß ich mich im Laden auf einen Stuhl setzte und den Mund aufriß, ohne einen Ton herauszukriegen. Ich wollte ihr sagen, daß Ragnar ein lieber Kerl war und ein ungewöhnlich guter Mann, ich wollte sie trösten.
Trösten?
»Also deswegen bist du so traurig«, sagte ich schließlich und war selbst erstaunt, denn ich hatte bisher nie über das nachgedacht, was doch so offensichtlich war, nämlich daß Lisa traurig war.
Ich erinnere mich nicht an ihre Antwort. Es dauerte viele Jahre, bis ich den Zusammenhang zwischen dem Reden von Ragnar als Weiberheld und der Prahlerei der Brüder von Schwänzen in Fotzen von Huren am Järntorg begriff.
Lisa lehrte mich drei wichtige Dinge: Andere zu verstehen, geduldig alles zu ertragen und in einem Laden zu stehen.

Anna sagt, ich hätte die erste Lektion viel zu gut gelernt, nämlich andere zu verstehen und Mitleid zu empfinden.
Meine Mutter konnte nie Verständnis aufbringen. Sie verurteilte und verdammte und ersparte sich damit viele Kümmernisse.
Als aber Lisa von meinen versoffenen Brüdern zu berichten begann und welche Angst diese in der Großstadt hatten und wie das Fremdsein sie aushöhlte, war etwas in ihrer Rede, das ich wiedererkannte wie eine Melodie von früher. Ich würde lange brauchen, um zu begreifen, daß Vater sie mich vor zu langer Zeit gelehrt hatte und ich mich an die Worte einfach nicht mehr erinnerte. Nur das Gefühl war mir geblieben, das immer stärker ist als alle Worte.
Im übrigen teile ich Annas Ansicht, daß jeder, der viel Verständnis aufbringt, auch viel aushalten muß. Das stimmt im wesentlichen. Der Unterschied liegt in der Grundeinstellung. Ich meine, daß das Leben weh tun muß. Anna ist der Ansicht, daß man es hat, um es zu genießen. Das verbittert sie und macht sie hungrig. Es ist schwer, so zu denken, denn ich weiß ja, wer sie lehrte, viel zu erwarten und zudem von allem nur das Beste.

Lisa war ein verständnisvoller Mensch, und sie mußte deshalb weit mehr aushalten, als angemessen war. Ihr Vater war Alkoholiker gewesen, der Frau und Kinder schwer mißhandelt hatte. Zwei Brüder starben, einer ging nach Amerika, und Lisa flüchtete schon als Zwölfjährige nach Göteborg.
Darüber, wie sie sich durchschlug, wollte sie nach Möglichkeit nicht sprechen, aber aus dem wenigen, was sie sagte, schloß ich«daß sie betteln ging und in Toreinfahrten schlief, bis sie Arbeit in der Spinnerei bekam, wo der Staub ihre Lungen schwer schädigte. Es war schrecklich, sie während der langen nassen Göteborger Herbstmonate husten zu hören. Ragnar hielt das nicht aus, und wenn der Husten einsetzte, verschwand er wie ein Gejagter hinaus durch die Tür und hinunter in die Stadt. Ich wußte ja, was ihn quälte, aber Lisa machte es traurig.
Als ihre Mutter draußen auf dem Land starb, beging der Vater Selbstmord. Lisa war Alleinerbin des Hofes, da die Geschwister unauffindbar waren. Jetzt zeigte sich, daß sie geschäftstüchtig war. Sie verkaufte das Vieh auf einer Auktion, die Felder an den Nachbarbauern, den Wald an ein Unternehmen und

das Haus an einen Großhändler, der an der Küste von Halland einen Sommersitz suchte.
Das Geld verwendete sie für den Kauf des Kurzwarenladens, der auf der Grenze zwischen dem Arbeiterviertel Haga und der Vasastadt der feinen Leute lag. Sicher war sie bis zu dem Tag, an dem sie Ragnar kennenlernte und sich so hoffnungslos verliebte, ein freier und selbständiger Mensch gewesen.
War sie damals glücklich? Ich weiß es nicht.
Aber glücklich wirkte sie, als sie sich verheiratete, Frau und ehrbar wurde. Daß Ragnar mit ihr zum Pfarrer ging, sei Hanna Bromans Verdienst gewesen, sagte sie. Und dafür war sie dankbar, solange sie lebte. Ich erinnere mich, daß ich mir lange darüber den Kopf zerbrach, was Mutter zu Ragnar gesagt haben mochte. Nie hatte ich je beobachtet, daß er etwas, das sie sagte, ernst nahm. Er lachte sie aus.
Ich lachte meine Mutter nicht aus. Ich haßte sie, beschimpfte sie und schämte mich ihrer.
Mitten im Krieg, als das Essen am knappsten war, bekam ich einen Busen und meine Tage. Mutter sagte, jetzt fängt das Elend erst richtig an, jetzt konnte die Schande jederzeit über mich kommen. Ich erinnere mich noch genau, denn sie wurde weiß wie die Wand und hatte entsetzte Augen, als sie mir zeigte, wie man eine Binde befestigt.
»Du mußt mir versprechen, daß du vorsichtig bist«, sagte sie. »Und auf dich aufpaßt.«
Ich wollte sie fragen, auf was ich aufpassen sollte, aber da schnaubte sie nur, wurde rot und schwieg.
Wie so oft, wenn es schwierig wurde, ging ich zu Lisa. Aber dieses Mal half sie mir nicht. Sie machte auch ein komisches Gesicht und fing an zu stottern, als sie sagte, sie müsse mit Ragnar sprechen. Da begriff ich, daß das Schreckliche nicht das widerliche Blut war, das aus mir herausfloß. Es war etwas Schlimmeres.
Am Tag danach sagte Ragnar kurz und verlegen, daß ich mit Männern aufpassen müsse. Das war alles, was ich zu wissen bekam. Den Rest reimte ich mir selbst zusammen. Ich dachte an die scheußlichen Wörter, die ich von meinen Brüdern gehört hatte, die von den Schwänzen und den Fotzen. Und dann half mir eine Kindheitserinnerung. Mir fiel ein, wie wir eine von Mutters Kühen durch den Wald getrieben hatten, die zum Stier auf Urgroßvaters Hof sollte. Es waren Erik und ich gewesen, und als wir endlich angekommen waren, bekamen wir von einer der Tanten Plätzchen und Saft.

Dann guckte ich zu, wie der Stier die Kuh besprang. Ich hatte Mitleid mir ihr. Klar wußte ich, wie es zuging.

Es war Sommer, als Lisa ihr erstes Kind bekam und ich allen Ernstes lernte, einen Laden zu führen. Ich konnte das gut, ich rechnete und maß, schnitt ab und redete mit den Kunden. Lisa sagte, ich sei für mein jugendliches Alter bemerkenswert tüchtig. Sie kam um die Mittagszeit mit Kind und Essen für mich, zählte das Geld und war vor Freude ganz außer sich.
»Lieber Gott! Hätte ich doch nur Geld, dich anzustellen.«
Die feinen Damen aus der Vasastadt sagten, ich hätte einen guten Geschmack. Das war nur Schwindel. Ich lachte heimlich über sie, weil sie nicht begriffen, daß ich immer ihrer Meinung war, wo die gelben Bänder am besten dazupaßten, und daß Blau Frau Holm besonders gut stand.
Ich lernte viel dazu, mehr über Menschen als über Stoffe und Bänder. Aber am meisten lernte ich über die Kunst, in einem Laden zu stehen.
Mutter war froh über das Geld, das ich verdiente. Aber es gefiel ihr nicht, daß ich allein dort im Geschäft stehen mußte.
»Sobald du aus der Schule bist, gehst du als Dienstmädchen«, sagte sie. »Daß ich weiß, wo ich dich hab. Wir werden schon eine gute Familie finden.«
»Niemals!«
Ich schrie. Ich schrie mein Nein das ganze letzte Schuljahr hindurch, aber es half nichts. Mutter war hartnäckig wie eine Laus. Lisa versuchte vergeblich, sie zu überreden. Nicht einmal Ragnar konnte sie umstimmen. Sogar Erik versuchte es: »Ihr seid dumm, Mutter. Johanna ist für ein Dienstmädchen viel zu schlau.«
»Die ist nicht schlauer als jede andere.«

Ich kam zu einer feinen Familie in der Viktoriagata. Besonders der Herr war fein, er war ein Doktor und schrieb in den Zeitungen. Jetzt, hinterher, begreife ich, daß ich dort zur Sozialdemokratin wurde. Sie waren so kolossal viel feiner als ich. Einfach nur so. Wie eine Selbstverständlichkeit. Sie sahen mich nicht, ich war nicht vorhanden. Sie ließen ihre Winde fahren, sprachen über meinen Kopf hinweg, rochen schlecht, hatten widerliche Flecke auf dem Laken und komische Gummifingerlinge im Bett.
Erst dachte ich, die haben keinen Anstand im Leib. Aber dann, als ich entdeckte, wie sie sich aufführten, wenn Besuch kam, begriff ich. Ich war niemand. Ich war wie der Hund.

Sie nutzten mich auch aus wie ein Tier, von sechs am Morgen, wenn ihre Gören aufwachten, bis spätabends, wenn ich bei Tisch servieren mußte. Meinen kläglichen Lohn schickten sie an meine Mutter. Ich hatte alle vierzehn Tage einen freien Nachmittag. Da ging ich zu Lisa, nicht nach Hause. Ich war zwei Jahre dort, und nie kann ein Mensch einsamer gewesen sein.
Dann kam die Nacht, in der der Doktor im Speisezimmer saß, an einem Artikel schrieb und Kognak trank. Plötzlich hörte ich ihn durch die Küche auf den Abstellraum zu torkeln, den sie Mädchenzimmer nannten. Er fummelte an der Tür herum, ich kam aus dem Bett hoch, und als er sich auf mich warf, versetzte ich ihm einen Tritt in den Schritt. Er brüllte auf. Die feine Dame kam angerannt. Während sie schrie und schimpfte, schnappte ich meinen Mantel und hetzte die Treppe hinunter. Ich klopfte mich zu Ragnar und Lisa hinein, und ich glaube ihn nie zorniger gesehen zu haben als damals, als er zur Viktoriagata hetzte. Mitten in der Nacht.
Was er zu der feinen Familie sagte, ob er mit Prügel oder mit der Polizei drohte, habe ich nie erfahren. Aber er muß ihnen Furcht eingejagt haben, denn er hatte ganze fünfzig Kronen für mich dabei.
»Versteck das Geld vor der Mutter«, sagte er.
Ich erfuhr auch nicht, was er Mutter am nächsten Morgen sagte. Aber sie wurde krank, lag drei Tage im Bett und hatte hohes Fieber und Schüttelfrost. Als sie aufstand, um in die Bäckerei zu gehen, wo man nicht länger als drei Tage krank sein durfte, versuchte sie mir etwas zu sagen. Aber sie brachte die Worte nicht heraus, und mir war das egal. Ich wußte, daß ich sie besiegt hatte.
»Du bist mager wie ein Gespenst«, sagte sie, als sie am Nachmittag heimkam.
»Ihr bildet euch doch nicht etwa ein, daß ich dort etwas in den Bauch gekriegt habe«, sagte ich. »Nur die Krümel, die übrig waren, wenn die Herrschaften fertig gespeist hatten. Und es ist selten etwas übriggeblieben.«
»Bei den Herrschaften ist das Essen wahrscheinlich auch rar«, sagte sie.
Sie hatte mir ein Brot geschmiert. Jetzt warf ich es ihr mitten ins Gesicht und verschwand zu Lisa. Dort kam ich wieder zu Kräften, es gab genug zu essen, trotz Krieg. Im Haus wurde gemunkelt, Ragnar betreibe Schwarzmarktgeschäfte, aber ich wußte nicht, was das war, und außerdem war es mir egal. Ich aß wie eine Verrückte, und wenn ich nicht aß, schickte Lisa mich mit ihren Kindern auf lange Spaziergänge.
Es waren liebe Kinder, ruhig und zutraulich. Gemeinsam entdeckten wir den Schloßwald, der war wie zu Hause am Wildbach, nur feiner natürlich mit

grasbewachsenen sanften Hügeln und seltsamen Bäumen, die ich nicht kannte. Und dann all diese Blumen!
Abends, wenn ich allein auf der Bank in Lisas Küche lag, dachte ich über das nach, was in jener Nacht passierte, als der Doktor betrunken war. Anfangs dachte ich vor allem daran, daß ich gar nicht erschrocken war, ich genoß regelrecht den Gedanken, ein mutiger Mensch zu sein. Erst nach und nach begriff ich, daß ich einfach nicht genug Verstand gehabt hatte, mich zu fürchten.
Das war der Zeitpunkt, an dem ich begann über das Loch nachzudenken, das ich hatte, das Loch, aus dem jeden Monat Blut floß.
Ich begann es zu untersuchen. Es war nichts Besonderes daran, es war wie ein Mund, der sich dehnte, wenn man mit dem Finger darin herummachte. Das Besondere war etwas anderes, daß es mir nämlich angenehm war, daß es mich erregte. Hatte ich einmal damit angefangen, war das Aufhören schwer, ich tat es nun jeden Abend, ehe ich einschlief.
Ein halbes Jahr half ich Lisa bei den Kindern und im Kurzwarenladen. Dann bekam ich Arbeit bei Nisse Nilsson, der im Basar Alliance eine Delikatessenhandlung hatte. Er war ein Freund von Ragnar, sie machten miteinander Geschäfte und gingen im Herbst zusammen auf die Jagd. Er war ein freundlicher, sonniger Mensch, besonders am Nachmittag, wenn die Schnapsflasche zur Hälfte geleert war.
»Ich brauche jemanden, auf den ich mich verlassen kann«, sagte er.
Aber er trank nie mehr, als er vertrug. Eine Flasche reichte für zwei Tage.

Man schrieb jetzt das Jahr neunzehnhundertachtzehn, und die Schlangen vor den Brotläden wurden kürzer. Der Hunger in der Stadt hatte nachgelassen. Da aber begannen die Menschen an der Spanischen Krankheit zu sterben, die nur eine ganz gewöhnliche Grippe war. Und so starben sie eigentlich an Unterernährung, die Kinder in der Wohnung unter uns, die Frau, die Lisas Flurnachbarin war, und viele andere. Ich hatte dauernd Angst, gab gut acht auf Lisas Kinder und auf Mutter, die mit jedem Tag müder wurde.
Die Besorgnis legte sich jedoch, als ich jeden Morgen um acht Uhr zu meiner neuen Arbeitsstelle ging, die Södra Allégata überquerte und dann durch die Allee am Rosenlund-Kanal entlang und über die Basarbrücke in die Stadt innerhalb des Wallgrabens lief, wo der Hauptplatz Kungstorget und die großen Hallen lagen. Zum ersten Mal sah ich, daß die Stadt mit ihren glitzernden Wasserstraßen und den hohen Bäumen, die sich über die Kaianlagen

wölbten, schön war, Und ich fühlte, daß ich hier zu Hause war. Ich war eine der vielen, die im allgemeinen Trott zur täglichen Arbeit ging.
Allmählich kam der Frühling mit Sonne und Wärme, und wir dachten, er würde der Spanischen ein Ende machen. Aber der Sommer verlieh der Krankheit neue Kraft, immer mehr Menschen starben in den elenden Kellerlöchern von Haga.
In der großen Markthalle riefen wir einander einen guten Morgen zu, während wir die Stände öffneten und die Leckereien des Tages auf unseren Ladentischen ausbreiteten. Greta, der die Käsehandlung gehörte, war fast immer als erste fertig und rief, jetzt stelle ich Kaffeewasser auf.
Wir tranken im Stehen und aßen weiße, mit Käse belegte Brötchen, konnten gerade noch den letzten Rest Kaffee hinunterschlucken, ehe die Tore geöffnet wurden und die Leute hereinkamen, die zum Frühstück knuspriges Gebäck, frische Butter und manchmal auch Kuchen haben wollten. Ich hatte in den ersten Stunden nicht allzuviel zu tun, die Göteborger dachten erst gegen Mittag an Delikatessen. Und am Nachmittag standen sie bei mir Schlange.
Ich lernte viel, geräucherten Lachs in hauchdünne Scheiben schneiden, viele Sorten marinierte Heringe unterscheiden, Aal häuten, leckere Soßen machen, fühlen, wann die Königskrabben fleischig genug waren, lernte die kleinen Garnelen zu kochen, Hummer am Leben zu halten und Tausende andere nützliche Dinge. Wie etwa abzuwiegen und zusammenzurechnen. Und ich legte durch tägliche Übung meine Schüchternheit ab und lernte sprechen. Nicht auf den Mund gefallen zu sein, wie Nisse Nilsson das nannte.
»Das ist das Wichtigste von allem, Johanna. Vergiß das nicht.«
Nisse war morgens im Fischereihafen und in den Räuchereien, und nachmittags, nun, da war es eben so, wie es mit ihm war. Zum Schluß machte ich fast alles, Kasse und Buchführung, Einkaufslisten und Bankgeschäfte.
»Herrgott, was für ein Prachtstück«, sagte er, wenn Ragnar ab und zu vorbeischaute.
Ich war stolz.
Aber das Beste war, daß ich Kollegen hatte. Einige wurden sogar Freunde fürs Leben, Greta vom Käse, Aina von der Wurst und Lotta von der Konditorei. Und natürlich Stig, der Sohn des Fleischhändlers. Er sei in mich verliebt, hieß es. Aber ich ging nie darauf ein, und so konnten wir Freunde bleiben.

Es war hier in der Halle, wo ich erfuhr, daß ich hübsch war. Die Schönheit der Markthalle, sagte Nisse, der immer übertrieb. Aber wenn ich durch die Reihen lief, pfiffen die Jungs immer hinter mir her, also mußte doch etwas Wahres dran sein. Sie machten sich einen Spaß daraus, auch noch zu singen: »Kannst du pfeifen, Johanna ...« Von einem Zwölfjährigen zu Hause im Wohnblock lernte ich auf den Fingern pfeifen, zwei Finger im Mund und dann ein Pfiff, der die Katzen auf die Bäume jagte.
Von da an pfiff ich jedesmal wie ein Straßenjunge, wenn ich das alberne Lied hörte. Das fand Zustimmung, aber Nisse mochte es nicht.
»Hör auf damit«, sagte er. »Du verunstaltest deinen schönen Mund.«
Ganz am Anfang sah ich eines Tages den Doktor aus der Viktoriagata. Mit zielstrebigen Schritten steuerte er genau auf meinen Stand zu. Ich bekam einen trockenen Mund und fühlte mein Herz schlagen, aber der Gedanke an Nisse, der in dem Verschlag hinter der Theke saß, war beruhigend.
Außerdem war es unnötig gewesen, sich aufzuregen. Der Doktor erkannte mich nicht wieder. Er wollte zwei Hummer haben, zwanzig dünne Scheiben Lachs, ein Kilo Krabben und ein halbes Kilo Bückling.
Ich machte die Waren zurecht, er nahm sie und bezahlte. Die Endsumme war auf die Krone genau doppelt so hoch wie der Lohn, den er mir im Monat bezahlt hatte.
Er versuchte zu feilschen.
»Tut mir leid, aber wir haben feste Preise.«
Nisse, der das Gespräch gehört hatte, kam heraus und lobte mich, genau so habe man zu sein, bestimmt und freundlich. Und dann sagte er: »Ist ja schrecklich, wie blaß du bist, Mädchen. Geh mal 'ne Tasse Kaffee trinken.«
So saß ich also im Café und versuchte das Unwahrscheinliche zu verdauen: Er hatte mich nicht wiedererkannt, dieser Mistkerl.
Ich habe schon erwähnt, daß die Stellung als Dienstmädchen mich zur Sozialdemokratin werden ließ. Aber ich habe die Angewohnheit, mich besser zu machen, als ich bin. Bei dieser Familie am Park Victoria lernte ich die Klasse der Bürgerlichen hassen.

Es passierte an einem stürmischen Apriltag des Jahres neunzehnhundertzwanzig. Kurz vor dem Andrang um Mittag.
Ich war allein im Geschäft, die Theke war schmierig, denn ich hatte Aal für einen Kunden geschnitten, der mir erzählte, daß draußen ein Orkan tobte und daß die Kanäle überliefen. Als er gegangen war und ich den Tisch saubermachen wollte, stellte ich fest, daß ich kein Wasser hatte.
Wir hatten in den Verkaufsbuden kein fließendes Wasser. Aber unter der großen Glaskuppel in der Mitte des Basars gab es einen runden Hof mit einem Brunnen und einer Pumpe. Ich bat Greta vom Käse, auf meinen Stand aufzupassen, während ich Wasser holen ging.
»Na lauf schon«, sagte sie.
Ich rannte also los. Aber als ich gerade die schwere Tür zu dem Glashof öffnen wollte, fiel mir der Eimer aus der Hand und schepperte über das Steinpflaster. Verärgert versuchte ich mich zu bücken, um ihn wieder aufzuheben. Es ging nicht.
Dann wollte ich die rechte Hand heben, um die Tür zu öffnen. Das ging auch nicht, und ich hatte das Gefühl, versteinert zu sein. Einen Augenblick lang dachte ich an Kinderlähmung. Aber ich fürchtete mich nicht, es war so still um mich herum. Und in mir. Ein solcher Friede, daß ich weder denken noch Angst empfinden konnte. Es wurde auch merkwürdig hell. Es war irgendwie ... feierlich.
Es vergingen einige lange Minuten, und nur ein einziges Mal dachte ich daran, daß ich es eilig hatte.
Dann kam der Krach, als die Glaskuppel dem Sturm nicht mehr standhielt und mit einem Getöse herunterfiel, das Tote hätte aufwecken können. Die Tür sprang auf, donnerte mir gegen den Kopf und schleuderte mich über den Gang mitten in die Wand. Glassplitter wirbelten herum, es stach in meinem Arm, aber ich hielt die Hände vor die Augen und wurde im Gesicht nicht verletzt. Von überall her kamen Menschen gelaufen, schrien, Gott sei Dank ist Johanna hier. Sie ist noch rechtzeitig rausgekommen, ehe ... aber sie blutet. Ruft die Polizei! Den Krankenwagen!
Es war ein netter Arzt im Sahlgrenschen, der mir den Splitter aus dem Arm zog und die Wunde nähte.

»Sie hatten mehr als nur einen Schutzengel, Fräulein«, sagte er.
Dann waren Polizeibeamte und der Feuerwehrhauptmann da. Nein, das Fräulein hatte nichts Ungewöhnliches gesehen oder gehört.
»Ich war so in Eile«, sagte ich.
Sie glaubten mir.
Über das Unglück wurde viel gesprochen, denn der Lärm war in der ganzen Stadt zu hören gewesen. Es stand allerlei darüber und auch über mich in der Zeitung: »Das Mädchen mit dem Schutzengel.« In der Halle wurde ich deswegen aufgezogen: »Und wie geht's dir mit den Engeln?«
Eines Tages wurde es mir zuviel, ich brach in Tränen aus. Stig tröstete mich und putzte mir die Nase, und dann war Schluß mit den wachenden Engeln. Aber Mutter las in der Zeitung von mir und sagte etwas Merkwürdiges: »Ich hoffe, du begreifst, daß es wahr ist.«
Ich gab keine Antwort, aber zum ersten Mal seit vielen Jahren sahen wir einander verständnisvoll an. Sie lächelte ein wenig und fragte dann: »War's dein Vater, Johanna?«
»Ich weiß nicht, Mutter.«
Das stimmte, ich wußte es nicht. Noch heute weiß ich es nicht. Ich wollte keine Erklärung haben. Weder damals noch später.
Als einziges wußte ich, daß es ein Wunder gewesen war, und von da an konnte ich mich an Vater erinnern und an die Wälder, den tosenden Wasserfall, den Haubentaucher, der in der Dämmerung schrie, die Märchen, die Vater erzählte, die Weisen, die wir sangen. Das hatte ich bisher nicht gewagt. Jetzt überfluteten mich die Bilder, erst in den nächtlichen Träumen und dann im hellen Tageslicht. Es war, als hätte sich eine Schleuse geöffnet.
Ich träumte, daß wir flogen, Vater und ich, daß wir an der Wolfsklippe gegen die Strömung segelten. Es war Nacht, als wir die Felsenspitze erreichten und uns niederließen, um auszuruhen. Er zeigte hinauf zu den Sternen und sagte, das seien ferne, fremde Welten. Als ich fragte, wer dort wohne, bekam ich zu hören, daß es im Haus der Sterne öde und leer sei.
Wir flogen auch über die Seen, den Langen See und die Norwegerseen und alle die tausend kleinen Gewässer im Wald.
Die Flugträume erfüllten mich mit unbeschreiblicher Freude, einem Siegesgefühl. Einem Gefühl der Macht, ja, wirklich Macht.
Tagsüber war es anders. Da wurde ich erinnert. Alles, alles konnte mich an etwas erinnern. Ein Vogel sang auf dem Heimweg durch die Allee, ich blieb stehen, lauschte und wußte: Das ist ein Buchfink. Ich besuchte Ernst, den

Bäcker aus dem Basar, spürte plötzlich, wie es aus einer Tonne nach Mehl roch und sah die Sonnenstrahlen mit dem Mehlstaub in der Mühle zu Hause tanzen. An einem Sonntag wanderten Greta und ich hinauf zum Delsee und ließen uns auf einer Landzunge nieder, wo der Hochwald sich in dem tiefen Binnensee spiegelte. Am Ufer standen Weiden und Birken mit ihren Kätzchen. Da sah ich die Ahornbäume zu Hause, wie sie ihre hellgrünen Blüten in die Norskseen fallen ließen.
»Spürst du, daß es hier nach Honig riecht?«
Nein, Greta spürte den Duft nicht.

Fast ebenso seltsam war es mit Mutter. Ich hatte geglaubt, mich von ihr befreit zu haben. Jetzt kam sie mit all der Macht zurück, die eine Mutter hat. Sie war ja trotz allem diejenige, die immer für mich da war.
Ich führte lange Gespräche mit ihr. Stumme Gespräche, aber für mich waren sie wirklich. Wir saßen am ersten Mai am Mittagstisch, ich war beim Umzug mitgegangen, hatte die Kampflieder gehört und das Knattern der roten Fahnen im Wind.
Ich sagte: »Was findet Ihr falsch daran, daß die armen Leute ihr Recht fordern?«
Und sie antwortete: »Es wird schlecht ausgehen, wenn die Leute keine Demut mehr kennen. Wer soll denn das alles tun, was getan werden muß, wenn es nicht die armen Leute machen? Du glaubst doch wohl nicht, daß die Reichen und Mächtigen sich je um ihren eigenen Dreck kümmern werden.«
»Mutter, Ihr müßt begreifen, daß eine neue Zeit gekommen ist.«
»Ich hab schon begriffen. Das Volk haßt.«
»Da ist was dran, Mutter. Endlich reift der Haß und wird bald Früchte tragen.«
»Und wie schmecken die?«
»Ich glaube, das wird bitter, wie Schlehen, Mutter, von denen Ihr immer gesagt habt, sie sind so gesund.«
»Von Schlehen kann keiner leben.«
»Nein, aber von ehrlichen Löhnen und sicherer Arbeit. Es ist etwas Neues, Mutter, etwas, woran Ihr nie gedacht habt.«
»Und was sollte das sein?«
»Gerechtigkeit, Mutter.«
»Es gibt keine Gerechtigkeit in dieser Welt. Gott lenkt, wie er es immer getan hat.«

»Denkt Euch, wenn es Gott nicht gibt, diesen bösen Gott, an den Ihr glaubt. Denkt Euch, wenn wir es selbst sind, die lenken.«
»Du weißt wohl nicht, wovon du redest, Kind. Manche werden blind, krank und lahm. Unschuldige Kinder sterben. Vielen wird das Leben zum Verhängnis, lange bevor sie denken gelernt haben.«
»Viel mehr Menschen würden leben dürfen und gesund sein, wenn sie bessere Nahrung und Wohnung hätten.«
»Genau. Aber es kommen immer neue Herren.«
»Nein. Wir werden eine Welt haben, in der jeder Mensch sein eigener Herr ist. Das habe ich den Redner auf dem Järntorg gerade vorhin sagen hören.«
Sie schüttelte den Kopf.
»Wie Larsson in der Nummer drei also«, sagte sie. »Der mit seiner Werkstatt ist ja reich und braucht vor keinem zu kriechen. Aber er schlägt seine Kinder kreuzlahm und säuft wie eine Sau. Die Leute werden nicht besser, nur weil sie es besser haben. Denk bloß an die reiche Familie, wo du im Dienst warst. Die waren keine besseren Menschen als die ärgsten Bauern in meiner Kindheit.«
Ich dachte hinterher lange über das Gespräch nach. Mutters Unglück war nicht, daß sie dumm war. Sondern, daß sie sich nicht ausdrücken konnte.

Dann stand Ragnars vierzigster Geburtstag bevor. Es sollte ein Fest mit einem langen kalten Büfett unter den großen Bäumen im Hof geben. Das Wetter war schön, Lisa backte Hefebrot und Mutter Plätzchen. Nisse Nilsson packte eine große Kiste voll mit Hering, Lachs, Pasteten und anderen Köstlichkeiten.
»Geburtstagsgeschenk für deinen Bruder«, sagte er. »Aber sag ihm, für Bier und Schnaps muß er selber sorgen.«
Es sollten viele Menschen kommen, Ragnar hatte überall in der Stadt Freunde.
Als der Tisch gedeckt da stand, waren wir Frauen stolz. Es sah schön aus mit Blumen und Birkenlaub und grünen Bändern. Man dachte fast überhaupt nicht daran, daß die weißen Tücher Bettlaken waren, und daß das Geschirr unterschiedlich war, zusammengeborgt bei den Nachbarn.
Als Mutter und ich hinauf in die Wohnung liefen, um uns die Sonntagskleider anzuziehen, hörten wir die Ziehharmonikaspieler kommen und anfangen zu üben. Den Hochmutswalzer. Ein Bengel kommt in den Saal herein, will tanzen mit der Trine sein.

Mutter kicherte. Dann nahm sie ihr altes Wolkleid heraus, schwarz und fußlang.
»Ein einziges Mal könnt Ihr wirklich ein moderneres Kleid anziehen. Das grüne...?«
Aber ich wußte doch, daß sie unnachgiebig war, sie wollte ehrbar aussehen. Alt und würdig.
Das Fest war ein Erfolg, die Leute sangen und aßen, und im gleichen Maß, in dem der Schnapspegel in den Flaschen sank, wurde es lauter und lauter. Mutter wirkte ängstlich, beruhigte sich aber, als Lisa ihr zuflüsterte, Ragnar habe nichts getrunken und werde dafür sorgen, daß keine Rauferein oder anderes Unheil entstünde. Mutter brach früh auf, sagte leise zu mir, sie sei müde und habe Rückenschmerzen. Ich brachte sie nach oben, half ihr ins Bett und breitete eine Decke über sie.
Sie war irritiert. Hilfe oder Freundlichkeiten hatte sie nie entgegennehmen können.
»Jetzt wird unten im Hof getanzt. Geh runter und amüsier dich.«
Ich tanzte eine Runde mit Nisse Nilsson. Aber ich hatte keine Freude dabei, ich dachte die ganze Zeit an Mutter und war nicht nur verärgert, sondern auch traurig. Warum konnte sie sich nicht freuen wie andere Menschen, wie all die Frauen, die hier in der Abendsonne saßen und tratschten und lachten? Viele waren viel älter als sie. Sie war erst dreiundfünfzig.
Sie war dreiundfünfzig!
Etwas unfaßbar Schreckliches wollte heraus, bohrte sich durch den Kopf.
Nein.
Doch. Sie war dreiundfünfzig, und ihr Sohn wurde heute vierzig.
Im Alter von dreizehn Jahren hatte sie ihn geboren.
Ich zählte neun Monate zurück, kam zum Oktober.
Da war sie zwölf. Ein Kind!
Das war doch nicht möglich. Er war vielleicht ein Pflegekind.
Nein, sie sind sich zu ähnlich!
Ich hatte immer gewußt, daß Ragnar einen anderen Vater hatte als ich und die Brüder. Wen? Ich hatte gehört, daß Mutter in ihrer Jugend in einen Vetter verliebt gewesen war, aber das war ja auch nicht möglich. Eine Zwölfjährige verliebt sich nicht so heftig, daß sie mit einem Mann ins Bett geht. Jemand hatte gesagt, daß sie vor Traurigkeit fast umgekommen wäre, als sie erfuhr, daß er einem Jagdunfall zum Opfer gefallen war. Wer? Ich muß Lisa fragen. Was konnte sie wissen?

Ich brach ebenfalls zeitig auf, sagte zu Lisa, ich müsse mich um Mutter kümmern.
»Ist sie krank?«
»Ich weiß nicht, ich mache mir Sorgen.«
Ich lief die Treppen hinauf und wußte, daß ich die Frage stellen mußte: »Mutter, schlaft Ihr?«
»Nein, ich ruh mich nur ein bißchen aus.«
»Ich habe gerade ausgerechnet, daß Ihr zwölf Jahre alt wart, als Ihr schwanger wurdet und knapp dreizehn, als Ihr niederkamt.«
Sie setzte sich auf, trotz der Dämmerung konnte ich sehen, daß flammende Röte in ihrem Gesicht aufstieg. Schließlich sagte sie: »Du bist schon immer schlau gewesen. Komisch, daß du nicht schon früher nachgerechnet hast.«
»Ja, das ist komisch. Aber jemand hat gesagt, daß Ihr in Ragnars Vater verliebt wart, und furchtbar traurig, als er starb. Das war wohl der Grund, warum ich weder darüber nachgedacht noch gefragt habe.«
Da fing sie zu lachen an, ein unheimliches Lachen. Als hätte sie den Verstand verloren. Als sie sah, daß ich erschrocken war, hielt sie sich den Mund zu. Es wurde ganz still.
Dann sagte sie: »Ragnars Vater war ein Gewalttäter und ein Unmensch. Nie im Leben hab ich mich mehr gefreut als damals, als sie ihn totgeschossen haben. Ich hab immer Angst vor ihm gehabt. Brauchte ich aber eigentlich nicht, weil da war ich ja schon mit Broman verheiratet und hab Kirchenpapiere gehabt für den Jungen.«
»Wie lange wart Ihr mit Ragnar allein, bis Ihr Vater kennengelernt habt?«
»Vier Jahre war ich eine Hure und lebte in Schande.«
Ich wagte sie nicht anzusehen, als wir uns auszogen und die Betten machten. Aber ich kroch zu ihr auf die Küchenbank und weinte mich in den Schlaf, während die Ziehharmonikas dudelten und der Tanz im Kreis um Bäume und Tische, Aborte und Schuppen unten im Hof weiterging.

Wie tanzte ich doch in jenem Sommer, als die Stadt dreihundert Jahre alt wurde und sich Liseberg selbst zum Geschenk machte! Jetzt meinen die Leute, es sei ja nur ein Vergnügungspark mit Karussells und Berg-und-Tal-Bahn. Auch wenn die meisten zugeben müssen, daß es schön ist.
Für uns, die wir dabei waren, als man ihn baute, wurde ein Märchen wahr. Häuser, so schön wie Tempel, standen in diesem Park mit Spiegelteich und Seerosenteich, mit Bächen, die an den Hängen sangen, Orchestern, die spielten, Theatern, Balletts in den Säulengängen und Tausenden, nein Hunderttausenden von Blumen.
Ich hab.e in wenigen Wochen drei Paar Schuhe durchgetanzt. Und ich erinnere mich an die erste Hälfte der zwanziger Jahre als die heiterste Zeit meines Lebens.
Es war nicht nur Liseberg.
Wir hatten einen Achtstundenarbeitstag. Das war wichtig für Mutter, deren Rücken sich etwas besserte. Dann bekamen wir Urlaub, und Aina und Greta und ich fuhren mit der Eisenbahn nach Karlstad. Von dort wanderten wir durch das Frykstal nach Sunne und Mårbacka. Schon allein die Reise war ein Abenteuer, nicht zuletzt für die Bevölkerung am See. Drei junge Frauen in langen Hosen (!), die ganz allein eine Wanderung machten, ja, das war schon etwas Besonderes in jener Zeit.
Jetzt merke ich, daß ich etwas Wichtiges vergessen habe: Selma Lagerlöf. Es war Aina, die in der Zeitung von ihr gelesen und in der Dickinsonschen Bibliothek »Die Löwenskölds« geliehen hatte. Alle drei lasen wir das Buch, wir zerfledderten es förmlich, wie wir es mit unsern Schuhen während des Jubiläumssommers getan hatten. Lieber Gott, wie hat sie uns beeindruckt!
Mich vielleicht am allermeisten, da ich alles wiedererkannte. Hier gab es sie, die Verzauberung der Kindheit. Ich las und las, und wiederum gewann die Welt an Tiefe. Hier erzählte eine, die wußte, daß nichts so war, wie es zu sein schien, daß alles einen verborgenen Sinn hatte. Ich legte Woche für Woche etwas von meinem Lohn zurück und kaufte ihre Bücher auf vertraglich festgesetzte Raten in der großen Buchhandlung Gumperts. Schön halbfranzgebunden. Mein Gott, wie stolz war ich, als ich sie in meinem kleinen Bücherregal sammelte.

Ich habe keine wesentliche Erinnerung an Selma Lagerlöfs Wohnsitz Mårbacka, und ich glaube, ich war damals enttäuscht. Vielleicht hatte ich mir eingebildet, daß dieser Herrenhof nur so strahlte, daß ein Schimmer über dem Park liegen mußte und daß Gösta Berling und Charlotte Löwensköld, Nils Holgersson und das kleine Mädchen aus der Moorkate unter den Bäumen lustwandeln würden.
Von Selma Lagerlöf habe ich gelernt, daß die Liebe eine gewaltige Kraft ist, unwiderstehlich, schmerzvoller und lieblicher, als ich es mir je hatte vorstellen können. Jetzt, so viel Zeit später, wird mir bewußt, was das Fräulein Lagerlöf mit uns gemacht hat, die wir jung und voll Sehnsucht und unter Bedingungen geboren waren, wo es kaum Platz gab für so großartige Gefühle. Jedenfalls begannen Aina, Greta und ich von einem Prinzen zu träumen.

Ich will es jetzt aber nicht nur auf die Bücher schieben. Als wir, eine nach der andern, nur noch Gedanken für den »einzig Richtigen« im Kopf hatten und die Ehe zum Ziel unseres Strebens machten, gab es auch andere Antriebskräfte. Obwohl wir die Zusammenhänge nie erkannten.
Es war ja so, daß Göteborg gegen Ende der zwanziger Jahre das Tempo mäßigte. Die Menschen bekamen weniger Geld, zwei Stände in der Halle machten Konkurs, Männer ohne Arbeit begannen sich in den Straßen herumzutreiben.
Die große Depression war eingeleitet. Aber damals am Anfang kannten wir weder das Wort noch dessen Bedeutung.
Die Zeitungen schrieben, daß die Frauen den Männern die Arbeit wegnahmen. Man forderte neue Gesetze, die verheirateten Frauen eine Berufstätigkeit verbieten sollten. In jedem Geschäft der Stadt wurde den Verkäuferinnen gekündigt, und die Besitzer stellten sich selbst hinter den Ladentisch. Ich, die es als Selbstverständlichkeit angesehen hatte, mich immer selbst versorgen zu können, wurde immer ängstlicher.
Es ist fast unmöglich, den jungen Frauen von heute zu erklären, daß die Sehnsucht nach Liebe sich mit der Angst paarte und zu einer verzweifelten Jagd führen sollte. Für uns ging es ums Überleben. Wir waren wieder dort angekommen, wo Mutter einmal gestanden hatte, einzig mit dem Unterschied, daß das Bauernmädchen auf der Suche nach einem Mann, der es versorgen konnte, die Unterstützung der Familie im Rücken hatte.
Wenn jemand empfänglich für die große Liebe war, dann war das sicher ich, als ich Arne kennenlernte. Er war Werkmeister auf einer der großen Werf-

ten, und bis dorthin konnte die Krise wohl doch nicht reichen? Aber dieses Gedankens schämte ich mich, und später, als Mutter sagte, das ist ein gestandener Mann, der kann eine Familie immer versorgen, wurde ich wütend: »Den würde ich auch heiraten, wenn er Straßenkehrer wäre.«

Ich habe schon einmal gesagt, daß ich die unglückliche Angewohnheit habe, mich besser zu machen, als ich bin. Beschönigen. Die einfache Wahrheit ist wohl, daß ich mich gezwungen sah, mich zu verlieben, jetzt wo Nisse Nilson kaum noch genug Lachs verkaufte, um meinen Lohn bezahlen zu können, und wo Greta, der der Käsestand gehörte, in Konkurs ging und sich als Dienstmädchen verdingen mußte.

Aber ich war auch verliebt. Es passierte etwas in meinem Körper, als ich Arne Karlberg zum ersten Mal sah. Ich bekam feuchte Hände, Herzklopfen und ein Kribbeln im Unterleib. Zum ersten Mal wurde mir bewußt, daß es in dem Loch, das ich hatte, eine Begierde geben konnte und ein heißes Verlangen im Blut.

Es war auf einer Versammlung in der sozialdemokratischen Vereinigung. Ein Mann nach dem andern stand auf und sagte das übliche von Ungerechtigkeit, und daß wir trotz der elenden Zeiten an unseren Forderungen festhalten müßten. Gegen Ende trat ein wahrer Riese vor und sagte, daß die Frauen den Männern nicht nur Arbeit wegnahmen. Sie würden auch dazu beitragen, die Löhne niedrig zu halten, wenn sie die gleiche Schwerarbeit leisteten wie die Männer, aber nicht Verstand genug hätten, den gleichen Lohn zu verlangen.

Ich fühlte eine solche Wut, daß ich meine Schüchternheit vergaß, mich zu Wort meldete und fragte, wie man sich denn vorzustellen habe, wie Frauen von versoffenen Männern, unverheiratete Frauen oder Witwen und alleinstehende Mütter ein Dach über dem Kopf haben und Nahrung für sich und ihre Kinder beschaffen sollten?

Unmutsäußerungen wurden in der Versammlung laut.

Da ging er, Arne, hinauf ans Rednerpult und sagte, daß er der Vorrednerin zustimme. Und daß die Gewerkschaften alle Kräfte einsetzen müßten, um die Frauen auf ihre Seite zu bringen und sich für ihre Belange einzusetzen. Gleicher Lohn für gleiche Arbeit, sagte er, und hier hörte ich diese Worte zum ersten Mal.

Das Publikum pfiff mißbilligend.

Aber ich sah ihn an, und es passierte all dieses Körperliche, das ich schon ge-

schildert habe. Er sah einmalig aus. Groß und blond, ein feinfühliges, aber auch kraftvolles Gesicht, blaue Augen und ein kämpferisches Kinn.
Endlich!
Nach der Versammlung kam er zu mir und fragte, ob er mich zu einer Tasse Kaffee einladen dürfe. Es gab ein Café in der Södra Allégata, dort gingen wir hin und stellten fest, daß wir doch keinen Durst hatten. Wir gingen also weiter durch die Allee und an den Kanälen entlang. Wir spazierten die halbe Nacht, auch entlang der Kaianlagen und der Västra und Norra und Östra Hamngata, also mit einem Wort durch die ganze Hafengegend. Schließlich setzten wir uns auf den Sockel des Denkmals für unsern Heldenkönig auf dem Gustav Adolfs-Torg, und Arne sagte, dieser König sei ein Räuber gewesen und ein Unglück, dem es nur gut täte, einem ehrlichen Gespräch zwischen modernen Menschen zuzuhören.
Ich mußte lachen. Dann sah ich ihn lange an, und mir fiel ein, was Vater von Karl XII. gesagt hatte, nämlich daß es eine gesegnete Kugel gewesen war, die diesem Helden ein Ende bereitet hatte.
Aber die Nacht wurde kälter, wir froren, und er brachte mich nach Hause. Im Hoftor sagte er, daß er noch nie etwas so Wunderbares gesehen habe wie das Mädchen auf der Versammlung, das da oben, gestanden und vor Zorn gesprüht hatte.

Er besaß ein Segelboot, er hatte es selbst gebaut. Am Freitag, als wir gerade unseren Stand schließen wollten, tauchte er in der Markthalle auf und fragte, ob ich am Samstag mit ihm segeln gehen wolle. Wir könnten die Schären nordwärts mit Kurs auf Marstrand durchkreuzen und uns die Festung ansehen.
Dann startete er einen Versuch und sagte: »So ein Törn kann seine Zeit dauern. Du mußt damit rechnen, daß wir im Boot übernachten müssen.«
Ich nickte, ich hatte verstanden, ich war bereit.
Er machte auch ein paar Vorschriften, warme Kleidung. Und leichte. Eier, Brot, Butter und Wurst wollte er besorgen. Wenn ich sonst noch etwas haben wollte, konnte ich das ja übernehmen.
Samstag mittag säuberte ich den Laden und nahm alle leckeren Reste mit. Ich hatte doch gesehen, daß er, als er vor den Auslagen stand, beim Anblick all der köstlichen Dinge, die wir verkauften, sehnsüchtige Augen gemacht hatte.
Was habe ich Mutter gesagt? Das habe ich vergessen.
Was mir von diesem Wochenende am besten in Erinnerung geblieben ist,

war weder Arne noch die Liebe in der engen Koje. Nein, es ist das Meer. Und das Boot.
Es ist merkwürdig. Ich wohnte zu der Zeit schon seit Jahren in Göteborg, ich hatte wahrgenommen, daß die Stadt nach Meer und Salz roch, wenn der Wind von Westen kam. Aber ich hatte das Meer noch nie gesehen. Alle Ausflüge hatten landeinwärts in die Wälder und zu den hohen Bergen geführt, nicht an die Küste. Gewiß war ich durch den Hafen gestreift wie alle andern, hatte die fremden Schiffe bestaunt und die Düfte von Gewürzen und Hanf und Früchten wahrgenommen. Und wie alle anderen Göteborger hatte ich am Kai gestanden, wenn die Kungsholm langsam hereinglitt und anlegte.
Aber der Amerikadampfer mit seinen schrägstehenden Schornsteinen, so - gewaltig und wunderbar, gehörte nicht zu meiner Welt. Das war für die Reichen da.
Jetzt saß ich in einem Boot, das mit gesetzten Segeln über die Unendlichkeit dahintanzte. Blaue Weiten bis ans Ende der Welt, Windgebraus, Wellenspritzer, Glitzern – so funkelnd, daß es in den Augen schmerzte.
»Ich geb dir eine Schirmmütze«, sagte Arne.
Aber ich wollte keinen schützenden Schirm, ich wollte weit offene Augen haben und alles aufnehmen, das Meer und den Himmel.
»Du mußt dir ein Hemd über die Schultern hängen, damit du keinen Sonnenbrand kriegst«, sagte er.
Aber ich wollte auch das Hemd nicht. Ich wollte all dieses Großartige mit dem ganzen Körper aufnehmen. Aber Arne gab, was das Hemd betraf, nicht nach, also mußte ich gehorchen. Und dafür war ich später dankbar, als der Abend kam und ich fühlte, wie die Haut im Gesicht und am Hals brannte.
»Backbord kannst du den Leuchtturm von Böttö sehen«, sagte Arne. »Und ganz weit dort draußen hast du Vinga. Wenn wir dorthin kommen, wenden wir und kreuzen dann nordwärts in der Fahrrinne zwischen Invinga und Vinga. Das Boot wird sich dann neigen, aber das ist nicht gefährlich.«
Ich nickte, doch als er das Ruder betätigte und das Boot sich auf die Seite legte, schrie ich auf, aber nicht aus Angst, eher wegen dieses kribbelnden Gefühls.
»Macht's dir Spaß?«
Spaß war nicht ganz das richtige Wort, und ich lachte wie ein kleines Mädchen.
»Es ist wunderbar!« schrie ich.
Wir kreuzten außerhalb des Schärengürtels hart am Wind die Küste ent-

lang, er sang in den Segeln, brauste vom Meer daher und fegte Salzwasser über uns hin.
»Wenn du dich fürchtest, kann ich reffen.«
Ich wußte nicht, was das bedeutet, sondern lachte wieder und schrie, ich fürchte mich nicht.
»Ich halte auf Stora Pölsan zu und komme unterhalb Kläverö in den Windschatten«, brüllte er. »Dort gibt es einen guten Hafen., den sie Utkäften nennen.«
Das alles klang meiner Meinung nach, als läse er Gedichte vor. Der Wind nahm zu, und Arne brüllte wieder:
»Wir müssen wohl die Fock runterholen.«
Ich zeichnete ein großes Fragezeichen in die Luft, er lachte schallend und schrie: »Übernimm du jetzt das Ruder, ich muß mal eben nach vorn.«
Ich nahm die Ruderpinne, er zeigte mir den Kurs an, genau auf die Spierentonne da vorn zu, weißt du. In wenigen Minuten hatte ich gelernt, Kurs zu halten.
Als die Fock niedergeholt war, richtete das Boot sich auf, wir verlangsamten die Fahrt. Kurz danach glitten wir in Lee hinter die Insel und es wurde paradiesisch still.
»Du darfst noch mal steuern, und ich lasse das Großsegel runter.«
Das Großsegel flatterte und schlug gegen den Mast, ehe es auf das Deck fiel. Dann war es still, ganz still. Es gab jetzt nur noch das leise Rauschen des durch das Wasser gleitenden Bootes. Eine Möwe schrie, und danach war die Stille noch tiefer. Dann ein gewaltiges Plätschern, als Arne den Anker ins Wasser warf, um dann als erster mit einem Tau an Land zu springen.
»Hier liegen wir gut«, sagte er, als er wieder an Bord kam. »Was ist denn los, du weinst ja?«
»Es ist so großartig.«
Dann standen wir an Deck, küßten und umarmten uns.
»Gott!« sagte er. »Du bist das Mädchen, auf das ich mein ganzes Leben gewartet habe.«
Dann zeigte er mir das Boot. In die Kajüte hinunter führte eine Treppe, und die Tritte waren zugleich die Griffe von großen, geräumigen Schubladen. In ihnen war eine ganze Küche untergebracht, Gläser, Porzellan, Messer, Besteck, Töpfe – einfach alles. Die Eßvorräte hatte er unter dem Boden der Kajüte verstaut, im Kielschwein, wie er es nannte. Er zeigte mir den Petroleumkocher, und wie ich damit umzugehen hätte.

Ich kochte uns etwas zu essen, während er sich um die Segel kümmerte, es roch himmlisch, Salz und Tang und Spiegeleier und Wurst. Wir aßen, als wären wir am Verhungern.
»Die See zehrt«, sagte er.
»Was bedeutet das?«
»Daß man vom Meer Hunger kriegt.«
Ich habe viele Erinnerungen an die Insel, an Blumen, die ich vorher noch nie gesehen hatte, daran, wie warm die Felsen unter den Füßen waren und wie die tauchenden Möwen auf uns zuschossen und dabei wie verrückt schrien.
»Sie haben Eier in den Nestern«, sagte Arne. »Wir wollen sie nicht stören.«
Genau dasselbe sagte Vater, wenn wir der Wolfsklippe im Frühjahr zu nahe kamen.
Dann gingen wir zurück zum Boot und küßten weiter, und jetzt fühlte ich, daß die Luft zwischen uns stach, als wäre sie elektrisch aufgeladen, und daß das Blut in den Adern rauschte.
Dann weiß ich noch, daß es weh tat, und dann war es vorbei. Es war irgendwie enttäuschend. Nicht überwältigend.

Mutter und ich waren allein in der Wohnung und konnten schön Ordnung halten. Ich hatte vom Blumenhändler in der Halle ein paar übriggebliebene Geranien bekommen, und Mutter pflegte sie, daß es vor unsern Fenstern die reine Pracht war. Sogar werktags gönnten wir uns schöne gestickte Decken auf dem Wohnzimmertisch.

Sie hatte bessere Laune, und das hatte seinen Grund nicht nur darin, daß wir vertrauter wurden und so gut miteinander auskamen. Nein, es war wohl hauptsächlich, weil es für die Brüder hoffnungsvoller geworden war. Alle drei hatten Arbeit und waren ordentlich verheiratet.

Gar nicht so selten wurde sie gesprächig. Wir konnten ganze Abende dasitzen und von alten Zeiten reden, uns alles ins Gedächtnis rufen. Ich erinnerte mich ja vor allem an die Seen, die Wanderfalken an der Wolfsklippe und das Vogelgezwitscher in der Abenddämmerung. Mutter erinnerte sich an die Menschen, an die Schmiedfrau mit dem bösen Blick, den Schmied, der den Vater zum Schnaps verführte. Und an Anna, die Hebamme.

»Du mußt dich auch noch an sie erinnern. Sie hat bei uns gewohnt, als du klein warst«, sagte sie, und da konnte ich es. Dieser sonnige Mensch, der mich alles gelehrt hatte vom Kochen und Backen, von Kräutern und Medizinen.

»Ein ehrlicher Mensch, das war sie«, sagte Mutter. »Und lieb.«

Sie war wie ein Engel, dachte ich. Warum, wieso hatte ich sie vergessen können?

»Du hast dein Leben bloß ihrer Tüchtigkeit zu verdanken«, sagte Mutter, und ich bekam alles über diese schreckliche Entbindung zu hören und von dem Kind, ›das nicht raus in die Welt wollte. Es hat sich festgebissen, bis die Anna mich hat aufschneiden müssen‹.

Ich war entsetzt, wagte nicht an den Samstag in Arnes Boot zu denken.

Am meisten sprachen wir von Vater und seinen Märchen.

»Erinnert Ihr Euch noch an die Erzählung vom Tod, der in seiner Höhle für jedes Menschenleben eine Kerze stehen hatte?«

»Ja. Die hat vom Johannes gehandelt.«

Da bekam ich vom Büßer zu hören, von Großmutters Tod und von Johannes und seiner Weissagung, die Vater betraf.

»Hat aufs Jahr genau gestimmt.«

Sie sprach von Ingegerd, der Tante, die nie geheiratet hatte und, obwohl eine Frau, ein freier und selbständiger Mensch gewesen war. Mitten im Erzählen hielt sie inne, und dann sagte sie etwas Seltsames: »Die hat ein eigenes Leben gehabt. Und deshalb hat sie immer können wahrhaftig und ehrlich sein.«
Wir schwiegen lange. Dann erzählte ich von Arne.
Sie wurde rot, wie immer, wenn sie sich aufregte: »Kann er dich und die Kinder versorgen?«
»Ja.«
Da dachte sie lange nach und dann sagte sie: »Hast du ihn gern?«
»Ich glaube schon.«
»Ist zum Anfang gar nicht so wichtig. Ist er ein guter Mann, magst du ihn schon mit der Zeit.«
Das war dermaßen weit entfernt von Selma Lagerlöf, daß man es sich kaum vorstellen konnte. Aber ich lachte nicht, ich hoffte nur, daß sie recht hatte.

Dann kam der Samstag, an dem Arne uns besuchen sollte. Inzwischen hatte ich ihm von Dalsland und von Vater, von meinen Brüdern, die solche Schwierigkeiten mit der Großstadt gehabt hatten, und von Ragnar erzählen können, der für uns wie ein Vater gewesen war, »er ist großartig und ein bißchen verrückt, aber jetzt hat er drei Autos, und alles gelingt ihm immer noch so gut wie bisher«.
Als die Rede auf Ragnar kam, wirkte Arne verbissen. Als ich aber von Mutter sagte, daß sie nett war, aber drauflosplapperte wie ein kleines Mädchen, strahlte er:
»Solche Menschen mag ich«, sagte er. »Die lügen nicht.«
»Du liebe Zeit«, sagte ich. Das stimmte ja und ich hatte nie daran gedacht. Und obwohl wir uns auf der Straße befanden, blieb ich stehen und umarmte ihn. Die Leute lachten, und Arne wurde verlegen.
Zu Hause war alles wunderschön, die teuersten Tassen und das teuerste Tischtuch, und zum Kaffee sieben Sorten Gebäck, wie sich das in Schweden gehörte. Mutter trug ihr schwarzes Wollkleid, das Straßhalsband, Rüschen am Hals und eine blendendweiße Schürze.
»Wir haben genau die gleiche Wohnung, nur umgekehrt, wenn ihr versteht«, sagte Arne.
Dann fiel sein Blick auf das Värmlandsofa: »Was für ein schönes Möbelstück! Eine wunderschöne Arbeit.«

Er strich über Fugen und Kanten, sagte, solche Tischlerarbeiten gebe es heute gar nicht mehr und solche prächtigen Intarsien auch nicht.
Weder Mutter noch ich wußten, was Intarsien sind, ich war erstaunt, und Mutter hätte vor Freude fast der Schlag getroffen.
»Ich sag Ihnen, Arne, wegen dem Sofa bin ich die ganzen Jahre von den ganzen Leuten immer nur ausgelacht worden.«
Alles lief an diesem Nachmittag wie geschmiert. Arne erzählte von seiner Arbeit bei den Götawerken und daß er für die Tischlerwerkstatt verantwortlich war, wo die Inneneinrichtung für die großen Schiffe hergestellt wurde.
Inneneinrichtung, das war ein neues Wort für mich und auch für Mutter.
»Meinst du die Möbel?«
»Ja, aber es sind keine gewöhnlichen Möbel. Das meiste ist eingebaut. Wie in meinem kleinen Boot. Nur eleganter, Mahagoni und Walnuß und so weiter.«
»Muß schön sein«, sagte Mutter.

Am späteren Nachmittag schaute Ragnar herein, und die zwei Männer musterten einander, als müßten sie gegenseitig ihre Körperkräfte abschätzen, ehe sie losschlugen. Doch sie schüttelten sich brav die Hände, und dabei fing Ragnar an zu lachen. Ich habe es wohl bisher noch nicht gesagt, aber er tut das in einer Weise, daß kein Mensch seinem Lachen widerstehen kann. Es läßt Raum und Geschirr beben und geht direkt ins Herz, zwingt jeden, der dieses Lachen hört, mitzulachen. Arne machte erst ein erstauntes Gesicht, dann lachte er, und dann lachten alle gemeinsam, daß die Blütenblätter der Geranien abfielen.
»Ich begreif nicht ganz, was da so lustig ist«, sagte Mutter. »Aber ich koch einen frischen Kaffee.«
Da sagte Arne etwas Erstaunliches. »Das Lustige daran kann wahrscheinlich nur ein Mann verstehen.«
Ich sah einen Funken Zustimmung in Ragnars Augen, ehe das nächste Gelächter durch die Wohnung schallte. Dann fingen die beiden Männer an über Autos zu reden, Ragnar führte das große Wort, aber es zeigte sich bald, daß auch Arne gar nicht so wenig über Motore wußte. Nach einiger Zeit fingen sie an, von Booten zu reden, und Ragnar gab klein bei: »Davon verstehe ich nichts. Man ist eben eine Landratte.«
»Komm halt mit auf einen Törn.«
Also wurde ausgemacht, daß wir am nächsten Tag segeln gehen würden,

wenn Wind und Wetter mitspielten. Aber Mutter wollte nicht: »Ich hab halt so eine Angst vorm Meer.«
Ich bekam am nächsten Tag meine Blutung, ging also auch nicht mit zum Segeln. Aber es war unverkennbar, daß die Männer, als sie gegen Abend heimkamen, ihren Spaß gehabt hatten. Darüber freute ich mich fast ebenso wie über die gesegnete Blutung.
Zwei Dinge von Wichtigkeit wurden an diesem Abend gesagt. Erst sagte Ragnar zu mir, du bist immer ein tüchtiges Mädchen gewesen, also ist es auch klar, daß du dir einen ordentlichen Mann finden konntest.
Arne strahlte vor Stolz, als Ragnar sich verabschiedete.
Und dann erfuhr Mutter, daß Arne noch zu Hause wohnte, obwohl er der Älteste von den Brüdern war. Da sagte sie:
»Dann bist du also einer von den Küken, die sich fürchten, das Nest zu verlassen.«
Er wurde erst rot und dann blaß. Zu der Zeit wußte ich noch nicht, daß er die Farbe wechselte, wenn er wütend wurde. Jetzt aber konnte er anstandshalber weder brüllen, noch mit der Faust auf den Tisch schlagen. Also schwieg er.
Viele Jahre später erzählte er mir, daß er seinen Entschluß wegen Mutters Worten an diesem Abend gefaßt hatte, denn dazu kam es schließlich. Aber erst als ich schwanger wurde. Da hatte ich seine Mutter bereits kennengelernt und langsam manches zu verstehen begonnen.

Sie saß in der Mitte des Sofas im Wohnzimmer des Amtmannwohnsitzes in Majorna. Allein. Sie war eine kleine Person, die viel Platz brauchte.
Sie war schön, glich den chinesischen Elfenbeinstatuetten, die in den eleganten Geschäften an der Avenue verkauft wurden. Aufrecht, langer Hals, fein gezeichnete Gesichtszüge, blaue Augen. So wie ihr Sohn. Aber sie waren kälter als seine, viel kälter. Ich machte einen tiefen Knicks vor ihr und streckte die Hand aus. Sie nahm sie nicht.
Da bereute ich den Knicks.
Es gab dort noch eine Frau, jünger und einfacher.
»Das ist Lotte, sie ist mit meinem Bruder verheiratet«, sagte Arne.
»Gustav kommt bald«, sagte sie. »Er hatte nur noch etwas zu erledigen.«
Ich mochte sie sofort, und sie schüttelte meine Hand ordentlich und lange, als wolle sie mir Mut machen.
Es dauerte eine Weile, bis ich seinen Vater erblickte, einen großen Mann, der überhaupt keinen Platz brauchte. Er saß im Winkel hinter der Küchentür und las Zeitung, er hatte etwas Scheues an sich, und er sah mir nicht in die Augen, als wir uns begrüßten. Aber er gab mir die Hand. Ich begriff sofort, daß er Angst hatte.
»Das also ist Johanna, die sich mit meinem Jungen verheiraten will. Vermutlich erwartet sie ein Kind«, sagte die Eiskönigin.
»Nicht daß ich wüßte«, sagte ich. »Im übrigen ist es wohl vor allem er, der sich verheiraten will.«
Das elfenbeingelbe Gesicht errötete vor Zorn, ehe es weiß wurde. Wie das des Sohnes.
»Mama.« Arnes Stimme war beschwörend.
Sie bot nichts an, nicht einmal die einfachste Tasse Kaffee. Alle schwiegen, es war gespenstisch. Ich sah mich um, es war eine Wohnung, die älter war als unsre und schäbiger. Dunkelbraune Tapeten, die Wände voll Photographien und Hochglanzjesusdrucke. Ich hatte, schon als wir über die Schwelle traten, sofort gemerkt, daß es hier nach Unsauberkeit roch, daß hier Leute wohnten, die in den Spülstein pinkelten. Dann stürzte Arnes Bruder herein und nahm mich fest in die Arme:
»Herrje, was hast du da für ein hübsches Mädchen erwischt«, sagte er zu sei-

nem Bruder. Zu mir sagte er: »Laß dich bloß nicht von unserer Mutter erschrecken, die ist nicht so mächtig, wie sie aussieht.«
Die Elfenbeindame griff sich ans Herz und Lotte sagte, dann gehen wir also. Gustav und Arne wollten ja das neue Segel ausprobieren.
Wir rannten alle vier die Treppe hinunter. Keiner sagte Adieu. Außer mir. Ich gab dem alten Mann die Hand.
Wir gingen nicht zum Boot, wir gingen nach Hause zu Gustav und Lotte. Sie hatten eine schöne Zweizimmerwohnung am Allmänna vägen, und dort war der Kaffeetisch gedeckt. Darauf stand sogar eine Torte, um mich willkommen zu heißen.
»Du hast hoffentlich keinen Schreck gekriegt, Mädchen«, sagte Gustav.
»Ein bißchen schon. Aber vor allem war ich erstaunt.«
»Arne hat also nichts gesagt?« Lotte stellte die Frage, und ihre Stimme war eisig.
»Was zum Teufel hätte ich denn sagen sollen? Das kann doch keiner beschreiben, wie Mutter ist.«
»O doch«, sagte Lotte, und der Frost klirrte in den Worten. »Sie ist selbstsüchtig und leidet an Größenwahn.«
Jetzt sah ich zum zweiten Mal, wie er erst weiß und dann rot wurde. Danach schlug er mit der Faust auf den Tisch und schrie: »Sie hat nur einen einzigen Fehler, und zwar liebt sie ihre Kinder zu sehr.«
»Jetzt beruhige dich schon«, schrie Lotte. »In unserm Haus benimmt man sich menschlich.«
Gustav versuchte zu vermitteln: »Das ist nicht so leicht, Lotte. Sie war eine gute Mutter, bis sie Herzbeschwerden bekam.«
»Und das kam ihr gerade gelegen, als ihre Söhne anfingen, sich Frauen zu suchen.«
»Jetzt gehen wir, Johanna«, sagte Arne wütend.
»Ich nicht«, sagte ich. »Ich habe nicht vor, diejenige zu sein, die Unfrieden zwischen euch stiftet. Und du mußt wohl zugeben, daß sie sich nicht gut benahm, als sie mir die Hand nicht gab und nicht einmal Kaffee anbot. Einen solchen Empfang habe ich bisher noch nie erlebt.«
Erst jetzt merkte ich, wie traurig ich war, ich schluckte den Kloß im Hals herunter, konnte aber nichts gegen die Tränen tun.
Gustav und Lotte trösteten mich, Arne wirkte verzweifelt.
»Könnt ihr nicht versuchen, mir das zu erklären, ohne Streit anzufangen.«
Das konnten sie nicht, und es wurde ganz still. Ich sagte: »Mir hat euer Papa

so leid getan. Der muß sich furchtbar geschämt haben. Warum hat er nichts gesagt?«
»Der hat sich schon vor Jahren das Reden abgewöhnt«, sagte Gustav. »Das ist schrecklich.«
»Aber er hätte sich ja behaupten können«, schrie Arne. »Warum, zum Teufel, ist er so feige, daß er sich nur verkriecht und schweigt?«
»Er fürchtet sich vor ihr«, sagte Lotte. »Genau wie du und Gustav.«
«Ich fürchte mich doch verdammt noch mal nicht vor ihr.«
»Dann zeig's ihr, geh erst wieder nach Hause, wenn sie sich entschuldigt hat. Und heirate Johanna.«
»Ich weiß nicht, ob ich noch will«, sagte ich und stand auf, bedankte mich für den Kaffee und ging. An der Tür hörte ich, wie Lotte Arne anschrie, daß er zuließ, wie seine Mutter sein Leben zerstörte. Er lief mir auf der Treppe nach, doch ich drehte mich um und sagte, daß ich allein sein wolle, daß ich nachdenken müsse.
Aber ich brachte es nicht recht fertig, die Gedanken überschlugen sich in meinem Kopf und gerieten ganz durcheinander.

Wenn ich mir jetzt ansehe, was ich da über diese erste und seltsame Begegnung mit Arnes Mutter geschrieben habe, frage ich mich, ob ich Unwahres vorbringe. Ich kann doch gar nicht Wort für Wort behalten haben, was gesagt worden ist. Das Leben wählt aus und verwirft, und vielleicht lüge ich ohne es zu wissen. Jedenfalls war es so, daß ich meine Schwiegermutter verabscheute solange sie lebte. Und im Lauf der Jahre begann ich die Seiten an Arne zu hassen, die an sie erinnerten, seine Forderung, immer im Mittelpunkt zu stehen, seine Art, dauernd seinen Willen durchzusetzen, sein Zorn und seine ewige Gereiztheit.
Als ich zu meiner Mutter nach Hause kam, sagte ich, daß ich noch nie einen so schwierigen Menschen getroffen hatte wie meine künftige Schwiegermutter. Ich weinte, während ich erzählte, und meine Mutter sagte: »Ist sie vielleicht auch religiös?«
»Ich nehme an, denn es war ein Kreuz an der Wand und Jesusbilder.«
»Das sind die Schlimmsten«, sagte Mutter. »Die sind böse im Namen des Guten.«

Arne wartete auf mich, als ich am Montagabend in der Halle Schluß hatte.
»Ich bin zu Hause ausgezogen«, sagte er.

»Und wo wohnst du jetzt?«
»Im Boot. Solange Sommer ist, geht das gut.«
»Was hast du ihr gesagt?«
»Nichts, ich war nur schnell dort und hab meine Sachen gepackt. Jetzt soll sie weich werden.«
Klar habe ich mich gefreut. Trotzdem?
»Ich brauche noch mehr Zeit zum Nachdenken«, sagte ich und ließ ihn stehen.

Aber es gab keine Zeit und ich hatte keine Wahl. Denn drei Wochen später bestand kein Zweifel mehr, daß ich schwanger war. Wir tauschten Ringe, wir versicherten einander, daß wir zusammengehörten, und ich überzeugte mich selbst, daß er lieb und zuverlässig war.
Mutter sagte: »Du brauchst nicht zu heiraten. Wir schaffen das Kind schon, du und ich.«
Das fand ich großartig.
Aber nun mußte ich ihr sagen, wie schlecht es um Nisse Nilssons Laden bestellt war, daß die Einnahmen kaum größer waren als die Ausgaben.

An diesem Abend konnte ich schlecht einschlafen. Ich wälzte mich im Bett, versuchte die Bilder von Arne ins Lot zu bringen. Der junge Mann, der in der Versammlung mutig aufgestanden war und sich hatte verhöhnen lassen, weil er für die Rechte der Frauen eintrat. Der Segler, der auf See seine verwegenen Halsen machte. Politisch klarsichtig, intelligent und aufgeschlossen. Werkmeister! Und dann dieser Jammerlappen, der sich vor seiner Mutter drückte.
Ich kann nicht leugnen, daß ich auch ein bißchen an Stig dachte, den Sohn des Fleischers, der in mich verliebt war und das Geschäft erben würde. Mit ihm konnte ich meine Arbeit behalten, alle Kollegen, mein ganzes Selbstvertrauen. Er war ein guter Mensch. Fürsorglich. Und seine Eltern mochten mich.
Aber er konnte meinen Körper nicht zum Sprühen bringen.
Wir wollten uns in Kopenhagen trauen lassen. Dorthin segeln. Aber erst sollte zu Hause bei Mutter das Aufgebot gefeiert werden. Sie hob Erspartes ab und nähte eine Aussteuer wie für eine Gutsbesitzerstochter, Laken und Kissenbezüge, handgewebte Handtücher, feinste Spitzen für Vorhänge und zwei Damasttischtücher.
Wohnungen waren knapp, aber wir verließen uns auf Ragnar, der würde das schon regeln, er mit seinen Verbindungen zu allen Baumeistern der Stadt.
Dann kam dieser schreckliche Montag. Ich war im dritten Monat schwanger, hatte aber merkwürdige Menstruationsschmerzen, als ich morgens zur Arbeit ging. Dort bei Nisse Nilsson brach ich zusammen und hatte einen

Blutsturz. Aina brachte mich im Taxi in eine private Geburtsklinik, wo sie mich narkotisierten. Als ich aufwachte, war mein Körper brennend leer. Mutter kam am Nachmittag, war blaß und sprach von Schicksal. Ragnar und Lisa schickten Blumen. Mir war übel, ich lag im Halbschlaf und hatte Heimweh, eine seltsame Sehnsucht nach einem unbekannten Ort, wo ich mich zu Hause fühlen konnte.

Sie weckten mich mit starkem Kaffee und einem belegten Brot. Ich kam zu mir. Es gab einige wenige Gedanken in meinem Kopf und reichlich Zeit, darüber zu brüten.

Wenn Arne auftauchte, wollte ich ihm sagen, er solle wieder zu seiner Mutter ziehen. Ruhig, nicht zornig oder boshaft wollte ich ihm erklären, daß dies das beste für uns beide sei. Er sollte seinen Seelenfrieden wiedererlangen und nicht zwischen seiner Mutter und mir hin und her gerissen sein. Ich würde frei sein, und das würde mir gut tun, denn ich war nun einmal ein sehr selbständiger Mensch.

Als er dann aber kam, nahm er meine Hände in seine, hatte feuchte Augen, und seine Stimme war unsicher: »Mein Mädchen«, sagte er. »Mein kleines Mädchen.«

Das war alles, es reichte, ich wußte mit einem Mal, daß er ein Mensch war, auf den man sich verlassen konnte. Und ich irrte mich nicht. Denn mit ihm war es so, daß, wenn es schwierig wurde, wenn Gefahr im Verzug war und Krankheit und Schrecken drohten, dann wuchs er über sich hinaus, dann wurde er stark und sicher, wie einst mein Vater.

»Es war ein kleiner Junge«, sagte Arne, und da sah ich, daß er weinte. Auch er.

Ehe sie ihn aus dem Krankensaal wiesen, versuchte er noch zu sagen, es sei ein Unglücksfall gewesen, und daß wir bald ein Kind haben würden. Das gab mir Hoffnung, und als ich für diese Nacht einschlief, drückte ich die Hände auf die schmerzende Leere unter dem Nabel und flüsterte: Komm wieder.

Später habe ich viele Male gedacht, daß es dieser Augenblick in der vornehmen Klinik war, der mein Schicksal besiegelte. Denn die Frage, wer er war, stellte sich im Lauf der Jahre immer wieder. Erst allmählich lernte ich, auch danach zu fragen, wer ich war. Und dann: Was er für mich war und ich für ihn? Was wir außer unserer Sehnsucht noch gemeinsam hatten? Er war doch wie ich, weit weg von zu Hause.

Erst jetzt, wo ich alt bin, begreife ich, daß Sehnsucht keine schlechte Basis für Gemeinschaft ist. Sie kann sicherer und auch größer sein als die Wirklichkeit, nach der ich mich in meiner Jugend so heftig gesehnt hatte. Jetzt glaube ich nicht mehr, daß es Wirklichkeit gibt und daß wir auf der Jagd nach ihr alles abtöten.

Mutter gab das Aufgebotsessen an einem sonnigen Sommersonntag gleich nach dem Gottesdienst. Arnes Mutter saß allein mitten auf dem Värmlandsofa, und endlich kam es zu seinem Recht. Sie paßten zueinander, die Elfenbeindame und das unbequeme, aber elegante Möbelstück. Sie sprach nicht viel, beobachtete aber sehr genau. Ein Verlobungsgeschenk hatte sie nicht dabei, und ich glaube nicht, daß es ihr peinlich war, als sie lange und kritisch Mutters feines Leinen begutachtete. Lisa, dieser liebe Mensch, widmete sich Arnes Vater, sie sprachen über Landwirtschaft, es kam Leben in seine Augen und Klang in seine Stimme.
Hier konnte er tatsächlich reden.
Dann kamen Gustav und Lotte mit einem Kaffeeservice, und Mutter und mir fiel auf, daß Lotte ihre Schwiegermutter nicht einmal grüßte. Als letzter fand sich Ragnar ein, und damit waren alle Schwierigkeiten ausgeräumt, das Gespräch in Gang zu halten. Er brachte weiß schäumenden Wein mit, öffnete die Flasche mit einem Knall und brachte einen Toast auf uns beide aus.
»Du hast mehr Glück gehabt als du verdienst«, sagte er zu Arne. »Johanna ist nämlich nicht nur das hübscheste Mädchen der Stadt, sie hat auch den besten Verstand und das gütigste Herz.«
Arne wirkte stolz, seine Mutter griff sich ans Herz, und Ragnar, der das sah, brach in sein berühmtes Gelächter aus. Als es sich in der Gesellschaft fortpflanzte, war es um die Selbstsicherheit der alten Frau geschehen. Ihr Blick war unstet, und die Hand mit dem Glas zitterte. Einen kurzen Augenblick lang tat sie mir leid.
Ragnar, der jetzt auch ein Taxiunternehmen hatte, brachte das alte Ehepaar nach Hause, während ich Mutter beim Abwaschen half. Arne schlich um uns herum, als wolle er etwas sagen, und schließlich brachte er heraus: »Sie ist ein bißchen eigen, meine Mutter.«
Nun war Hanna Broman keiner von den Menschen, die andern nach dem Mund redeten, und so sagte sie: »Das ist das mindeste, was man sagen kann. Mir tut bloß dein Vater leid.«
Dann war Ragnar wieder da und wollte mit uns eine Idee besprechen, die er hatte. Draußen zum Meer hin wurde gebaut, neue kleine Eigenheime rund um ein altes Fischerdorf, nur etwa fünf Kilometer von der Stadt entfernt.

Einer der Bauherren hatte seinen Job verloren und Konkurs gemacht. Ein Sägewerk, für das Ragnar fuhr, hatte das Haus übernommen. Es war bis zum Dach fertig, es fehlten eigentlich nur die Holzarbeiten im Innern und der Anstrich. Der Holzhändler wollte verkaufen, schnell und billig.
Während Ragnar erzählte, wurde die Farbe in Arnes Gesicht kräftiger, seine Augen strahlten: »Wieviel?«
»So um zwölftausend. Aber wir können ihn runterhandeln.«
»Ich habe aber nur halb soviel.«
Die Begeisterung in den blauen Augen erlosch, aber Ragnar sprach weiter: »Ist doch gut, den Rest kannst du bei der Bank leihen. Das geht, du hast eine feste Anstellung, und ich übernehme die Bürgschaft.«
»Aber ich habe Mutter versprochen, daß ich niemals einen Kredit aufnehme.«
»Teufel noch mal«, schrie Ragnar auf, und Arne, der einsah, daß er sich lächerlich gemacht hatte, sagte: »Wann können wir das Haus besichtigen?«
»Jetzt. Ich habe ein Auto draußen stehen. Aber vielleicht solltest du erst Johanna fragen.«
»Ansehen können wir es uns ja in jedem Fall«, sagte ich, und als wir die Treppe hinunterliefen, war ich ganz außer mir vor Erwartung und drückte Arnes Hand.
Da waren Lehm und Schutt, hohe Felsen und Granitbrocken, da wucherte Unkraut, und es gab ein halbfertiges Haus, niedrig und lang, drei Zimmer, Küche und im Obergeschoß Platz für ein Kinderzimmer. Uns gefiel es vom ersten Augenblick an, und mir fielen die seltsamen Träume ein vom Nach-Hause-Kommen und vom Seßhaft-Werden.
»Das wird viel Arbeit«, sagte Ragnar.
»Wer fürchtet sich schon vor Arbeit«, sagte Arne.
»Ich will einen Garten haben«, sagte ich.
»Hier ist es immer windig, es wird also nicht leicht sein«, sagte Arne. »Ich werde dir eine Mauer bauen, damit du einen windstillen Platz hast.«
Wir holten eine Leiter und kletterten in den oberen Stock, und es war, wie Arne es sich vorgestellt hatte: Wir schauten direkt aufs Meer und über den Hafen hinweg, wo die Fischerboote am Sonntag ausruhten.
Dann saßen wir den ganzen Abend in Mutters Küche und berechneten Zinsen und Darlehenstilgung. Es würde knapp werden, aber es würde gehen.

Aus der Segeltour nach Kopenhagen wurde nichts, es wurde eine einfache Trauung beim Pfarrer in Haga, und dann schufteten wir, ich auf dem Grundstück, Arne im Haus. Jetzt erst erfuhr ich, daß Arne eine Menge Freunde hatte und ein erstaunliches Talent, zu organisieren, anzuleiten und zu entscheiden. Er zahlte mit Schnaps zu all dem guten Essen, das ich kochte. An den Sonntagabenden wurde es lebhaft und nicht besonders viel getan. Er selbst trank selten einen Schnaps.
Auf den Grundstücken rundherum arbeiteten andere junge Menschen an halbfertigen Häusern. Ich fand schnell Bekannte, jungverheiratete Frauen mit den gleichen Erwartungen wie ich.
Im Oktober zogen wir ein, es war noch nichts gestrichen, und wir hatten fast keine Möbel. Aber wir hatten unsre Freude und einen Küchenherd und zwei Kachelöfen und brauchten also nicht zu frieren.

Die Zeiten waren weiterhin schlecht, es wurde sogar noch schlimmer. In der Kugellagerfabrik, wo fast 5000 Menschen gearbeitet hatten, waren nur dreihundert übriggeblieben. Die anderen hungerten und froren.
In einer leerstehenden Kugellagerwerkstatt in Hisingen wurden Autos gebaut, sie wurden Volvo genannt, und es gab Leute, die daran glaubten, daß daraus etwas werden würde.
Auch die Werften seien gefährdet, sagte Arne. Aber vorläufig schlug man sich wohl mit Reparaturen durch.
Mitten in alledem war ich glücklich. Ich legte einen Garten an, und ich übertreibe nicht, wenn ich sage, daß er großartig wurde. Niemand hatte so prächtige Äpfel wie ich, und nirgends, nicht einmal im Gartenverein gab es schönere Rosen.
Mein Garten hatte hohe Felsen im Rücken, einen offenen Hang nach Südwest und eine Mauer zum Meer hin. Und das Seltsame hier an der schwedischen Westküste ist, wenn du ein Fleckchen Erde in sonniger Lage hast, das gegen die Winde vom Meer geschützt ist, dann bekommst du einen Garten von fast südländischer Pracht. Du kannst Weintrauben ziehen und Pfirsichspaliere. Von Rosen gar nicht zu reden.

Ich erzählte Arne nie davon, daß es mit Nisse Nilssons Delikatessenladen bergab ging. Das war unnötig, denn Arne hielt es für gegeben, daß ich daheim bleiben und er die Familie versorgen würde.
Ich empfand es selbst, damals in jenem Herbst, in dem ich soviel zu tun hatte, als ganz natürlich. Da war die ganze Näherei für unser neues Heim, um nur eines zu nennen. Ich bekam eine alte Nähmaschine von Lisa, sie ließ sich schwer treten und verhakte sich dauernd, und ich fluchte und schimpfte über das Ungeheuer. Wenn Arne nach Hause kam, lachte er mich aus, zerlegte die Maschine in ihre Einzelteile, ersetzte hier etwas und ölte dort ein bißchen. Ich stand voll Bewunderung daneben. Wenn er sie wieder zusammengesetzt hatte, war sie gefügig, und im Lauf der Jahre habe ich mich viele Meilen darauf vorwärtsgestrampelt!
Unser erstes Möbelstück war eine große gebrauchte Hobelbank. Für den Keller! Als Ragnar sie herbeikarrte, wurde ich böse, eine Hobelbank zu kau-

fen, wo wir nicht einmal einen Tisch hatten, an dem wir essen konnten! Aber ich sagte nichts, und schon bald wurde mir vieles klar. Denn Arne verschwand allabendlich im Keller, und bald kamen Tisch und Stühle, Schränke und Regale in ununterbrochener Folge die Kellertreppe herauf.
Es waren schöne Möbel, Eiche, Mahagoni und Teakholz für die Arbeitsfläche in der Küche.
»Wo kaufst du nur dieses schöne Holz?«
Er wurde rot und sagte aufgebracht, ich solle nicht soviel fragen. Wie immer begriff ich nicht, wieso er dermaßen böse wurde.
Den größten Teil meiner Zeit in diesem ersten Herbst verbrachte ich damit, Malermeister Andersson zu bedienen. Er war einer von Arnes unzähligen Freunden, und ich hatte bestimmte Verhaltensregeln einzuhalten: Alle zwei Stunden ein Bier, nicht mehr, sonst werden die Tapetenbahnen schief. Warmes Essen und ein Glas Schnaps am Abend ehe er geht. Nicht mehr, sonst kommt er nicht wieder.
Auf diese Weise hielt ich Andersson in Trab, und unser Heim wurde im gleichen Maß heller, wie die Abende vor den Fenstern dunkler wurden. Wir bekamen hellgrüne Streifen im Schlafzimmer und zartrosa Rosen auf weißem Grund im guten Zimmer, wo die neuen Mahagonimöbel dunkelrot glänzten. Die Küche malten wir selbst an, denn eines Samstags war Andersson mit einer Kiste Bier verschwunden, die ich glaubte, im Vorratskeller gut versteckt zu haben.
Ich machte mir Vorwürfe, aber Arne lachte über die ganze Geschichte.

Weihnachten kam, und wir luden die Verwandtschaft zum Essen ein. Mutter widersetzte sich, sie hatte Schwierigkeiten mit den neuen Verwandten. Aber ich ging zu Ragnar und sagte ihm, wenn ihr nicht kommt, erschlag ich dich. Und so kamen sie alle, Mutter, Lisa, Ragnar und die Kinder. Und zwei von meinen anderen Brüdern mit ihren Frauen. Wir luden auch Gustav und Lotte ein, aber sie sagten ab.
Die Eiskönigin schwieg, nicht eine Bosheit kam über ihre Lippen.
»Da siehst du«, flüsterte Arne mir zu. »Sie wird weich.«
Ich konnte das nicht erkennen. Aber ehe wir zu Tisch gingen, geschah etwas Bedeutungsvolles. Es war ein schneeloser Winter, plus acht Grad und ein sanfter Wind vom Meer, als mein Schwiegervater und ich über das Grundstück gingen und ich ihm vom Garten erzählte, wie ich ihn mir erträumte. Der alte Mann war wie verwandelt, seine Stimme bekam Klang, sein Gang

war elastisch, und er sagte, er werde mir helfen. Hier könne ein Paradies entstehen, sagte er. Wenn wir nur nach Westen eine Mauer errichten... dann übernehmen Sonne und Golfstrom den Rest.. Ein Kartoffelacker, sagte er. Kohlrabi, Erdbeeren.

»Rosen«, sagte ich.

Als er lachte, war er Arne sehr ähnlich.

»Verlaß dich auf mich.«

Als die Gäste gegangen waren, ich gespült und Arne alle Reste der Weihnachtsspeisen in den Vorratskeller getragen hatte, erzählte ich ihm von meinem Gespräch mit dem alten Mann. Arne lachte übers ganze Gesicht, wurde aber bald ernst: »Das wird nicht gehen«, sagte er. »Mutter erlaubt ihm das nie.«

»Wollen wir wetten!« sagte ich. »Er kommt, egal was sie sagt.«

»Du bist ein eigenartiger Mensch«, sagte Arne und ich wurde rot. Vor Freude, aber auch weil ich mir keineswegs so sicher war, wie es den Anschein hatte. An diesem Abend saßen wir lange am Küchentisch und zeichneten, machten einen Entwurf nach dem andern, wie wir uns unseren Garten vorstellten. Ich sprach von Rosen und Violen, Arne von Kartoffeln und Gemüse. Wir müssen sparen, wo es nur geht.

»Ich weiß, aber ich will Rosen entlang der Mauer haben und ein großes Blumenbeet vor dem Haus. Phlox, Kletterrosen, Malven...«

Eines Morgens um die Januarmitte sagte ich zu Arne, daß wir heute abend zu seinen Eltern fahren sollten. Die Gartenentwürfe nehmen wir mit, dann können wir sie mit deinem Vater besprechen. Arne wurde gleichzeitig ängstlich und froh, ich sah es, tat aber, als merkte ich es nicht. Zu diesem Zeitpunkt hatte ich schon begriffen, daß er dauernd ein schlechtes Gewissen hatte, weil er seine Mutter vernachlässigte. Als wir in dem alten Haus in der Karl Johansgata durch die Tür traten, freute sie sich, sie brauchte mehrere Sekunden, um ihre Gesichtszüge erstarren zu lassen. »Kommt doch herein. Ich koche gleich Kaffee.«

Wir setzten uns an den Küchentisch, ich holte meinen Schwiegervater aus der Küchenecke und sagte, nun komm schon, wir wollen etwas besprechen. Und es gelang mir, es kam wieder Leben in den alten Mann, er hatte Einwände, er hatte nachgedacht. Bergkiefern hier am Mauerende, sagte er. Es weht ja nicht nur der Westwind, der Sturm kann auch von Süden kommen. Die Mauer müsse winklig verlaufen, sagte er, denn Johanna will Rosen haben und braucht eine Wand genau im Süden.

Am erstauntesten war nicht etwa die Eiskönigin, sondern Arne.
Und froh, so froh. Da wagte ich den nächsten Schritt: »Ich will versuchen, das mit meinem Bruder zu regeln, damit du hin und zurück mit dem Auto fahren kannst, Schwiegervater.«
»Ich nehme den Bus«, sagte der alte Mann.
»Wenn du zu müde bist, kannst du in der Kammer übernachten«, sagte Arne.
Meine Schwiegermutter schwieg.
Der Frühling, in dem mein Schwiegervater und ich den Garten anlegten, war beglückend. Wir liehen Pferd und Egge auf einem Bauernhof, und der alte Mann lenkte, als hätte er nie etwas anderes getan. Wir stachen um, legten Kartoffeln in die Erde, teilten Beete ein, und ich baute Gemüse an, wir hoben eine Rabatte aus und ich säte Blumensamen, wir gruben tiefe Löcher und setzten Apfelbäume und Johannisbeersträucher. Einmal, als wir uns bei Kaffee und belegten Broten erholten, sagte Schwiegervater: »Ich hab ja altes Bauernblut in den Adern.«
Da fühlte ich, daß ich das auch hatte.
Mein Schwiegervater war kein Mann vieler Worte, und doch lernte ich unendlich viel von ihm. Zwischen frischem und gut ausgereiftem Mist zu unterscheiden. Wie man Erde zwischen den Fingern zerkrümelt, um zu fühlen, ob sie Sand oder Torfmull braucht. Daß die hübschen Stiefmütterchen Kalkmangel anzeigen und daß ich dauernd ein wachsames Auge auf den Lehm haben mußte, der das lockere Erdreich in der Rabatte hart werden ließ. Es war das Wissen eines erfahrenen Menschen, und das konnte ohne viele Worte vermittelt werden.
Aber er hatte auch neue Ideen.
»Rosen sind wohl schön im Sommer«, sagte er. »Aber ich würde an der Mauer hier oben unter dem Fenster auch eine Forsythie setzen. Und unterhalb Traubenhyazinthen und Krokusse.«
Ich nickte, ich konnte es vor mir sehen. Also legten wir zwischen Mauer und Küchenfenster eine Frühlingsecke an. Es wurde wunderschön, und wie freute ich mich im März, wenn die blauen Tage frostig vor dem Fenster standen und man kaum die Nase in den eisigen Wind zu stecken wagte. Da saß ich mit meiner Kaffeetasse am Küchentisch und blickte hinaus auf die goldenen Wolken des Frühlingsstrauches.
Schwiegervater versuchte mich auch Geduld zu lehren.
»Anpflanzen heißt abwarten«, sagte er. »Gegen das Wetter kann keiner an.«

Das stimmt, aber ich lernte es nie, mich zu gedulden. Ich wurde zornig, wenn es im Mai auf die Tulpen schneite, und wenn der tückische Februar Knospen an Büschen und Bäumen hervortrieb, um sie mit Nachtfrost wieder umzubringen.
Und ich verfluchte die Pfingstrosen, die sich im dritten Jahr immer noch nicht herabließen zu blühen, obwohl ich ihnen sowohl Dung als auch frische lockere Erde gab. Im vierten Frühling schaute ich erst an dem Tag nach ihnen, als ich mit dem Spaten kam, um sie auszugraben und auf den Kompost zu werfen. Da waren sie von dicken Knospen übersät. Und seither blühen sie schon seit zwanzig Jahren in jedem Frühsommer.
Es waren aber nicht nur mein Schwiegervater und ich, die sich mit dem Garten abplagten. An den Wochenenden errichtete Arnes Bruder Stein um Stein eine Mauer. Gustav war Maurer und fröhlich wie eine Lerche, wenn er mit seinem Vater über frostsichere Tiefe, Höhe und Breite räsonierte und ob man sich eine Abschrägung aus Dachziegeln leisten sollte. Das soll man, sagte der Alte, und es klang wie ein Befehl.
Die Mauer bekam keine scharfe Ecke, sie war gegen Südwest abgerundet und schloß an den Felsen an, der nach Norden hin eine sanfte Kurve bildete. So wurde mein Garten einer runden Schale gleich, in deren Mitte das Haus stand.
Eines Tages tauchte mitten in der harten Plackerei Ragnar auf. Der Pritschenwagen war beladen mit Rosen, Kletterrosen, Edelrosen, altmodischen Bauernrosen. Ich sprang wie ein kleines Mädchen fröhlich um ihn herum.
»Wo hast du denn das alles gekauft? Und was hat das gekostet?«
»Das geht dich überhaupt nichts an, Schwesterchen«, sagte er und sah aus wie Arne, als ich ihn damals fragte, was dieses teure Möbelholz gekostet hatte.

Ich merke, ich muß gut aufpassen, daß nicht die schönen Erinnerungen an die Vergangenheit in banale Wahrheit verkehrt werden. Das geschieht nur allzu leicht. Diese gesegnete Fähigkeit, all das in Erinnerung zu behalten, was schön war und das zu vergessen, was es an Sorgen gab, ist wohl eine Gabe, die uns geschenkt wurde, um durchzuhalten. Aber vieles gerät in ein falsches Licht, wenn man auf Sand baut, wie Arne es tut, wenn er von seiner guten Mutter und seiner schönen Kindheit spricht.
Vielleicht bin ich ungerecht. Denn was kann man wissen, was weiß man eigentlich darüber, was Lüge ist und was Wahrheit. Darüber wie es war und wie man es als Kind erlebt hat? Inzwischen bin ich dauernd unsicher.
Jedenfalls bestehe ich darauf, daß die ersten Jahre da draußen am Meer gute Jahre waren. Ich nahm die Tage wie sie kamen und meinen Mann wie er war. Ich glaube nicht, daß die Verliebtheit junger Frauen so blind ist, wie sie es sich manchmal einzureden versuchen.
Als ich zum ersten Mal einen von Arnes Wutausbrüchen erlebte, wurde ich fast ebenso zornig wie er, zeigte auf die Tür und schrie: Verschwinde! Er hatte zwei Teller kaputtgeschmissen, der ganze Küchenfußboden war mit Suppenpfützen, Essensresten und Porzellanscherben bedeckt.
Ich wischte es nicht weg, sondern ging schnurstracks ins Schlafzimmer und packte eine Tasche. Dann setzte ich mich in die kleine Diele und wartete. Als er wiederkam, war er verzweifelt und voller Reue:
»Johanna. Verzeih mir.«
Da bekam ich Angst und ich dachte zum ersten Mal, daß dieser häufige Sinneswandel etwas Verrücktes an sich hat, etwas Krankhaftes. Sah ich doch, daß er die Zerknirschung ebenso genoß wie die Raserei.
»Ich hatte vor, heim zu meiner Mutter zu fahren«, sagte ich. »Passiert das noch einmal, tu ich's.«
Dann ging ich zu den Hügeln hinauf, saß lange auf einem Felsenvorsprung, vergoß ein paar Tränen und sah die Sonne im Meer versinken. Als ich zurückkam, war die Küche aufgeräumt, und danach war er eine ganze Woche fast schon unnatürlich lieb.
Als es das nächste Mal passierte, schlug er mich. Es war Sommer, ich lief weg, floh zum Bus, in die Stadt und zu Mutter. Sie sagte nicht viel, als sie mich ver-

pflasterte und zu Bett brachte. Aber sie nahm es nicht sonderlich ernst, sie meinte, das sind so Sachen, mit denen die Frauen sich abfinden müssen.
»Wollt Ihr damit sagen, der Vater hat Euch geschlagen?«
»Das hat er wohl, öfter sogar.«
Ich wurde traurig. Ich wußte ja, daß sie nicht log, und trotzdem empfand ich es wie eine üble Nachrede.
Später wurde mir klar, daß sie mit Ragnar gesprochen hatte, denn als Arne voll Reue und Selbstmitleid in Haga auftauchte, sagte er, mein Bruder habe ihm mit einer polizeilichen Anzeige wegen Gewalt gegen die Ehefrau gedroht.
»Das ist gut«, sagte ich. »Wenn er zur Polizei geht, kann ich mich leichter scheiden lassen.«
Vierzehn Tage lang suchte ich Arbeit in der Markthalle und bekam ein paar Stunden hier und ein paar Stunden dort. An eine feste Anstellung war nicht zu denken, ein Stand nach dem anderen hatte zugemacht. Dann traf ich Greta, die auf Damenfriseuse umgelernt und einen kleinen Salon in der Vasastadt eröffnet hatte, wo die Leute es sich noch leisten konnten, sich ondulieren zu lassen. Ich konnte bei ihr anfangen, den Beruf erlernen und es mit der Zeit zu soviel Lohn bringen, daß ich alleine durchkommen konnte. Aber kaum hatte ich ein paar Damenköpfe gewaschen, mußte ich feststellen, daß ich wieder schwanger war. Mutter sagte, es sei, genau wie sie schon immer geglaubt hatte, eben Schicksal.
Als ich zum Haus am Meer zurückfuhr, war der Garten von Unkraut überwuchert, und die Johannisbeersträucher brachen fast unter der Last der überreifen Beeren. Ich freute mich trotzdem über das Wiedersehen, ich wagte mir einzugestehen, daß ich mich die ganze Zeit über hierher gesehnt hatte ... zu den Apfelbäumen und den Blumen und der Aussicht aufs Meer. Arne weinte wie ein kleiner Junge, als er nach Hause kam und mich vorfand. Ich sagte es, wie es war, daß ich zurückgekommen sei, weil wir ein Kind haben würden. Er freute sich, und seine Freude war echt. Aber ich glaubte seinen Versicherungen, daß er seinen entsetzlichen Launen nie wieder nachgeben werde, nicht mehr.
Es kam größere Wärme zwischen uns auf, obwohl ich ständig wachsam war. Wirklich ruhig war ich nur, wenn Ragnar zu uns heraus kam, und er kam oft. Wenn er wußte, daß Arne zu Hause war, fragte er übermütig: »Und wie geht's dir, Schwesterchen?«
Das war kränkend, anfangs fürchtete ich, Arne könnte wütend werden und

ließe dann seinen Zorn an mir aus. Aber er wurde nicht böse, und mit der Zeit begriff ich, daß er es genoß, an seinen Platz verwiesen zu werden.
Ich würde meinen Mann nie verstehen lernen.
Im September hatte ich wieder eine Fehlgeburt. Mir fällt es zu schwer, darüber zu berichten.
Das, woran ich mich erinnern will, sind der Garten und die langen Segeltörns in diesem Sommer zu zweit. Es war großartig, im Boot wurde Arne erwachsen, nie unberechenbar. Wir segelten nach Kopenhagen und genossen es, durch Gassen und Parks zu schlendern und all das Einmalige zu betrachten.

Im nächsten Sommer segelten wir in den Oslofjord, um die Verwandtschaft zu besuchen.
Während meiner Jugendjahre hatten sich meine Phantasien um meine Tante, die schöne Astrid, gerankt. Ich hatte vage Erinnerungen an etwas Schmetterlingshaftes, Interessantes und Wunderbares. Außerdem hatte ich die Briefe. Hanna und Astrid unterhielten durch all die Jahre einen regen Schriftwechsel. Astrids Briefe waren lang, voll witziger Ideen und ungewöhnlicher Gedanken. Da Mutter nicht gut rechtschreiben konnte, hatte immer ich die Antworten abfassen müssen. Astrid fragte oft nach Ragnar, und ich schilderte in wohlgesetzen Worten, wie gut es ihm in Göteborg ging, und wie glücklich er mit Lisa und ihren beiden Söhnen war.
Sie antwortete, sie habe immer gewußt, daß es ihm im Leben wohlergehen werde, daß er ein Liebling der Götter sei und freien Zugang zu ihren guten Gaben habe.
Ich liebte ihre erstaunlichen Formulierungen und die flüchtige Handschrift, die über die Seiten hineilte.
Als ich ihr schrieb, daß ich heiraten wolle, schickte sie mir eine Perlenkette, echt, aber aus Zuchtperlen, und so lang, daß sie mir bis auf den Bauch hing.
Ich muß ehrlich zugeben, daß ich viel mehr in die Briefe hineinschrieb, als Mutter mir diktierte und ich ihr vorlas.
Henriksen hatte seinen Betrieb nach Oslo verlagert, und soweit wir verstanden, lebten sie dort gut. Daher war mir an diesem Julitag, als Arne sein Boot in dem eleganten Gasthafen der norwegischen Hauptstadt vertäute, elend zumute: »Ich fühle mich wie die arme Verwandte vom Land.«
»Ach was. Wenn sie nicht nett sind, trinken wir eine Tasse Kaffee und gehen wieder. Aber vielleicht solltest du erst anrufen.«

Also rief ich an, und die sanfte Stimme am Telefon freute sich so sehr, daß sie trillerte. »Ich komme, ich komme sofort und hole euch.«
Sie fuhr ihren eigenen Wagen, sie war ebenso schön wie in meinen Träumen. Es war, als hätten die Jahre keine Spuren an ihrer Gestalt oder in ihrem Gemüt hinterlassen, geblümte Seide umgab die schlanke Figur wie eine Wolke, und sie roch wie die Pfirsichblüten zu Hause an der Mauer. Sie umarmte mich, schob mich von sich, schlug die Hände zusammen und sagte: Gott, bist du hübsch geworden, Johanna. Dann umarmte sie Arne, der errötete, entzückt und entsetzt, und sagte: »Nicht zu fassen, wie ähnlich ihr euch seid.«
»Ja, sind wir wirklich!« lachte Astrid. »Das ist altes Familienerbe. Und ich habe es sogar doppelt, genau wie Ragnar, nur in anderer Weise.«
Wir verstanden das nicht, und sie fuhr mit zur Seite geneigtem Kopf und herabgezogenen Mundwinkeln fort: »Meine eigenen Söhne geraten alle Henriksen nach und sind häßlich wie nur was. Jetzt will ich das Boot sehen.«
Sie sprang an Bord, leichtfüßig wie eine Elfe, bewunderte alles und küßte Arne, als sie zu hören bekam, daß er von A bis Z alles selbst gebaut hatte, Boot und Einrichtung.
»Henriksen will auch ein Segelboot haben«, sagte sie. »Wenn er das hier sieht, wird er verrückt. Verrückt, sagte sie, sie sprach schnell, und ich merkte, daß ich Norwegisch nur schwer verstehen konnte. Obwohl es fast so klang wie zu Hause.
Wir aßen in ihrer großen Wohnung zu Mittag, sie und ich plauderten eifrig, während Henriksen und Arne über Hitler diskutierten. Plötzlich hörte ich Arne laut aufschreien: »Ist das wahr!«
Henriksen machte Geschäfte mit Deutschland, und wir hörten jetzt zum ersten Mal von den Juden reden, die verschwanden, und von den Geisteskranken, die getötet wurden.
Henriksen war seiner Sache sicher. Es wurde still am Tisch, und das Atmen fiel schwer. Schließlich sagte Astrid: »In wenigen Jahren werden die Nazis in ihren Stiefeln über die Karl Johann-Promenade trampeln.«
Es klang wie eine Weissagung, Arne protestierte. »Das wird England nie zulassen.«
Aber Henriksen seufzte, als er sagte: »Astrid sagt das jetzt schon lange. Und sie hat wirklich die Gabe, in die Zukunft zu sehen.«
Henriksen und Arne segelten zusammen, aber der Fischhändler war alt, hatte einen schwerfälligen Körper und lernte nur langsam. Aus dem wird nie ein Segler, sagte Arne hinterher. Wir aßen noch einmal in der eleganten Woh-

nung zu Mittag, ich lernte meine Kusinen kennen und fühlte mich zum ersten Mal wirklich wie die arme Verwandte vom Land.
Das Wichtigste für mich in Oslo war ein langes Gespräch, als Astrid, Arne und ich draußen im Café des Museums saßen, in dem das Osebergschiff ausgestellt ist. Wir sprachen von meinem Vater, sie machte viel Worte um ihn und hatte viele Erinnerungen. »Er war ein Mensch, der sich damit begnügte, auf der Welt zu sein«, sagte sie. »Ihr wißt, diese Sorte braucht sich nicht hervorzutun.«
Dann erfuhr ich, wie sehr er mich geliebt hatte, seine kleine Tochter, die den Namen des Kindes trug, das er in seiner ersten Ehe gehabt hatte, wie er mich als Baby umsorgt, mich in einer Kiepe auf dem Rücken getragen und mich gelehrt hatte, auf alle Stimmen des Waldes zu hören und die Gewässer, die Himmel und die Wolken zu sehen.
»Hanna fand das natürlich albern«, sagte Astrid. »Du warst ja nur ein Säugling.«
Ich hatte es doch gewußt, denn der Körper und die Sinne haben ihre eigenen Erinnerungen. Aber keiner aus meiner Familie hatte je ein Wort darüber verloren, nur erzählt, daß er mich sehr verwöhnt hatte. Jetzt bestätigte sich alles. Sie sprach von seinen Märchen und seinen Liedern. Das hatte Mutter auch getan, darum war ich jetzt gar nicht so überrascht.
»Ich habe oft an dich gedacht und daran, welch großen Verlust du erlitten hast, als er starb«, sagte sie.
Dann schwieg sie eine Weile, als zögere sie weiterzusprechen: »Trotzdem habe ich ihm gegönnt, daß er sterben durfte. Als wir uns das letzte Mal trafen, sagte er, daß das Leben für ihn immer zu schwer gewesen sei. Daß er es schon als Kind als Last empfunden hatte.«

Im Winter gingen Arne und ich auf die Parteiversammlungen, ich las und lernte viel, und es gab viel, worüber wir sprechen konnten.
Arne bastelte ein Radio zusammen, ein riesiges Ungeheuer, das ich wegen der Musik liebte. Als er mein Interesse bemerkte, begleitete er mich in Konzerte, wo er im Sessel einschlief, während ich genoß.
Wir kauften uns ein Grammophon mit einer Kurbel zum Aufziehen.
Es waren gute Jahre.
Aber wir teilten auch die Unruhe wegen Hitler und den Nazis in Deutschland. Ragnar, der politisch eine Null war, sagte, dieser Satan bringe wenigstens die Räder wieder zum Laufen, und Arne meinte, jetzt, wo die Aufrü-

stung in Schwung käme, würden die Zeiten sicher besser werden. Aber dann komme auch Krieg.

Er klang wie Astrid, aber ich wollte mir keine Angst einjagen lassen.

Ich war wieder schwanger. Und dieses Mal sollte geboren werden, das beschloß ich. Der Arzt, Beistand während meiner Fehlgeburten, hatte versichert, daß ich völlig gesund sei.

Die Bezirksschwester kam einmal in der Woche. Sie war eine unkomplizierte Person und sagte zu Arne, er solle zuversichtlich sein und gut auf mich aufpassen. Das tat er, man konnte sich in kritischen Situationen immer auf ihn verlassen. Mir befahl sie, glücklich zu sein.

Ich tat mein bestes, ihr zu gehorchen. Ich dachte an meinen Garten und besorgte mir neue Samenkataloge, ich dachte an Arne und daran, um wievieles sanfter er geworden war, ich dachte an Mutter, die bald ihre Rente und damit Ruhe bekommen würde. Am meisten dachte ich an all das Schöne, das Astrid über Vater gesagt hatte, und jeden Abend vor dem Einschlafen versprach ich, ihm eine Enkelin zu schenken.

Ich war ganz sicher, daß es ein Mädchen sein würde. Und seltsamerweise war Arne das auch.

Ich habe ganz flüchtig erwähnt, daß wir dort draußen in dem alten, Fischerdorf Nachbarn bekommen hatten, junge Familien wie wir selbst. Und daß es nette Menschen waren, Leute, die Freunde werden konnten. Ich war vermutlich mit den meisten befreundet, wir tranken in den verschiedensten Küchen Kaffee miteinander, schwatzten und tauschten auf Frauenart Vertraulichkeiten aus. Gegen manche Frauen wehrte ich mich, es waren solche, die keinerlei Abstand wahren konnten. Es war interessant und zugleich unangenehm zu sehen, wie wir die Beziehungsmuster wiederherstellten, die das Leben in den alten Dörfern bestimmt hatten, wo wir alle unsere Wurzeln hatten. Wir beobachteten und beneideten, standen bei und winkten ab. Sehr bald hatten wir einander eingestuft, ganz unten die armen Teufel, die arbeitslos waren und soffen, und ganz oben die Vornehmen.
Am vornehmsten war die Lehrerfamilie. Dann kamen der Lotse, der Polizeibeamte und der Zöllner. Nein, gleich nach dem Lehrer kam wohl Frau Gren, die den Kaufladen führte. Nicht weil es ihr so besonders gutging, eher, weil sie Macht besaß. Sie war es, bei der man um Kredit bitten mußte, wenn es manchmal gegen Ende der Woche knapp wurde.
Die Alteingesessenen, die Fischer und ihre Familien, lebten in einer Welt für sich. Sie mieden den Kontakt mit uns. Sie waren Mitglieder der Pfingstbewegung und bekannten sich zumindest an den Wochenenden und Feiertagen dazu.
Ihre Boote liefen Sonnabend vormittag ein. Da waren sie schon im Fischereihafen in der Stadt gewesen und hatten ihren Fang verkauft. Wenn sie ihre Boote vertäut hatten, fuhren die Junggesellen, schön angezogen, geschlossen in die Wirtshäuser in Majorna und fingen an zu saufen. Im Laufe der Nacht kamen sie zurück, und es gab im Hafen Lärm und Gejohle. Manchmal hatten sie Frauen dieser bestimmten Sorte an Bord. Aber am Sonntag, wenn die Fischerjungs ihren Rausch ausgeschlafen hatten, gingen sie mit finsteren Gesichtern in die Pflingstlerkirche, wo sie ihre Sünden bekannten und Vergebung erlangten.
Arne fand das empörend, ich fand es merkwürdig, aber Mutter, die an den Wochenenden oft zu Besuch kam, fand es nur natürlich, es sei, wie es immer gewesen war, meinte sie.

Natürlich hatten wir auch eine Klatschbase von der üblichen Art, mit Augen, die höchstens einen Meter weit sahen, immer nur ein Stückchen nach dem anderen, dafür aber ganz genau und bis zur kleinsten Kleinigkeit. Sie deutete natürlich alles zum Schlimmsten, wenn sie die Details zu undurchschaubaren Mustern zusammengefügt hatte.
Arne sagte über Agneta Pettersson, sie wisse alles aus den Briefen, die wir bekamen. Und das schon, ehe sie überhaupt geschrieben waren. Er verabscheute sie.
»Man fragt sich nur, wie Karlgrens sich den schönen Garten und das Boot leisten können«, sagte sie zu Irene, die nebenan wohnte und nicht zögerte, es uns weiterzuerzählen.
Ich mußte lachen, Arne wurde wütend.
In diesem Frühling bekamen wir ein Telefon. Noch schlimmer war, daß Arne von Ragnar ein altes Auto kaufte, einen abgetakelten DKW. Er vernachlässigte das Boot, um das Auto zu reparieren, nahm den Motor auseinander, wechselte Teile aus und erntete viel Lob von Ragnar.
»Du kannst jederzeit einen Job als Mechaniker bei mir haben.«
Aber Arne war auf diesem Ohr taub, er war stolz auf seine Arbeit in der Werft, wo jetzt gute Zeiten herrschten.
»Wir bauen Kufen für Flugzeuge«, sagte er. »Das Militär hat sie bestellt, sie wollen Norrland damit verteidigen.«
»Gütiger Gott!«

Mitten hinein in unsere rotbunte Eigenheimsiedlung zog eine jüdische Familie. Agneta Pettersson bekam viel zu beobachten und viel zu reden, sie rannte mit ihrem Klatschmaul aufgeregt herum, wie Mutter das ausdrückte.
Rakel Ginfarb sah aus wie ein Vogel und war auch ebenso scheu. Ich dachte an das, was Henriksen in Oslo erzählt hatte, ging in die Gärtnerei, kaufte einen Blumenstock und klingelte an der Tür der neu Hinzugezogenen: »Ich wollte Sie nur willkommen heißen«, sagte ich.
Sie sah wohl, wie verlegen ich war, denn sie ließ ganz langsam ein Lächeln zu, und ich wagte weiterzusprechen: »Wenn Sie Hilfe brauchen oder etwas fragen möchten, ich wohne im letzten Haus Richtung Hafen.«
»Danke«, sagte sie. »Vielen Dank.«
So begann unsere Freundschaft, die für mich von großer Bedeutung sein sollte.
Am Sonntag luden wir sie zum Kaffee in unseren Garten ein. Eigentlich hat-

ten wir ja für Samstag nachmittag eingeladen, aber das passe nicht so gut, da sie ja den Sabbat feierten, sagte Rakel.
»Wir haben da einige Probleme«, sagte Simon Ginfarb, nachdem er drei Tassen Kaffee getrunken und alle meine Plätzchen durchprobiert hatte. »Ich kann die Bücherregale, nicht allein aufstellen.«
Er bat nicht direkt um Hilfe, aber Arne verstand. Er verschwand mit Simon und blieb den ganzen Nachmittag weg, während Rakel und ich schwatzten und ihre Kinder im Garten spielten.
Sie hatte einen Sohn und zwei Töchter.
»Und eins ist unterwegs«, sagte sie und strich mit der Hand über ihren Bauch.
»Bei mir auch«, sagte ich und war selbst erstaunt. Aus irgendeinem Aberglauben heraus hatte ich es bisher noch niemandem erzählt. Nur Arne und Mutter wußten es. Jetzt rechneten wir schnell aus, daß unsre Kinder zur gleichen Zeit kommen würden, und Rakel strahlte als sie sagte: »Wie wundervoll für die beiden, gleichaltrig zu sein. Meins wird ein Mädchen, das weiß ich.«
»Meins auch.«
»Das muß ein Zeichen sein«, sagte sie, und ich erschrak sehr.
»Was ist denn, Johanna?«
Zum ersten Mal konnte ich von den Fehlgeburten sprechen, wie sehr es geschmerzt hatte, die Kinder zu verlieren, und wie ... minderwertig ich mich gefühlt hatte.
»Ich habe gewissermaßen mein Selbstvertrauen verloren«, sagte ich.
Sie sagte nichts, aber sie konnte zuhören. Danach schwiegen wir lange. Es war ein Schweigen der durchgreifenden Art, so tief, daß es etwas verändern mußte. Als das Lachen der Kinder, das Schreien der Möwen und das Tuckern eines Fischerbootes draußen auf See die Stille durchbrach, hatte ich neue Hoffnung geschöpft.
Als sie ging, flüsterte sie mir zu, daß sie für mich beten wolle, und ich, die ich keinen Gott hatte, an den ich mich wenden konnte, war dankbar.

Arne kam zurück und sagte, daß Simon genauso war, wie er ihn sich vorgestellt hatte, ein Mann mit zwei linken Händen. Sie hatten darüber gelacht, und während Arne nagelte, sägte und schraubte, hatten sie über Politik gesprochen.
»Was Henriksen erzählt hat, stimmt genau. Rakel und Simon haben Ver-

wandte in Deutschland und sind verdammt besorgt. Ununterbrochen jeden Tag.«

Arnes Augen verdunkelten sich wie immer, wenn er Angst hatte.

»Ich habe an Astrids Prophezeiung denken müssen«, sagte er. »Glaubst du, sie kann in die Zukunft sehen?«

»Das wurde manchmal behauptet. In Mutters Familie hat es immer prophetische Menschen gegeben.«

Arne schnaubte.

»Reiner Aberglaube.«

Dann aber meinte er, daß Astrid nicht gesagt hatte, die Deutschen würden über die Avenue marschieren. Kein Wort von Schweden, sagte er und wirkte erleichtert.

Ehe er am Abend einschlief, sprach er über die Ginfarbs:

»Du kannst dir überhaupt nicht vorstellen, wie verdammt viele Bücher die haben. Er ist Lehrer an der Hochschule.«

Ich wurde ein bißchen ängstlich, ich dachte, daß die neue Familie am vornehmsten von allen im Dorf war – und daran, wie ungebildet ich war und wie sehr ich die bürgerliche Klasse haßte. Aber vor allem dachte ich an diese seltsamen Augenblicke, in denen wir geschwiegen hatten.

In diesem Herbst half ich Rakel beim Pflanzen der Rosen in ihrem Garten. Aber am meisten freute sie sich, wenn wir mit den Kindern über den hoch gelegenen Paß zwischen den Felsen gingen, durch die Wiesen, am Strand entlang, hinauf in den Wald. Eines Tages zeigte ich ihr meinen geheimen Felsvorsprung, warm, vor den Westwinden geschützt und mit der schönsten Aussicht übers Meer.

»Es wird nicht mehr lange dauern, und ich bin eine richtige schwedische Naturschwärmerin«, sagte sie.

Sie sei es gewesen, die ihren Mann dazu überredet hatte, das Haus hier draußen auf dem Land zu kaufen. Sie mochte Städte nicht, sie betrachtete sie als eine Art Festung. »Große Häuser und schöne Straßen«, sagte sie. »Das kommt mir vor, als versuchten die Menschen Sicherheit zu erlangen, indem sie ihr Dasein eingrenzen.«

Ich dachte an die schmutzigen Gassen in Haga und an das unsichere, dauernd bedrohte Leben innerhalb der Mauern der Amtmannhäuser. Ihre Stadt war nicht meine Stadt. Aber ich sagte nichts, ich war feige, ängstlich, die Kluft zwischen uns könnte sichtbar werden.

Sie hatte viel zu geben. Zuversicht in erster Linie, aber auch Wissen. Über Kinder, Kindererziehung und darüber, wie wichtig es sei, auch vor dem kleinsten Kind Respekt zu haben.
»Sie sind von Anfang an absolut verschieden«, sagte sie.
Einmal erzählte sie, daß sie immer wisse, wenn ein Mensch lügt. Das war eine Fähigkeit, die sie von ihrer Großmutter geerbt hatte. Dann sagte sie, daß sie in bezug auf mich unsicherer als gewöhnlich sei, und ich wußte, daß es stimmte. Ich hatte ja die Angewohnheit, mir selbst etwas vorzulügen, obwohl ich das weder begriff noch beabsichtigte.
»Du bist voller Geheimnisse«, sagte Rakel.
Ihr Mann war sehr elegant, er roch förmlich nach Wohlstand und Zigarren. Er war religiös und ging wie jeder Rechtgläubige in die Synagoge. Aber seine Einstellung war vernünftig, eher geprägt von der Hochachtung vor den uralten Riten als von religiöser Verzückung, wie er erklärte. Arne und ich hielten ihn denn doch für ein wenig arrogant. Aber wir erlaubten uns nie, es voreinander zu äußern. Die neuen Nachbarn waren Juden und daher über alle Kritik erhaben.
Nun hatte Arne ein großes Radio, das er aus verschiedenen Einzelteilen zusammengebaut hatte. Wie alles, was er mit seinen Händen schuf, war es großartig, wir hatten bessere Empfangsbedingungen als jeder andere. Das veranlaßte Simon, seinen Abendspaziergang an unserer Küche vorbei zu lenken, um die Nachrichten aus Berlin zu hören.
Rakel war nie dabei, wenn wir Hitler in unserm Apparat brüllen hörten.
»Frauen sollte man damit nicht belasten«, sagte Simon.
Arne ließ sich nicht beeinflussen: »Ich glaube nicht, daß Johanna geschont werden will«, sagte er.
Simon lachte. Zu diesem Zeitpunkt hatten wir schon gelernt, daß er immer lachte, wenn er unsicher war.
Dann kamen die Herbststürme und der Winter, und ich und Rakel sahen unsere Bäuche um die Wette wachsen. Mir fiel es mit der Zeit schwer, meine Schuhbänder zu knoten, und ich dachte, jetzt ist es ein Kind, ein richtiges, fertiges Kind, das nur noch ein bißchen wachsen muß, ehe es kommt.

Dann kam sie also, an einem blauen Märztag, und nie hätte ich gedacht, daß das so schwer sein konnte. Es war, als ginge man einen weiten Weg durch einen unerträglichen Schmerz, um schließlich einem barmherzigen Tod zu begegnen, wenn die Narkose alles auslöschte.
Es dauerte mehr als vierundzwanzig Stunden.
Noch Jahre danach sah ich jede junge Mutter mit Staunen an: Du! Und du also auch, und du sogar mehrere Male!
Herrgott, was Frauen doch erdulden müssen. Und wie wenig davon gesprochen wird und die meisten es als Geheimnis für sich behalten.
Doch hinterher war es für mich wie für andere auch, eine grenzenlose Freude. Sie wog jedes beliebige Leiden auf.
Als ich in der Klinik aufwachte, bekam ich süße Fruchtsuppe. Und dann wurde mir ein Kind in den Arm gelegt. Die nächsten Stunden sind schwieriger zu schildern als der Schmerz. Wir sahen einander an, sie schaute mich unverwandt an, ich sah sie verschleiert durch Tränen. Wir waren von Licht umflutet. Ich erkannte es wieder von den Wanderungen entlang der Seen im Sommer vor Vaters Tod und von dem Wunder in der Markthalle, als ich die Tür nicht aufbrachte.
Es gab nicht viele Gedanken in meinem Kopf an diesem ersten Tag, ich konnte nur töricht lächeln, als Arne kam und mir zu sagen versuchte, wie glücklich er war.
Als Mutter am nächsten Tag zu Besuch kam, erinnerte ich mich an ihre Erzählung, wie sie mich geboren hatte.
»Mutter«, sagte ich. »Wie stark Ihr wart.«
Sie wurde verlegen und wehrte sich wie gewöhnlich gegen Lob. Es war nicht ihr Verdienst gewesen, daß es damals gut gegangen war, es war das der Hebamme.
Da erinnerte ich mich an Anna, diesen zuversichtlichen Menschen. Und dann sagte ich, ohne nachgedacht zu haben, daß ich das Kind Anna nennen wolle. Mutter freute sich, das sah ich wohl, aber sie meinte, ich müsse erst mit Arne sprechen.
Er fand den Namen altmodisch, aber solide. Außerdem war er froh, weil es ihn in der Familie nicht gab.

»Hast du schon bemerkt, wie intelligent sie aussieht«, sagte er.
Natürlich lachte ich ein bißchen über ihn, aber insgeheim war ich ganz seiner Meinung. Und er behielt schließlich recht.
Was für ein Frühling wurde das! Und was für ein Sommer! Als wolle das Leben wiedergutmachen, was es mir Böses angetan hatte, war diese ganze Zeit wie gesegnet, ich hatte reichlich Milch, Anna war gesund, trank, schlief, wuchs, lachte und brabbelte. Jetzt wurde mir klar, daß Arne damals in Oslo gut zugehört hatte, als Astrid von meinem Vater erzählt hatte, denn er machte es wie mein Vater, zimmerte eine Trage und streifte mit dem Töchterchen durch die Berge. Und er sang ihr vor! Er hatte eine gute Singstimme, ich konnte erzählen. Plötzlich waren sie einfach da, all die Kinderreime und Liedchen meines Vaters.
Mein Überschwang war so groß, daß ich meiner Schwiegermutter mit Wärme gegenübertreten konnte.
»Sieh nur, Anna, das ist deine Großmutter!«
Es war ihr erstes Enkelkind, sie fand aus ihrer Versteinerung heraus, lachte und sang mit dem Kind. Zum ersten Mal sah ich, daß es ein Verlangen hinter der Elfenbeinmaske gab. Als sie aber sagte – und sie war die erste, die es sagte –, daß das Kind ihr ähnlich sei, erschrak ich sehr. Ich war sehr aufgebracht.
Vielleicht war auch Arne ängstlich geworden. Denn er lachte höhnisch und sagte, alle alten Weiber seien verrückt.
»Johannas Mama war gestern hier und meinte, Anna gleiche ihr und ihrer ganzen Familie.«
Ich sah ihn an und mußte lächeln. Wir wußten beide, daß Mutter kein Wort von einer Familienähnlichkeit gesagt hatte. Er weiß, wer er ist, dachte ich. Er ist Vater geworden und kann endlich Paroli bieten.
Meine Schwiegermutter schnaubte. Viel später sah ich ein, daß sie sich nicht unbedingt geirrt hatte. Es gibt bei Anna eine spröde Scheu, einen Stolz und eine Furcht, sich einzulassen und nachzugeben. Und sie hat die Elfenbeinhaut ihrer Großmutter und die feingezeichneten Gesichtszüge.
Nur der Mund ist von mir, groß und ausdrucksvoll.
Rakel kam eine Woche nach mir aus dem Krankenhaus zurück.
Die beiden kleinen Mädchen waren ganz verschieden, meins war blond, stark und eigensinnig, ihres dunkelhaarig, still und folgsam. Inzwischen schrieb man das Jahr neunzehnhundertsiebenunddreißig und Franco warf Hitlers Bomben über Spaniens Städten ab. Man konnte die Augen nicht mehr davor verschließen, daß sich die Welt um uns verfinsterte.

Ich habe nicht vor, das zu schildern, was der Zweite Weltkrieg bei uns in Europas Norden anstellte, während wir uns wie verschreckte Hasen hinter einer brüchigen Neutralität versteckten.
Ich selbst versuchte mit größtem Kraftaufwand, eine Mauer zwischen der Welt da draußen und meiner Welt mit dem Kind zu errichten. Ich hatte früh erkannt, daß Anna jede Nuance meiner Stimmungen fühlte, und ich zwang mich, nicht an den Krieg zu denken, keine Nachrichtensendungen zu hören, keine Angst zu haben, solange das Kind wach war.
Abends saß ich dann vor dem Radio. Und schlief nachts schlecht, während langer Perioden allein gelassen, wenn Arne sich »irgendwo in Schweden« aufhielt.
Es war nicht einfach, in zwei Welten zu leben, aber ich tat mein Bestes, und es brauchte seine Zeit, bis ich einsah, daß es mir mißlang. Als Anna ein Jahr alt wurde, schloß Hitler Österreich an das Dritte Reich an, als sie zwei war, besetzte er die Tschechoslowakei, und im Herbst war Polen an der Reihe und der Weltkrieg begann.
Bis dahin konnte ich der Angst die Stirn bieten. Aber dann kam Annas dritter Geburtstag und bald darauf die Besetzung Dänemarks und Norwegens.
Jetzt knatterte die schwedische Luftabwehr rundum in den Bergen, und Annas Augen verfinsterten sich fragend: »Auf was schießen die denn?«
Ich log und sagte, daß sie nur übten.
Doch eines Tages brannte ein Flugzeug direkt über unseren Köpfen, eine Maschine mit einem Hakenkreuz. Sie flammte auf, überschlug sich und verschwand in westlicher Richtung. Ich sah den deutschen Jungen wie eine Fackel am Himmel brennen, ehe er im barmherzigen Meer erlosch.
Wir standen auf dem Felsen, ich hielt Anna in den Armen und versuchte, ihren Kopf an meine Schulter zu drücken. Aber sie schlug sich frei und stierte wie gebannt. Dann suchten ihre Augen die meinen, und ich wußte, jetzt schaute sie mitten hinein in meine Angst.
Sie fragte nichts. Ich hatte nichts zu sagen.

Arne kam auf Urlaub nach Hause. Verändert. Härter. In Uniform. Er wich Annas stummen Fragen nicht aus, er setzte sie sich auf den Schoß und er-

zählte ihr alles so wie es war, daß es viel Schlechtes in der Welt gab, und daß alle guten Menschen sich dem widersetzen müßten. Daß er Soldat war, weil wir uns verteidigen mußten, daß die Fliegerabwehr schoß, damit der Feind nicht über unsere Grenzen kommen konnte, und daß schließlich das Gute siegen werde.
Sie sagte: »Aber die töten …«
»Ja, Anna, sie müssen.«
Zu mir sagte er, daß an den Grenzen traurige Zustände herrschten, daß sie manchmal Waffen und keine Munition hatten, manchmal Munition und keine Waffen.
»Hast du Angst?«
»Nein. Hauptsächlich Wut.«
Er log nicht, er war, wie er war, stark, wenn es schwierig wurde.
Am nächsten Tag rief er seine Eltern an.
»Hallo, Mama. Ich hab's eilig und möchte mit Papa sprechen.«
Dann sprach er lange von Evakuierung und vom Familienbesitz in den Wäldern von Billingen.
»Du mußt zu uns rauskommen und alles mit Johanna besprechen. Sie wird dir behilflich sein, dort anzurufen und zu bitten, daß die alte Kate hergerichtet wird.«
»Aber was machen wir mit Mutter«, sagte ich, als er den Hörer aufgelegt hatte.
»Wenn Ragnar für sie keine andere Lösung findet, müßt ihr sie mitnehmen.«
Aber auch Ragnar war mit seinen Fahrzeugen einberufen worden, und ich dachte, das wird mit meiner Mutter und der Schwiegermutter in einer engen Kate niemals gutgehen. Dann schämte ich mich.
Ehe Arne an diesem Abend wieder wegfuhr, hielt er Anna lange auf dem Arm: »Jetzt mußt du mir versprechen, ein tüchtiges Mädchen zu sein und dich um Mama zu kümmern.«
Das war ein Fehler, ich fühlte es mit meinem ganzen Wesen, daß es ein Fehler war. Aber ich wollte in diesem Augenblick keinen Streit. Und so kam es, wie es kommen mußte, Annas Unruhe hatte jetzt einen festen Bezugspunkt.
»Hab keine Angst, Mama.«
»Ich habe keine Angst«, sagte ich, und dann weinte ich, und die Dreijährige tröstete mich.
Der Krieg schlich sich auch in anderer Weise ein. Durch Rakels Haus zog ein Strom von jüdischen Flüchtlingen aus Dänemark und Norwegen. Sie tauchten abends und nachts im Dunkeln auf, schliefen sich aus, aßen sich satt und

verschwanden. Noch wurde ein Fluchtweg von Torslanda nach London offengehalten.
Die meisten wollten nach Amerika weiter.
Einige von ihnen waren solche Juden, wie ich sie bisher nur auf Naziplakaten und in Albert Engströms verabscheuungswürdig sarkastischem Magazin gesehen und für Karikaturen gehalten hatte. Jetzt mußte ich erkennen, daß es sie gab, die Männer mit den komischen Hüten und den langen Schläfenlocken. Jetzt, so lange danach, kann ich zugeben, daß sie mich erschreckten.
Einer von ihnen war Rabbiner, und im Unterschied zu den anderen kam er mit Frau und Söhnen an einem sonnigen Nachmittag. Anna war in Ginfarbs Haus, es war mit den kleinen Mädchen so gegangen, wie Rakel es vorausgesagt hatte; sie waren unzertrennlich.
Sie kam mit leuchtenden Augen nach Hause gerannt.
»Mama, ich bin von Gott gesegnet worden. Er hat mir die Hand auf den Kopf gelegt und ganz, ganz schöne Sachen gesagt, die ich nicht verstanden habe.«
Danke dafür, lieber Gott, dachte ich und verzog ob meiner Formulierung den Mund.
Dann kamen all die Fragen über Gott. Anna hatte eine Art zu fragen, als stünde man im Kreuzverhör vor Gericht. Warum beteten wir nicht zu Gott? Wer ist er? Was heißt unsichtbar?
Ich antwortete nach bestem Vermögen, dessen kann ich mich jedenfalls rühmen. Ernst und wie einem Erwachsenen. Nun war sie enttäuscht, daß der Rabbiner nicht Gott selbst war, sondern nur sein Abgesandter auf Erden. Aber etwas hatte er für das Kind getan, denn sie strahlte noch lange nach diesem jüdischen Segen etwas Besonderes aus.
Rakel sagte: »Simon setzt mich unter Druck. Er will, daß wir auch fahren.«
»Wohin?«
»Nach Amerika. Wir haben dort Verwandte. Ich versuche mich zu widersetzen, aber er spricht nur von all diesen verblendeten und verrückten Juden in Deutschland, die bleiben, bis es zu spät ist.«
Eine Woche später hatten schwedische Nazis Hakenkreuze und Davidsterne an Fenster und Türen von Ginfarbs Haus gemalt. Ich war dort und half Rakel, alles sauber abzuwaschen, ich weinte, und nie in meinem Leben habe ich mich so geschämt wie an diesem Vormittag. Vierzehn Tage später war die Familie bereits unterwegs in die USA. Einer von Arnes Tischlern auf der Werft kaufte das Haus billig, es ist eine Schande, sagte ich zu Arne.

Die gesamte Einrichtung wurde eingelagert.
Ich war einsam.
Am Weihnachtsabend dieses entsetzlich kalten Winters neunzehnhunderteinundvierzig nahm ich mir den Kalender vor, und mir wurde klar, daß ich wieder schwanger war. Ich glaube nicht, daß ich von Anfang an wußte, daß ich das Kind verlieren würde, aber schon im Februar kam ich mit Lisa überein, daß sie Anna im März etwa eine Woche zu sich nehmen würde. Falls etwas passieren sollte.
Das war gut so, Anna erfuhr nie davon. Am fünfzehnten März kamen die ersten leichten Wehen, ich kam mit der Kleinen gerade noch rechtzeitig bei Lisa vorbei, um gleich weiter ins Krankenhaus zu fahren, und als ich aus der Narkose erwachte, dachte ich, wie gut hat Anna es doch im Kurzwarenladen mit all den schönen Nähseidenröllchen.
Gewiß trauerte ich auch um dieses Kind. Aber ringsum in der Welt gab es so viele Tote.
Arne bekam Urlaub und holte mich im Krankenhaus ab. Er war traurig, es war auch dieses Mal ein Junge gewesen. Wir holten Anna in Haga ab, sie war blaß geworden, und Arne sagte: »Du kannst doch unmöglich in einer einzigen Woche blaß wie ein Stadtfräulein werden, Kleines!«
Zum ersten Mal dachte ich, sie weiß es. Irgendwie weiß sie es, obwohl sie es nicht wissen kann. Ich hatte Blutungen, ich mußte viel liegen. In diesem Frühling gewöhnte Anna es sich an, oben auf dem Felsen zu spielen, einsame, geheime Spiele.
Sie vermißt die kleine Judith, wie ich Rakel vermisse, sagte ich zu Arne.
Trotz allem nahm er vieles leichter, die schwedische Abwehr funktionierte endlich, und Deutschland griff die Sowjetunion an.
»Jetzt, ihr Höllenfürsten«, sagte Arne und sparte nicht mit deutlichen Anspielungen auf die Heldentaten des Schwedenkönigs Karl XII. und des Franzosenkaisers Napoleon.
Um Weihnachten griffen die Japaner Pearl Harbour an, und das mächtige Amerika sah sich gezwungen in den Krieg einzugreifen.
»Du wirst sehen, wir schaffen das«, sagte Arne.
Und so war es dann auch.
1943, als die Deutschen vor Stalingrad kapitulieren mußten, hatte ich meine nächste und letzte Fehlgeburt. Es kam ganz plötzlich, ich blutete schon, als ich Anna bei Lisa ablieferte.
Mehr will ich darüber nicht sagen.

Ich erinnere mich an den Friedensfrühling. Es lag ein Schimmer über den Tagen, ein Licht, das jede Einzelheit scharf hervortreten ließ.
Neunzehnhundertfünfundvierzig – das Schuljahr war zu Ende.
Der Bus rollte mit wassergescheitelten Jungen in weißen Hemden, ondulierten kleinen Mädchen in neuen hellen Kleidern und feingemachten Müttern mit Blumensträußen in den Händen zur Schule. Anna saß mir gegenüber und war ebenso liebreizend wie die Apfelblüten zu Hause im Garten. Obwohl ihr blondes Haar schnurgerade war. Es gab kein Eisen, das diesem Schopf etwas anhaben konnte.
Mir kam in den Sinn, daß der Krieg ihre ganze Kindheit überschattet hatte. Und daß der Friede es noch schwerer gemacht hatte, irgend etwas vor ihr zu verheimlichen. Irgendwann in diesem Frühling hatte sie auf dem Heimweg von der Schule eine Zeitschrift gekauft, ein ausländisches Blatt mit Bildern aus den geöffneten Konzentrationslagern.
Beim Heimkommen war sie grün im Gesicht, schleuderte mir die Zeitschrift entgegen, verschwand in der Toilette und erbrach.
Ich hatte kein einziges Wort des Trostes, ich saß am Küchentisch, sah mir die unfaßbaren Fotos an und konnte nicht weinen.
Die Luft ist lau, das Tal ist grün.
Bildete ich es mir ein, oder gab es wirklich eine lichte Hoffnung in den Stimmen, die diesmal zum Schulschluß sangen? Niemand hatte bisher etwas von der Bombe oder der Stadt mit dem schönen Namen gehört.
Hiroshima mußte bis zum Herbst warten.

Bald begannen die Räder sich wie nie zuvor zu drehen, der Wohlstand stieg, und es wurde der Grundstein für das Volksheim gelegt, von dem wir so lange geträumt hatten. Die Sozialdemokraten waren nun an der Macht, und die Reformwünsche, die man während des Krieges zurückgestellt hatte, lagen dem Reichstag jetzt vor. Die Besteuerung von Körperschaften und Kapital wurde erhöht, und Himmel, welches Gift verspritzten da die Bürgerlichen.
Arne und ich jubelten.
Ich hatte es ja gut, meine Mutter und auch meine Freundinnen waren der Ansicht, daß keine Frau es besser haben konnte als ich. Nur ein Kind zu ver-

sorgen und einen Mann, der jede Woche Geld nach Hause brachte und der weder trank noch hurte. Mutter beklagte die Fehlgeburten nicht einmal. Unverändert war sie der Meinung, daß jedes Kind, das nicht geboren zu werden brauchte, zu beglückwünschen sei. Doch ich besaß nicht Mutters Fähigkeit, die mir zugewiesene Rolle gehorsam anzunehmen. Arnes Macht wuchs, meine Fähigkeit, meinen Standpunkt zu wahren, verringerte sic.h.
Ich wollte glauben, daß es die Fehlgeburten waren, die mir einen Knacks gegeben hatten. Aber ich war mir nicht sicher. Es war doch ganz offenbar, daß das Kind, das ich hatte, meine Verwundbarkeit steigerte. Ich wich Arne aus, Schwieg, um Anna zu schützen. Keine Szenen, kein Streit. Es sollten Sonne, Sicherheit und Gemütlichkeit herrschen.
Hätte ich vier weitere Kinder gehabt, ich wäre wohl demütig auf dem Boden gekrochen.
Oder?
Worin bestand seine Macht über mich?
Warum wurde ich leicht verletzbar und untertänig? Denn das wurde ich. Jetzt begann ich um Mitleid zu betteln. Natürlich vergebens. Ich wurde eine Märtyrerin, wurde eine von diesen Hausfrauenmärtyrerinnen.
Abscheulich.
Es dauerte lange, bis ich die Antwort auf meine Frage fand, und vielleicht war es, weil ich das alles nicht einsehen wollte. Es wirkte ja auch zu kleinlich, denn es ging um Geld.
Ich glaube, niemand, der das nicht erlebt hat, kann verstehen, was für ein Gefühl es ist, um jeden noch so kleinen Betrag bitten zu müssen. Sein Geld verrinne mir zwischen den Fingern, sagte er. Das stimmte, aber es war nicht meine Schuld. Ich wirtschaftete nicht schlecht, es war das Geld, das an Wert verlor. Die Nachkriegszeit war geprägt von Zukunftsglauben und Inflation.
Ich versuchte zu denken, daß meine Situation gerecht war. Ich hatte Sicherheit gesucht und ich hatte Sicherheit bekommen.
Ich sehe ein, daß ich die Liebe unterbewertete. Denn sie war da. Ich hatte Arne gern. Sie dauerte all die Jahre hindurch an, ein bißchen verliebt eben. Aber ich glaube nicht, daß die Liebe zur Unterwerfung geführt hätte, wenn ich meinen Arbeitsplatz behalten und mein eigenes Geld verdient hätte.
Eine Eigenart, die ich mit vielen Frauen meiner Generation teile, war, daß die Verliebtheit nichts mit Sexualität zu tun hatte. Der Beischlaf war unvermeidlich, der gehörte dazu. Männer brauchten das. Ich fand es nicht gerade abstoßend, aber auch nicht unbedingt lustvoll.

Vielleicht habe ich ihn verletzt? Nein, ich glaube nicht, ich denke, er wäre schockiert gewesen und hätte mich für dirnenhaft gehalten, wenn es mir gefallen hätte.
Wir waren so unaufgeklärt. Wir wußten nicht, wie man sexuelle Zärtlichkeit zeigt. Wir schlossen die Augen und ließen das Ganze irgendwie geschehen. Von Gefühlen sprachen wir nur im Streit. Bei Arne war es der Fall, wenn er so widerwärtig sentimental wurde.
Einmal im Bett, danach, sagte er, die Eltern seiner Mutter seien liederlich gewesen. Er wurde rot, ich war erstaunt, ich hatte mir wirklich nie Gedanken darüber gemacht, wie sie gewesen waren, die Eltern der Elfenbeindame.
»Aber die waren doch religiös«, sagte ich.
»Das hat wohl noch nie jemand vom Huren abgehalten.«
»Hat deine Großmutter gehurt?« Jetzt war ich so verblüfft, daß ich mich aufsetzte.
»Nein, das hat sie wohl nicht. Aber mein Großvater war ein Hurenbock, und sie hat es zugelassen.«
»Woher weißt du das?«
Da schrie er: »Was, zum Teufel, hast du nur dauernd zu nörgeln!«
Ich bekam Angst wie immer, wenn er böse wurde. Schwieg. Bald hörte ich, daß er eingeschlafen war. Ich selbst lag grübelnd wach.
Lange Zeit später dachte ich über dieses merkwürdige Gespräch nach, darüber, ob es wahr sein konnte, was er gesagt hatte und warum er es gesagt hatte. Jetzt, viele Jahre danach, könnte ich mir denken, daß er seine eigene Einstellung zur Sexualität entschuldigen wollte. Und die seiner Mutter.
Wir hatten wenig Worte, sobald es nicht um praktische Dinge ging. Oder um Politik.
Ein Beispiel kann ich nennen. Anna war etwa elf Jahre alt und kam eines Tages weiß im Gesicht und mit steifen Bewegungen heim. Sie erzählte, was eine Mitschülerin über dieses eklige Ding gesagt hatte, das ein Mann hat, und das er in einen hineinsteckt und pumpt und pumpt, und daß das so weh tut, daß man sterben kann. Ich bügelte gerade Handtücher und erschrak so sehr, daß ich eines versengte. Dann sagte ich, wie Mütter, Großmütter, Urgroßmütter durch die Jahrhunderte gesagt hatten, daß das etwas sei, womit Frauen sich abfinden müssen.
»Und weh tut es nicht, Anna. Manche finden es sogar wunderbar.«
»Tust du das?«
»Ich habe nichts dagegen.«

Wie dürftig. Aber wie hätte ich erklären können, wie unendlich kompliziert die Sache mit Liebe und Sex ist, mit Verliebtsein und Begierde, wie zwiefach, wie vielfach.

Eines Tages im Herbst, als Himmel und Meer sich in tiefstem Grau vereint hatten, rief Nisse Nilsson an und sagte, daß die Geschäfte wieder glänzend gingen. Ob ich mir wohl vorstellen könnte, Freitag nachmittag und Sonnabend vormittag zu helfen? Gegen gute Bezahlung.

Ich dachte nicht, ich sagte sofort zu.

Dann blieb ich lange am Telefon sitzen. Natürlich würde es am Abend eine Szene im Haus geben. Ich kochte das Essen mit ein wenig mehr Sorgfalt, und Arne aß und sagte wie so oft, daß ich gut kochte.

Dann verschwand Anna. in ihrem Zimmer im oberen Stockwerk und Arne ging wie üblich in den Keller. Das war gut, denn falls es Streit geben sollte, würde das Kind es nicht hören müssen.

Also ging ich ihm nach und erzählte von dem Gespräch mit Nisse Nilsson. Er war erstaunt, nickte, sagte daß Anna ja groß genug sei, um ein paar Stunden allein zurechtzukommen. Wenn ich gern wollte…

»Ich habe längst begriffen, daß dir die Tage hier zu Hause lang werden.«

Lieber Himmel, wie staunte ich da!

»Das ist gar nicht das Schwierige daran. Ich habe genug zu tun mit dem Nähen und allem anderen. Aber es ist so, als wäre man eine Hausangestellte, die dauernd zu Diensten sein und um jeden Pfennig bitten muß.«

Er wurde nicht böse, er wurde traurig.

»Aber warum hast du nie etwas gesagt?«

Es war ein merkwürdiger Abend, denn ich war es, die wütend wurde, und nicht er. Bestimmt zehn Minuten lang floß alles aus mir heraus, das Boot, das jede Menge kosten durfte, das Haushaltsgeld, über das immer gemeckert wurde, die Selbstverständlichkeit, mit der er immer saubere und gebügelte Hemden vorfand, volle Bedienung zu Hause, massenhaft Kollegen am Arbeitsplatz.

»Dein Dienstmädchen bin ich!« schrie ich. »Sonst gar nichts.«

Dann raste ich die Kellertreppe hinauf.

Als er ins Bett kam, war er verzweifelt: »Das habe ich so nie gesehen«, sagte er. »Du hättest was sagen können.«

Ich dachte lange nach und dann gab ich ihm recht.

»Du bist ein geheimnisvoller Mensch.«

Er sagte dasselbe wie Rakel.
Ich mußte es zugeben.

Alles wurde von diesem Tag an besser. Es war nicht nur die Freude daran, im Takt mit allen andern am Samstagmorgen über die Basarbrücke zu schreiten, es waren nicht nur die Arbeitskollegen, nicht nur das Schwatzen, das Lachen und die Kunst, jedem Kunden Interesse entgegenzubringen, zuzuhören und das Mundwerk zu gebrauchen, wie Nisse Nilsson sagte.
Es ging um das Selbstwertgefühl.
Zu Nisse sagte ich, du hast mir das Leben gerettet. Zu Mutter sagte ich, daß wir das Geld brauchten, und das war gelogen. Zu Anna sagte ich schließlich, daß ich einen Tapetenwechsel brauchte.
Sie verstand mich, sie wuchs, kochte freitags das Essen, brachte samstags das Haus in Ordnung und lernte auf diese Weise eine ganze Menge über Haushaltsführung. Und das, obwohl sie erst zwölf Jahre alt war.
»Sie hat Verantwortungsgefühl«, sagte Arne und beklagte sich nicht, wenn die Buletten versalzen waren oder der Fisch nicht ordentlich durchgebraten. Aber das passierte nur am Anfang. Wie immer war Anna ehrgeizig und lernte aus Büchern, holte mein altes Kochbuch hervor und bekam ein neues und besseres von Arne.
Als ich mit meinem ersten Lohn nach Hause kam, sagte er, daß er sich alles, was ich ihm gesagt hatte, durch den Kopf hatte gehen lassen. Er gab zu, daß er bezüglich des Geldes geizig und kleinlich gewesen war.
»Ich hatte wohl Angst, daß ich wie mein Vater werde«, sagte er. »Sie hat ihm jedes Öre weggenommen und ihm dann gnädig eine Kleinigkeit für Schnupftabak gegeben. Wenn er darum gebeten hat.«
Zum Glück war ich so erstaunt, daß ich verschwieg, was ich dachte. Arne lief keineswegs Gefahr, wie sein Vater zu werden, hatte aber viele Charakterzüge von seiner Mutter.
Jetzt wollte er, daß ich die Finanzen der Familie in die Hand nähme. Ich sei darin bestimmt besser als er, meinte er. Von diesem Tag an lieferte er seinen Lohn bei mir ab, und nie mehr fielen Worte wie ›mein Geld, das du durchbringst‹. Und es kam viel mehr Ordnung in das Wirtschaftliche. Zum Frühjahr wollte er neue Segel für das Boot bestellen, doch ich sagte nein. Wir konnten es uns nicht leisten. Wir mußten unser Erspartes hergeben und eine Ölzentralheizung installieren.
Ich hatte endlich begriffen, was ich immer schon gewußt hatte, daß Frauen

sich keinen Respekt verschaffen können, wenn sie nicht auf eigenen Füßen stehen.
Jetzt, viele Jahre später, zweifle ich es wieder an.
Anna hat sich und ihre Kinder immer versorgen können. Sie behauptete sich besser als ich, in der Tat. Auch bei der Scheidung. Aber danach. Gibt es etwas im Wesen der Frauen, was wir nicht sehen und zugeben wollen?

Ein paar Worte nur über die Alten.
Mit der Kraft, die das neue Selbstvertrauen mir gab, setzte ich mich mit Mutters Wohnungsproblemen auseinander. Die Wohnung in Haga war zu groß für sie und machte zuviel Arbeit, sie war unmodern, mit Holz zu heizen, zugig. Und dann der Abort im Hof und drei Treppen rauf und runter. Sie fühlte sich auch nicht mehr wohl, seit so viele ihrer Nachbarn weggezogen waren und seit ihre Nachbarin Hulda Andersson gestorben war.
In Kungsladugård wurden neue Häuser mit Pensionärswohnungen gebaut. Ich brachte sie und Ragnar dazu, ein Einzimmerappartement zu besichtigen, kleiner als sie es gehabt hatte, aber mit Zentralheizung, Bad und Warmwasser. Sie fand, es sei wie im Paradies.
Arne half mir mit dem Papierkram, die Stiftung wollte eine Menge Unterlagen. Und die Bürokratie nahm mehr Zeit in Anspruch, als die ganze Bauerei gebraucht hatte.
Aber wir bekamen den Mietvertrag, und sie zog mit ihrem Värmlandsofa ein, das ich mit gestreifter Seide neu überzog und mit einer Menge weichen Kissen versah. Darauf saß sie und war glücklich.

Bei den beiden Alten in der Karl Johansgata passierte etwas Schlimmes und Unerwartetes.
Das Herz der Elfenbeindame hielt all die Jahre durch, aber eines Tages im Frühling lief sie einfach über die Straße und vor eine Straßenbahn.
Sie starb im Rettungswagen auf dem Weg zum Krankenhaus.
Als der Telefonanruf kam, war ich allein zu Hause. Ich konnte viele Gedanken denken, ehe Arne kam, ängstliche Gedanken, wie ich es ihm sagen sollte. Und Gedanken der Erleichterung, das soll nicht geleugnet werden.
Als ich seinen Wagen hörte, lief ich ihm sofort mit dem Mantel über den Schultern entgegen.
»Arne, es ist etwas Schreckliches passiert. Wir müssen sofort in die Karl Johansgata.«
Dann berichtete ich von dem Unfall. Als ich sah, wie erleichtert er war, senkte ich den Blick, aber er wußte, daß ich es gesehen hatte, und das würde er mir nie verzeihen.

»Was tun wir mit Vater«, sagte er beim Wenden.
»Wir werden ihn wohl zu uns nehmen müssen.«
»Und dein Job?«
Ich erschrak. Aber ich sagte: »Er kommt bestimmt mal ein paar Stunden allein zurecht.«
Das tat er. Er freute sich darüber, bei mir, die er immer gern gehabt hatte, wohnen zu dürfen. Aber er wolle selbst für sich sorgen, sagte er. Anna verzichtete auf ihr Zimmer in der oberen Etage. Sie tat es ohne Murren, sie hatte den Großvater immer gemocht.
Arne baute um und versah das Obergeschoß mit einer Wasserleitung und einem WC.
Es gab in diesem Sommer viel für mich zu tun. Ich wurde leicht müde und mußte zugeben, daß ich nicht mehr die Jüngste war.
Zunächst hatte ich gedacht, der alte Mann werde sich nach dem Tod seiner seltsamen Gattin erleichtert fühlen. Aber ich irrte mich. Er trauerte um sie, rief nach ihr, wenn der Husten ihn nachts weckte, und weinte wie ein Kind, wenn sie nicht kam. Eine Erkältung löste die andere ab, der Arzt kam und verordnete Antibiotika, es half nichts. Er wurde immer schwächer und starb im Winter an einer barmherzigen Lungenentzündung. Ich saß bei ihm und hielt seine Hand in meiner. Das war gut für mich. Danach wußte ich, daß er mich von der Todesangst befreit hatte, an der ich litt, seit mein Vater sich im Müllerhaus in Dalsland zu Tode gehustet hatte.
Anna ging jetzt auf die höhere Schule. Sie meint in Erinnerung zu haben, daß es darüber eine Diskussion gegeben hatte, aber sie irrte sich. Es war für Arne und mich irgendwie selbstverständlich gewesen, daß sie alles haben sollte, was wir nicht bekommen hatten.
Und eine Ausbildung war das Wichtigste von allem.
Aber es hatte Folgen, die wir nie voraussahen. Anna stand nun mit einem Bein in einer anderen Welt, der Welt der Bildung und der Bürgerlichen.
Sie grübelte in der ersten Zeit viel.
»Ich kann doch nicht leugnen, daß mir ein paar von meinen neuen Kameradinnen gefallen«, sagte sie.
»Das ist schön zu hören«, sagte ich und meinte es auch so. Aber sie warf mir einen mißtrauischen Blick zu.
»Sie sind in vielen Dingen unheimlich kindisch«, sagte sie. »Kannst du dir vorstellen, daß sie nichts über den Krieg wissen und über die Judenverfolgung?«

»Das kann ich mir gut vorstellen. In ihren Elternhäusern wird nicht über Dinge gesprochen, die unangenehm sind. Ich weiß das, denn ich bin einmal Dienstmädchen in einem Bürgerhaus gewesen.«
Im gleichen Moment erinnerte ich mich daran, wie ich selbst versucht hatte, Anna vor allen Schrecken des Krieges zu bewahren. Ich konnte gerade noch denken, daß ich auch ein wenig bürgerlich geworden war, als Anna sagte: »Warst du? Das hast du mir noch nie erzählt.«
Da erzählte ich es ihr mit all den schrecklichen Einzelheiten einschließlich Vergewaltigungsversuch.
Anna weinte vor Mitleid. Da konnte ich auch weinen und endlich die Trauer um die zwei verlorenen Jugendjahre spüren.
Aber sie sah alles viel persönlicher als ich und bekam plötzlich eine Wut auf Mutter.
»Wie konnte sie...
»Das verstehst du nicht. Es war für sie und eigentlich für alle damals eine Selbstverständlichkeit. So war unsere Gesellschaftsordnung eben.«

Anfangs war es schwierig für mich, plötzlich all diese Bürgerkinder in meinem Haus und meinem Garten herumspringen zu sehen. Schulkameraden, die mit ihrer unerschütterlichen Selbstverständlichkeit an die widerlichen Gören der Doktorsfamilie erinnerten. Doch dann dachte ich an Rakel, die vornehme jüdische Dame.
Wir schrieben einander. Oh, wie erinnere ich mich an den ersten Brief mit dem amerikanischen Poststempel, wie ich zwischen meinen Rosen herumtanzte und ihn las.
Die kleine Judith schrieb auch. An Anna, die ihre hübsche Nase rümpfte und sagte, die kann ja nicht rechtschreiben. Arne und ich lachten über sie und erklärten, daß Judith bestimmt die englische Rechtschreibung könne und daß sie jetzt eine neue Muttersprache habe. Einige Jahre später schrieb Anna ihre Antwortbriefe auf Englisch, anfangs mit Hilfe ihres Lehrers, bald aber selbständig.
In den sechziger Jahren emigrierte Judith nach Israel, und Anna und Rickard flogen zu ihrer Hochzeit nach Jerusalem.

Wie Anna es schaffte, ihre Gymnasialwelt mit unserer auf einen Nenner zu bringen, weiß ich nicht. Sie sagte nicht viel, sie war wie ich verschlossen, wenn es um Schwieriges ging. Aber ich sah, daß der Abstand zwischen ihr und

Mutter größer wurde und daß dies meine ganze Verwandtschaft betraf. Sie entfernte sich sogar von Ragnar, den sie geliebt und bewundert hatte.
Sie begann meine Sprache zu kritisieren.
Manchmal war sie boshaft zu Arne, war ironisch und spitz.
Als sie an die Universität wollte, sagte Arne, er werde das Geld zusammenkratzen, auch wenn es knapp werden sollte. Da sagte sie, zerbrich dir deswegen nicht den Kopf, Papi. Mein Studiendarlehen ist schon bewilligt.
Sie tat, als merke sie nicht, daß er gekränkt war.
Unser Haus wirkte leer, als sie nach Lund in ihre Studentenwohnung gezogen war. Aber ich will nicht leugnen, daß es mich auch erleichterte. Ich brauchte nicht Tag für Tag zu sehen, wie die Kluft zwischen uns größer wurde, und ich brauchte nicht mehr zwischen ihr und Arne zu vermitteln. In den letzten Jahren waren die Wortwechsel zwischen ihnen immer erbitterter geworden.
Aber ich vermißte Nähe und Vertraulichkeit, mein Gott, wie sehr vermißte ich sie. Und ich sagte mir jeden Tag, daß man nicht zu sehr an seinen Kindern hängen darf, daß man sie loslassen können muß. Daß es vielleicht wirklich so ist, daß Vertraulichkeit nicht möglich ist zwischen Menschen, die einander nahestehen, daß das Risiko, zu verletzen, viel zu groß ist. Wie hätte ich ihr sagen können, daß ich von dieser verzweifelten Liebesgeschichte mit dem Ausländer in Lund wußte. Auch von der Abtreibung.
Abtreibung.
Wie hätte ich darüber sprechen können, ich, die ich meine vier Fehlgeburten verschwiegen hatte.
Als sie in diesem Sommer heimkam, blaß, dünn und ernst, wäre ich vor Zärtlichkeit fast zersprungen. Wir arbeiteten Seite an Seite im Garten, aber sie erzählte nichts, und ich wagte nicht zu fragen. Dann bekam sie eine Vertretungsstelle als Korrektorin bei der Zeitung.
Rickard Hård.
Ich mochte ihn von Anfang an.
Das hatte viele Ursachen, die Augen, die hellgrau waren und Wimpern so lang, daß sie eher einer Frau zustanden. Dann war da sein Mund. Viele meinen, daß die Augen am meisten über einen Menschen aussagen. Das habe ich nie verstanden, sanfte braune Augen können ebenso gut lügen wie kalte blaue. Für mich ist es immer der Mund gewesen, der Gesinnung und Absicht verrät. Nicht durch die Worte, die aus ihm herausströmen, nein, ich spreche von seiner Form.

Ich habe nie einen empfindsameren Mund gesehen als den von Rickard, groß, großzügig, mit vor Humor und Neugier nach oben weisenden Mundwinkeln. Obwohl er noch so jung war, hatte er reichlich Lachfältchen. Lachen konnte er.
Und erzählen, eine verrückte Geschichte nach der anderen.
Er erinnerte mich an jemanden, aber ich kam nicht gleich darauf, denn er sah ihm überhaupt nicht ähnlich. Erst einige Wochen später, als er bei mir Kaffee trank und Ragnar hereinplatzte, da wußte ich es. Also kann ich eigentlich nicht sagen, daß es mich wunderte, als Anna eines Tages anrief und mit panischer Stimme sagte: »Es wird behauptet, er ist ein Schürzenjäger, Mama.«
Ich erinnere mich nicht, was ich antwortete, ich erinnere mich nur, daß ich danach lange neben dem Telefon sitzen blieb und dachte, Anna hat keine Ähnlichkeit mit Lisa, aber auch gar keine.
Erst in dem Jahr, in dem Anna dreiundzwanzig wurde und wir neunzehnhundertsechzig schrieben, lernte ich, daß man für seine erwachsenen Kinder nichts tun kann.
Rickard hatte mit seinem Charme schon bald Verwandtschaft, Freunde und Nachbarn betört. Am schlimmsten war es mit Mutter sie schmolz förmlich dahin, wenn sie den Jungen auch nur erblickte. Er war lustig anzusehen, denn er mochte sie und respektierte sie auch. Er lachte sie nie aus, wie meine Brüder das getan hatten, er hörte ihr im Gegenteil mit großem Interesse zu.
Zu mir sagte er: »Man müßte ein Buch über sie schreiben.«
»Sie hat doch gar nicht soviel zu erzählen!«
»Sie hat uralte Gedanken und Standpunkte«, sagte er. »Hast du nie daran gedacht, daß sie eine der letzten einer aussterbenden Generation ist?«
Ich war erstaunt, gab ihm aber recht. Plötzlich und ohne es zu wollen, erzählte ich von Ragnars Geburtstag und von meiner Entdeckung während des Festes. »Vergewaltigt im Alter von zwölf Jahren und Mutter mit dreizehn. Hure«, sagte ich.
»Gott im Himmel!«
Dann bereute ich es natürlich, meinte sie verraten zu haben, und Rickard mußte mir fest versprechen, es niemand zu erzählen.
»Ich will nicht, daß Anna es erfährt.«
»Ich verstehe zwar nicht warum, aber ich verspreche, daß ich schweige.«
Sie verlobten sich schon im August, ehe Anna an die Universität zurückkehrte und Rickard nach Stockholm fuhr, wo er bei einer großen Zeitung eine Stelle bekommen hatte.

»Ihr werdet euch also in Stockholm niederlassen?«
»Ich muß mit ihm gehen, und es ist auch für mich leichter, da oben Arbeit zu finden.«
Sie sagte, daß es ihr leid tue, aber ich wußte, daß sie log. Sie freute sich auf den Umzug und das neue Leben in der großen interessanten Stadt. Sie war auch froh, von mir und meinen Augen wegzukommen, die viel zuviel sahen.
»Es fahren so viele Züge, Mama. Und schnelle, in wenigen Stunden bist du da und kannst mich besuchen.«
Arne und auch ich besaßen die Urangst der Göteborger vor der fremden Hauptstadt auf der verkehrten Seite des Landes. Und wir hielten die Stockholmer für hochnäsige Nörgler, nicht nur wenn sie im Radio zu hören waren, sondern auch wenn sie Urlaub auf den uns vorgelagerten Inseln machten.
Aber wir mußten umlernen. Schon beim ersten Besuch überwanden wir unsere Furcht, die Leute in Stockholm waren nicht anders als die meisten Menschen, einfach nett. Und viel einfacher gekleidet und weniger arrogant als viele stinkfeine Göteborger. Die Stadt war schön, wir hatten wohl davon reden hören, waren aber trotzdem hingerissen, als wir mit Anna am Strömmen entlangflanierten und den Fischern mit ihren eigentümlichen riesigen Keschern zusahen.
Aber jetzt bin ich den Ereignissen vorausgeeilt. Denn erst feierten wir Hochzeit bei uns im Haus am Meer. Und dort lernte ich Signe, Rickards Mutter, kennen und so einiges verstehen.

Wir trumpften ganz groß auf, wirklich. Wie Arne sagte: Wenn man nur eine einzige Tochter hat, dann ... Aber ich habe das meiste vergessen, habe nur vereinzelte Erinnerungen daran, wie ich eine ganze Woche vorher die Speisen vorbereitete und wie sich das Haus mit jungen Leuten füllte, mit Tanz und Musik. Woran ich mich wirklich erinnere, das ist Signe.

Dieses Mal wußte ich sofort, wer sie war, obwohl sie völlig anders aussah, nach Parfüm roch, das Gesicht geschminkt hatte und von allem sprach, nur nicht von dem, was wichtig war. Sie hatte dieselben blicklosen Augen wie die Elfenbeindame.

»Oberflächlich und dumm«, sagte Arne hinterher.

Schlimmer als das, dachte ich. Eiskalt.

»Der Junge ist wie Wachs in ihren Händen«, sagte Arne.

Ich sagte nicht, was ich dachte, nämlich daß es viele solche Männer gibt.

»Er muß wohl einen guten Vater gehabt haben.«

Arne wirkte erleichtert, natürlich war es so. Wir wußten, daß der Vater gestorben war, als Rickard zwölf war, aber nicht, daß er Selbstmord begangen hatte.

Ehe sie auf Hochzeitsreise nach Paris fuhren, konnten Anna und ich noch ein kurzes Gespräch führen. Wir stapelten Flaschen unten im dämmrigen Vorratskeller und Anna sagte: »Mama, was hältst du von ihr? Von Signe?«

Ausnahmsweise sagte ich geradeheraus: »Daß sie ... deiner Großmutter gleicht, Anna.«

»Dann hatte ich also recht«, sagte sie. »Danke, daß du ehrlich warst.«

Aber das war ich nicht.

Ich sagte nicht ein Wort darüber, daß Anna auch ihrer Großmutter glich, nicht vom Charakter her, aber von der Ausstrahlung. Und ich dachte daran, wie unglaublich verliebt Rickard in sie war und daß Liebe oft das Spiegelbild einer inneren Sehnsucht ist, eines Zustandes des Liebenden.

Als sie abgereist waren, machte ich mir Sorgen, sah Gespenster und mußte mich mit dem Gedanken beruhigen, daß eine neue Zeit mit neuen, klarsichtigen jungen Menschen angebrochen war.

Und daß diese Signe aus Johanneberg doch nicht so verrückt wie meine Schwiegermutter war.

Ich hatte während der Verlobungszeit viel nachgedacht. Warum brachte Rickard uns nicht mit seiner Mutter zusammen? Genierte er sich unseretwegen? Nein, so war er nicht. Auch seine Herkunft war nicht gerade berühmt, sein Vater war Handelsvertreter gewesen. In Papier.
Jetzt wurde mir bewußt, daß es seine Mutter war, derer er sich schämte. Ich hatte während des Hochzeitsessens seinen Augen angesehen daß er sich genierte und sich davor fürchtete, was wir von ihrem Geschwätz und ihrer Angeberei halten würden. Aber ich hatte auch begriffen, daß er das nie zugeben würde, er würde es machen wie Arne, sie verteidigen und ins beste Licht rücken.
Und ich wußte ja besser als die meisten, daß Männer, die ihre Mütter nicht besiegt haben, sich an ihren Frauen, Ehefrauen und Töchtern rächen.
Ich versuchte zu denken, daß Rickard nicht brutal war, nicht wie Arne. Aber ich war besorgt. Es ist gut, daß sie nach Stockholm ziehen.
Aber nicht einmal das tröstete mich. Denn nach etwa einem Jahr zog auch Signe um, tauschte ihre Wohnung in Johanneberg gegen eine ähnliche im selben nördlichen Stockholmer Vorort, in dem Anna und Rickard sich niedergelassen hatten.
»Er ist doch das einzige, was ich habe«, sagte sie, als sie mich anrief, um mir von ihren Plänen zu berichten.
»Nur keine Sorge, Mama. Ich werde mich schon durchsetzen«, sagte Anna am Telefon.
Und vierzehn Tage später rief sie an und jubelte: »Kannst du dir vorstellen, daß Rickard ihr einen Job in einem Zeitungsbüro in Södertälje verschafft hat. Und jetzt zieht sie dorthin.«
»Wie gut, Anna.«
»Er durchschaut viel mehr, als er zugeben will.«
»Laß ihn nicht merken, daß du das mitgekriegt hast«, sagte ich, und dann lachten wir auf uralte Frauenweise.

In all den Jahren hatten wir Kontakt gehalten, Greta, Aina und ich. Leider nicht mit Lotta, sie hatte sich mit einem Polizeibeamten in England verheiratet. Wir andern trafen uns jeden zweiten Monat, im Winter in Ainas Wohnung in Örgryte, im Sommer in meinem Garten. Es war gemütlich, wir aßen belegte Brote und wetteiferten darin, neue und leckere Varianten zu erfinden.
Aina war auch verheiratet und Hausfrau. Ihr Mann, der bei der Post war,

wollte nicht, daß sie arbeitete. Sie sprach nicht viel über Persönliches, aber es war unverkennbar, daß sie sich nicht wohl fühlte.
Einmal war sie dick. Dann magerte sie fürchterlich ab. An einem Julitag bei den Rosen an der Mauer erzählte sie, daß sie Krebs und nicht mehr lange zu leben hatte. Ich schäme mich, wenn ich daran denke, daß ich keine Worte des Trostes fand, aus mir flossen nur Tränen.
Zweimal in diesem Herbst besuchten wir sie im Krankenhaus, wo sie langsam starb.
Aber Greta und ich trafen uns weiterhin, jetzt sogar öfter, als würden wir einander brauchen. Wir sprachen übers Älterwerden und wie schwierig das zu begreifen sei. Greta hatte den Damenfrisiersalon aufgegeben und war wieder im Käsegeschäft in der Alliance.
»Das Arbeiten fällt mir langsam schwer«, sagte sie einmal. »Nicht körperlich, sondern vom Kopf her. Ich bringe alles durcheinander und kann nicht mehr rechnen.«
Schnell sprach ich davon, daß ich auch immer vergeßlicher wurde. Das sah nicht nach Trost aus. Dann verging ein halbes Jahr, und ich mußte zusehen, wie sie mehr und mehr ... die Zusammenhänge verlor. Sie konnte nicht den einfachsten Gedankengang verfolgen, alles zerfiel in kleine Teilchen. Nur wenig später mußte sie in ein psychiatrisches Krankenhaus eingewiesen werden.

Im August machten Anna und Rickard Urlaub bei uns, wir hatten uns vorgenommen, nach Skagen an der Nordspitze von Jütland zu segeln. Sie waren glücklich, sie waren ein strahlendes Paar. Schon beim Willkommensessen sagte Anna: »Danke, für mich keinen Wein. Wir bekommen nämlich ein Kind.«
Ich wurde so froh, daß ich weinen mußte, und so ängstlich, daß ich fast in Ohnmacht gefallen wäre.
»Aber Mami! Nun nimm's doch nicht so tragisch.«
Ich suchte Arne mit dem Blick, sah, daß er mich verstand. Und daß er die gleiche Angst empfand wie ich.
Anna hatte einen Lehrauftrag an der Universität, als Vertretung.
»Den kann ich sowieso nicht behalten«, sagte sie.
»Willst du Hausfrau werden?«
Ich versuchte meiner Stimme Festigkeit zu verleihen, aber ich weiß nicht, ob es mir gelang.
Doch Rickard sagte: »Kommt gar nicht in Frage! Ich will keine Hausfrau. Jetzt hört mal zu.«

Dann nahm einer dem anderen das Wort aus dem Mund, als sie über das Buch sprachen, das Anna schreiben wollte, ein populärwissenschaftliches Buch auf Basis der Doktorarbeit aus Lund.
»Rickard wird mir helfen.«
»Wie schön«, sagte ich, aber ich dachte, bei so einer Arbeit springt bestimmt kein Geld raus.
Anfang März würde das Kind kommen, Anna nahm mir das Versprechen ab, daß ich zu ihnen käme.
Maria kam zur berechneten Zeit, und es klingt bestimmt eigenartig, wenn ich sage, daß ich mich mindestens ebenso sehr über das Kind freute wie Rickard. Und Anna. Als ich die Kleine zum ersten Mal in meinen Armen hielt, war es, als hätte ich etwas Kostbares und vor langer Zeit Verlorenes zurückbekommen.
Sie war ein unglaubliches Kind, anhänglich und fröhlich. Sie sah mich mit Annas hellblauen Augen an und lächelte mit Rickards Mund. Und doch ähnelte sie am meisten... ja, so war es, sie glich meiner Mutter. Eine kleine Hanna, dachte ich, hütete mich aber, es auszusprechen. Ich wußte doch, wie unangenehm es Anna war, wenn jemand sagte, sie ähnle der Mutter ihres Vaters.

Sie hatten jetzt durch Tausch eine Dreizimmerwohnung erhalten, hell und geräumig, die sie nach Annas kühlem und sparsamem Geschmack schön eingerichtet hatten. Aber ich sah schon bei der Ankunft, daß ein dunkler Schatten über Anna und Rickard lag. Verbittert sie, angstbeladen er.
Ich hatte geglaubt, sie würden über den Erfolg von Annas Buch in Jubel ausbrechen und wegen des Kindes von Freude erfüllt sein. Aber etwas war passiert, und ich wollte nicht fragen, wollte es eigentlich gar nicht wissen.
»Es ist nicht so einfach«, war alles, was Anna sagte.
»Ich habe es bemerkt. Willst du darüber sprechen?«
»Nicht jetzt. Ich will nur an das Kind denken. Und daran, daß es ihm gutgehen soll.«
Dann wurde sie so, wie ich gewesen war, so beglückt von dem Neugeborenen, daß alles andere unwichtig war.
Ich blieb, bis sie mit dem Stillen gut zurechtkam, dann reiste ich ab ohne zu fragen, was passiert war.
»Du weißt ja, wo du mich findest«, sagte ich beim Abschied.
»Es geht um Solidarität.«

»Ist mir klar.«
In Wirklichkeit war es mir die ganze Zeit klar gewesen. Schon am ersten Abend in Stockholm hatte ich an das Telefongespräch vor einigen Jahren denken müssen, als sie ausgerufen hatte: »Es wird behauptet, er sei ein Schürzenjäger, Mama!«
Während der ganzen Bahnfahrt nach Hause versuchte ich die Freude über Maria aufrechtzuerhalten. Ich wußte, wir würden die besten Freunde werden, ich phantasierte von langen Sommern mit ihr am Meer und in meinem Garten, alles was ich sie lehren, was ich ihr zeigen wollte, alle Märchen, die ich ihr erzählen, alle Lieder, die ich ihr vorsingen würde.
Aber so einfach war das nicht, jeder Schienenstoß hämmerte mir ein: Zum Teufel mit Männern, zum Teufel mit Männern, zum Teufel mit allen beschissenen Männern.
Mein Mann stand am Hauptbahnhof in Göteborg, sauer, weil ich so lange weggewesen war.
»Ich bin fast verhungert«, sagte er.
Zum Teufel, zum Teufel, zum Teufel mit dir.
»Du hast also nicht bis zur Kühltruhe gefunden?«
Ich hatte zehn Menüs vorbereitet, die er nur aufzuwärmen brauchte.
»Du mußt wirklich nicht auch noch ironisch werden.«
Ich schwieg.
Da sagte er, daß er eigentlich gemeint hatte, er sei so schrecklich einsam gewesen, und ich mußte die Zähne zusammenbeißen, um ihn nicht zu bedauern. Zu Hause begannen die Forsythien auszuschlagen, ein schwacher goldener Schimmer.

Mutter war in diesem Frühjahr oft krank. Schließlich mußten Ragnar und ich hart durchgreifen, um sie zum Arzt zu bringen.
Das Herz, sagte er.
Sie bekam Medikamente, und die halfen nach einiger Zeit.
Eines Abends, als ich so lange bei ihr gesessen hatte, daß ich den letzten Bus nach Hause versäumte, passierte etwas Unangenehmes. Ich hatte Arne angerufen und ihm gesagt, daß ich mit der Straßenbahn bis Kungsten fahren würde. Dort solle er mich mit dem Wagen abholen.
Müde saß ich ganz vorn im Straßenbahnwagen. Als ich den Kopf hob, sah ich in den großen Rückspiegel des Fahrers. Darin war eine Frau zu sehen, die meiner Mutter so unglaublich ähnlich war, daß ich zusammenzuckte, das gleiche gealterte Gesicht, die gleichen traurigen Augen. Ich drehte mich um, weil ich wissen wollte, wer sie war.
Der Wagen war leer, ich war der einzige Fahrgast.
Ich brauchte lange, um zu begreifen, daß ich mein eigenes Bild gesehen hatte. Ich wurde so traurig, daß die Tränen über das alte Gesicht im Spiegel zu laufen begannen.
»Du siehst müde aus«, sagte Arne, als ich mich im Auto zurechtsetzte.
»Ja, ich bin wohl müder als ich dachte. Ich werde langsam alt, Arne.«
»Nicht doch«, sagte er. »Du bist immer noch jung und hübsch wie eh und je.«
Da sah ich mir ihn im schwachen Schein des Armaturenbretts genau an. Er war unverändert, jung und fesch.
Die Augen der Liebe lügen. Er war zweiundsechzig und hatte nur noch drei Jahre bis zur Pensionierung.
Arne schlief wie gewöhnlich ein, sobald er den Kopf auf sein Kissen gelegt hatte. Aber ich lag wach und versuchte zu denken, daß ich mich getäuscht hatte. Daß es nicht wahr sein konnte. Dann schlich ich hinaus zum Badezimmerspiegel und stand lange in dem kalten, unbarmherzigen Licht.
Ich hatte mich nicht getäuscht. Ich hatte scharfe senkrechte Falten auf der langen Oberlippe, ganz ähnlich wie Mutter. Ein schlaffes Kinn, Kummerfalten um die Augen, traurige Augen, graue Fäden im kastanienroten Haar, das mein Stolz gewesen war. Es war ja kein Wunder, ich würde nächstes Jahr sechzig werden.

Das Merkwürdige war, daß ich es nicht gesehen, tatsächlich keine Ahnung gehabt hatte. Es nicht gespürt hatte. Ich war wie ich immer gewesen war, derselbe kindische Mensch. Innerlich.
Aber der Körper alterte und er log nicht.
Ich hielt mich am Waschbecken fest, die Tränen liefen, und das Gesicht im Spiegel alterte noch mehr. Kannst du pfeifen, Johanna. Nein, das konnte ich nicht mehr.
Schließlich kroch ich ins Bett und weinte mich in den Schlaf.
Am nächsten Morgen sagte Arne, ich solle heute doch mal im Bett bleiben. Mich ausruhen. Du hast doch Bücher.
Ich hatte immer Bücher, ich holte mir jede Woche einen ganzen Stoß aus der Bibliothek. Aber an diesem Tag konnte ich nicht lesen. Ich lag den ganzen Vormittag da und versuchte das mit dem Altwerden zu begreifen, daß ich alt war, daß ich es gelten lassen mußte.
Mit Würde altern.
Was bedeutet das? Einfach idiotisch. Um elf Uhr stand ich auf, rief bei meiner Friseuse an und ließ mir einen Termin für Haarschnitt und Färben geben. Ich kaufte eine teure »wunderwirkende« Creme und den ersten Lippenstift meines Lebens. Ich beendete den Tag mit einer langen Wanderung in die steilen Berge.
Bewegung soll ja so gut sein.
Als Arne nach Hause kam, sagte er, ich sähe blendend aus, und daß er darüber froh sei, denn er habe sich Sorgen gemacht. Daß ich getöntes dunkelrotes Haar ohne ein graues Strähnchen und Wundercreme im Gesicht hatte, sah er nicht.
Den Lippenstift hatte ich nicht zu benutzen gewagt. Aber all meine Künste halfen nicht gegen die Einsicht.
Du bist alt, Johanna.
Ich versuchte es mit positivem Denken. Ich hatte es gut, einen ordentlichen Mann, der nicht ohne mich leben konnte, eine strahlend schöne Tochter, ein neues und herziges Enkelkind. Garten, Meer, meine Mutter, die lebte, Freunde, Verwandte.
Aber das Herz hatte die ganze Zeit über Einwände, mein Mann wurde mit den Jahren seiner schwierigen Mutter immer ähnlicher,' übellaunig und unleidlich. Meine Tochter war unglücklich, meine Mutter krank.
Die kleine Maria!
Ja.

Und der Garten?
Allmählich erkannte ich, daß diese ganze notwendige Gartenarbeit mir schwerfiel. Das Meer?
Ja, das hatte seine Kraft behalten.
Mutter?
Es war nicht leicht, an sie zu denken, die sich schon frühzeitig für das Alter entschieden hatte und nie jung gewesen war.
Später, als ich mich an den Gedanken mit dem Alter gewöhnt hatte, dachte ich darüber nach, ob der Schock an diesem Abend in der Straßenbahn eine Art Todesangst gewesen war. Aber ich glaubte nicht. Ich hatte nie ans Altern gedacht, aber oft an den Tod. Das hatte ich immer getan. Täglich, schon als Kind.
Ich hatte keine Angst mehr vor ihm, nicht mehr, seit mein Schwiegervater gestorben war. Aber ich hatte das Bedürfnis, mich gründlich damit auseinanderzusetzen, was es bedeutete, nicht mehr existent zu sein. Manchmal aus reiner Sehnsucht nach diesem Zustand.
Vielleicht lernt man das Altern nicht, wenn man versucht, sich an den Tod zu gewöhnen.

Am Ende der Woche rief Anna an. Ihre Stimme klang heiterer, und sie hatte Neuigkeiten. Rickard sollte für Reportagen eine lange Amerikareise antreten, und nun wollte sie anfragen, ob sie über den Sommer mit Maria zu uns kommen dürfe.
Und ob sie durfte!
Ich freute mich so sehr, daß ich das Altern ganz vergaß.
»Vielleicht mußt du erst mit Papa reden.«
»Aber du weißt doch, daß er glücklich sein wird.«
»Ich bin nie besonders nett zu ihm gewesen.«
»Aber liebes Kind ...«
Und wie er sich freute, Arne. Ich bat ihn, Anna anzurufen, und ich hörte ihn sagen, er erwarte sie sehnsüchtig, und es wäre ein Spaß mit der Kleinen.
»Wir werden segeln. Wir werden einen richtigen Seemann aus ihr machen. Das ist keineswegs zu früh«, sagte er. »Du weißt, das Häkchen ist beizeiten zu krümmen.«
Ich zweifelte nicht daran, daß Anna von Herzen lachte.
Am Samstag fing er an, das alte Kinderzimmer in der oberen Etage frisch zu streichen. Wir kauften ein neues Bett für Anna, Arne zimmerte für Maria

eine hübsche kleine Wiege und einen Wickeltisch. Einen neuen Teppich steuerten wir auch bei, und ich nähte duftige weiße Gardinen.
»Verdammt gut, daß wir damals für Vater hier oben Wasser und WC installiert haben«, sagte Arne.
Sie kamen am Walpurgisabend. Mit dem Flugzeug. Das gefiel Arne nicht, er hatte kein Zutrauen zu Flugzeugen, und als wir sie abholen fuhren, wehte heftiger Wind. Wie gewöhnlich am Walpurgisabend.
Seine Bedenken färbten auf mich ab, und so stand ich auf dem Flugplatz und hielt mich eisern an einem Geländer fest, als die Maschine aus Stockholm heruntertänzelte und so heftig bremste, daß die Reifen quietschten. Es war nun einmal so, wie Rickard am Telefon gesagt hatte, der Flug ist ebenso sicher wie der Zug. Und viel bequemer für das Kind.
Ich hatte wohl gedacht, daß Arne das kleine Mädchen gern haben würde, aber nie, daß er dermaßen vernarrt war. Er hielt das Kind auf dem Arm und machte ein Gesicht, als wäre er im Himmel. Als das Gepäck kam, mußten Anna und ich alles allein ins Auto tragen, denn er weigerte sich, Maria loszulassen.
»Willst du mich gar nicht begrüßen«, sagte Anna.
»Hab keine Zeit.«
Wir lachten laut und lachten noch lauter, als wir zum Wagen kamen und Arne sich mit dem Kind auf den Rücksitz setzte und sagte, fahr du, Anna.
Wir brauchten länger als erwartet, denn durch die Stadt bewegte sich gerade der Walpurgisnachtumzug.
»Wir parken irgendwo«, sagte Anna. »Ich will diesen Karneval sehen, wie ich es immer durfte, als ich klein war. Mama, du kannst ja im Auto sitzenbleiben und das Baby auf dem Schoß halten.«
»Das tu ich«, sagte Arne. »Zieht ihr zwei nur los.«
Alles war an diesem Tag ein Fest, Anna und ich lachten wie kleine Kinder über die verrückten Narren, und als wir nach Hause kamen, war der Tisch gedeckt und Annas Lieblingsgerichte standen im Ofen.
Anna stillte, während ich das Essen wärmte, die Kleine trank, stieß auf wie sie sollte und schlief sofort ein.
Arne fragte nach Rickard, und ich sah, daß sich Annas Gesicht überschattete, als sie leise sagte, er sei schon abgereist und traurig, daß er in diesem ersten Sommer nicht bei Maria sein könne. Aber daß er diesen großen Auftrag eben nicht hatte ablehnen können. Es soll eine große Reportage über die Rassengegensätze in den USA werden, sagte sie und lächelte unmotiviert. Es war ein trauriges Lächeln.

»So ein paar Monate vergehen ja schnell«, sagte Arne tröstend. »Inzwischen müßt ihr eben mit uns vorliebnehmen.«
»Du ahnst ja nicht, wie gern wir das tun.«
Zum ersten Mal merkte ich, daß sie an Scheidung dachte.
Sie trank ein Glas Wein, leerte es in einem Zug. Ich mußte ein erschrockenes Gesicht gemacht haben, denn sie sagte: »Es bleibt bei diesem einen, Mama.«

Am ersten Mai ließ Arne das Boot zu Wasser, es war abgeschliffen und frisch gestrichen. Die ganze Frühjahrsarbeit im Garten war auch erledigt, der Frühling war lang und warm gewesen. Anna hatte keinen Kinderwagen mitgebracht, und so ging ich in den Keller und holte ihren eigenen von früher herauf. Er war zwar alt, aber nicht unansehnlich, fand ich, als ich ihn abwusch und wir an einem windstillen Platz unter dem blühenden Kirschbaum darin ein Bettchen für das Kind zurechtmachten.
»Wir konnten im Flugzeug ja nicht alles mitnehmen«, sagte Anna. »Eine Freundin von mir, Kristina Lundberg, bringt nächste Woche in meinem Wagen alles, was wir brauchen. Sie ist sehr, sehr lieb, Sozialarbeiterin. Geschieden.«
Sie schwieg einen Augenblick und fuhr dann fort: »Sie bringt ihre beiden kleinen Jungen mit. Ich hoffe, sie dürfen hier übernachten?«
Ihre devote Art irritierte mich: »Du weißt genau, daß uns deine Freunde immer willkommen sind.«
»Ich weiß bald schon gar nichts mehr, Mama. Und es fällt mir schwer, all diese Fürsorge anzunehmen, das Zimmer, das ihr so schön für uns zurechtgemacht habt ... und ...«
Jetzt weinte sie.
»Anna, Kindchen«, sagte ich. »Wir besprechen das alles morgen, wenn wir allein sind.«
»Ja. Papa braucht davon nichts zu wissen. Zumindest vorläufig.«
»Genau.«
Arne kam heim, und fast hätte ihn der Schlag getroffen, als er den Wagen sah. »Verdammt noch mal, Johanna! Du mußt doch gesehen haben, daß die Splinte locker sind und die Räder nicht fest sitzen. Bist du ganz von Sinnen?«
Dann reparierte er den Kinderwagen, er brauchte über eine Stunde dazu, und er war vollkommen glücklich, während er sein »na ja, die Frauen« vor sich hin murmelte.
Die Sonne schien in die Küche. Warm. Wir zogen das Baby aus und ließen

es auf einer Decke auf dem Küchentisch nackt strampeln. Als Arne hereinkam, blieb er lange auf der Küchenbank sitzen, brabbelte mit der Kleinen und sagte: »Was für ein Wunder.«
Da pinkelte sie ihn an und lachte befreit.
Er schmolz weiter dahin, sagte dann aber: »Sie hat Ähnlichkeit mit Johanna. Und mit Hanna. Hast du das schon gesehen?«
»Ja«, sagte Anna. »Und ich freue mich darüber.«
Das schöne Wetter hielt die ganze Woche an. Am Montag saßen wir wieder unter den Kirschblüten, und ich erfuhr nun endlich alles. Es war schlimmer, als ich vermutet hatte.
Es gab keine tröstenden Worte.
Am Nachmittag streiften wir mit Maria durch die Hügel und ich erzählte von Ragnar. Und Lisa.
Anna hörte mit großen Augen zu, das hatte sie nicht gewußt.
»Die sind ja ganz ähnlich, die beiden Männer«, sagte ich. »Dieselbe Herzlichkeit, derselbe Humor und ... derselbe Leichtsinn.«
Ihre Augen waren groß und tiefblau, als sie antwortete:
»Du hast recht. Das Traurige ist nur, daß ich nicht wie Lisa bin.«
Das war auch mein Gedanke.
Es war zum Verzweifeln.
Aber gegen Ende der Woche kam der erste Brief aus Amerika, und als ich sah, mit welchem Eifer sie ihn aufriß und wie sie strahlte, als sie ihn las, dachte ich, sie wird nie von ihm loskommen.

Wir sprachen in diesem Sommer viel über Männer und darüber, wie rätselhaft sie waren. Ich erzählte, daß Arne mich geschlagen hatte, als wir jung verheiratet waren, daß ich zu Mutter geflüchtet war und daß sie es mit einem Achselzucken abgetan hatte.
»Da habe ich erfahren, daß mein Vater, mein wunderbarer Vater, sie etliche Male ordentlich geschlagen hatte.«
»Das war damals ja eine andere Zeit«, sagte Anna. »Warum bist du zu Arne zurückgegangen?«
»Ich hab ihn doch gern«, sagte ich.
»Und es ist nie wieder vorgekommen?«
»Nein.«
Ich sprach von Ragnar, daß er wie ein Geier über mich gewacht hatte.
»Ich glaube, er hat Arne mit Polizei und Prügeln gedroht. Du weißt ja, er ist ein gutes Stück größer und stärker.«
Wir schwiegen lange und dachten wohl beide, daß Gewalt eine Sprache war, die Männer verstanden.
Dann sagte Anna: »Ich habe all die Jahre beobachtet, wie er dich mit seinen verdammten Herrscherallüren langsam kleingemacht hat. Das habe ich schon mit zwölf begriffen, als du damals diesen Teilzeitjob angenommen hast.«
Man kann vor Kindern nichts geheimhalten, das hätte ich wissen müssen. Dennoch tat es weh.
»Es ging damals viel ums Geld«, sagte ich und erzählte, daß ich mich wie ein Dienstmädchen gefühlt hatte, das um jeden Groschen hatte bitten müssen. Ich sagte nicht, daß ich jetzt langsam wieder auf dem Weg zurück in eine ähnliche Situation war, ich wollte Anna nicht beunruhigen. Aber vielleicht begriff sie es auch so. Und sie hatte verstanden, was ich mit meinen Worten hatte ausdrücken wollen, denn sie sagte, daß sie wirtschaftlich unabhängig sei, ihr Buch einen guten Ertrag abwerfe und sie den Auftrag für ein weiteres in der Tasche habe.
»Außerdem schreibe ich ja Artikel für verschiedene Zeitungen und Zeitschriften.«

Wir sprachen von unseren Schwiegermüttern. Anna sagte: »Hast du nie daran gedacht, daß Vaters Mutter krank war, psychisch krank?«
Das hatte ich wohl irgendwann getan. Aber mit Widerwillen. Ich mochte diese moderne Art nicht, Bosheit mit Krankheit zu erklären. Als wir am Strand entlang nach Hause zurückgingen, fragte ich sie, ob sie glaubte, daß eine solche Krankheit erblich sei. Das tat sie nicht, sie sagte: »Dann hätte ich kein Kind von Großmutter sein wollen. Stell dir doch so ein kleines Kind vor, das dem auf Gnade und Ungnade ausgeliefert ist.«
Anna trug Maria in einem Beutel auf dem Bauch, Känguruhbeutel nannte ihn Arne.
Dann sagte sie, und es klang verzweifelt: »Das trifft ja auf Rickard auch zu und auf seine verdammt eiskalte Mutter.«
Sie war als Mutter unsicherer als ich es gewesen war, ängstlicher und unbeholfener. Das war ja auch nicht verwunderlich, ich war fünfunddreißig, als ich mein Kind bekam, Anna war erst vierundzwanzig. Aber das bekümmerte mich nicht, denn sie überschüttete das Kind mit Zärtlichkeit. Eines Nachmittags hatte Maria Bauchschmerzen, Anna ging mit dem Kind auf und ab, das zu schreien anfing, sobald wir es ins Bettchen legten. Ich löste sie ab, sie ging telefonisch auf die Jagd nach einem Kinderarzt und erwischte einen, der genau wie ich sagte, das sei normal und kein Grund zur Aufregung. Anna platzte fast vor Besorgnis.
Mittendrin kam Arne nach Hause, nahm das Kind in seine großen ruhigen Hände, legte es sich an die Schulter und begann ebenfalls mit ihm auf und ab zu gehen. Sagte, jetzt beruhige dich mal, mein Spatz. Binnen zwei Minuten schlief Maria tief und ruhig.
Anna weinte vor Erleichterung in Arnes Armen und sagte, daß sie sich erinnerte, ja, daß ihr plötzlich eingefallen sei, wie es sich angefühlt hatte, wenn Papas Hände einen umfaßten, als man klein und ängstlich gewesen war.
Dann weinte sie noch heftiger, bis Arne sagte, wenn du so weitermachst, weckst du die Kleine ja wieder. Beruhige dich doch.
Aber ich, die ich wußte, weshalb sie weinte, schwieg.

Kristina Lundberg kam mit dem Auto und Annas sämtlichen Kleidern. Sie war ein großgewachsenes ziemlich häßliches Mädchen mit einer bäurischen Hakennase, schweren Augenlidern und einem ironischen Mund. Zwei kleine Jungen hatte sie dabei, sie rannten wie die Wilden durch Haus und Garten und, was am schlimmsten war, auch über die Bootsstege im Hafen.

Es waren wunderbare kleine Kerle.
Wir mochten auch ihre Mutter, eine Frau, auf die man sich verlassen konnte. Sie war noch röter als wir, Kommunistin. Am Abend stritt sie mit Arne in der Küche über Reformsozialismus und die Diktatur des Proletariats, sie wurden oft laut, und das genossen alle beide hemmungslos. Am Wochenende ging Arne mit ihr und den beiden kleinen Jungen segeln, und bei Anna, Maria und mir kehrte Ruhe ein.
Als sie am Sonntag heimkamen, packte Kristina, sie wollten weiter zu ihren Verwandten auf irgendeinem Bauernhof in Västergötland.
»Es wäre mir ein Vergnügen gewesen, wenn du noch ein bißchen länger hättest bleiben können«, sagte ich und meinte es auch so.
»Das finde ich auch«, sagte sie. »Aber ich muß der Verwandtschaft jetzt mal ein paar Streicheleinheiten verpassen.«
Sie machte einen traurigen, aber entschlossenen Eindruck.
»Es wird auch für die Jungen gut sein«, sagte sie. »Nicht so anstrengend, meine Mutter hat reichlich Personal. Sie hat schon ein Kindermädchen besorgt, denn die Kinder sollen den ganzen Sommer über dort bleiben, und meine Mutter will nicht belästigt werden.«
Sie muß mein Erstaunen gesehen haben, denn sie fuhr fort:
»Anna hat also nichts davon gesagt, daß mein Vater Gutsbesitzer und Graf ist, blaublütig, hochmütig und allgemein beschränkt.«
Ich erinnere mich an diesen Augenblick so deutlich, weil mir zum ersten Mal bewußt wurde, daß wir alles immer nur im Licht unserer Vorurteile sehen. Das Bauerntrampel, das mir gegenüberstand, verwandelte sich: die lange gebogene Nase und die schweren Augenlider wurden aristokratisch.
Wie schön sie war!

Die Briefe aus Amerika kamen in regelmäßiger Folge, Briefe gingen ab, Anna war fröhlicher, ich fühlte, daß es lichter um sie wurde. Der Juli brachte wie üblich Regenwetter. Ich war oft mit Maria allein, denn Anna arbeitete an ihrem Buch, ich sang dem Kind vor und hörte das gleichmäßige Rattern der Schreibmaschine über uns. Bei jeder Witterung machte ich lange Spaziergänge mit dem Kinderwagen, das war gesund, ich fühlte mich wohler.
Anna fand nicht, daß ich gealtert war.
Ganz plötzlich kommt mir etwas anderes deutlich in Erinnerung. Es war ein wolkenverhangener Nachmittag, der Regen tränte über die Fensterscheiben und Anna sagte: »Könnten wir uns nicht mal den Schmuck ansehen?«

Ich weiß, daß ich in diesem meinem Lebensbericht vieles übersprungen habe. Unter anderem den Teil mit der norwegischen Verwandtschaft.
Tante Astrid starb, plötzlich, ohne krank gewesen zu sein, als die Stiefel der Deutschen mit voller Gewalt über die Karljohann-Promenade marschierten. Und vorbei an der Möllergata 19, von wo der Fischgroßhändler Henriksen verschwunden war. Mutter bekam von einem der Söhne einen kurzen Brief, ich einen längeren von dessen Frau Ninne, der einzigen, der ich bei dem Besuch in Oslo nähergekommen war. Wir waren traurig, aber Mutter war nicht erstaunt. Sie hatte immer gewußt, daß Astrid das Leben verlassen würde, wenn es ihr nicht mehr paßte.
Einige Zeit später bekam ich einen Anruf aus Oslo. Ein Rechtsanwalt! Er sagte, es gebe ein Testament, und daß Astrid Henriksen mir ihren Schmuck vermacht habe. Er sagte auch, daß der Wert vermutlich nicht besonders hoch sei, daß aber die norwegischen Verwandten den Schmuck aus Pietät behalten wollten.
Ich wurde böse, sagte kurz, es handle sich um den Familienschmuck mütterlicherseits, und ich wollte ihn selbstverständlich haben. Dann machte ich mich schleunigst auf den Weg zu Mutter, die damals noch in Haga wohnte. Sie wurde so zornig, daß sie sogar später, als sie Ragnar anrief, laut herumschrie. Er kam und wurde ebenfalls wütend. Da er in allen Kreisen Leute kannte, dauerte es nicht lange, bis ich in der Östra Hamngata bei einem liebenswerten älteren jüdischen Herrn in einem Anwaltsbüro saß.
Ich hatte mir den Namen des Norwegers aufgeschrieben, der mich angerufen hatte, und bald hatte der Jurist aus Göteborg eine Kopie des Testaments und ein Verzeichnis über den Schmuck in Händen.
»Der norwegische Anwalt ist gottlob ein redlicher Mann«, sagte er.
Ich schickte weiterhin Lebensmittelpakete an die norwegischen Kusinen. Aber mit dem Briefeschreiben hörte ich auf.
Ich vergaß das Ganze beinah, es war ja eine Kleinigkeit verglichen mit allem, was in diesen Jahren passierte. Aber im Sommer neunzehnhundertfünfundvierzig fuhr mein Anwalt nach Oslo und kam mit einem großen braunen Paket zurück, das Arne und ich in seiner Kanzlei abholten. Gegen Quittung. Arne hatte die Sache auch nicht so ernst genommen bis zu diesem Herbstabend, als wir im Beisein von Mutter und Ragnar das braune Papier aufschnitten, die blaue Schatulle vorfanden und sie mit dem vergoldeten Schlüssel öffneten.
Es waren Broschen und Ringe, es waren Halsketten mit funkelnden roten

Steinen, Armbänder, Ohrgehänge. Aber vor allem waren es altmodische Spangen in verschiedenen Formen. Grau. Aus Zinn? Oder konnte es Silber sein? Anna war stumm und machte große Augen, Mutter sagte, das sei ja viel mehr als das Familienerbe, da ist alles dabei, was sie selbst gekauft oder im Laufe der Jahre von Henriksen bekommen hat, Ragnar sagte, wir müssen es schätzen lassen, und Arne meinte, wo zum Teufel sollen wir das alles verstecken.

Es waren zwei schwere Ringe aus Gold dabei.

»Die Karlsringe«, sagte Ragnar.

Und dann erzählte er von einem Bauern in der Familie, der irgendwann einmal, als er für einen neuen Hofzaun Löcher grub, eine riesige Goldmünze gefunden hatte. Es war der Schwedenkönig Karl XII. selbst gewesen, der diesen Dukaten verloren hatte, denn er hatte einmal hier gerastet, glaubte der Bauer. Er ließ die Münze bei Rye einschmelzen, und das Gold reichte für zwei Eheringe, die seither in der Familie weitervererbt worden waren.

»Darf ich mal heben.«

Anna wog die Königsringe in der Hand, ihre Augen glänzten mit dem Gold um die Wette.

Ragnar lächelte das Mädchen an und erzählte von all den Reichtümern, die in der Erde des armen Landes versteckt worden waren. Als man zwischen Ed und Nössemark endlich eine Straße baute, fand man ein großes Silberversteck mit Münzen aus dem siebzehnten Jahrhundert.

Anna sah ihn erstaunt an und er erklärte es ihr.

»Grenzland ist Unfriedensland«, sagte er. »Zeitweise war das Land an der Westseite des langen Sees norwegisch, zeitweise schwedisch. Als Karl XII. sich in Ed niederließ und seinen Feldzug gegen Norwegen plante, vergruben die Reichen ihre Schätze in der Erde.«

Mutter nahm eine von den schön gearbeiteten Spangen in die Hand, und dann bekamen wir die seltsame Geschichte von dem norwegischen Goldschmied zu hören, der aus Bergen geflohen war und unterhalb des Vorderhofes eine Kate zugesprochen bekommen hatte.

»Die reine Wildnis«, sagte Mutter.

Aber dort hatte er viele Jahre mit Frau und Kindern gewohnt, hatte in der Kammer seine Goldschmiede gehabt und Broschen, Gehänge und Spangen aus Silber hergestellt. Man nannte es Rodungssilber.

»Ihr seht ja selber, daß er es mit billigen Metallen gemischt hat«, sagte Mutter. »Es ist ja ganz grau.«

Ich erinnere mich, daß ich Lisa einen von den Königsringen geben wollte. Aber Ragnar sagte nein, das Familienerbe sollte beisammenbleiben, und wenn Lisa einen goldenen Ring haben wolle, sei er Manns genug, ihr einen zu kaufen.
Arne grübelte das ganze Wochenende nach, wie er das Problem mit der Aufbewahrung des Schatzes lösen sollte. Dann kaufte er einen feuersicheren Geldschrank und baute unter dem Fußboden des Vorratskellers ein Geheimfach. Wir kümmerten uns nicht darum, den Schmuck schätzen zu lassen, wir wollten es gar nicht wissen. Wir sahen in dem verborgenen Schatz eine zusätzliche Absicherung, eine Sicherheit, falls etwas passieren sollte.
Jetzt, sechzehn Jahre später, wollte Anna den Schmuck sehen und ich sagte, das ist ja nur recht und billig, schließlich kriegst du das Geschmeide ja mal. Aber du mußt warten, bis Papa heimkommt, denn ich will nicht in sein Geheimfach einbrechen.
»In dem dein Schmuck liegt«, sagte Anna.
»Ich will ihn nicht unnötig verletzen«, sagte ich.
»Außerdem habe ich keine Ahnung, wie man das Fach öffnet.«
»Aber Mama...«
Es wurde ein wunderbarer Abend, als wir im Vorratskeller um Arne herumstanden, Anna mit Maria auf dem Arm und ich, während Arne uns den Geheimgang zum Geldschrank mit der Schmuckschatulle zeigte.
»Jetzt wißt ihr's also, falls mir was passieren sollte.«
Dann saßen wir wie schon früher einmal da und staunten über all das Gefunkel, und Maria machte ebenso große Augen wie seinerzeit Anna. Aber sie war wohl am meisten von der feierlichen Stimmung beeindruckt. Anna nahm einen Anhänger aus hellgrünem Email in die Hand, der teilweise vergoldet und reich mit glitzernden kleinen Steinen verziert war.
»Jugendstil«, sagte sie. »Und es würde mich nicht wundern, wenn das Geglitzer Brillanten wären.«
»Du bist verrückt«, sagte Arne. »Sie war schließlich nur die Frau von einem Fischhändler.«
»Aber nimm ihn dir, wenn er dir so gut gefällt«, sagte ich.
Da sagte Anna wie früher einmal Ragnar: »Nein, das mütterliche Erbe wird nicht aufgeteilt.« Ende Juli kam die Sonne wieder, und Ende August kam Rickard aus Amerika zurück. Er war reifer geworden, da war ein tiefer Schmerz in den Furchen um seinen Mund und düstere Trauer in seinen Augen.
Wir unterhielten uns nur ein einziges Mal allein miteinander.

»Du kannst mich nicht verstehen, Johanna?«
Es war mehr eine Feststellung als eine Frage, also brauchte ich nicht zu antworten.
Er legte den Kopf schief, und da sah ich zum ersten Mal, daß er einer Katze glich, einem geschmeidigen Kater, seines Wertes und seiner Schönheit gewiß. Einer von denen, die in den Märznächten um die Ecken streichen und nach Liebe schreien.
Ich habe immer eine Katze gehabt. Kastrierte Kater.
Ich wurde rot, mein Herz klopfte.
Dieser Mann hatte sich seine ganze Sinnlichkeit bewahrt, und mich befiel der Gedanke, daß man ihn vielleicht verstehen konnte. Dann schalt ich mich selbst. Unsinn.

Als sie abgereist waren, wurde es still um mich. Ich vermißte Maria. Ich dachte viel an Anna und an das, was sie zu verlieren drohte. Etwas, was ich nicht verstand, weil ich es nie gehabt hatte, was vielleicht aber mehr bedeutete als Sicherheit.

Wir arbeiteten in diesen Jahren viel an unserem Haus. Einige Reparaturen waren notwendig geworden. Wie gewöhnlich machte Arne abends und an den Wochenenden fast alles selbst, und seine Freunde, ein Klempner und ein Elektriker, halfen für geringen Lohn mit.
Gleich nach seiner Pensionierung richtete Arne auf dem Dachboden ein weiteres Zimmer ein. Tagsüber nähte ich Gardinen für die frisch gestrichenen Fenster, kaufte unter Annas Einfluß nur einfache weiße Stoffe.
Aber es sind die nächtlichen Träume, die mir aus dieser Zeit am besten in Erinnerung blieben. Vor allem der erste. In ihm fand ich an der Schmalseite des neuen Dachbodenzimmers eine Tür, ich öffnete sie und kam in einen langen Korridor, eng und beängstigend. Ich tastete mich vorwärts, es war dunkel, der Gang wurde schmäler, doch ich sah allmählich in großer Entfernung einen Lichtstreifen. Dort war noch eine Tür, angelehnt. Ich zögerte lange, ehe ich anklopfte.
Die Stimme, die »Herein« sagte, war wohlbekannt, als hätte ich sie seit tausend Jahren täglich gehört. Endlich! Ich öffnete die Tür, und dort saß Vater und blätterte in einem Buch. Der ganze Raum war mit Büchern gefüllt, sie quollen aus den Regalen und lagen in Stößen auf dem Fußboden. Er hatte einen gelben Bleistift hinter dem Ohr und neben sich ein großes Notizbuch. In einer Ecke saß ein kleines Mädchen und sah mich aus strahlend braunen Augen an.
»Wie gut, daß du kommst, Johanna. Du mußt mir suchen helfen.«
»Was sucht Ihr, Vater?«
Ich erwachte und bekam daher die Antwort nie zu hören. Als ich mich im Bett aufsetzte, etwas ängstlich, aber vor allem froh, erinnerte ich mich, daß die große Bibliothek kein Dach gehabt hatte. Sie war zum Himmel hin offen. Dann dachte ich, daß es in diesem Traum nichts Überraschendes gegeben hatte, nichts, was ich nicht immer gewußt hatte.
Der Traum kam wieder« er änderte seine Form, aber die Botschaft war immer dieselbe. Und das Gefühl war mir vertraut. Einmal war der Korridor eine steile Treppe und der Raum, in dem Vater saß, ein Laboratorium. Er wohnte dort, wie er sagte, und beschäftigte sich mit chemischen Versuchen. Es roch dort stechend und doch stärkend. Wieder freute er sich, daß ich kam, und bat um Hilfe.

Die Träume zwangen mich zum Aufräumen. An Vormittagen, wo sich die Traumbilder in mir richtig festgebissen hatten, ging ich so weit, daß ich die Teppiche klopfen ging und die Fenster putzte.

Mein Haus wurde nie so, wie ich es gern gehabt hätte, es wurde nie fertig. Das Beste daran war das Meer, das unterhalb der Mauer rauschte. Ich kam im Dorf ins Gerede wegen meiner Wanderungen am Strand entlang, jeden Tag und bei jedem Wetter. Auf diesen Streifzügen lernte ich im Lauf der Jahre viel über das Meer, wie es klingt und riecht bei Sturm und bei Windstille, an trübgrauen Tagen, bei Sonne und Nebel. Aber ich weiß nichts von seinen Vorhaben, jedenfalls nichts, wa.s ich in Worten ausdrücken könnte. Es kommt vor, daß ich denke, es ist allumfassend wie die Nähe Gottes.
Es war wohl Sofia Johansson, die mich auf solche Gedanken brachte. Ich hatte eine neue Freundin bekommen, Rakel so unähnlich wie ein Mensch nur sein kann, eine Fischersfrau aus dem alten Dorf.
Wie ich schon sagte, hatten die ursprünglichen Bewohner keinen Kontakt mit uns Zugezogenen. Aber Sofia hatte einen schönen Garten, und eines Tages war ich an ihrem Zaun stehengeblieben und hatte mir ihre Anemonen angesehen, große tiefblaue Blüten mit schwarzen Pupillen.
»Ich stehe nur hier, um zu bewundern«, hatte ich gesagt. Da hatte sie mich voll Wärme angelächelt: »Ja, die sind schön. Ich kann Ihnen gern ein paar Knollen ausgraben, liebe Frau.«
Ich war vor Freude rot geworden und hatte gesagt, daß ich sie gut pflegen werde.
»Das weiß ich. Ich hab Ihren Garten gesehen.«
Sie kam am nächsten Morgen mit den knorrigen braunen Knollen und half mir bei der Wahl eines Platzes, wo sie sich wohl fühlen würden. Ich kochte uns Kaffee, es war schönes Wetter, und wir saßen im Schutz der Mauer unter den Rosen. Ich hatte eine niedrige fast kriechende altmodische weiße Rose, in die sie ganz vernarrt war, und wir kamen überein, daß ich im Herbst eine als Geschenk für sie ausgraben würde.
»Jetzt wollen wir uns doch endlich duzen«, sagte ich.
Da lächelte sie wieder ihr gutes Lächeln, und danach trafen wir uns oft in ihrem oder meinem Garten. Wir sprachen, wie Frauen das so tun, über allerlei Dinge. Sie hatte zwei Söhne in einem der Fischerboote, aber ihren Mann hatte ihr schon vor vielen Jahren das Meer genommen.
»Das ist schwer«, sagte ich. »Wie alt waren die Kinder?«

Die Jungen hatten die Schule schon hinter sich gehabt, und das Boot, mit dem ihr Mann untergegangen war, hatte ihnen selbst gehört. Als sie die Versicherungssumme ausbezahlt bekamen, kauften sie ein neues Fischerboot.
»Sie fühlen sich nicht wohl an Land, meine Söhne«, sagte sie.
Sie hatte auch eine Tochter, die in der Markthalle Alliance in Göteborg Fisch verkaufte.
Das interessierte mich, ich erzählte, daß ich selbst viele Jahre dort gearbeitet hatte, eigentlich ja bis zum vorigen Jahr. »Aber nur samstags.«
Sie wußte es, ihre Tochter hatte mich oft in der Halle gesehen und war erstaunt gewesen.
»Warum das?«
»Du bist doch von den besseren Leuten«, sagte Sofia.
»Aber ich bitte dich«, sagte ich, und ehe ich mich versah, erzählte ich von meinen Jugendjahren in Haga, von Mutter und den Brüdern und von Vater, der gestorben war, als ich noch ein Kind war. Ihr gefiel die Geschichte, sie erzählte ihre eigene, von ihrer Kindheit im Fischerdorf in Bohuslän, wo Vater und Brüder, Vettern und Nachbarn sich für den Lebensunterhalt auf See abrackerten. Es war eine Welt der Männer, ganz auf den Mann abgestimmt, auf seine Kraft und sein Können. Aber mir war bewußt, daß sie sich als Frau nie unterlegen oder zu Aufsässigkeit veranlaßt gefühlt hatte.
»Dann bin ich bekehrt worden«, sagte sie und ihre Augen leuchteten.
Ich wurde verlegen, wagte aber nicht zu fragen, dachte, sie sei zu intelligent für den naiven Pfingstlerglauben.
So ist das mit Vorurteilen.

Jetzt habe ich vergessen, in welchem Jahr es war, als der Frühjahrssturm sich zu einem Orkan auswuchs und das Meer über Bootsstege und Häuser hingetrieben wurde und Boote zerschlug und Vertäuungen zerriß. Wir hatten unser Boot Gott sei Dank noch nicht zu Wasser gebracht. Es stand gut aufgebockt, windgeschützt zwischen Haus und Felsen. Aber die Plane riß sich los und verschwand wie ein riesiger schwarzer Vogel landeinwärts.
Drei Tage und Nächte tobte dieser Orkan sich aus, und als er endlich weiterzog, ging ich traurig durch meinen Garten. Der alte Åkeröapfelbaum war geknickt. Meine Rosen standen mit den Füßen im Salzwasser, das der Sturm über die Mauer gedrückt hatte. Eine Nachbarsfrau tauchte auf und rief: »Hast du schon gehört, daß ein Fischerboot von hier untergegangen ist? Mit Mann und Maus.«

Ich zitterte am ganzen Körper, als ich das Radio einschaltete und zu hören bekam, was ich befürchtet hatte. Sofias Söhne waren mit ihrem Schiff untergegangen. Da grub ich meine schönsten Christrosen aus, ging hinunter ins Fischerdorf und klopfte an Sofias Tür.
Dort waren viele Frauen. Sie beteten für die Seelen der beiden Jungen.
Sofia war blaß, sehr bleich und unzugänglich. Sie weinte nicht, ich war es, die weinte, als ich ihr die Christrosen überreichte und flüsterte: »Laß mich wissen, wenn ich dir mit irgendwas helfen kann.«
»Sie sind jetzt bei Gott«, sagte sie.
Als ich nach Hause ging, weinte ich noch mehr und dachte, daß Gott grausam ist, wie meine Mutter immer gesagt hatte. Wenn es ihn überhaupt gab. Aber mir war irgendwie feierlich zumute.
Ich kam nie dazu Sofia zu helfen. Aber hätte es sie in dem Jahr, in dem Mutter bei mir im Sterben lag, nicht gegeben, hätte ich es, glaube ich, nicht geschafft.

Jeden Sommer hatten Arne und ich Maria bei uns, und zwischen ihr und mir wurde es so, wie ich es erträumt hatte. Wir lebten im gleichen langsamen Rhythmus, das Kind und ich, wir streiften herum und entdeckten in den Bergen und entlang der Strände neue und seltsame Dinge. Herrgott, wieviel gibt es doch, um davor stehenzubleiben und darüber zu staunen, Treibholz, eigenartige Steine, neue Blumen, die wir bisher nie gesehen hatten, die wir pflückten und zu Hause mit dem Botanikbuch bestimmten. Und Würmer. Und Insekten. Und Froschlaich, den wir in einer Waschschüssel im Keller sammelten. Er verschwand immer wieder, und ich verschwieg, daß es die Katze gewesen war, die ihn aufgefressen hatte.
Maria liebte die Katze.
Weihnachten feierten wir meistens in Stockholm. Rickard und Anna ging es besser, sie waren beide ruhiger. Aber ich wagte keine Fragen. Anna erwartete wieder ein Kind: »Im Mai kommt wieder ein Mädchen«, sagte Rickard.
»Und wie willst du wissen, daß es nicht ein Junge ist?« fragte Arne.
»Anna ist sich sicher. Und diese Frauen aus der Dalslandfamilie haben ja irgendwie eine mystische Veranlagung.«
Arne schüttelte den Kopf, aber dann erzählte er, was Astrid seinerzeit von dem Marsch der Nazis über die Karljohan-Promenade in Oslo gesagt hatte. Mitte der dreißiger Jahre!
Wir kamen überein, daß Maria den Frühling bei uns verbringen sollte. Ich wollte mit dem Zug hinauffahren und sie abholen.

Aber daraus wurde dann nichts. Schon im März zog meine Mutter zu mir, um zu sterben.
»Es wird nicht lange dauern«, sagte sie.
Aber das tat es doch. Sie wollte sterben, aber ihr Körper wollte nicht, und er war stärker als sie.

Es war schwer. Meine Freundin, die Gemeindeschwester, kam dreimal in der Woche, versorgte Mutters Wunden und half mir beim Umbetten. Rollstuhl und Bettpfanne wurden mir zur Verfügung gestellt. Irgendwann wurde auch der Arzt hinzugezogen, und wir bekamen Schlafmittel. Dadurch wurde es leichter, ich konnte nachts schlafen. Arne war wie immer, wenn es schwierig wurde, stark und geduldig. Aber er konnte nicht viel helfen, denn Mutter genierte sich fast zu Tode, wenn er auftauchte, um mir beim Heben zu helfen. Das war überhaupt das Schwierigste. Daß sie so verzweifelt schamhaft war und Angst hatte, zur Last zu fallen.

»Du mußt mir's Leben wegwünschen«, sagte sie.

Das ging nicht, nicht einmal dann, wenn es am schwersten wurde, es ging nicht. Ich empfand Zärtlichkeit für sie, eine Zärtlichkeit, die ich nicht ausdrücken und die sie nicht annehmen konnte. Bei mir kam auch noch eine düstere und aufsässige Trauer wegen ihres einsamen dürftigen Lebens hinzu. Der einzige Mensch, der Mutter während ihrer letzten Tage etwas Freude schenken konnte, war Sofia Johansson, die jeden Tag kam, an Mutters Bett saß und von ihrem lichten Gott sprach. Mutter war ja immer gläubig gewesen, aber ihr Gottesbild war düster. Jetzt lauschte sie den Worten von dem anderen Gott und war getröstet.

»Das muß man sich mal vorstellen«, sagte sie. »Der Herrgott hat ihren Mann genommen und die Söhne noch dazu. Selber sagt sie, ER hat sie heimgeholt.«

Sofia selbst sagte, sie komme nicht, um zu bekehren. Sie wolle nur, daß ich tagsüber zu einem Spaziergang käme und mich vielleicht ein bißchen ausruhen könne, wenn die Nacht beschwerlich gewesen war.

Ende Mai kam Anna mit dem neuen Kind zu uns. Malin war anders, nicht so süß wie Maria, ernster, eher beobachtend. Genau wie Anna als Baby.

Schon am ersten Abend erzählte unsere Tochter, daß sie die Scheidung eingereicht habe. Nichts konnte mehr vor Maria oder Arne geheimgehalten werden. Er geriet fast außer sich, als sie kurz von der anderen Frau sprach, einer Journalistin, mit der Rickard gelebt hatte, als Anna schwanger und zeitweise im Krankenhaus war. Sie hatte zu hohe Eiweißwerte gehabt und eine komplizierte Entbindung.

Arne wollte nach Stockholm fahren, um Rickard den Kopf zurechtzurücken. »Da mußt du nach Hongkong fahren. Dort arbeitet er nämlich jetzt«, erklärte Anna.
Maria sagte, und es schnitt tief ins Herz: »Papa tut mir ja so leid.«
Wir konnten in keiner Weise helfen, konnten nicht einmal das Selbstverständlichste tun, nämlich uns um Maria kümmern. Als Anna mit den Kindern wieder abgereist war, um ihre Wohnung gegen eine kleinere einzutauschen und sich eine feste Anstellung zu suchen, rief ich Kristina Lundberg an und bat sie, mich auf dem laufenden zu halten.
»Anna ist ja so stolz. Und verschlossen«, sagte ich.
»Ich weiß. Ich werde dich einmal in der Woche heimlich anrufen. Aber mach dir keine Sorgen. Sie ist auch stark.«
Arne fuhr im Juni hin und half Anna beim Umzug. Sie hatte eine Zweizimmerwohnung gefunden und für beide Kinder einen Kindergartenplatz bekommen.
Er sagte wie Kristina: »Sie ist stark. Sie schafft das.«
Im Oktober starb Mutter. Es war schwer, sie schrie bis zuletzt vor Schmerzen. Ich schlief danach achtundvierzig Stunden durch. Arne regelte alles mit dem Begräbnis, und als ich wieder in den Alltag zurückkehrte, spürte ich Erleichterung. Um ihret- und um meinetwillen. Sie wurde an einem Freitag beerdigt. Ragnar hielt die Grabrede.
Am Samstag war er tot, versehentlich auf der Jagd erschossen. Da wurde ich krank und erbrach Tag und Nacht. Ich hatte schon lange Darmblutungen gehabt und fühlte mich geschwächt. Jetzt konnte ich nicht mehr auf den Beinen stehen, wir mußten den Arzt rufen, und eine Woche danach kam ich ins Krankenhaus.
Magengeschwüre. Operation.

Manchmal denke ich, daß ich nach diesem Herbst nie wieder ich selbst geworden bin.
Aber da übertreibe ich.
Was ich damit sagen will, ist, daß ich nach Mutters und Ragnars Tod alt wurde, endgültig alt. Und daß es mir jetzt gleichgültig war.
Ich habe auch kein gutes Gefühl beim Erzählen. Und zwar, weil ich es nicht wahrhaftig klingen lassen kann. Ich habe in meinem Leben viele Memoiren gelesen und sie immer für unwahrscheinlich gehalten. Ziemlich bald glaubte ich beim Lesen zu erkennen, wie der Autor zwischen all seinen Erinnerun-

gen wählte, in welchem Licht er sie erscheinen ließ und warum gerade an diesen Stellen? Sobald man das entdeckt hat, kann man erahnen, was er im Dunkeln verschwinden ließ.
Wie habe ich das gemacht? Ich glaube nicht, daß ich ausgewählt habe, jedenfalls nicht bewußt. Die Erinnerung greift hier und dort ein, als wolle sie selbst die Führung übernehmen.
Ich glaube, ich habe noch viele Heimlichkeiten. Aber ich weiß nicht recht, welche es sind. Es geht dabei wohl um Dinge, die so schwierig waren, daß ich sie nicht zu sehen wage.
Jetzt erinnere ich mich an den Tag, als Lisa mich im Krankenhaus besuchte.

Es mag eine gute Woche nach der Operation gewesen sein. Die häßliche Bauchwunde hatte zu heilen begonnen, es tat weniger weh, aber ich war so müde, daß ich Nacht und Tag schlief.
Mir hatte vor der Begegnung mit Lisa gegraut, ich wollte ihre Trauer nicht sehen. Jetzt gehe ich wieder zur Wahrheit über, ich wollte diejenige nicht sehen, die das Anrecht auf die gewaltige Trauer um Ragnar hatte.
Sie war blaß, aber gefaßt und so wie immer. Ich mußte weinen und sagte: »Das ist so ungerecht, Lisa. Ragnar sollte unsterblich sein.«
Sie lachte mich aus, und als sie sagte, das ist doch kindisch, Johanna, haßte ich sie. Aber sie fuhr fort: »Du bist gegenüber deinem großen Bruder wohl nie richtig erwachsen geworden. Du hast einfach die Augen zugemacht und ihn verehrt.«
Da schloß ich buchstäblich die Augen und dachte, daß sie recht hatte. Ich bin in bezug auf Männer nie erwachsen geworden. Erst Vater, dann Ragnar. Danach Arne, der mich wie ein unvernünftiges kleines Kind behandeln konnte. Warum ließ ich das zu? Und genoß meine Erniedrigung wie ein bittersüßes Bonbon.
»Aber Ragnar war doch ein großartiger Mensch«, sagte ich schließlich.
»Jaja«, sagte Lisa. »Er hat auch eine große Leere hinterlassen. Aber sie füllt sich wieder auf. Mit Erleichterung.«
Als sie mein Erschrecken bemerkte, wurde sie gesprächiger als üblich: »Begreifst du nicht? Ich brauche nachts nie mehr wachzuliegen und auf ihn zu warten, mich nie mehr zu fragen, mit wem er wo ist, nie mehr, wonach er riecht. Ich habe seine verdammten fleckigen Unterhosen zum letzten Mal gewaschen.«
»Lisa, liebe ...«
»Ja, ja«, sagte sie. »Man beruhigt sich.«
Sie füllte eine halbe Stunde mit Plänen für ihre Zukunft. Sie hatte eine große Wohnung an der Sprängkullsgata gekauft, in dem Steinbau schräg gegenüber ihrem Geschäft. Dorthin wollte sie umziehen und eines der Zimmer als Schneideratelier benutzen.
»Ich will vergrößern«, sagte sie. »Die Jungen und ich verkaufen die Spedition und wollen den großen Laden an der Ecke kaufen, wo Nilsson mit seinen alt-

modischen Kleidern gehandelt hat. Wir wollen dort umbauen und etwas Elegantes daraus machen. Anita entwirft schon neue Kleider. Nächste Woche fährt sie mit mir nach Paris, um sich die neuste Mode anzusehen.«
Ich horchte auf.
Das war eine neue und starke Lisa, die da an meinem Bett saß. In diesem Augenblick verabscheute ich sie. Sie machte meinen Bruder schlecht, ja. Aber das Schlimmste war, daß sie frei war und ich gebunden.
»Ich erinnere mich daran, wie Anna mich angerufen hat und von ihrer Scheidung berichtete«, sagte sie. »Ich habe ihr von Herzen gratuliert. Auch dieser Rickard Hård ist so ein Hexenmeister. Genau wie Ragnar. Herrgott, Johanna, hätte ich doch nur die Kraft gehabt, es ihr gleichzutun, als ich jung war.«
Dies war das einzige Mal, daß ich sie traurig sah.
Im Weggehen sagte sie noch: »Es wird eine polizeiliche Untersuchung geben wegen des Jagdunfalls. Es spricht fast alles dafür, daß der Freund, der geschossen hat, unschuldig ist. Ragnar hatte seinen Ansitz verlassen und trat direkt hinter dem Elch aus dem Wald. Es war unverantwortlich.«
Als sie gegangen war, suchte ich Schutz bei bösen Gedanken. Anita zum Beispiel, Lisas Schwiegertochter, die ich nicht leiden konnte. Sie hatte eine Ausbildung an der Handwerksschule gemacht, sie nähte hübsche Kleider, und sie war selbst hübsch. Ohne zu zögern, fast frech, kostete sie das Leben aus. Ich wußte genau, wer die Herrin in Lisas neuem Unternehmen werden würde, und ich hoffte, daß es in die Binsen ging.
Dann schämte ich mich und erinnerte mich an das, was Ragnar gesagt hatte. »Anita erinnert mich an dich, als du jung warst und Nisse Nilssons Marktstand in der Halle gedeichselt hast.«
An diesem Nachmittag bekam ich Fieber und mußte Medikamente nehmen. Ich verschlief das Abendessen und schlief bis vier Uhr früh durch. Als ich aufwachte, hatte ich kein Fieber mehr, und mein Kopf war klar und ich hatte reichlich Zeit, alles zu überdenken, was Lisa gesagt hatte. Aber hauptsächlich dachte ich über mich selbst nach, über m›eine Abhängigkeit von Männern. An Hexenmeister wie Ragnar und Rickard. An Arne, der kein Hexenmeister war und in vielen Belangen weitaus kindischer als ich. Daran, daß ich es wußte und ihn dennoch zum starken Mann machte, ihm die Macht überließ.
Wieder an Ragnar. Hatte er Selbstmord begangen?
Arne kam während der Besuchszeit. Fröhlich. Er hatte mit dem Stationsarzt

gesprochen und von ihm erfahren, daß ich nächste Woche heimgehen dürfe.
»Es ist so verdammt leer ohne dich«, sagte er.
Anna hatte angerufen und ihn um seine Meinung gefragt, ob ich es wohl schaffen würde, die Kinder im nächsten Sommer zu übernehmen.
»Ich werde alles tun, was ich kann, um mitzuhelfen«, sagte er, und ich konnte ihn anlächeln und es so sagen, wie ich es empfand, nämlich, daß wir zwei das schon hinkriegen würden. Und unsern Spaß wollten wir haben.
Ich erzählte von Lisas Besuch, was für großartige Pläne sie und ihre Familie hatten. Und was sie von den polizeilichen Nachforschungen gesagt hatte. Er wußte davon, es war in den Zeitungen darüber geschrieben worden, und in der Stadt kursierten wilde Gerüchte, daß Ragnars Firma bankrott sei. Das gab sich aber bald, denn Ragnars Fuhrunternehmen stand auf soliden Beinen, und die Witwe bekam beim Verkauf einen guten Preis.
»Glaubst du, daß Ragnar ... Selbstmord begangen hat?«
»Auf keinen Fall. Wenn Ragnar eine solche Absicht gehabt hätte, dann hätte er niemals eine Methode gewählt, durch die ein Freund in Schwierigkeiten hätte geraten können. Ich glaube, er war durch die Trauer um Hanna einfach erschöpft und durcheinander.«
Das war eine große Erleichterung, denn ich erkannte sofort, daß Arne recht hatte. Danach dachte ich lange daran, wie stark die Bande zwischen der Hure und ihrem Hurensohn gewesen waren. Und daran, daß niemand das begriffen hatte.

Die Jahre kamen und gingen, die Kinder kamen und reisten ab. Das Schwierigste am Altwerden sind nicht die Müdigkeit und auch nicht die kleinen Wehwehchen. Das Schlimmste ist, daß einem die Zeit davonläuft, und das gegen Ende so schnell, daß sie gar nicht mehr vorhanden zu sein scheint. Weihnachten ist da und schon kommt Ostern. Da ist ein klarer Wintertag und gleich ein warmer Sommertag. Dazwischen Leere.

Die Mädchen wuchsen heran und entwickelten sich. Die Scheidung schien ihnen nicht geschadet zu haben. Und sie brauchten ihren Vater nicht zu entbehren. Er wohnte im selben Haus ganz oben, und er übernahm nicht nur Verantwortung, sondern nahm auch teil an ihrem Leben.

»Und Mama?«

»Die macht einen zufriedenen Eindruck. Es gibt viele Scheidungskinder dort wo wir wohnen, aber unsre Eltern sind anders. Die reden nie schlecht voneinander.«

Dann kam Rickard zurück, zu Anna und zu uns. Sie heirateten wieder. Mich machte das traurig, ich verstand es nicht. Aber Anna klang wie eine Feldlerche im Frühling, als sie uns anrief und sagte, sie kämen schon zu Pfingsten, Rickard aus Italien und die Kinder und sie aus Stockholm. Es war eigenartig, ihn wiederzusehen, älter, aber schöner denn je. Noch katzenhafter.

Am schwierigsten war es für Arne. Er führte mit Rickard ein langes Gespräch im Keller, und danach meinte Arne, er verstehe jetzt alles besser. Was, das bekam ich nie zu wissen, aber ich erinnere mich, daß ich dachte, jetzt schwenkt der Hexenmeister seinen Mantel wieder.

Dann bekam Anna noch ein Kind, einen Jungen, der starb. Da konnte ich noch helfen.

Die Mädchen waren schon erwachsen, als die Krankheit mich beschlich. Ihr denkt vielleicht, es begann mit Vergeßlichkeit, etwa daß man in seine Küche geht, um etwas zu holen und inzwischen vergessen hat, was es war. Das kam immer öfter vor. Ich kämpfte dagegen an, indem ich mir bestimmte Gewohnheiten für alles Aätägliche zurechtlegte. Erst dies, dann das, dann ... Es wurden fast Rituale, und im großen ganzen funktionierte es, ich pflegte mich und besorgte den Haushalt und hielt meine Angst auf Distanz.

Einige Jahre.

Aber die Krankheit begann schon vorher damit, daß ich keine Verbindungen mehr hatte. Wenn jemand mit mir sprach, hörte ich nicht, was gesagt wurde, sah nur den Mund sich bewegen. Und wenn ich sprach, hörte mir keiner zu.

Ich war einsam.

Arne erklärte und erklärte. Anna rannte und rannte. Mutter war tot, Ragnar war tot, Sofia war bei Gott. Greta war im Irrenhaus und Lisa wollte ich nicht treffen.

Die einzigen, die Zeit hatten und zuhören konnten, waren die Enkelkinder. Ich werde nie verstehen, wieso Anna um so vieles bravere Kinder bekam als ich.

Aber auch die Gespräche mit Maria und Malin hörten auf. Da war ich schon so viele Jahre einsam gewesen, daß niemand wissen konnte, wo ich war.

Das letzte woran ich mich erinnere, ist, daß sie plötzlich um mich herumstanden, alle. Sie hatten große Augen, dunkel vor Angst, und ich wollte sie trösten, aber die Worte, die es noch immer gab, erreichten nie den Mund. Dann war da ein Krankenhausbett mit hohen Gittern und eine entsetzliche Furcht vor dem Eingespertsein. Ich rüttelte nächtelang an diesen Zäunen, wollte mich freikämpfen. Anfangs saß Anna an meiner Seite, tagelang. Sie weinte. Sie hatte aufgehört herumzurennen. Jetzt wäre eine Verbindung möglich gewesen, aber ich hatte alle meine Fähigkeiten verloren.

Es war zu spät.

# Anna

## Schlußwort

Eine naßkalte Märznacht stand vor den Fenstern der Hochhäuser. Unten auf dem Platz dröhnte die Popmusik, lärmten betrunkene Jugendliche. Die Autoreifen quietschten auf dem nassen Asphalt vor dem Kiosk. Jetzt fanden nachts nicht einmal mehr die Vororte ihren Schlaf.
Als Anna die Vorhänge zuzog, blieb sie eine Weile stehen und schaute auf die Großstadt hinüber, die am Horizont glitzerte. Bedrohlich, fand sie. Dort drüben hatte ein Unbekannter vor einigen Wochen den Ministerpräsidenten erschossen.
Sie wollte nicht an Olof Palme denken.
Wieder nahm sie Johannas Manuskript in die Hand. Sie hatte es gelesen, immer und immer wieder, ergriffen und dankbar. Dennoch war sie enttäuscht, als hätte sie etwas anderes gewollt. Ich will immer etwas anderes, dachte sie. In meiner idiotischen, immer zur Flucht bereiten Art wollte ich... was eigentlich?
Dein Rätsel lösen.
Wie naiv. Ein Leben läßt sich nicht deuten. Man plant so gut man kann, und dann sitzt man da und ist berunruhigter denn je. So vieles ist aufgerührt und zusammengerührt worden. Aber du warst wie ein Geheimnis, das war mir immer bewußt. Und das schimmert hier und dort in deiner Geschichte durch. Ein Aufleuchten nur, kurz und schnell vergangen. Wie in einem Traum. Dann nimmst du die Rolle als die Besorgte, Ordnende und Glaubwürdige wieder auf.
Ich muß mit dem Einfachen anfangen, dem, was ich zu verstehen glaube, dachte sie. Ich schreibe einen Brief.
Sie schaltete den Computer ein:

Stockholm, im März 1986

Liebe Mama!
Heute nacht will ich Dir einen Brief schreiben, Dir Sachen sagen, die ich nie zu äußern gewagt hatte, wenn Du es hättest lesen können.
Ich bin Deine Geschichte durchgegangen und zwar genau. Irgendwie bist Du vom Himmel gekommen und hast in einem normalen irdischen Dasein Platz genommen!
Es gab in Deinem Leben nichts Überirdisches.

Selbstverständlich warst Du auch nicht die, auf der ich herumzutrampeln versuchte, als ich jung war und Dir Halbbildung und Überheblichkeit vorwarf. Du sagst nichts über die Zeit, als wäre sie an Dir vorbeigegangen, ohne Dich zu verletzen. Vielleicht hattest Du begriffen, daß ich diesen idiotischen akademischen Schutzwall brauchte, hinter den sich unsichere Jugendliche der aufstrebenden Generation flüchteten, um ihre Eltern zu übertrumpfen und ihre Herkunft zu vertuschen.
Eine Zeitlang dachte ich, Dir mit meiner aufgeblasenen Bildung die Oberhand genommen zu haben. Aber als ich Mutter wurde, nahmst Du Deinen Platz wieder ein. Erinnerst Du Dich, wie Maria in der Wiege vor Hunger schrie? Es war schrecklich, aber ich hatte gelernt – natürlich aus einem Buch –, daß Säuglinge ihre Mahlzeiten in bestimmten Abständen zu bekommen hatten. Und Du sagtest: »Aber Anna, Kind.«
Das reichte.
Es ist späte Nacht, und ich schreibe in Erregung, ich bin allein und aufgewühlt. O Mama, wie gesund warst Du doch, und wie krank wurdest Du. So stark erst und dann so hinfällig.
Ich erinnere mich, wie ich Dich zu schonen versucht habe und ich mir dadurch Papas Zorn zuzog. Wie Kinder das so tun. Du hast es geschehen lassen? Oder sahst es nicht? Er sagte, ich gleiche seiner Mutter, stolz und blond. Vielleicht trug das dazu bei, die Belastung von Dir auf mich zu verlagern?
Ich forderte ihn heraus. Ich neigte auch viel mehr zum Zorn als Du, ich war mehr wie er. Und als ich ein Teenager wurde und der Einfluß des Gymnasiums sich auswirkte, war ich schlagfertiger und hatte einen viel größeren Wortschatz als er.
Verachtung? Ja. Eine Frage des Standes? Ja, das auch. Unerträglich für ihn, der nicht die mindeste Kritik vertragen konnte. Und wenn er gekränkt wurde, und das konnte leicht geschehen, mußte er es loswerden. Abreagieren. An uns.
Er hatte als Kind viel Schläge bekommen, und wie die meisten Menschen seiner Generation sprach er von den Mißhandlungen mit Stolz. Er hatte eigentümliche sadistische Phantasien. Da weder er selbst noch irgendein anderer verstand, daß sie sexuellen Ursprungs waren, konnte er ihnen freien Lauf lassen.
Haßte er mich? Lieber Gott, haßt er mich? Ist sein ganzer irrsinniger Zorn jetzt gegen mich gerichtet? Fällt es mir deshalb so schwer, mit ihm zu telefonieren? Und nach Hause zu fahren, um ihn zu besuchen?

Ich vereinfache. Er hatte viele gute Seiten. Er war zuverlässig in schwierigen Situationen, ließ keinen im Stich. Gabst Du Papa das Recht, Dich zu beleidigen, weil er Dich an Deinen eigenen Vater erinnerte? Und was weißt Du von dem Müller aus Värmland, von seiner Düsternis und seinen Räuschen? Er war, soweit ich das verstanden habe, alles, was Du hattest. Sicher wird ein Kind bei einem solchen Verhältnis ängstlich. War es diese Angst, die Du auf Arne übertrugst?
Und ich? Ich mache es wie Du, unterwerfe mich, lasse geschehen. Rickard ist in London auf einer dreimonatigen Vertretung als Korrespondent. Dort gibt es eine Frau, mit der er schläft. Er glaubt, er kann mir damit beikommen, mir und meiner »Gefühlskälte«. Aber gemeint ist immer sie, die banale, eiskalte Signe aus Johanneberg.
Sie ist seit fünf Jahren tot. Aber was bedeutet der Tod für den, der keinen Boden unter den Füßen spürt? Und wie soll das Kind ihn spüren, wenn die erste Wirklichkeit, die Mutter, versagt.
Rickard fliegt, Mama, das ist es, was ihn so unwiderstehlich macht.
Im Verlauf der Arbeit habe ich gedacht, daß Hanna die Stärkste von uns dreien war. Sie hatte ihre Ansichten und ihre Bindungen. War realistisch. Wenn ich an ihr Gottesbild denke, staune ich über ihre Kühnheit, diese eigenwillige persönliche Auffassung. Und sie lebte wie sie glaubte. Wie Dein Vater irgendwann sagte, sie bezog Kränkungen mit ein und häufte darum keine an.
Wie Du und ich es nicht lassen können.
Sie ärgerte sich, daß sie nicht weinen konnte. Wir beide haben geweint, als könnten wir aus einem Ozean schöpfen.
Es half nicht.
Ich zweifle nicht eine Sekunde, daß Du ein besserer Mensch bist als ich, gütiger. Aber ich bin stärker, schließlich habe ich mich nicht bis zur totalen Abhängigkeit verbiegen lassen. Natürlich hängt das mit dem Zeitgeist zusammen, mit der Ausbildung, damit, daß ich mich und meine Kinder selbst versorgen kann. Aber auch damit, daß ich meine Kraft von einer Mutter erhalten habe und nicht von einem Vater.
Wie war ich erstaunt, als ich verstand, daß Du mich wegen meiner Scheidung beneidet hast, das hatte ich nicht geahnt. Sie durfte ja nicht, wie Du sagst, in einen Sieg ausarten, ich blieb als verdammte Schlingpflanze zurück. Es gibt vielleicht gar keine Unabhängigkeit.
Wenn Du von der Sexualität schreibst, machst Du mich ganz traurig. Sinn-

lichkeit ist doch etwas so Wundervolles. Etwas so Großartiges, irgendwie Allumfassendes.
Deshalb ist Rickards Untreue so unerträglich.
Morgen werde ich einen Brief nach London schreiben: »Ich werde Dich nicht wieder zurücknehmen...«
Soll ich?

Mama, es ist Morgen, ich habe ein paar Stunden geschlafen und bin ruhiger. Weniger klarsichtig? Es ist etwas Einfaches und Wichtiges, was ich Dir sagen will. Was Du von Deinem Vater bekommen hast, habe ich von Dir bekommen. Bis zu einem gewissen Grad habe ich es an Maria und Malin weitergegeben, und manchmal wage ich zu glauben daß sie mehr Selbstachtung haben als Du und ich. Sie sind vielleicht nicht glücklich, was immer das ist. Aber sie haben ihre Kinder und Respekt vor sich selbst. Du hast Stefan nie kennengelernt, Malins Freund und Lenas Vater. Aber er ist Rickard ähnlich. Und Onkel Ragnar.
Ich lese Deinen Bericht jetzt noch einmal. Im nüchternen Licht der Morgendämmerung. Wie seltsam, daß ein Kind wissen kann ohne zu wissen. Denn ich wußte irgendwie, daß es Geschwister gab, gegeben hatte.
Herrgott, wie hast Du das ausgehalten! Ich weiß, was für ein Gefühl es ist, ich habe ein Kind verloren, und ich wäre fast verrückt geworden. Buchstäblich. Ich habe Dir nicht erzählt, wie weit ich mich schon in das Grenzland begeben hatte. Ich wollte Dich wohl nicht erschrecken.
Noch eigenartiger war das mit dem Krieg. Nie habe ich darüber nachgedacht, wie sehr er meine Kindheit geprägt hat, wieviel Angst dort ihren Ursprung hat. Trotzdem erinnere ich mich an den deutschen Piloten, der über uns in der Luft brannte, und an Papa, der kam und ging, eine Uniform trug und von der Schlechtigkeit sprach. Und die ausländische Zeitschrift, die ich mit Geld, das ich von Ragnar bekommen hatte, im Kiosk kaufte, vergesse ich nie.
Es gibt Dinge, die Du nicht gesehen hast. Es geht um Deine Brüder. Du siehst sie nur als Chauvis. Aber es war auch eine Art ihrer Rache, als sie Dich zwangen, Dich um ihre Sauferei zu kümmern, ihre Schuhe zu putzen und ihren lächerlichen erotischen Prahlereien zuzuhören. Sie waren eifersüchtig auf die Schwester, die von ihnen allen die Schönste und die Begabteste war und die vom Vater die ganze Aufmerksamkeit erhielt.
Ich weiß es, weil Onkel August es mir einmal gesagt hat: »Die war Vaters Puppe, für die hat er alles getan. Uns hat er nicht mal angeguckt.«

Aber sie zogen das Interesse ihrer Mutter auf sich, kannst du jetzt dagegenhalten. Ich glaube nicht, daß es soviel wert war.
Teils, weil sie zum lebenden Anachronismus wurde, kaum war sie in die Stadt gekommen, ungebildet und bäurisch. Aber auch, weil ihre Besorgtheit die Jungen erdrückte.
Ich weiß nicht ich taste mich durch einen Dschungel von Vorurteilen und psychologischem Allgemeinwissen. Heute morgen erwachte ich aus einem Traum von einem Zug, ich war allein in einem Wagen, der irgendwo auf einem toten Gleis stand. Er war aus Versehen abgehängt worden. Vergessen. Aber es war nicht unheimlich, nicht beunruhigend. Im Gegenteil. Ich hatte Zeit, in einem vergessenen Raum zu denken.
Jetzt fällt mir auf, daß wir der wichtigsten Spur noch nicht gefolgt sind.
Der Liebe.
Vielleicht sind wir beide ihre Gefangenen.
Plötzlich fällt mir ein Ereignis von vor einigen Jahren ein, Du warst verwirrt, aber nicht ganz weggetreten. Du hattest noch Worte und freutest Dich, als ich kam, erkanntest mich. Dann wurde Papa krank, er mußte operiert werden. Ich war allein im Haus und fuhr täglich die Strecke zum Sahlgrenschen Krankenhaus, wo ich ihn besuchte, und zu dem Pflegeheim, in dem Du warst. Jeden Tag sagte er: »Du hast keine Zeit hier zu sitzen. Fahr schon zu Mama.«
Ich sagte, okay, ich mach mich auf die Socken. Er lachte und winkte, wenn ich ging.
Nach etwa einer Woche wurde er entlassen, ich holte ihn ab und brachte ihn direkt zu Dir. Du warst im Rollstuhl zum Speisesaal unterwegs. Als Du ihn erblicktest, hobst Du die Arme wie ein Vogel, der die Flügel hebt um loszufliegen. Es war wie ein Ausruf von Dir: »Na, da bist du ja.«
Dann wandtest Du Dich an die Helferin, die den Rollstuhl schob und sagtest: »Jetzt wirst du sehen, daß es mir bald wieder gut geht.«
Ich erinnere mich, daß ich eifersüchtig wurde.
Warum machen es einem die Männer so schwer, sie zu lieben?
Noch ein Gedanke: Ich habe vorhin gesagt, daß ich mehr zum Zorn neige als Du. Das Merkwürdige ist, daß ich auf Rickard nie zornig war. Bei Dir war es umgekehrt, Deine ganze Aggressivität war gegen Arne gerichtet. Kam das von Eurem sexuellen Unvermögen? Daß dadurch Eure Liebe nie erlöst wurde?
Was wollte ich mit dieser Reise durch drei Frauenleben? Wollte ich nach Hause finden?

In dem Fall ist es mir mißlungen. Es gab kein Zuhause. Oder es konnte nicht wiedergefunden werden, jedenfalls nicht auf dem von mir gewählten Weg. Alles bestand aus so vielen kleinen Einzelheiten, und zwar so widerspruchsvoll, noch größer, dunkler als das Kind es je geahnt hatte.
Ich weiß nicht einmal, ob ich jetzt besser verstehe. Aber ich habe viel gelernt, und ich habe, verdammt noch mal, nicht vor, es wie Du zu machen, Mama, aufzugeben, wenn die Wahrheit in tausend Wahrheiten zerfällt.

Anna wollte ihren Brief gerade beenden, als das Telefon klingelte. Verblüfft sah sie auf die Uhr, kurz vor. sieben, wer ruft an einem Sonntagmorgen so früh an?
Als sie den Arm ausstreckte und den Hörer abhob, spürte sie Angst. Daher war sie nicht erstaunt, als sich die aufgeregte Hauspflegerin, die sich in Göteborg um Papa kümmerte, jetzt meldete.
»Wir haben ihn bewußtlos aufgefunden, und der Krankenwagen bringt ihn gerade ins Sahlgrensche.«
Anna zog sich an, packte eine Tasche mit dem Notwendigsten, rief das Krankenhaus an. Es dauerte eine Weile, bis sie zur Notaufnahme in Göteborg durchkam und ein müder Arzt sagte:
»Herzinfarkt. Am besten kommen Sie gleich. Er hat nicht mehr viel Zeit.«
Schnell gab sie die Nachricht noch an Maria durch: »Damit du weißt, wohin ich verschwunden bin.«

Sie nahm ein Taxi, bekam in Arlanda ein Stand-by-Ticket und sprang dann auf dem Göteborger Flughafen Landvetter wieder in ein Taxi.
Kurz vor zehn saß sie an seinem Bett. Er lag in einem Saal, bewußtlos und am Tropf.
»Sie haben doch wohl ein Einzelzimmer?«
Selbstverständlich, sie waren gerade dabei, es in Ordnung zu bringen. Sie wollten ihr einen Stuhl und ein Notbett hineinstellen, damit sie sich ausstrecken konnte.
Gleich darauf kam der Arzt mit der müden Stimme, hörte Herz und Lunge ab.
»Es könnte eine Lungenentzündung hinzukommen.«
Es lag eine Frage in seiner Stimme, sie verstand und fragte: »Kann er gesund werden?«
»Nein. Sein Herz hat ausgedient.«
»Keine Antibiotika.«
Er nickte, sagte, sie wollten versuchen, dem alten Mann die Schmerzen zu ersparen.

Dann saß sie dort, die Stunden vergingen, ihr Kopf war leer. Sie fühlte nichts, war seltsam unberührt. Die Stationsschwester kam am Nachmittag herein und sagte, wir setzen jetzt eine Stunde jemand zum Aufpassen her, damit Sie etwas essen gehen können. Es gibt in der Eingangshalle eine Cafeteria, bleiben Sie dort, damit wir wissen, wo Sie sind.
Erst jetzt merkte Anna, wie hungrig sie war.
Sie bekam Bratkartoffeln mit zwei Eiern und rote Rüben. Dann rief sie kurz im Pflegeheim an, um mitzuteilen, daß sie Johanna heute nicht besuchen werde. Nichts hatte sich verändert, als sie ins Krankenzimmer zurückkam und wieder die Hand des alten Mannes in die ihre nahm. Gegen sieben Uhr am Abend kam eine Schwester, um zu sagen, daß sie einen Anruf aus London habe.
Sie war unglaublich erleichtert.
»Wie ist es, Anna?«
»Ganz eigenartig... langweilig«, sagte sie und schämte sich.

»Ich habe einen Flug für morgen früh. Ich bin gegen zwölf bei dir.«
»Danke.«
»Ich habe mit Maria gesprochen. Sie fährt morgen, findet aber nur schwer einen Babysitter. Malin haben wir nicht erreicht, sie ist in Dänemark auf irgendeinem Seminar.«
Als sie sich wieder zu dem alten Mann setzte, weinte sie. Die Leere wich, sie konnte wieder fühlen. Als sie seine Hand nahm, flüsterte sie: »Du bist ein feiner Papa gewesen.«
Das ist wahr, dachte sie. Er war immer da, und er hat immer etwas auf mich gehalten.
Es war sein Zorn, der im Weg stand. Wut, nicht Haß.
Um halb drei wurde er unruhig. Sie wollte gerade nach der Nachtschwester klingeln, als sie sah, daß er versuchte etwas zu sagen. Die trockenen Lippen bewegten sich, aber die Worte kamen nicht über die Zunge.
Sie streichelte ihm die Wange, flüsterte, ich versteh schon, Papa.
Seine Augen schauten genau in ihre, er tat einen langen Seufzer und hörte auf zu atmen. Es ging schnell, fast unmerklich. So leicht, als wäre es nie geschehen.
Sie drückte auf die Klingel, und erst als die Nachtschwester kam und feierlich wurde, verstand Anna, daß er tot war. Ein stiller, ohnmächtiger Schmerz erfüllte sie, und sie erkannte, daß dies die Trauer war und daß sie lange damit würde leben müssen.
Jetzt konnte sie nicht weinen.
Nach langen Minuten des Schweigens flüsterte die Schwester, daß es im Dienstraum heißen Kaffee gebe, Anna solle dorthin gehen, während sie den Verstorbenen zurechtmachten. Sie gehorchte wie ein Kind, trank den Kaffee und aß ein halbes belegtes Brot. Dann durfte sie wieder zurück in das Zimmer gehen, das schön aufgeräumt war. Sie hatten zu beiden Seiten des Toten Kerzen angezündet, ein Blumenstrauß lag auf seiner Brust.
Sie blieb eine Stunde dort sitzen und versuchte zu begreifen, was geschehen war. Um fünf Uhr morgens rief sie Maria an, erzählte, sagte, du brauchst jetzt nicht herzukommen. Ich laß wieder von mir hören, wenn ich alles mit der Beerdigung geregelt habe.

Silbriger Nebel lag über der Stadt, als sie sich ein Taxi zum Haus am Meer nahm. Dort heulten die Nebelhörner über den Schärenklippen und Inseln.

Der ambulante Pflegedienst hatte die Spuren der schweren Nacht beseitigt, in der sie ihn gefunden hatten. Sie ging von Zimmer zu Zimmer und dachte wie schon so viele Male zuvor, daß ihr Haus seine Persönlichkeit verloren hatte, nachdem Mama weggebracht worden war. Es gab keine Topfpflanzen mehr, keine Deckchen und Kissen. Es gab nur Ordnung und diese dürftige Sachlichkeit, mit der Männer ihre Umgebung oft prägen.
Und kalt war es auch. Sie ging in den Keller und schaltete die Ölheizung ein, dann die Treppe hinauf in ihr Zimmer und,zog eine Decke aus dem Schrank. Als sie sich hingelegt hatte, dachte sie nur praktische Gedanken und stellte fest, daß das half.
Um elf Uhr wachte sie auf. Der Ölbrenner bullerte im Keller, und es war fast unerträglich heiß. Aber sie drosselte die Temperatur nicht, sie riß alle Fenster auf, machte Durchzug. Rücken und Arme schmerzten nach der langen durchwachten Nacht, aber sie hielt starr daran fest, praktisch zu denken: Ich muß den Flughafen Landvetter anrufen, damit Rickard erfährt, daß er hierher fahren muß und nicht ins Sahlgrensche. Ein warmes Bad. Gibt es hier etwas zu essen? Ich muß einkaufen gehen.
Als sie dann im heißen Wasser in der Badewanne lag und fühlte, daß der Körper, wie ausgelaugt, seine Starrheit verlor, faßte sie ihren Entschluß: Sie würde bleiben, sie wollte hier wohnen. Im Frühjahr, vielleicht für immer. Sie ging hinaus in den Garten.
Mein Garten dachte sie zum ersten Mal und schämte sich, als sie sah, wie vernachlässigt er war. Die Sonne brach durch den Nebel, in dem kalten Märzlicht fielen ihr die verwilderten Rosen auf, die seit Jahren nicht mehr geblüht hatten, der Rasen, der ganz vermoost war und das wuchernde Unkraut vom Vorjahr in den Blumenbeeten.
Dann hörte sie den Wagen, und da war er und sie in seinen Armen.
»Du gehst im Bademantel draußen in der Kälte herum? Und barfuß in Holzpantoffeln«, sagte er, als er sie losließ.
»Da drin ist es so warm«, sagte sie.
»Hast du schon was gegessen?«
»Nein, hier gibt's nichts zu essen.«
»Du bist ja verrückt, mein Mädchen«, sagte er, und dann, ohne daß sie wußte, wie es zugegangen war, lagen sie in dem schmalen Bett im oberen Stock, und er küßte ihre Augen und ihre Brust und die Trauer war verschwunden und sie wußte, hier, hier bin ich zu Hause.
Die wichtigste Spur?

Aber wenig später, als er eine Dose mit altem Kaffee gefunden hatte, den er für sie kochte, dachte sie, daß nichts so einfach war wie gerade jenes, was Hanna Beischlaf nannte.

Er fragte nicht nach dem Tod, sie war dankbar dafür.

»Wir müssen zu Mama«, sagte sie.

Er hatte am Flughafen einen Wagen gemietet, das war gut. Sie machten eine Einkaufsliste, sie sagte, er könne einkaufen, während sie im Krankenhaus bliebe. Später wollten sie in der Stadt essen und danach das Beerdigungsbüro aufsuchen.

»Das Organisieren füllt dich ganz aus, wie immer, wenn du Angst hast«, sagte er, und seine Stimme war voll zärtlicher Wärme.

Als er sie vor dem Pflegeheim aussteigen ließ, erfaßte sie Panik.

»Was soll ich ihr sagen?«

»Du mußt es ihr sagen, wie es ist.«

»Rickard, komm mit rein.«

»Ja, selbstverständlich«, sagte er und parkte den Wagen.

Er wartete, während sie mit der Stationsschwester sprach. Die meinte auch, daß Anna es erzählen müsse.

»Wir werden ja sehen, was sie mitkriegt.«

Johanna war in weiter Ferne wie immer, weit, weit weg.

Sie blieben eine Weile sitzen und sahen sie an, Rickard nahm ihre Hand, und Anna beugte sich über sie und sagte mit großer Deutlichkeit: »Mama, hör mir zu, Arne ist heute nacht gestorben.«

Zuckte sie zusammen, hatte sie verstanden? Nein, das bilde ich mir ein.

Aber als sie sie verließen, meinte Rickard, er sei sich sicher, ihre Hand hatte reagiert.

Sie aßen frühzeitig zu Mittag in dem neuen Fischrestaurant außerhalb von Mainabbe, sie kauften ein, sie gingen zum Beerdigungsinstitut. Lieber Himmel, wie viele Entscheidungen mußten doch getroffen werden, Anna sagte ja zum Eichensarg, nein zum Kreuz in der Anzeige, ja zu den Einladungsbriefen, ja zu irgendeiner Urne. Sie verstand plötzlich, was die Leute damit meinten, wenn sie sagten, daß die Beerdigungslaufereien in der ersten Woche die Trauer verdrängen.

Auf dem Heimweg kauften sie in Mutters altem Konsum ein. Dann fuhren sie zu dem Gärtner, bei dem Anna immer die Blumen fürs Haus kaufte. Als sie endlich heimkamen, saß Malin auf der Treppe, Anna lächelte und Rickard lachte laut vor Freude. Maria hatte sie gestern abend in Kopenhagen erwischt,

ein Freund hatte sie nach Helsingör gebracht, und sie hatte einen Platz auf der Fähre bekommen.
»Ach Mama, jetzt hast du dich wieder eingekapselt. Wie wär's, wenn du zu weinen versuchtest?«
»Ich kann nicht.«

Anna lag auf dem Rücken im Bett und hielt Rickards Hand, eine kalte Hand, die nach einer warmen faßte. Sie war zu müde, um zu schlafen.
»Eine Schlaftablette?«
»Nein.«
»Einen Wiskey vielleicht?«
»Okay.«
Sie trank, wie ein Kind Wasser trinkt und war erstaunt, wie schnell es in ihr ruhig wurde. Dann sagte sie, ich könnte ganz leicht Alkoholikerin werden, und dann schlief sie ein. Sie wachte von dem Kaffeegeruch auf, der die Treppe heraufzog, und hörte Rickard und Malin in der Küche reden. Es war schönes Wetter.
Ich muß es sagen, dachte sie, als sie die Treppe hinunterging. Am Küchentisch bekam sie eine große Tasse heißen Kaffee, goß Milch hinein und trank.
»Ich habe vor, hierzubleiben ... eine Zeitlang. Jemand muß ja Mama besuchen.«
»Was mich betrifft, ist das in Ordnung. Es ist von London aus tatsächlich näher nach Göteborg«, sagte Rickard.
»Du wirst sehr allein sein«, sagte Malin. »Aber wir werden dich besuchen kommen, sooft wir können.«
»Ich habe vor, Maria anzurufen und sie zu bitten, daß sie mir mein Auto herbringt. Und den ganzen Computer und alle Aufzeichnungen dazu. Und meine Kleider.«
Dann sagte sie: »Ich kann doch ebenso gut hier schreiben.«
Die Worte blieben unter der Küchenlampe hängen. Dieselben Worte wie schon viele Male zuvor.
Da ließ sie den Kopf auf den Tisch fallen, gab nach und weinte.
»Ich lege mich ein Weilchen hin«, sagte sie, nahm eine Rolle Küchenpapier und ging die Treppe hinauf.
»Ich muß jetzt für mich sein«, sagte sie zu den ängstlichen Augen der beiden anderen.
Dann lag sie in ihrem alten Mädchenzimmer, bis das Weinen schließlich verebbte und sie vor Kälte zu zittern begann.
Mein Gott, wie sie fror.

Sie wachte wieder davon auf, daß es so gut roch. Gebratener Schinken, Kartoffeln, Zwiebeln. Ihre Beine zitterten, als sie ins Bad ging, sich das Gesicht mit kaltem Wasser wusch und dachte, daß sie alt und mitgenommen aussah. Doch als sie in die Küche kam, sagte Rickard: »Wie wunderbar, daß du wieder Augen bekommen hast.«
»Keine leeren Brunnen mehr«, sagte Malin und lächelte sie an. Da fühlte Anna, daß ihr erwiderndes Lächeln von innen heraus kam.
»Es war doch gut, daß er sterben durfte«, sagte sie.
»Ja, gut für ihn und gut für uns. Ich finde, du solltest bedenken, daß ihm ein ungewöhnlich langes Leben beschieden war und ein reiches.«
An dieser Äußerung war eigentlich nichts Besonderes, aber Anna hatte so lange in der Sinnlosigkeit gelebt, daß Worte wieder Gewicht bekamen. Jedes einzelne Wort.
»Wie lange könnt ihr bleiben?«
»Bis nach der Beerdigung«, sagten beide.
»Meinst du, du könntest den Verkauf des Bootes übernehmen, Rickard? Mir wäre es angenehm, wenn wir es loswerden. Und wir brauchen Bargeld.«
Er brauchte nicht lange dazu, die Anzeige zu formulieren und die Göteborger Zeitung anzurufen. Dann verschwand er zur Bootswerft und kam mit einem Mann zurück, der den Bootsrumpf abklopfte, die Innenausstattung begutachtete und einen angemessenen Preis nannte.
»Was Bargeld betrifft, sollten wir vielleicht Vaters Rechnungen und Kontoauszüge durchgehen?«
»Das ist eine gute Idee. Ich zeige dir sein Geheimfach.«
Sie fanden den Tresor, der in die Wand des Einbauschrankes hinter der Wäsche des alten Mannes eingebaut war.
»Wie schlau«, sagte Rickard bewundernd. »Aber warum machst du so ein komisches Gesicht?«
»Mir ist was eingefallen. Malin, wo sind meine Blumen?«
»Im Keller. Du hast sie selbst gestern nachmittag dorthin gebracht.«
Im Keller! dachte Anna.

Malin und Anna putzten alle Fenster im Haus, wuschen und bügelten die Vorhänge und kauften noch mehr Geranien für die leeren Fensterbänke. Rickard verkaufte das Boot, ging zur Bank und machte einen Schätzer ausfindig. Es war eine sehr bedächtige Frau, die durch das Haus ging und alles so niedrig wie möglich taxierte.

»Im Hinblick auf die Erbschaftssteuer«, sagte sie.
Am Donnerstagnachmittag kam Maria. Mit dem Auto samt Kindern, und Anna drückte den kleinen Mädchen fast die Luft ab. Nach dem Essen trug Rickard den Computer ins Haus.
»Wir werden dir nach dem Begräbnis einen schönen Arbeitsplatz einrichten.«

Es kamen viele Leute zum Begräbnis, viel mehr als sie gerechnet hatten: Arbeitskollegen, Parteileute, Seglerfreunde. Und dann noch die wenigen, die von der alten Verwandtschaft übrig waren. Sowohl die Zeremonie in der Kirche als auch das Totenmahl danach verschwammen für Anna im Unwirklichen.

Sie war allein. Die Tage kamen und gingen.
Den Vormittag widmete sie immer ihrem Buch. Es ging zäh voran, nur einzelne Gedanken. Sie konnte lange einfach da sitzen und an Hannas Mutter denken, die vier Kinder hatte vor Hunger sterben sehen. Dann dachte sie über Johanna und deren Fehlgeburten nach, auch das waren vier gewesen. Selbst hatte sie nur ein Kind verloren, aber das war genug, um zu wissen.
Zwei Kinder! Eine Abtreibung. Wie hatte Mama das ahnen können? Was war das für ein Kind gewesen, das nicht hatte geboren werden dürfen? Ein Junge? Ein Mädchen?
Reiß dich zusammen, sagte sie laut. Du kannst doch nicht einfach die Tastatur vollheulen.
Dann schrieb sie: Es ist kaum vorstellbar, nie gewußt zu haben, daß ich um dieses Kind getrauert habe.
Sie dachte über die Elfenbeindame nach, Arnes Mutter und ihre Großmutter, und, daß Johannas Bild von dieser Frau nicht einmal Platz ließ für den Versuch, zu verstehen. Das war ungewöhnlich, Mama strebte immer danach zu verstehen und zu verzeihen. Sie mußte ihre Schwiegermutter gehaßt haben, mußte ihr die Schuld für all das Schwierige und Unbegreifliche an Papa gegeben haben.
»Er wird seiner Mutter immer ähnlicher«, hatte sie in den letzten Jahren gesagt. Ich konnte nicht zuhören: »Anna ist gerannt und gerannt.«
Gab es im Leben von Vaters Mutter ein Geheimnis, eine Schande, die mit all diesem verrückten Stolz verdrängt, unsichtbar gemacht werden mußte?

Gegen Mittag aß sie ihre Dickmilch mit Cornflakes und fuhr ins Krankenhaus, um ihre Mutter zu füttern. Die alten Menschen im Pflegeheim erschreckten sie nicht mehr. Wie alles, was zur Gewohnheit wird, hatten sie jetzt etwas Natürliches an sich. Sie lernte andere Besucher kennen, die müde kleine Frau, die jeden Tag kam, um ihren Bruder zu füttern, den alten Mann, der sich mit seinem kranken Bein durch die Stadt mühte, um nach seiner Frau zu sehen.
Töchter, viele in ihrem Alter.
Sie grüßten einander, wechselten Worte über die Kranken und übers Wetter

in diesem schönen Frühling, und seufzten, wenn sie mutmaßten, wie lange die einsame alte Frau von Nummer fünf es wohl noch machen werde.
Anna erzählte Johanna vom Garten, wie sie jeden Nachmittag darin verbrachte, um zu retten und wieder aufzurichten. Sie dachte längst nicht mehr darüber nach, ob Johanna sie verstand.
»Am schlimmsten ist es mit dem Rasen«, konnte sie sagen. »Ich habe das Moos ausgerissen und etwas gekauft, was den Boden verbessert. Sobald es regnet, werde ich das Zeug ausstreuen.«
Am nächsten Tag: »Die Johannisbeerbüsche erholen sich schon. Ich habe sie ganz stark beschnitten und den Boden gelockert und gedüngt.«
Eines Tages kam sie mit einer frohen Nachricht: »Kannst du dir vorstellen, daß die Rosen Knospen treiben! Das Zurückschneiden hat geholfen und auch, daß sie frische Erde und ein bißchen Dünger bekommen haben.«
»Alles wird wie früher werden, Mama«, konnte sie sagen. »Ich werde Sommerblumen säen, denn es hat nur ein einziges Staudengewächs überlebt. Die dunkelroten Pfingstrosen, weißt du.«
Und dann konnte sie eines Tages berichten: »Jetzt ist fast alles fertig, Mama. Und es wird ganz wunderschön.«
Als der Garten fertig war, starb Johanna. Eines Nachts im Schlaf. Anna saß bei ihr, wie sie es bei ihrem Vater getan hatte, und hielt ihre Hand.
Als sie gegen Morgen heimkam und durch den Garten ging, fühlte sie keine Trauer. Nur eine tiefe Wehmut.
Die Familie kam und half ihr bei der Vorbereitung des Begräbnisses. Auch dieses Mal kamen mehr Leute als erwartet.
»Ich bleibe noch eine Weile«, sagte Anna.
»Aber Anna!«
»Aber Mama!«
Rickard, der seinen Auftrag in London erledigt hatte und wieder zurück in die Redaktion mußte, war traurig, sie sah es ihm an.
»Wie lange?«
»Bis die Toten in der Erde erkaltet sind.«
Er machte ein erschrockenes Gesicht, und sie sah ein, daß sie sich wie eine Verrückte ausgedrückt hatte. Die Leichname waren eingeäschert worden. Rickard und sie hatten die Urnen gemeinsam in Hannas Grab gestellt, die doch die einzige gewesen war, die sich auf den Tod vorbereitet und für das Mühlengeld ein Grab in Göteborg gekauft hatte.
»Was für ein komischer Ausdruck«, sagte Rickard.

Ja, nickte sie, hielt aber daran fest: »»Das hat in all seiner Sinnlosigkeit doch Sinn.«
Sie versuchte es zu erklären: »Ich habe die vage Vorstellung, daß ich lernen will ... mich nicht aufzuregen. Mich an den Gedanken zu gewöhnen, daß es jetzt so werden soll, wie es mit allem wird.«
»Mit was denn zum Beispiel?«
Mit deiner Frau in London, um eine Sache zu nennen. Mir ist egal, wer sie ist und wie sie aussieht und was sie in deinem, Leben macht. Sie sprach es nicht aus, lachte aber vor Freude laut auf, als sie fühlte, daß dies möglich werden könnte.
»Aber wir müssen doch realistisch denken. Ich habe eine Anzahlung auf die Häuser in Roslagen gemacht.«
Sie nickte, war aber verwundert. Er hatte seit seiner Abreise nach England nicht mehr von dem Hauskauf gesprochen. Vielleicht gab es gar keine Frau in London.
»Ihr müßt mir Zeit lassen.«
Da entschied Malin die Sache: »Ich glaube, das ist nicht mehr als recht. Du bist mit diesem Haus hier noch nicht fertig. Und ich glaube, das wirst du erst sein, wenn du mit dem Buch fertig bist.«

Es lag eine unaussprechliche Freude in diesem Alleinsein.
Als sie das Laub und die Abfälle vom Vorjahr auf einem Haufen zusammengerecht und ihn in Brand gesteckt hatte, blieb sie lange stehen und schaute ins Feuer. Feierlich gestimmt und weit weg in der Zeit. Sie streifte die Strände entlang, manchmal lief sie, kletterte über die steilen Felsen, rollte kleine Steine den Steilhang hinunter ins Meer.
»Du machst einen glücklichen Eindruck«, sagte Rickard, als sie ihn spät am Freitagabend vom Flugzeug abholte. Es war eine Frage. Sie dachte lange nach.
»Nein«, sagte sie schließlich und wußte nicht recht, was sie damit meinte.
»Ich habe keine Erwartungen mehr«, sagte sie.
Glücklich? Die Frage beschäftigte sie ziemlich, als er nach Stockholm zurückgereist war. Sie war irritiert. Nie wieder Glück, dachte sie. Nie mehr dieses Liebliche, Zerbrechliche und Ängstliche. Es ist zum Zerbrechen verurteilt, und man tut sich an den Scherben immer weh. Es blutet, man klebt ein Pflaster darauf, nimmt eine Tablette und glaubt, daß es heilt.
Aber es ist so, wie Mutter sagt: Alles hinterläßt seine Spur.
Und vor jedem Wetterumschwung schmerzen die alten Narben. Maria reiste an und fuhr wieder. Sie kam der Wahrheit recht nah, als sie sagte, du bist richtig kindisch geworden, Mama.
»Ja.«
Auch Malin kam: »Hast du dich endlich frei gemacht, Mama?«
Doch, da war etwas dran.
»Vielleicht bin ich auf dem Weg«, sagte Anna und kicherte. »Im Moment bin ich im Lande Nirgendwo. Dort kann man ohne Worte sehen. Das beste ist, daß es dort keine Eigenschaftswörter gibt. Ich habe seit Jahren weder Bäume noch Meer, ja nicht einmal dich und Maria und die Kinder gesehen. Wegen dieser verdammten Eigenschaftswörter, die einem immer die Sicht verstellen.«
Anna wollte nach und nach entdecken, was es in Nirgendwo gab. Sie erhoffte es sich. Aber sie hatte keine Eile damit, sie war vorsichtig. Nicht neugierig. Sie wollte sich viel Zeit lassen, auch mit dem Fragenstellen. Vorläufig begnügte sie sich damit, vor interessanten Details innezuhalten.
Gesichter. Ihr eigenes im Spiegel. Das des Postfräuleins, des Briefträgers oder

das des ernsten Kindes aus dem Nachbarhaus. Und das von Birger, dem einzigen, der zu Besuch kam. Sein lichtes Lächeln beschäftigte sie, das seltsame Dunkel in seinen Augen erschreckte sie nicht mehr. Gedanken. Sie widmete ihren Einfällen große Aufmerksamkeit. Es waren nicht viele, sie kamen und gingen. Aber sie überraschten und erfreuten sie wie die Knospen an dem alten Rosenbusch.

Als die Apfelbäume blühten und die Bienen darin summten, machte sie eine neue Entdeckung. Sie konnte aufhören zu denken das ewige Geschnatter im Hirn kam zur Ruhe. Plötzlich war sie dort angelangt, wohin sie seit Jahren mit ihren Meditation.en gestrebt hatte.

Die Dinge faszinierten sie. Das Treibholz am Strand. Steine, immer wieder aufs neue konnten Steine sie erfreuen. Eines Tages fand sie einen polierten Stein mit einer merkwürdigen Aderung, weich in der Form wie ein Fötus. Da blieb sie lange sitzen und weinte. Kurz dachte sie daran, ihn mit nach Hause zu nehmen. Dann aber besann sie sich eines anderen, warf ihn zurück in die Wellen.

Nichts wird man je verstehen können, dachte sie. Aber im Kleinen können wir ahnen.

Als sie nach Hause kam, standen ein Mann und eine Frau an ihrem Gartentor. Mit Blumen, einem schweren Gefäß voller Christrosen. Verblüht. Die Frau mit dem breiten Gesicht und dem offenen blauen Blick hatte etwas Bekanntes an sich.
»Wir haben uns lange nicht gesehen«, sagte sie. »Ich bin Ingeborg, die Tochter von Sofia. Wir sind hergekommen, um Beileid zu wünschen und die Christrosen zurückzugeben, die meine Mutter von Ihrer Mutter bekommen hat, als meine Brüder im Sturm ertrunken sind.«
»Das hier ist mein Mann, Rune«, sagte sie und Anna legte ihre Hand in eine kräftige Männerhand.
Als Anna sich bedanken wollte, fing sie an zu weinen.
»Wie lieb«, flüsterte sie und suchte in den Taschen nach einem Taschentuch, fand eines, sammelte sich und sagte: »Ich bin eine richtige Heulsuse geworden. Ach, kommen Sie doch bitte zu einer Tasse Kaffee herein.«
Sie saßen in der Küche, und während Anna Kaffee aufgoß und Zimtschnecken auftaute, sagte sie:
»Wenn jemand weiß, was Trauer ist, dann mußt es du sein, Ingeborg.«
»Ja, das ist wahr. Am schlimmsten war es, als Vater auf See blieb. Ich war so klein, ich konnte es nicht begreifen.«
»Deine Mutter war ein Engel. Weißt du, daß sie jeden Tag herkam, als unsere Großmutter im Sterben lag?«
»Ja. Sie war froh, helfen zu können.«
»Als meine Mutter alt wurde, zählte sie oft ihre Verstorbenen auf, der ist tot und der ist tot, und Sofia ist bei Gott, sagte sie.«
Jetzt mußte Ingeborg ihr Taschentuch hervorholen, und Rune schien das unangenehm zu sein. Er wand sich auf der Küchenbank, räusperte sich und sagte: »Um ehrlich zu sein, sind wir ja nicht nur gekommen, weil wir Beileid wünschen wollten, wir haben auch ein Anliegen.«
»Aber Rune!«
Ingeborg konnte ihn zurückhalten, und die beiden Frauen unterhielten sich über den Kaffeetisch hinweg darüber, daß sie einander eigentlich nie gekannt hatten.
»Wir waren zehn Jahre auseinander, und das ist viel, wenn man ein Kind ist.«

»Ich habe dich so groß und schön gefunden. Und dann hattest du eine Anstellung in der Halle. Wie meine Mutter.«
»Du warst ja ein bißchen eigenartig mit all deinen Schulen.«
Jetzt konnten sie lachen. Dann gingen sie hinaus in den Garten und setzten die Christrosen an ihren alten Platz in einem Erdloch am Südhang des Felsens.
»Wie schön du das hier gestaltet hast.«
»Ich konnte den Garten noch fertigkriegen, ehe Mutter starb.«
»Wußte sie, daß dein Vater ... ihr vorausgegangen ist?«
»Ich glaube, ja.«

Sie besichtigten das Haus, Rune sagte, es sei ein prächtiges Haus, und jetzt müßten sie endlich zur Sache kommen.
»Es ist nämlich so, daß wir das Grundstück kaufen wollen.«
Die Gedanken überschlugen sich in Annas Kopf, alles drehte sich.
»Und eines Tages klopfte die Wirklichkeit an ihre Tür«, flüsterte sie, und dann lächte sie befreit und sagte laut:
»Ich kann mir keine bessere Lösung vorstellen, als daß Sofias Tochter ... und ihr Schwiegersohn Mamas Haus und Garten übernehmen.«
Rune sprach von Marktwert, sagte, daß sie das Geld hätten. Anna schüttelte den Kopf und sagte, ihr sei wichtig, daß hier nichts mit Kunststein und anderem neureichen Firlefanz gemacht werde, und Rune sagte, er sei Tischler und habe eine gute Hand für alte Häuser, und Anna lächelte und sagte, du erinnerst mich an meinen Vater und ich glaube, ihr werdet hier glücklich, und Ingeborg sagte, daß sie von diesem Besitz hier schon als kleines Mädchen geträumt hatte, daß es für sie wie ein Abbild des Glücks gewesen sei mit dieser jungen Familie und der süßen kleinen Tochter.
So konnte man das also auch sehen, dachte Anna verwundert. Dann sagte sie, sie müsse mit ihrem Mann und mit ihren Kindern sprechen, und Rune sah beunruhigt aus.
Da sagte Anna, daß Rickard sich freuen werde und die Töchter ebenfalls.
»Sie möchten mich bei sich haben.«
»Rickard kommt am Wochenende. Da treffen wir uns dann wieder und besprechen alle Einzelheiten. Ich habe solche Sorgen wegen der Möbel ...«
»Diesen schönen Mahagonimöbeln?«
»Die mein Vater gemacht hat, ja. Ich will sie ja nicht wegwerfen ...«
»Wegwerfen«, sagte Rune. »Bist du verrückt!«

»Wollt ihr die Sachen übernehmen, die wir bei uns nicht mehr unterbringen?«
»Okay«, sagte Rune und Anna lachte.
»Die gehören doch zu diesem Haus.«
Dann sagte Anna, da sei nur ein Haken, sie müsse ihr Buch fertigmachen.
»Drei Wochen«, sagte sie. »Ich verspreche, daß ich es in drei Wochen schaffe.«

Als die beiden gegangen waren, starrte sie ihren Computer an. Nicht eine Zeile hatte sie seit Mutters Tod geschrieben.
»Es ist höchste Zeit«, sagte sie zu sich selbst. Was ich gefunden habe, werde ich nicht verlieren.
Dann rief sie Rickard an. Sie hatte zwar erwartet, daß er sich freuen nicht aber, daß er vor Freude aufschreien würde.
»Gott im Himmel, wie ich dich vermisse.«
»Wir sehen uns am Samstag. Da kannst du mit dem Tischler Rune alles ausmachen.«
»Ich werde einen Makler in Göteborg anrufen und mich wegen des Marktwertes erkundigen. Wie geht's mit dem Schreiben?«
»Das wird jetzt gut gehen.«
Als sie den Hörer aufgelegt hatte, blieb sie lange neben dem Telefon stehen. Sie kam zur Einsicht. Es gab keine Frau in London. Wenn ich diese Wochen nicht für mich gehabt hätte, wäre ich paranoid geworden, dachte sie.
Um sieben saß sie am nächsten Morgen vor dem Computer und dachte verblüfft: Das läuft ja auf ein Happy-End hinaus. Trotz allem.
Der Entschluß zu verkaufen zwang sie zu dem seit langem Aufgeschobenen, nämlich das Haus in Angriff zu nehmen, zu ordnen und zu sortieren. Sie tat das nachmittags und begann mit dem Dachboden.
Bald kam ihr der Gedanke, daß dieses Haus mehr zu erzählen hatte als Johannas ganzer Bericht. Wie etwa diese Bücher an der Nordseite. Sie lagen in einer alten Seemannskiste und waren alle zerfleddert. Zerlesen. Hatte Mutter sie aufgehoben, weil sie nicht das Herz gehabt hatte, Bücher wegzuwerfen? Hatte sie vorgehabt, sie zu reparieren? Manche waren am Rücken mit Klebeband zusammengehalten.
Ihr Leben lang hatte Johanna Bücher verschlungen. Dieses ganze Lesen mußte doch Spuren hinterlassen haben. Dennoch erwähnte sie es kaum, nur Lagerlöf ganz am Anfang und dann irgendwann ganz beiläufig, daß sie jede Woche in der Bibliothek einen Stoß Bücher ausgeliehen hatte.

Hier gab es Strindberg, alle seine Bücher, soweit Anna das beurteilen konnte. In einer billigen, gehefteten Ausgabe. *Heiraten* fiel auseinander, es fehlten mehrere Seiten. Überall Unterstreichungen, hier und dort wütende Ausrufezeichen. Den größten Eindruck machte auf Anna Dostojewskis *Der Idiot*, ein gebundenes Exemplar mit Randbemerkungen. Es dauerte eine Weile, bis Anna lesen konnte, was da an den Rand gekritzelt worden war, sie mußte das Buch mit hinaus ans Tageslicht nehmen und konnte feststellen, daß Johanna neben jede Unterstreichung fein säuberlich geschrieben hatte: »Wie wahr!«
Hier lagen Hjalmar Bergmans *Großmutter und der liebe Gott*, Karin Boyes *Kallocain*, die Gedichte von Harald Forss, Moa Martinson, alles broschiert und zerfetzt.
Seltsam!
Die bekannten schwedischen Arbeiterdichter Lo-Johannson, Harry Martinson, Vilhelm Moberg standen in schön gebundenen Ausgaben auf dem Regal im Wohnzimmer.
Warum haben wir nie über Bücher gesprochen? Hier gab es doch ein großes gemeinsames Interesse.
Weil du dich nicht getraut hast!
Nein, so kann es unmöglich sein.
Weil ich nicht zugehört habe? Ja.
Ich habe mich für dich als Person nicht interessiert, nur als Mutter. Erst als du krank wurdest, verschwandest und es zu spät war, kamen all die Fragen.

Am nächsten Nachmittag sah sie Mutters Kleider durch, schön, gute Schneiderarbeit, gute Qualität. Wie Johanna selbst. Eine Schmuckschatulle war vorhanden, darin nur Belanglosigkeiten. Sie wollte keinen Schmuck tragen, wollte nicht auffallen, herausfordern.
Obwohl du eine Schönheit warst, Mama.
Sie fand eine ihr unbekannte Schachtel mit alten Fotografien. Wie hübsch du warst. Und das muß Astrid auf einer Brücke in Oslo sein. Anna hatte Herzklopfen, als sie die Bilder hinuntertrug und sich damit auf das Sofa im Wohnzimmer setzte. Es gab ein gemeinsames Bild von Astrid und Johanna, Arne mußte es aufgenommen haben. Wie ähnlich sie sich waren.
Und ganz anders als Hanna, alle beide. Hier, im Übergang zwischen dem erdgebundenen Schwerfälligen und diesem Schmetterlingshaften, mußte das Geheimnis liegen. Das ... Überirdische.
Anna zögerte lange vor diesem Wort.

Fand kein besseres.
Das war etwas, was ihr gewußt habt, ihr beiden.
Ganz hinten am Dachfirst stand ein unförmiges Paket, riesengroß, fest in ein altes Segel eingeschlagen. Anna zog und zerrte, es war schwer, aber schließlich hatte sie es herausgezogen und die Schnüre gelöst.
Da war es: Hannas Värmlandsofa!

Als Rickard am Freitag kam, sah er zehn Jahre jünger aus. Er rannte durchs Haus, wie fleißig du gewesen bist.
Sie schliefen in der ersten Nacht fast überhaupt nicht. Zum ersten Mal dachte Anna, hier ist es ja, das Land ohne Gedanken.
Dann waren sie hemmungslos praktisch, sortierten, fuhren zur Müllhalde. Es war eine beeindruckend moderne Anlage, dafür gebaut, fast allem gerecht zu werden. Container für Kleider, große Kisten für Bücher, Papier hierher, Metall dorthin.
Um die Mittagszeit kamen, wie ausgemacht, Rune und Ingeborg. Sie waren jetzt schüchterner, als hätte Rickard sie erschreckt. Er war ebenfalls unsicher.
»Ich bin ja nun kein Geschäftsmann«, sagte er. »Aber ich habe einen Makler in der Stadt angerufen und einen Preis erfahren, der geradezu schwindelerregend ist. Etwa eine Million«, sagte er.
»Das wird schon stimmen«, sagte Rune.
»Nein«, schrie Anna. »Das ist unverschämt, Rickard.«
»Klar, sag ich doch auch.«
»Es ist die Lage«, sagte Rune. »Aussicht aufs Meer und großes Grundstück.«
»Höchstens achthundert«, sagte Anna.
Jetzt war es aus mit Runes Schüchternheit: »Ich habe, zum Teufel noch mal, nicht die Absicht, meinen Nutzen aus der Sache zu ziehen, nur weil ich es mit Finanzidioten zu tun habe«, sagte er, und plötzlich fingen sie alle vier an zu lachen.
Jetzt sagte Ingeborg:
»Wir haben ja Kapital, Anna. Du mußt wissen, wir haben die Versicherungsgelder für das untergegangene Schiff gespart.«
Für Rune und Ingeborg war das ganz selbstverständlich, nur Rickard und Anna schlugen die Augen nieder.
»Jetzt begießen wir den Kauf erst mal ordentlich«, schlug Rickard vor, der es einfach nicht mehr aushielt. »Den Rest erledigen wir am Montag bei der Bank.«
»Das ist gut«, meinte Rune, und als Rickard mit dem Whiskey kam, fügte er hinzu: »Keine üble Sache.«
»Hör mal, Rickard«, begann Anna, als die Gäste gegangen waren. »Warum

hast du mir gestern nichts über den Preis für das Haus gesagt? Oder heute nacht? Oder heute vormittag?«
»Es war doch alles so harmonisch, Anna. Ich wollte einfach keinen Streit.«
»Hast du Angst vor mir?«
»Ja, vor deiner Ernsthaftigkeit.«
Anna fühlte, daß diese idiotischen Tränen wieder zu fließen begannen. Aber Rickard wurde böse und schrie: »Warum können wir nie wie andere Leute sein? Warum rufen wir nicht hurra, weil wir plötzlich reich geworden sind, warum setzen wir uns nicht hin und planen all das, was wir mit den Häusern am Risee machen können?«
Da mußte Anna lachen und meinte: »Du hast ja vollkommen recht. Geld ist etwas Wundervolles. Und es gibt keine Erbschaftssteuer, denn das Haus gehört seit vielen Jahren mir. Aber es ist noch eine Hypothek von etwa hunderttausend drauf«
»Da du ausnahmsweise bereit bist, weltliche Dinge zu besprechen, kann ich dir sagen, daß ich für das Boot neunzigtausend bekommen habe. Und auf Vaters Sparbüchern lagen über fünfzig.«
Anna staunte: »Und immer hat er gejammert, daß das Geld nicht reicht. Wieso hat er nie was gesagt?«
»Annchen, warum hast du nie gefragt?«
Er hat recht, dachte Anna. Ein normaler Mensch hätte sich interessieren müssen. Ich muß hinaus in die Wirklichkeit.
»Da wartet noch ein anderer Garten auf mich«, sagte sie.
»So ist es, Anna.«
Sie saßen den ganzen Abend am Küchentisch, zeichneten und planten. Anna merkte sofort, daß Rickard schon lange überlegt hatte.
»Wir bauen eine neue große Küche in der Ecke nach Norden. In einem neuen Haus, begreifst du? Dort haben wir dann auch Platz für ein Badezimmer und eine Waschküche. Und Einbauschränke und andere Aufbewahrungsmöglichkeiten.«
»Und was ist mit Wasser und Kanalisation?«
»Ich habe draußen mit einem Baumeister gesprochen. Dafür gibt es heutzutage technische Lösungen.«
»Dann ist da noch der verglaste Gang zwischen den Häusern, ich würde ihn gern verbreitern, hier in der Mitte. Es könnte eine Art Wintergarten werden, weißt du.«
Anna nickte, glühend vor Eifer.

»Und hier wird Großmutters Värmlandsofa stehen«, sagte sie.
Sie hatten sich so hineingesteigert, daß sie nur schwer einschlafen konnten, und das war gut, denn um Mitternacht läutete das Telefon.
Anna erstarrte vor Schreck, nein, flüsterte sie, und Rickard sprang auf und hob ab: »Hallo! Hast du denn gar keinen Anstand im Leib? Weißt du, wie spät es ist?«
Wer, dachte Anna jetzt beruhigt. Er klang erfreut.
»Ja, das geht sicher ohne weiteres. Aber warte, ich muß mit meiner Frau sprechen.«
Er rief die Treppe hinauf, daß es Sofie Rieslyn sei, sie wäre gerade mit der Maschine aus London gelandet und wolle gern herkommen und ihre Fotos zeigen.
»Sie ist uns willkommen«, rief Anna, die zutiefst erstaunt war.
»Ich habe ganz vergessen, nach deinem Buch zu fragen«, sagte sie, als er zurückkam. »Schrecklich, wie ich mich benommen habe.«
»Das ist ja jetzt vorbei, Anna. Ich brauche aber deine Hilfe wegen eines Verlages und wegen ... der Sprache. Ich möchte etwas anderes daraus machen als nur eine Reportage. Aber darüber reden wir morgen.«
Wie gut, daß ich mit meinem Manuskript fertig bin, dachte Anna, als Rickard eingeschlafen war. Wie hatte ich nur vergessen können, daß er diese Vertretung in London nur angenommen hatte, weil er ein Buch über die Stadt schreiben wollte.
Zusammen mit Sofie Rieslyn.
Auf der Grenze zum Schlaf fiel ihr ein, daß dies die berühmte Fotografin war, vor der sie Angst gehabt hatte. Paranoia, dachte sie. Paß verdammt gut auf dich auf, Anna.

Sie sieht aus wie eine Krähe«, sagte Rickard beim Morgenkaffee. Anna organisierte, wie immer wenn sie nervös war:
»Ich werde Papas Zimmer in Ordnung bringen. Ihr ein Bett zurechtmachen. Und meine Papiere zusammenpacken. Dann könnt ihr für eure Arbeit den Schreibtisch und das Speisezimmer benutzen. Du fährst währenddessen auf den Fischmarkt und besorgst frischen Steinbutt.«
»Wird gemacht.«
Sie sah nicht aus wie eine Krähe, eher wie ein Rabe. Klein, konzentrierter Blick, beobachtend. Scharfe Falten im Gesicht, weiße Strähne im schwarzen Haar.
»Du siehst überhaupt nicht aus wie auf Rickards Bildern«, sagte sie zu Anna.
»Ich mache neue.«
»Nimm dich in acht«, sagte Rickard. »Sofies Geschwindigkeitsrekord hinsichtlich Porträtaufnahmen liegt bei vier Stunden.«
»Aber ich möchte es gern«, sagte Anna. »Ich möchte endlich mal wissen, wie ich aussehe.«
»Wer du bist«, sagte die Fotografin. »Das wird für einen selbst interessant, wenn man trauert.«
Es wurde ein langes, gemächliches Sonntagessen, und dann sagte Sofie, sie wolle sich ausruhen.
»Kann ich verstehen«, sagte Rickard. »Du warst ja heute nacht lange auf.«
Für gewöhnlich hatte Anna ihre Schwierigkeiten mit dem Journalistenjargon, mit diesem galligen Humor. Heute aber nicht, sie lachte, konnte an den Scherzen teilhaben.

Am Nachmittag packte Sofie ihre Fotos aus, Rickard pfiff vor Vergnügen durch die Zähne wie ein Straßenjunge. Und stöhnte: Wie, zum Teufel, schreibt man Texte zu solchen Bildern?
Anna ging von Tisch zu Tisch, und es dauerte eine Weile, bis die anderen sahen, daß sie jetzt blaß und verschlossen war.
Hier war ein Mensch, der wußte, dachte sie. Einer, der immer am Detail haftenbleibt, an dem wenigen, was das Gesamte ausdrückt.
»Was ist los, Anna?«

Sie gab keine Antwort, sie wandte sich an Sofie und flüsterte: »Hast du dieses Wissen immer gehabt?«
»Ich glaube.«
»Ich habe es eben erst gelernt. In den drei Wochen hier am Strand habe ich es gelernt.«
»Gut, Anna. Du wirst es nicht wieder verlieren. Du weißt, wer einmal gesehen hat...«
»Ich verstehe.«
Nach einer langen Pause sagte Rickard, er habe schon begriffen, daß ein ganz gewöhnlicher Schreiberling keine Fragen zu stellen hätte.
»Genau«, sagte Sofie, und Anna stimmte in ihr Lachen ein.
»Gemeine Frauenzimmer«, sagte Rickard, und Anna spendete Trost, wie sie es gewohnt war: »Ich erklär's dir später, Rickard.«
»Hallo, ihr da«, mahnte Sofie, und Anna wurde rot.
Sie reiste schon am selben Abend wieder ab, in ihr vernachlässigtes Atelier in Stockholm, wie sie sagte. Wir sehen uns wieder, meinte sie, und Anna wußte, daß das stimmte, sie würden. sich wiedersehen.

Am Montag trafen sie sich, wie vereinbart, mit Rune und Ingeborg in der Bank.
Am Dienstag kamen die Kinder aus Stockholm. Gemeinsam räumten sie das Haus aus und brachten es in Ordnung. Malin wollte eine Kommode und zwei Sessel haben, Maria, die Büchern nie hatte widerstehen können, packte den Inhalt des Bücherregals in ihr Auto, beide wollten das alte Porzellan haben, Richard nahm sich einen Teil des Werkzeugs aus Arnes Keller.
»Und du, Mama? Willst du gar nichts haben?«
»Doch, ich will das Värmlandsofa vom Dachboden.«
»Herr im Himmel!«
»Nostalgische Werte?«
»So kann man's nennen.«
Am Mittwochnachmittag waren sie fertig. Früh am Donnerstagmorgen sollten Ingeborg und Rune kommen, um die Schlüssel zu holen. Dann wollten sie mit den vollgeladenen Autos auf der S 40 Richtung Osten fahren und danach auf der E4 nach Norden.
Diese weite Heimreise, dachte Anna.
Nach einem leichten Mittagessen mit kaltem Braten und Lachs sagten sie: »Jetzt hört mal alle zu. Ich will euch jetzt nämlich ein Märchen erzählen.«

Die Augen der kleinen Mädchen leuchteten, sie liebten Annas Märchen. Aber Malin wurde ängstlich: »Ich halt's nicht aus, wenn du sentimental wirst, Mama.«
»Setz dich mal ruhig hin und hör zu«, erwiderte Anna.
Und dann erzählte sie von dem alten Landstrich an der Grenze zu Norwegen, vom Wildbach und der Mühle, vom Müller, der aus Värmland kam und Hanna zur Frau nahm.
»Das war die Großmutter eurer Großmutter«, sagte sie zu den Kindern.
Sie sprach weiter von dem reichen Bauernhof, den Hannas Vorfahr einst vom König selbst erhalten hatte. Dann kam sie zu den Notjahren, den Kindern, die verhungerten und dem Hof, der in immer kleinere Gehöfte aufgeteilt wurde.
»Als der letzte Großbauer starb, war der Hof noch eine ganze Menge wert«, erzählte sie. »Seine Tochter teilte das Erbe. Hanna bekam das Besitzrecht für die Mühle und das Vieh, das auf dem Hof war, und ihre Brüder bekamen die kleineren Höfe.«
»Aber es gab da noch eine Schwester, ein elfengleiches Mädchen, das nach Norwegen heiratete. An sie ging der ganze Familienschmuck. Es hieß, er sei ebensoviel wert wie die anderen Erbteile.«
Anna zeigte das Foto von Astrid, und das kleinere Mädchen sagte: »Sie sieht aus wie Großmutter Johanna.«
»Wie schön, daß du das siehst«, freute sich Anna.
»Der Tradition gemäß sollte das gesamte Geschmeide in der Familie von einer Tochter auf die andere übergehen«, fuhr Anna fort, und jetzt konnten alle die Anspannung spüren. »Astrid hatte keine Tochter und bestimmte, daß meine Mutter den Schmuck bekommen sollte. In Norwegen herrschte Krieg, als sie starb, aber im Sommer 1945 kam ein Rechtsanwalt zu uns. Den Tag werde ich nie vergessen. Und jetzt, Rickard, wirst du dich mit dem geeigneten Werkzeug versehen. Denn jetzt wollen wir den Schatz aus dem Keller holen.«
Die Kinder waren blaß vor Spannung, Marias Augen waren groß und dunkel, und Malin mußte sich anstrengen, um ihre skeptische Miene zu behalten, als sie die Kellertreppe hinuntergingen.
»Jetzt darfst du zählen, meine Kleine«, sagte Anna. »Es müssen von der nördlichen Wand aus sechzehn Steine sein.«
»Hier«, sagte das Kind.
»Gut, bleib dort stehen. Du, Lena, zählst vier Steine von der Westwand.«
»Da steht eine Bierkiste«, sagte das Mädchen.

»Dann schieben wir die weg.«
Der Ziegelboden unter der Bierkiste war sauber und unberührt, und Anna fuhr fort:
»Jetzt, Rickard, treibst du genau dort, wo Lena steht, ein Stemmeisen in die Fugen.«
»Das ist Mörtel.«
»Nein, nein, das ist Modellierton.«
»Ja, verflixt noch mal.«
Er hob den ersten Stein weg, den zweiten, noch einen.
»Ein Geldschrank!« rief er.
»Wo ist der Schlüssel?« rief Malin.
»Den habe ich. Jetzt tragen wir die Truhe in die Küche.«
Dann saßen sie da und starrten das Geglitzer auf dem Küchentisch an, und Malin meinte, das ist ja verrückt, was kann das denn wert sein, und Anna sagte, daß es nie geschätzt worden war, daß sie aber schon glaube, daß die großen roten Steine am Halsband Rubine seien und das Glänzende in den Broschen Brillanten.
»Die teuersten Schmuckstücke gehören eigentlich nicht zum alten Erbe. Das sind Dinge, die Astrid in Oslo bekommen oder gekauft hat. Ihr Mann war mit den Jahren reich geworden.«
Dann nahm sie die beiden schweren goldenen Ringe in die Hand und erzählte die Geschichte von den verlorenen Goldmünzen des Heldenkönigs, und wie der Bauer, der sie fand, das Gold zu Ringen für seine Töchter einschmelzen ließ.
Dann begann sie zu lachen und sagte, jetzt ist das Märchen aus. Nur eins bleibt noch. Ich habe einen zweiten Schlüssel für den Geldschrank machen lassen, und jetzt gebe ich jeder von meinen Töchtern einen.
Sie nahmen die Schlüssel entgegen, vermochten aber nicht zu danken..
»Ich glaub, euch hat's die Sprache verschlagen«, sagte Anna und konnte nicht aufhören zu lachen.
Schließlich sagte Rickard, er sei überhaupt nicht erstaunt. Er habe immer gewußt, daß er in eine Familie voller Geheimnisse eingeheiratet habe.

In der Dämmerung am anderen Morgen fuhren sie alle von dem Haus weg. Ingeborg sagte, daß sie immer für einen Besuch willkommen wären, und Anna bedankte sich, dachte aber wie Hanna damals, als sie das Müllerhaus verließ: Hierher komme ich nie wieder.